아버지와 아들

이 도서의 국립중앙도서관 출판예정도서목록(CIP)은 서지정보유통지원시스템 홈페이지(http://seoji.nl.go.kr)와
국가자료공동목록시스템(http://www.nl.go.kr/kolisnet)에서 이용하실 수 있습니다.
(CIP제어번호: CIP2011000346)

세계문학전집
065

Иван Тургенев : Отцы и дети

아버지와 아들

이반 투르게네프 장편소설

이항재 옮김

문학동네

차례 ▌

비사리온 그리고리예비치 벨린스키*의 추억에 바친다.

* 19세기 전반기 러시아에서 가장 영향력 있는 비평가이자 선구적인 서구주의자로 러시아 인텔리겐치아의 시조로 평가된다. 그는 1843년에 투르게네프와 처음 만나서 죽을 때까지 좋은 관계를 유지했으며, 투르게네프의 창작에 예리한 지적과 긍정적인 평가를 해주면서 투르게네프에게 많은 영향을 주었다. 『아버지와 아들』의 바자로프의 형상에는 벨린스키의 성격과 개성이 직간접으로 반영되어 있다.

1

"표트르, 그래 아직도 안 보이느냐?"

1859년 5월 20일, 먼지가 뽀얗게 앉은 코트에 체크무늬 바지를 입은 마흔 남짓한 지주가 모자도 쓰지 않은 채 ○○○신작로에 있는 주막집의 낮은 현관 계단으로 걸어 나오면서, 포동포동한 볼에 턱에는 희끄무레한 솜털이 난, 눈이 작고 흐리멍덩한 젊은 하인에게 물었다.

하인은(한쪽 귀에 건 터키옥 귀고리, 포마드를 바른 알록달록한 머리칼 그리고 정중한 몸놀림은 한마디로 그가 개명한 신세대의 인간임을 드러내주었다) 길 쪽을 바라보고서 공손히 "아무것도 보이지 않습니다요" 하고 대답했다.

"안 보여?" 지주가 되물었다.

"보이지 않습니다요." 하인이 다시 대답했다.

지주는 한숨을 내쉬고 벤치에 주저앉았다. 그가 벤치 아래로 다리를 굽힌 채 생각에 잠겨 주위를 두리번거리는 동안, 잠시 그를 독자에게 소개하기로 하자.

이 지주의 이름은 니콜라이 페트로비치 키르사노프이다. 그는 주막집에서 십오 킬로미터쯤 떨어진 곳에 이백 명의 농노가 딸린 영지를, 혹은 그의 표현대로 그가 농부들과 토지를 분할하여 '농장'을 설립한 후부터 약 이천 헥타르의 훌륭한 영지를 소유하고 있었다. 그의 부친은 1812년 전쟁*에 참여한 러시아군 장군으로 거의 문맹이나 다름없고 거칠었지만, 그래도 악의는 없는 러시아인이었다. 그의 부친은 한평생 아주 단조롭고 힘든 일을 했는데 처음에는 여단을, 후에는 사단을 지휘하며 계속 지방에서 살았다. 지방에서는 관등이 높은 덕에 꽤 유명인 행세를 했다. 니콜라이 페트로비치는 형 파벨(이 사람에 대해서는 다음에 말하겠다)과 마찬가지로 남부 러시아에서 태어나 열네 살 때까지 시시한 가정교사들에게 둘러싸여 집에서 교육을 받았다. 그 가정교사들이란 건방지고 아첨을 잘하는 부관들이거나 연대나 사령부에 근무하는 사람들이었다. 그의 모친은 콜랴진 가문 출신으로 처녀시절엔 아가테라 불렸고, 장군 부인이 되어서는 아가포클레야 쿠지미니쉬나 키르사노바라 불렸다. 이른바 '사령관 사모님' 부류인 그녀는 화려한 부인모에 사각거리는 비단옷을 입고 다녔는데, 교회에서는 맨 먼저 십자가에 다가가 입을 맞추었고 큰 목소리로 말을 많이 했다. 아침에는 아이들이 자기 손에 입을 맞추게 했고 밤에는 아이들을

---

* 1812년 6월 나폴레옹은 59만 대군을 이끌고 러시아를 침공했으나 러시아군 총사령관 쿠투조프에게 대패했다. 러시아에서는 이를 '조국전쟁'이라고 부른다.

축복해주었다. 한마디로 그녀는 자기만족에 빠져서 살았다. 장군의 아들로서 니콜라이 페트로비치는 용감하지 못했을뿐더러 겁쟁이란 별명까지 있었지만, 형 파벨과 마찬가지로 군 복무를 해야 했다. 그러나 군 입대통지를 받은 바로 그날, 그는 한쪽 다리에 골절상을 입고 두 달 동안 침대에 드러누웠다. 그 뒤로 그는 영영 '절름발이'가 되고 말았다. 그의 부친은 아들을 무관으로 만들려는 뜻을 접고 문관으로 만들기로 작정했다. 부친은 아들이 열여덟 살이 되자마자 페테르부르크로 데리고 가서 대학에 입학시켰다. 한편, 그의 형은 그 무렵 장교로 임명되어 근위연대에서 복무하고 있었다. 그래서 두 젊은이는 외사촌이자 유력한 관리인 일리야 콜랴진의 간접적인 감독을 받으며 한 집에서 같이 살았다. 부친은 자기 사단과 부인한테로 돌아가서, 아주 이따금씩 군대 서기가 쓰는 조잡한 필체로 휘갈겨 쓴 커다란 잿빛 사절지를 아들들에게 보내곤 했다. 사절지 끝에는 물결 모양의 장식체 글씨로 '피오트르 키르사노프 소장'이라고 근사하게 서명을 했다. 1835년에 니콜라이 페트로비치는 학사 학위를 받고 대학을 졸업했다. 바로 그해에 부대 검열 성적이 나쁘다는 이유로 파면당한 키르사노프 장군은 자리를 잡고 편히 살고자 부인과 함께 페테르부르크로 왔다. 그는 타브리체스키 공원* 근처에 집을 얻고 영국 클럽**에 들어가려고 했는데, 갑자기 뇌졸중으로 죽고 말았다. 얼마 후에 부인도 장

---

* 대중들이 산책과 오락을 즐길 수 있도록 만들어진 페테르부르크의 국립공원.
** 영국의 클럽을 본떠 1770년 페테르부르크에 최초로 설립된 클럽으로 상류층과 문인들 사이에서 인기가 있었다. 카람진, 푸시킨, 주콥스키, 크릴로프 등이 이 클럽의 회원이었고, 후에 모스크바에도 설립되었다.

군의 뒤를 따라 세상을 떠났다. 부인은 쓸쓸한 수도(首都)의 생활에 적응할 수 없었고, 은퇴 생활의 우수가 그녀의 마음을 괴롭혔던 것이다. 한편 니콜라이 페트로비치는 아직 부모가 살아 있을 때 하숙집 주인이자 관리인 프레폴로벤스키의 딸을 사랑해서 적잖이 부모의 속을 썩였다. 그녀는 아름답고 이른바 지적인 아가씨로 여러 잡지들의 '과학'란에 실린 딱딱한 논문들을 읽었다. 탈상을 하고 나자 그는 곧 그녀와 결혼했다. 그리고 아버지의 주선으로 들어갔던 황실 영지관리부의 일자리를 팽개치고, 처음에는 임업전문학교 근처에 있는 별장에서 아내 마샤와 함께 행복하게 살았고, 그 후 깨끗한 계단과 서늘한 응접실이 딸린 시내의 작고 훌륭한 아파트에서 살다가 마침내 시골로 내려와 아주 눌러앉아버렸다. 그리고 얼마 후에 아들 아르카디가 태어났다. 부부는 아주 정답고 조용히 살았다. 그들은 거의 한시도 떨어지지 않고 같이 책을 읽고 네 손으로 피아노를 치기도 하며 이중창을 부르기도 했다. 아내는 꽃을 심고 집에서 기르는 날짐승들을 보살폈고, 남편은 이따금 사냥을 나가고 농장 일을 돌보기도 했다. 아르카디는 무럭무럭 잘 자랐다. 이렇게 십 년이란 세월이 꿈같이 흘러갔다. 1847년에 그의 아내가 죽었다. 그는 이 충격을 견디지 못했고, 불과 몇 주 사이에 머리가 새하얗게 세고 말았다. 그는 조금이라도 고통을 덜어내려고 외국 여행을 계획했지만, 바로 그때 1848년 2월 혁명이 일어났다.* 할 수 없이 시골로 돌아온 그는 아주 오랫동안 하는 일 없이 지내다가 영지 개혁을 시작했다. 1855년에 아들을 대학에 입학시킨 그

---

* 1848년 프랑스의 2월 혁명 정신이 러시아로 파급되는 것을 막기 위해 차르 정부는 러시아인들의 외국 여행을 금지시켰다.

는 거의 아무 데도 가지 않고 아들의 젊은 친구들과 사귀려고 애쓰면서 세 번의 겨울을 아들과 함께 페테르부르크에서 지냈다. 그런데 마지막 해 겨울에는 페테르부르크에 갈 수가 없었다. 이렇게 해서, 우리는 1859년 5월에, 이미 성성한 백발에 조금 뚱뚱하고 등이 약간 굽은 그를 보고 있다. 지금 그는 지난날 자기 자신이 그랬던 것처럼 학사 학위를 받고 집으로 돌아오는 아들을 기다리고 있는 것이다.

하인은 예의 때문인지 아니면 주인 눈앞에 있고 싶지 않아서인지 대문 안으로 들어가서 파이프 담배를 피우기 시작했다. 니콜라이 페트로비치는 고개를 숙이고 현관의 낡은 계단을 바라보았다. 알록달록하고 몸집이 큰 병아리가 큼직한 노란 발로 톡톡거리는 옹골진 소리를 내면서 조심스럽게 계단을 걸어 다녔고, 더러운 고양이 한 마리가 점잔을 빼며 난간에 웅크리고 앉아서 적의를 품은 눈으로 병아리를 바라보고 있었다. 태양이 쨍쨍 내리쬐고 있었다. 어슴푸레한 주막집 현관에서 따끈한 흑빵 냄새가 풍겨 나왔다. 우리의 니콜라이 페트로비치는 상념에 잠겨 있었다. '아들이…… 학사라…… 아르카샤가……' 이런 생각이 꼬리에 꼬리를 물고 그의 머리에서 맴돌았다. 그는 다른 생각을 하려고 해보았지만 다시 같은 생각으로 돌아가곤 했다. 문득 죽은 아내 생각이 떠올랐다…… "끝내 이날을 못 보고 가다니!" 그는 침울하게 중얼거렸다. 통통하고 검푸른 비둘기 한 마리가 큰길로 날아오더니 고인 물을 먹으려고 급히 우물가 웅덩이 쪽으로 향했다. 니콜라이 페트로비치는 물끄러미 비둘기를 바라보았다. 바로 그때, 점점 가까이 다가오는 마차 바퀴 소리가 들려왔다.

"아마 오시는 것 같습니다." 대문 안에서 하인이 불쑥 나오면서 알려왔다.

니콜라이 페트로비치는 벌떡 일어나서 큰길 쪽을 바라보았다. 세 필의 역마가 끄는 포장 여행마차가 나타났다. 마차 안에서 학생모 테두리와 낯익고 사랑스러운 얼굴 윤곽이 어른거렸다……

"아르카샤! 아르카샤!" 키르사노프는 이렇게 외치고 뛰어가면서 손을 흔들기 시작했다…… 잠시 후, 그의 입술은 먼지가 묻고 햇볕에 탄, 턱수염도 나지 않은 젊은 학사의 뺨에 착 달라붙어 있었다.

2

"먼지 좀 털게 해주세요, 아버지." 아르카디는 여로에 지쳐서 약간 목이 쉬었지만 젊은이다운 낭랑한 목소리로 아버지의 애무에 유쾌하게 대답했다.

"제가 아버지에게 온통 먼지를 덮어씌우는군요."

"괜찮다, 괜찮아." 니콜라이 페트로비치는 감동 어린 미소를 띠며 이렇게 되뇌고 나서 한 손으로 아들의 제복과 자기 코트의 깃을 두어 번 털었다. 그러고는 "어디 좀 보자, 어디 좀 봐" 하고 뒤로 물러서면서 덧붙였다. 그는 즉시 바쁜 걸음으로 주막집으로 가면서 말했다. "여기로, 여기로, 어서 말들을 데려오너라."

니콜라이 페트로비치는 아들보다 훨씬 흥분한 것 같았고, 다소 당황하고 겁을 내는 것 같았다. 아르카디가 아버지를 멈춰 세웠다.

"아버지," 하고 그가 말했다. "아버지께 자주 편지로 말씀드렸던 저의 좋은 친구 바자로프를 소개할게요. 친절하게도 그는 우리 집에 와서 잠시 머무르는 것에 동의했어요."

니콜라이 페트로비치는 재빨리 뒤돌아섰다. 그리고 술이 달린 길고 헐렁한 웃옷을 입고 방금 마차에서 내린 키가 큰 사람에게로 다가가서 그의 붉은 맨손을 꼭 쥐었다. 그 사람은 니콜라이 페트로비치에게 금방 손을 내밀지 않았던 것이다.

"진심으로 반가워요. 우리 집을 찾아준 호의에 감사드립니다. 실례지만…… 이름과 부칭이?……"

"예브게니 바실리예프입니다."* 바자로프는 약간 느리지만 씩씩한 목소리로 대답했다. 그리고 헐렁한 웃옷의 깃을 내려 니콜라이 페트로비치에게 자기의 얼굴을 활짝 드러내 보였다. 넓은 이마, 콧날은 밋밋하지만 끝은 뾰족한 코, 크고 푸르스름한 눈, 축 처진 모랫빛 구레나룻을 기른 길쭉하고 마른 얼굴은 조용한 미소로 생기에 넘쳤고, 자신만만하고 이지적이었다.

"친애하는 예브게니 바실리치, 우리 집에서 심심치 않게 지내길 바라오." 니콜라이 페트로비치가 말을 이었다.

바자로프는 엷은 입술을 살짝 움직였지만, 아무 대답도 않고 단지

---

* 러시아인의 이름은 이름(예브게니), 부칭(바실리예비치), 성(바자로프)으로 이루어져 있다. 보통의 경우 이름(친밀한 경우 예브게니 대신 애칭으로 예뉴쉬카, 예뉴샤라고 부른다)을 부르고, 격식을 차려 정중하게 부를 경우 이름과 부칭(예브게니 바실리예비치)을 부르고, 공식적으로 부를 경우 성 앞에 직함이나 '씨'를 붙인다(바자로프 씨, 의사 바자로프). 바자로프는 부칭 '바실리예비치'(줄여서 바실리치)를 평민처럼 '바실리예프'라고 말하고 있다. 예브게니 바실리예비치(바실리예프)는 바실리의 아들 예브게니라는 의미이다.

모자를 약간 들어 올렸다. 그의 짙은 금발은 길고 숱이 많았지만 크고 넓은 머리뼈와 번듯하게 드러난 이마를 가리지는 못했다.

"그래, 어떠냐, 아르카디?" 니콜라이 페트로비치는 아들에게로 돌아서면서 다시 말했다. "지금 말을 마차에 매게 할까? 아니면 좀 쉬고 싶으냐?"

"집에 가서 쉬지요, 아버지. 말을 마차에 매라고 해주세요."

"그래, 좋아." 아버지는 찬성했다. "이봐, 표트르, 알겠나? 빨리 마구를 매."

신식 하인인 표트르는 젊은 도련님의 손에 키스는 하지 않았다. 그저 먼발치에서 고개를 숙여 경의를 표하고 다시 대문 안으로 사라졌다.

"난 반(半)포장 사륜마차를 타고 왔단다. 네 여행마차에 매달 말 세 마리도 있다." 아르카디가 주막집 여주인이 가져온 쇠 국자의 물을 마시고, 바자로프가 파이프에 담배를 피워 물고서 여행마차에서 말들을 풀고 있는 마부에게 다가가는데 니콜라이 페트로비치가 걱정스럽게 말했다. "사륜마차에는 두 사람 자리밖에 없는데 어떻게 하면 좋을지 모르겠다. 네 친구는……"

"저 친구는 여행마차를 타고 갈 거예요." 아르카디가 나지막한 목소리로 아버지의 말을 막았다. "아버지, 저 친구 앞에서 격식을 차리지 마세요. 저 친구는 훌륭한 젊은이이고 아주 소박해요. 두고 보면 아실걸요."

니콜라이 페트로비치의 마부가 말들을 끌어냈다.

"이봐, 빨리해, 텁석부리!" 바자로프가 마부에게 말했다.

"미튜하, 들었나?" 모피외투 뒷주머니에 손을 찔러 넣고 그 자리에서 있던 다른 마부가 맞장구를 쳤다. "나리가 널 뭐라고 불렀지? 그러고 보니 너 진짜 텁석부리구나."

미튜하는 그저 모자를 한 번 흔들고는 땀에 젖은 중간 말에서 고삐를 끌러냈다.

"자, 어서들 서두르자고, 빨리 거들어줘." 니콜라이 페트로비치가 소리쳤다. "그러면 술 한잔 내지!"

몇 분 사이에 마구가 채워졌다. 아버지와 아들은 사륜마차에 자리를 잡았고, 표트르가 마부석에 올라탔다. 바자로프는 여행마차에 펄쩍 뛰어올라 가죽 쿠션에 머리를 파묻었다. 이윽고 두 대의 마차가 달리기 시작했다.

3

"이제야 네가 학사가 돼서 집으로 돌아왔구나." 니콜라이 페트로비치가 아들의 어깨와 무릎을 어루만지면서 말했다. "마침내 돌아왔어!"

"그런데 큰아버지는 어떠세요? 건강하시죠?" 아르카디가 물었다. 아르카디는 마음 가득히 거의 어린아이 같은 진심 어린 기쁨을 느꼈지만, 흥분된 기분에서 일상사로 빨리 화제를 돌리고 싶어 했다.

"건강하시지. 형님도 나와 함께 널 마중 나오려고 했었는데 웬일인지 생각을 바꾸셨어."

"아버지는 저를 오래 기다리셨어요?" 아르카디가 물었다.

"그럼, 한 댓 시간쯤 기다렸지."

"아버지는 정말 좋은 분이세요!"

아르카디는 아버지를 향해 재빨리 몸을 돌려 아버지의 뺨에 쪽 소리가 나게 입을 맞추었다. 니콜라이 페트로비치는 살며시 웃음을 지었다.

"네게 주려고 아주 훌륭한 말 한 필을 마련해두었다!" 니콜라이 페트로비치가 말했다. "가서 보거라. 그리고 네 방에 도배도 했다."

"그런데 바자로프가 묵을 방은 있나요?"

"있을 거야."

"아버지, 정말이지 저 친구를 친절하게 대해주세요. 제가 저 친구와의 우정을 얼마나 소중히 여기는지는 말로 다 표현할 수도 없어요."

"최근에 알게 된 친구니?"

"예, 최근에요."

"그래서 지난겨울에는 내가 못 보았구나. 그런데 저 친구의 전공은 뭐냐?"

"전공은 자연과학이에요. 그러나 저 친구는 뭐든지 다 알아요. 내년에 의사 자격시험을 보려고 해요."

"아, 의학부로구나!" 니콜라이 페트로비치는 이렇게 말하고는 잠시 잠자코 있었다. "표트르." 그는 손을 쭉 뻗으면서 덧붙여 말했다. "저기 가는 게 혹시 우리 농군들 아닌가?"

표트르는 주인이 가리키는 쪽을 힐끗 쳐다보았다. 재갈을 물리지 않은 말들이 끄는 짐마차 몇 대가 좁은 시골길을 따라 빠르게 달리고 있었다. 짐마차마다 모피외투의 앞자락을 풀어 헤친 농군이 한 사람, 혹은 두 사람씩 앉아 있었다.

"분명 그렇습니다." 표트르가 대답했다.

"저들이 어디로 가고 있나? 시내로 가고 있는 건가?"

"시내로 가는 것 같습니다. 술집으로요." 표트르는 경멸조로 덧붙이고는 동의라도 구하는 듯 마부 쪽으로 약간 몸을 굽혔다. 그러나 마부는 꼼짝도 하지 않았다. 마부는 신식 사고방식을 찬성하지 않는 구식 사람이었던 것이다.

"올해는 농군들 때문에 골치 아픈 일들이 많구나." 아들에게로 몸을 돌리면서 니콜라이 페트로비치가 말을 이었다. "소작료를 내지 않는 거야. 너라면 어떻게 하겠니?"

"고용한 일꾼들은 만족스러운가요?"

"웬걸." 니콜라이 페트로비치는 낮은 목소리로 중얼거렸다. "옆에서 그들을 충동질하는 게 문제야. 진심으로 노력하는 모습도 아직 없어. 마구나 못 쓰게 만들고. 그러나 땅은 그런대로 괜찮게 갈았다. 시간이 지나면 나아지겠지. 그런데 아르카디, 이제 농사일에 관심이 생긴 거냐?"

"우리 집에는 그늘이 없는 게 유감이에요." 마지막 물음에는 대답하지 않고 아르카디가 말했다.

"내가 북쪽 발코니에 커다란 차양을 달아놓았다." 니콜라이 페트로비치가 말했다. "이제 밖에서도 식사를 할 수가 있지."

"그럼 별장 같겠네요…… 그러나 그런 건 아무래도 좋아요. 그보다 여기 공기는 무척이나 좋아요! 정말로 좋은 냄새가 나요! 이 지방처럼 그윽한 향기가 풍기는 곳은 세상 어디에도 없을 거예요! 그리고 여기 이 하늘도……"

아르카디는 갑자기 말을 멈추고 곁눈질로 뒤를 바라보더니 잠잠해졌다.

"물론이지." 니콜라이 페트로비치가 말했다. "너는 여기서 태어났으니까 이곳의 모든 것이 특별하게 보이겠지……"

"아니에요, 아버지. 어디서 태어나건 마찬가지예요."

"그래도……"

"아뇨, 분명 마찬가지예요."

니콜라이 페트로비치는 아들의 옆얼굴을 쳐다보았다. 사륜마차가 오백 미터가량 더 가고 나서야 부자 사이에 다시 대화가 시작되었다.

"네게 보낸 편지에 썼는지 기억나지 않는구나." 니콜라이 페트로비치가 말문을 열었다. "네 유모였던 예고로브나가 죽었다."

"정말로요? 불쌍한 노인네! 그럼 프로코피치는 살아 있나요?"

"살아 있지. 전혀 변하지 않았어. 시종 투덜대지. 마리노 마을은 별로 달라진 게 없어."

"영지관리인은 여전히 그 사람인가요?"

"아, 참, 영지관리인을 바꿨다. 농노였다가 자유의 몸이 된 자들은 집에 두지 않기로 했어. 적어도 책임 있는 직책은 그런 자들에게 맡기지 않기로 했지. (이때 아르카디가 눈짓으로 표트르를 가리켰다.) "Il est libre, en effet(저 사람은 사실상 자유로운 사람이다)." 니콜라이 페트로비치는 나지막한 목소리로 말했다. "그래도 그는 하인이지. 영지관리인은 소시민 출신인데 괜찮은 사람 같아. 난 그 사람에게 해마다 이백오십 루블을 주기로 했다. 그런데," 하고 니콜라이 페트로비치는 한 손으로 이마와 눈썹을 비비면서 덧붙여 말했다. 언제나 그가 이런 몸짓을 하는 것은 마음속으로 당황하고 있다는 표시였다. "마리노 마을에 별로 달라진 게 없다고 했는데…… 이게 꼭 정확한 말은 아니다. 미리 네게 말하는 것이 아비의 의무라고 생각하지만……"

그는 잠깐 머뭇거리더니 벌써 프랑스어로 말을 계속했다.

"엄격한 도덕주의자는 내 솔직한 얘기가 부적절하다고 생각하겠지만, 첫째로 이런 일은 숨겨서는 안 되는 것이고, 둘째로 너도 알다시피 나는 항상 부자 관계에 대해 특별한 원칙을 가지고 있다. 그러나 말할 것도 없이 넌 아비를 비난할 권리가 있다. 이 나이에…… 한마디로 그…… 그 처녀에 대해 아마 너도 이미 들었겠지만……"

"페네치카요?" 아르카디가 거침없이 물었다.

니콜라이 페트로비치는 얼굴을 붉혔다.

"제발 그렇게 큰 소리로 이름을 부르지 말아다오. 그래…… 그녀는 지금 내 집에 와서 살고 있다. 집에다 거처를 마련해주었어…… 작은 방이 두 개 있어서. 그러나 이런 건 언제든지 바꿀 수 있다."

"아버지도 참, 왜 그런 말씀을 하세요?"

"네 친구가 집에 손님으로 와 있게 되면…… 거북해할 것 같아서……"

"바자로프는 걱정하지 마세요. 그는 그런 모든 문제를 초월했으니까요."

"그래, 너도, 이제는." 니콜라이 페트로비치가 말했다. "그 작은 곁채가 안 좋아서 그게 걱정이구나."

"참, 아버지도." 아르카디는 아버지의 말을 막았다. "마치 용서를 비는 것 같네요. 전혀 부끄러운 일이 아니에요."

"말할 것도 없이 부끄러운 일이지." 니콜라이 페트로비치는 점점 더 얼굴을 붉히면서 대답했다.

"됐어요, 아버지, 제발 그만하세요!" 아르카디는 다정하게 미소를 지었다. '사과할 게 뭐가 있다고!' 그는 속으로 생각했다. 선량하고 인자한 아버지에 대한 너그러운 애정이 어떤 알 수 없는 우월감 같은 것과 뒤섞여서 아르카디의 마음을 가득 채웠다. "제발 그만하세요." 자신의 자유롭고 진보적인 의식에 저도 모르게 만족감을 느끼면서 아르카디는 다시 한번 말했다.

니콜라이 페트로비치는 계속 이마를 문지르면서 손가락 사이로 아들을 힐끗 쳐다보았다. 뭔가가 그의 심장을 쿡 찌르는 것 같았다…… 그러나 그는 즉시 그런 자신을 책망했다.

"이제 여기부터 우리 밭이다." 오랜 침묵 뒤에 그가 말했다.

"저 앞에 있는 것도 우리 숲 아닌가요?" 아르카디가 물었다.

"그래, 우리 숲이었지. 그런데 팔아버렸다. 올해 안에 벌채를 할 거야."

"왜 숲을 파셨어요?"

"돈이 필요해서. 게다가 그 땅은 농군들에게 넘어가게 됐어."

"소작료를 내지 않는 그 사람들 말인가요?"

"그건 그 사람들의 문제야. 언젠가는 내겠지."

"숲이 아깝네요." 이렇게 말하고 나서 아르카디는 주위를 둘러보기 시작했다.

그들이 말을 타고 지나가는 곳은 그림같이 아름답다고 할 수는 없었다. 끝없는 벌판이 때로는 살짝 솟아올랐다가 때로는 다시 낮아지면서 지평선까지 펼쳐져 있었다. 여기저기에 조그만 숲이 보였고, 키 작은 관목들이 드문드문 자란 골짜기가 굽이치고 있었다. 그들의 시야에 들어오는 이 모든 정경은 예카테리나 시대*의 고풍스러운 지도를 그린 고유한 방식을 생각나게 했다. 군데군데 파헤쳐진 강둑 사이로 흐르는 개천과 빈약한 둑으로 둘러싸인 작은 연못, 거무스레한 지붕이 반쯤 날아간 나지막한 농가들이 늘어선 마을, 나뭇가지로 엮어 만든 벽에 하품을 하는 듯한 대문이 달린, 한쪽으로 기울어진 탈곡장들과 텅 빈 제분소도 보였다. 군데군데 회칠이 벗겨진 벽돌로 지은 교회들, 기울어진 십자가에 황폐한 공동묘지가 딸린 목조 교회들도 보였다. 아르카디의 마음은 조금씩 죄어들었다. 만나는 농군들은 일부러 그러는 듯이 모두 남루한 옷을 입었고, 비쩍 마른 보잘것없는 말을 타고 있었다. 그들은 누더기를 걸친 거지꼴을 하고 있었다. 껍질이 벗겨지고 가지가 꺾인 버드나무가 길가에 서 있었다. 마치 뭔가에 물어뜯기기라도 한 것처럼 털이 꺼칠하고 앙상하게 마른 소들은 굶주린 듯이 도랑에서 풀을 뜯고 있었는데, 그 모습이 마치 무시무시한 죽음의 발톱에서 금방 빠져나온 것처럼 보였다. 이 화창한 봄날에 무기력한 동물들의 불쌍한 모습을 보고 있자니 눈이 내리고 바람이 세차게 불며 추위가 기승을 부리는 쓸쓸하고 긴긴 겨울의 하얀 유령이 떠올

---

* 예카테리나 2세는 계몽군주로 자처한 러시아의 여제로 많은 분야에서 큰 업적을 이루었다. 그녀는 치세 기간 동안 러시아 귀족의 특권을 인정하여 귀족 문화를 꽃피우게 했다. 반면 농민들의 생활은 더욱 피폐해져서 푸가초프의 봉기를 비롯한 크고 작은 농민 소요가 자주 일어났다.

랐다……

'아니야.' 아르카디는 생각했다. '여기는 절대 부유한 지방이 아니야. 만족이나 근면의 흔적이 없어. 결코 이 상태로 놔둘 수는 없어. 개혁을 해야만 해…… 그런데 어떻게 개혁을 하고, 무엇부터 시작해야 하지?……'

아르카디는 생각에 잠겼다…… 그리고 그가 이런 생각에 잠겨 있는 동안, 봄은 제 할 일을 하고 있었다. 주위의 모든 것이 화창한 봄날의 햇볕을 받아서 푸르렀고 나무도 수풀도 풀잎도 전부 따스한 봄바람의 잔잔한 숨결 아래 활기차고 부드럽게 넘실거리며 반짝이고 있었다. 사방에서 종달새들이 낭랑하게 끊임없이 노래하고 댕기물떼새는 낮은 초원 위에서 지저귀며 날아다니다가 울음을 그치고 작은 둔덕을 따라 뛰어다니기도 했다. 봄에 씨를 뿌려 아직 여리고 파릇파릇한 키 작은 곡물 밭에서는 갈가마귀들이 거뭇거뭇 아름답게 무리를 지어서 놀고 있었다. 이미 살짝 희어진 호밀밭 사이로 사라졌던 갈가마귀들은 이따금 연기처럼 뿌옇게 일렁이는 호밀 속에서 머리를 내밀었다. 아르카디는 하염없이 그 모습을 바라보았다. 이런저런 생각들이 조금씩 희미해지더니 사라져버렸다…… 그는 외투를 벗어던지고 어린아이처럼 아주 유쾌한 표정을 지으며 아버지를 바라보았다. 그러자 아버지는 다시 아들을 포옹했다.

"이제 멀지 않았다." 니콜라이 페트로비치가 말했다. "저 언덕에 올라서기만 하면 집이 보일 거야. 아르카샤, 이제부터 둘이서 멋지게 살아보자. 너도 집에서 농장 일을 도와주렴. 이제 우리는 서로를 잘 이해하고 친하게 지내야 한다. 안 그러냐?"

"물론이지요." 아르카디가 말했다. "오늘은 날씨가 정말 좋아요!"

"네가 집으로 오는 걸 축하하는 거야. 정말 봄이 한창이구나. 그렇지만 난 푸시킨*과 같은 생각이다. 『예브게니 오네긴』에 나오는 구절 생각나니?"

그대가 찾아오면 난 너무나 슬퍼라.
봄이여, 봄이여, 사랑의 계절이여!
얼마나……

"아르카디!" 바자로프의 목소리가 여행마차에서 들려왔다.

"성냥 좀 보내줘. 담뱃불을 붙일 게 없어."

니콜라이 페트로비치는 입을 다물었다. 약간 놀랐지만 다소 공감하면서 아버지의 시 낭송에 귀를 기울이고 있던 아르카디는 얼른 주머니에서 은제 성냥갑을 꺼내어 표트르를 통해 바자로프에게 보냈다.

"시가 줄까?" 바자로프가 다시 소리쳤다.

"줘." 아르카디가 대답했다.

표트르가 사륜마차로 돌아와서 두툼한 검은 시가를 성냥갑과 함께 아르카디에게 건네주었다. 아르카디는 시가를 피우기 시작했다. 묵은 담배의 시큼하고 독한 냄새가 순식간에 퍼졌다. 태어나서 한 번도 담배를 피워본 적이 없는 니콜라이 페트로비치는 아들의 기분을 상하게

---

* 러시아 낭만주의 시인으로 러시아 근대문장어를 확립하고 국민문학을 창조했다. 벨린스키는 푸시킨의 운문소설 『예브게니 오네긴』을 '러시아 현실의 백과사전'이라며 높이 평가했다.

하고 싶지 않아서 하는 수 없이 아들 몰래 고개를 돌렸다.

십오 분 후, 마차 두 대가 빨간 양철지붕에 회색 칠을 한 새 목조 건물의 현관 계단 앞에 도착했다. 바로 이곳이 도시 교외의 '새 마을'로 알려진 마리노 마을이었다. 아직 농군들은 이 마을을 '홀아비 마을'이라고 불렀다.

4

하인들이 주인을 맞이하기 위해 현관 계단으로 우르르 쏟아져 나오지는 않았다. 그저 열두 살쯤 되어 보이는 소녀 하나만 나타났다. 그 소녀 뒤를 따라 흰 문장(紋章)이 새겨진 단추가 달린 제복을 입은, 표트르와 아주 닮은 젊은이가 걸어 나왔다. 파벨 페트로비치 키르사노프의 하인이었다. 그는 말없이 사륜마차의 문을 열고 여행마차의 덮개를 벗겼다. 니콜라이 페트로비치는 아들과 바자로프와 함께 거의 텅 비다시피 한 어두운 홀을 지나 최신식으로 꾸며진 객실로 향했다. 이때 홀 문 뒤에서 젊은 여자의 얼굴이 언뜻 보였다.

"자, 이제 집에 왔구나." 니콜라이 페트로비치가 챙이 달린 모자를 벗고 머리칼을 쓸어 올리면서 말했다. "무엇보다 이제 저녁을 먹고 푹 쉬어야지."

"뭘 좀 먹는 것은 나쁘지 않습니다." 바자로프는 기지개를 켜면서 이렇게 말하고 소파에 털썩 주저앉았다.

"그래, 그래. 저녁을 먹도록 하자. 어서 저녁을 먹어야지." 니콜라이 페트로비치는 공연히 쿵쿵 발을 굴렀다. "아, 마침 저기 프로코피치가 오는군."

나이가 예순쯤 되어 보이는, 가무잡잡한 얼굴에 몸이 마르고 백발이 성성한 노인이 들어왔다. 노인은 구리 단추를 단 갈색 연미복을 입고 목에는 분홍색 손수건을 두르고 있었다. 그는 이를 드러내며 히죽히죽 웃으면서 아르카디에게 다가가더니 손에 입을 맞추었다. 그러고 나서 손님에게 인사를 하고는 문가로 물러나 뒷짐을 지고 섰다.

"여기 아르카디가 왔어, 프로코피치." 니콜라이 페트로비치가 입을 열었다. "드디어 우리에게 돌아왔어…… 어때? 자네가 보기엔 어떤가?"

"참 훌륭합지요." 이렇게 말한 노인은 다시 이를 드러내 보이며 히죽 웃었지만, 갑자기 진한 눈썹을 찌푸렸다. "식탁을 차리라고 분부하셨나요?" 노인이 점잖게 물었다.

"그래, 그래주게. 예브게니 바실리치, 우선 당신이 묵을 방에 가보지 않겠어요?"

"아니요, 고맙습니다만 그럴 필요는 없습니다. 그저 제 트렁크나 거기에 가져다두도록 일러주십시오. 그리고 이 누더기도요." 그는 길고 헐렁한 웃옷을 벗으면서 덧붙였다.

"그러지요. 프로코피치, 이분의 외투를 받게. (프로코피치는 어찌 해야 좋을지 모르겠다는 듯 두 손으로 바자로프의 '누더기'를 받아서 머리 위로 받쳐 들고는 발끝으로 살금살금 걸어 나갔다.) 아르카디, 너는 잠시 네 방에 가보지 않겠니?"

"예, 몸을 좀 씻어야겠어요." 아르카디는 이렇게 대답하며 문 쪽으로 가려고 했다. 그러나 바로 그 순간 영국풍 검은색 양복에 최신 유행의 짧은 넥타이를 매고 에나멜 반장화를 신은 중키의 남자가 객실로 들어왔다. 파벨 페트로비치 키르사노프였다. 얼핏 보아 마흔 살쯤 되어 보였다. 짧게 깎은 흰 머리는 광택이 없는 은처럼 어슴푸레하게 윤이 났고, 신경질적으로 보이지만 주름이 없는 얼굴은 날카롭고 정교한 조각칼로 살짝 다듬은 것처럼 아주 단정하고 깨끗했다. 그는 놀랄 만한 미모의 흔적을 보여주었다. 특히 밝게 빛나는 가늘고 긴 눈이 멋있었다. 전체적으로 우아하고 기품 있는 파벨 페트로비치의 모습에는 젊은이처럼 균형 잡힌 몸매와 땅을 차고 위로 비상하려는 열망이 보였다. 이런 열망은 대체로 스무 살이 넘으면 사라지고 마는 것이다.

파벨 페트로비치는 장밋빛 손톱을 길게 기른 아름다운 손을 바지 주머니에서 빼내어 조카에게 내밀었다. 그 손은 커다란 오팔 하나로 고정한 하얀 커프스 때문에 더욱 아름다워 보였다. 그는 우선 유럽식으로 악수를 하고 러시아식으로 세 번 키스를 했다. 즉 향기로운 콧수염을 조카의 뺨에 세 번 댔다가 뗀 다음 그가 말했다.

"잘 왔다."

니콜라이 페트로비치가 그에게 바자로프를 소개했다. 파벨 페트로비치는 유연한 몸을 살짝 굽히며 가볍게 미소를 지었지만 손을 내밀지는 않았다. 심지어 바지 주머니에 손을 도로 집어넣었다.

"나는 네가 오늘 도착하지 못할 거라고 생각했었다." 그는 상냥하게 몸을 흔들면서 어깨를 으쓱거리고는, 아름다운 흰 이를 드러내 보이며 유쾌한 목소리로 말하기 시작했다. "그래, 오는 길에 별일 없었느냐?"

"별일 없었어요." 아르카디가 대답했다. "그저 조금 지체되었을 뿐이에요. 지금 우리는 너무나 배가 고파요. 아버지, 금방 돌아올 테니 프로코피치에게 재촉 좀 해주세요."

"잠깐 기다려. 나도 같이 갈게." 갑자기 바자로프가 소파에서 벌떡 일어나면서 소리쳤다. 두 젊은이가 객실에서 나갔다.

"저 사람은 누구지?" 파벨 페트로비치가 물었다.

"아르카샤의 친구예요. 그 애 말로는 아주 현명한 사람이라는군요."

"우리 집에서 묵게 되나?"

"예."

"저 털보가?"

"그래요."

파벨 페트로비치는 손톱으로 테이블을 톡톡 두드렸다.

"C'est dégourdi(아르카디가 좀 건방져졌는걸). 어쨌든 그 애가 돌아와서 기쁘구나."

저녁식사를 하는 동안 많은 이야기가 오가지는 않았다. 특히 바자로프는 거의 한마디도 하지 않고 많이 먹기만 했다. 니콜라이 페트로비치는 소위 자기 '농장'에서 일어난 여러 사건들에 대해 이야기를 하고 임박한 정부 조치들과 각종 위원회와 대의원들, 그리고 기계를 갖춰야 할 필요성 등에 대해 설명했다. 파벨 페트로비치는(그는 전혀 저녁식사를 하지 않았다) 식당 안을 왔다 갔다 하면서 이따금 술잔에 가득 든 붉은 포도주를 홀쩍홀쩍 마시고는 아주 드물게 자신의 소견을 말하거나 '아! 저런! 흠!' 하고 빠른 탄성을 지를 뿐이었다. 아르카디는 페테르부르크 소식을 몇 가지 전했다. 그러나 그는 약간 거북함을 느꼈다. 그것은 갓 어린아이 티를 벗은 젊은이가 자기를 여전히 어린 아이로 보는 사람들에게 돌아왔을 때 느끼게 되는 그런 감정이었다. 그는 불필요하게 말을 길게 끌고 일부러 '아버지'라는 말을 피했다. 심지어 한번은 '아버지'라는 말 대신에 '아버님'이라는 말을 입안에서 우물거리기도 했다. 지나친 호기를 부려 주량보다 훨씬 많은 포도주를 술잔에 붓고 단숨에 쭉 들이마시기도 했다. 프로코피치는 그에게서 눈을 떼지 않고 그저 입술만 깨물었다. 저녁식사가 끝나자 모두들 금방 헤어졌다.

"자네 큰아버지는 좀 별나더군." 바자로프가 실내복을 입고 아르카디의 침대 곁에 앉아 짧은 파이프를 빨아대면서 말했다. "이런 시골에서 무슨 멋을 그렇게 부리나! 게다가 그 손톱은! 전람회에 내놓으면 좋겠어!"

"자네는 몰라." 아르카디가 대답했다. "그분도 한창때는 사교계의 왕자였네. 언제 큰아버지의 역사에 대해 얘기해주지. 큰아버지는 정말로 미남이어서 여자들의 머리를 빙빙 돌게 했었지."

"그래, 그렇군! 옛날 추억이 그립다는 거지. 여기선 매혹시킬 사람이 아무도 없는 게 유감이군. 난 전부 봤네. 돌멩이처럼 빳빳한 그 놀라운 옷깃, 그리고 깨끗하게 면도한 턱. 아르카디 니콜라이치, 그거 정말 우습지 않았나?"

"그렇게 생각할 수도 있겠지. 그러나 큰아버지는 정말 좋은 분이야."

"낡아빠진 현상이지! 그건 그렇고 자네 아버지는 참 좋은 분이야. 괜히 시 같은 거나 읽고, 농장에 관해서는 잘 모르는 것 같긴 해도 어쨌든 호인이셔."

"우리 아버지는 참 좋은 분이지."

"그런데 자네 눈치챘나? 자네 아버지가 좀 불안해하는 것 같던데."

아르카디는 마치 자기 자신은 불안할 게 없다는 듯이 머리를 흔들었다.

"놀라운 일이야." 바자로프가 말을 이었다. "구식 낭만주의자들이란! 스스로 신경계를 과민할 정도로 발달시키고는…… 결국 균형을 깨뜨리고 말지. 그럼 잘 자게! 내 방에는 영국식 세면대가 있더군. 문은 잘 닫히지 않아. 그러나 영국식 세면대는 장려해야만 해. 어쨌거나 그건 진보니까!"

바자로프는 자기 방으로 갔다. 아르카디는 행복감에 푹 젖었다. 자기가 태어난 집의 낯익은 침대에서 사랑스러운 손, 아마도 유모의 부드럽고 착하고 근면한 손이 정성스레 만들었을 이불을 덮고 잔다는 것은 참으로 달콤한 일이다. 아르카디는 예고로브나를 떠올리며 한숨을 쉬었다. 그리고 그녀가 하늘나라에서 평안하기를 빌었다…… 그러나 그는 그 자신을 위해서는 기도하지 않았다.

아르카디도 바자로프도 곧 잠들었다. 그러나 집 안의 다른 사람들은 아직 잠들지 않았다. 니콜라이 페트로비치는 아들의 귀향으로 흥분해 있었다. 그는 침대에 누워서도 촛불을 끄지 않고 한 손으로 머리를 괸 채 오랫동안 생각에 잠겼다. 그의 형은 자정이 훨씬 넘도록 자기 서재에서 석탄불이 가물거리는 벽난로를 마주보고 널찍한 함브스[*] 안락의자에 앉아 있었다. 파벨 페트로비치는 옷도 벗지 않은 채 단지

---

* 프랑스의 가구 장인 함브스의 이름을 붙인 가구. 함브스는 페테르부르크에서 살았다.

에나멜 반장화 대신 뒤축이 없는 빨간 중국제 실내화로 갈아신기만 했다. 그는 〈갈리냐니통보〉* 최신호를 손에 들고 있었지만 읽지는 않았다. 그는 푸르스름한 불꽃이 꺼질 듯하다가 확 피어오르며 가물거리는 벽난로를 뚫어지게 바라보고 있었다…… 그의 생각이 어디를 헤매고 있는지는 아무도 모르지만, 단지 과거만을 헤매는 것은 아니었다. 그의 표정은 긴장되어 있었고 우울해 보였는데, 그것은 추억에 빠져 있는 사람에게서는 볼 수 없는 표정이다. 그리고 작은 뒷방에서는 소매 없는 부인용 재킷을 입고 검은 머리에 하얀 스카프를 두른 젊은 여인이 커다란 궤짝 위에 앉아 있었다. 페네치카였다. 그녀는 때론 귀를 바싹 기울이기도 하고, 때론 졸기도 하고, 때론 활짝 열린 문을 바라보기도 했다. 그 문 안쪽으로 아기 침대가 보였고 거기에서는 잠든 아기의 고른 숨소리가 들려왔다.

5

다음 날 아침, 바자로프는 맨 먼저 일어나서 집 밖으로 나왔다. '이런!' 하고 그는 주변을 둘러보며 생각했다. '보잘것없는 장소군.' 니콜라이 페트로비치는 자기 농민들에게 토지를 나눠주기 전에, 새 저택을 세울 대지로 평평한 벌거숭이 들판을 사 헥타르가량 떼어놓았다. 그는 거기에다 집과 부속건물과 농장을 세우고 정원을 만들고 우

---

* 1804년부터 파리에서 영어로 발행된 자유주의적 일간신문.

물 두 개와 연못을 팠다. 그러나 어린 나무들은 잘 자라지 않았고 연못에는 물이 아주 조금밖에 고이지 않았다. 우물 맛은 짭짤했다. 라일락과 아카시아를 심은 정자 주변만이 꽤 울창했다. 사람들은 이따금 정자에서 차를 마시고 식사를 하곤 했다. 바자로프는 몇 분 만에 정원의 샛길을 뛰어다니며 둘러보고 나서 축사와 마구간에도 들렀다. 거기에서 그는 농부의 아이 두 명을 만나 곧 친해졌고 저택에서 일 킬로미터 정도 떨어진 조그만 늪으로 그 아이들과 함께 개구리를 잡으러 갔다.

"개구리는 뭐에 써요, 나리?" 한 아이가 물었다.

"그걸 뭐에 쓰냐면 말이다." 바자로프가 대답했다. 그는 하층민들에게 결코 관대하지 않았고 오히려 그들을 막 대했지만 그들의 신뢰를 불러일으키는 유별난 능력이 있었다. "난 개구리의 배를 째고 그 안에서 무슨 일이 일어나는지 볼 거야. 나나 너희들이나 그저 두 발로 걸어 다닐 뿐 개구리와 똑같으니까 이제 나는 우리 뱃속에서 무슨 일이 일어나는지 알게 되는 거야."

"그걸 알아서 뭐 하시려고요?"

"그거야 실수를 않기 위해서지. 네가 병에 걸리면 내가 널 고쳐줘야 하니까."

"그럼, 나리는 의사인가요?"

"그래."

"바시카, 들었니? 나리 말로는 우리가 개구리와 똑같대. 놀라운데!"

"난 개구리가 무서워." 바시카가 말했다. 일곱 살쯤 되어 보이는 그

사내아이는 아마처럼 옅은 갈색 머리카락에 맨발이었고, 깃을 세운 헐렁한 회색 상의를 입고 있었다.

"뭐가 무서워? 개구리가 물어뜯기라도 하나?"

"자, 철학자들아, 늪으로 들어가자." 바자로프가 말했다.

한편 니콜라이 페트로비치도 일어나서 아르카디에게로 갔다. 아르카디는 이미 옷을 입고 있었다. 아버지와 아들은 차양이 달린 테라스로 나갔다. 난간 옆 테이블 위, 커다란 라일락 꽃묶음 사이에서 사모바르*가 끓고 있었다. 엊저녁 현관 계단에서 맨 먼저 그들을 맞이했던 여자아이가 나타나서 가느다란 목소리로 말했다.

"페도시야 니콜라예브나께서는 몸이 너무 안 좋으셔서 오시지 못하겠다고 하십니다. 차를 손수 따라 드시겠는지, 아니면 두냐샤를 보내드려야 할지 여쭤보라고 하셨어요."

"내가 직접 따라 마시겠다. 직접." 니콜라이 페트로비치는 서둘러 하녀의 말을 막았다. "아르카샤, 넌 어떻게 마시겠니? 크림을 넣을래, 레몬을 넣을래?"

"크림을 넣을게요." 아르카디는 이렇게 말하고는 잠깐 침묵했다가 미심쩍다는 듯 "아버지" 하고 불렀다.

니콜라이 페트로비치가 당황한 표정으로 아들을 바라보았다.

"왜 그러냐?" 그가 말했다.

아르카디가 눈을 내리깔았다.

"아버지, 제 질문이 적절치 않다면 용서해주세요." 아들이 말문을

---

* 물을 끓이는 데 사용하는 러시아 특유의 주전자.

열었다. "어제 아버지가 솔직하게 말씀하셨으니 저도 솔직하게 말씀 드릴게요…… 화내지 않으시겠죠?……"

"말해봐라."

"아버지께서 용기를 북돋워주시니 여쭤보겠어요…… 혹시 페네……가 차를 따르러 여기 오지 않는 게 저 때문인가요?"

니콜라이 페트로비치는 슬쩍 얼굴을 돌렸다.

"아마도." 마침내 아버지가 말했다. "그녀 생각엔…… 부끄러운 게지……"

아르카디는 아버지 쪽으로 재빨리 눈길을 던졌다.

"그녀는 전혀 부끄러워할 필요가 없어요. 첫째로 제 사고방식(아르카디는 이 단어를 발음하는 것이 아주 기분 좋았다)은 아버지가 잘 알고 계실 테고, 둘째로 제가 털끝만큼인들 아버지의 인생을, 아버지의 습관을 구속하려고 하겠어요? 게다가 저는 아버지가 잘못된 선택을 하실 리 없다고 확신해요. 한 지붕 아래에서 함께 사는 것을 허락하신 이상 그녀는 틀림없이 그만한 가치가 있는 사람이겠지요. 어쨌든 아들이 아버지의 심판자가 될 수는 없어요. 특히 아버지처럼 어떤 일에서든 한 번도 저의 자유를 구속하지 않았던 분에게는 더욱 그렇죠."

처음에 아르카디의 목소리는 떨렸다. 그는 자신의 관대함을 느끼면서 동시에 자기가 아버지에게 훈시 같은 것을 하고 있음을 깨달았다. 그러나 본인이 내뱉는 말의 음향은 말하는 사람 자신에게도 강한 영향을 미치는 법이어서 아르카디는 마지막 말들을 효과적으로 확실하게 발음할 수 있었다.

"아르카샤, 고맙다." 니콜라이 페트로비치가 탁한 목소리로 말했다. 그의 손가락은 다시 눈썹과 이마를 어루만지기 시작했다. "네 추측이 정말로 옳다. 그녀가 그럴 만한 가치가 없었다면야…… 이건 경솔한 변덕이 아니다. 이 일에 대해 너랑 얘기하기가 거북하구나. 그러나 그녀가 네가 있는 여기로 오기가 어렵다는 건 너도 이해할 거다. 특히 네가 집에 온 첫날이니 말이다."

"그렇다면 제가 직접 그녀에게로 가지요." 아르카디는 관대한 감정이 새삼 솟구치는 걸 느끼면서 의자에서 벌떡 일어났다. "조금도 부끄러워할 게 없다고 그녀에게 말하겠어요."

니콜라이 페트로비치도 의자에서 일어났다.

"아르카디." 그가 말문을 열었다. "제발, 부탁이다…… 어떻게 그럴 수 있느냐…… 거기에…… 내가 미리 너에게 말은 하지 않았지만……"

그러나 아르카디는 이미 아버지의 말을 듣지 않고 테라스에서 달려나가고 있었다. 니콜라이 페트로비치는 뒤에서 아들을 잠시 바라보다가 당황하며 의자에 주저앉았다. 그의 심장이 두근거리기 시작했다…… 이 순간, 그가 앞으로 아들과의 관계에서 어색함을 피할 수 없을 것이라 생각했는지, 아르카디가 이 문제에 대해 전혀 언급하지 않는다고 해도 더 이상 자신을 존경하지는 않을 것이라 생각했는지, 아니면 자신의 연약함을 자책했는지 꼭 집어 말하기는 어렵다. 이 모든 감정이 그의 마음속에 존재했지만 그저 느낌뿐이어서 불분명했다. 그의 얼굴은 여전히 홍조를 띠고 있었고 심장은 두근거렸다.

빠른 걸음 소리가 들리더니 아르카디가 테라스로 들어왔다.

"아버지, 우리는 벌써 친해졌어요!" 아르카디는 상냥하고 선한 표정을 지으며 자랑스럽게 소리쳤다. "페도시야 니콜라예브나는 오늘 정말 몸이 좋지 않아요. 그러나 잠시 후에 나올 겁니다. 그런데 아버지, 왜 저에게 동생이 있다는 걸 말씀해주지 않으셨어요? 말씀하셨다면 엊저녁에 벌써 키스를 해주었을 텐데 이제야 키스를 해주었어요."

니콜라이 페트로비치는 무슨 말인가를 하고 싶었고, 일어나 두 팔을 벌려 아들을 껴안고 싶었다…… 그러나 아르카디가 먼저 아버지에게 달려가 목을 덥석 끌어안았다.

"이게 무슨 짓들이야? 또 껴안고들 있나?" 파벨 페트로비치의 목소리가 그들의 등 뒤에서 들렸다. 아버지와 아들은 똑같이 이 순간에 그가 나타난 것을 기뻐했다. 아무리 감동적이라 해도 그런 상태에서 빨리 벗어나고 싶은 때가 있는 법이다.

"왜 그렇게 놀라세요?" 니콜라이 페트로비치가 유쾌하게 말했다. "내가 얼마나 오랫동안 아르카디를 기다렸는데…… 어제부터 이 애를 실컷 바라볼 기회가 없었어요."

"난 조금도 놀라지 않았어. 나도 이 녀석을 껴안고 싶으니까."

아르카디는 큰아버지에게 다가갔고 다시금 그의 향긋한 콧수염이 뺨에 스치는 것을 느꼈다. 파벨 페트로비치는 테이블에 걸터앉았다. 그는 영국식 우아한 아침 가운을 걸치고 있었으며, 머리에 쓴 술 달린 조그만 원추형 모자는 유달리 멋스러워 보였다. 이 원추형 모자와 아무렇게나 맨 넥타이는 시골생활의 자유를 보여주었다. 그러나 와이셔츠—그것은 흰색이 아니라 당연히 아침 옷차림에 어울리는 화려한 색상이었다—의 빳빳한 깃은 여느 때처럼 깨끗이 면도한 턱을 고집스럽게 떠받치고 있었다.

"그런데 네 새 친구는 어디 있니?" 파벨 페트로비치가 아르카디에게 물었다.

"집에 없어요. 그 친구는 보통 아침 일찍 일어나서 어디론가 가곤 해요. 그에게 신경 쓰실 필요 없어요. 그 친구는 격식을 차리는 걸 좋아하지 않으니까요."

"그래, 그렇게 보이더구나." 파벨 페트로비치는 천천히 빵에 버터를 바르기 시작했다. "그 사람은 우리 집에 오래 머물 예정이냐?"

"두고 봐야지요. 아버지한테 가는 길에 잠깐 우리 집에 들른 거예요."

"그 사람 아버지는 어디에 살고 있는데?"

"우리 현에 살아요. 여기서 한 팔십 킬로미터쯤 떨어진 곳에 그리 크지 않은 영지를 가지고 있나 봐요. 예전에 연대 소속 의사셨대요."

"그래, 그래…… 그 바자로프라는 성을 어디서 들었는지 내내 혼자 생각하고 있었는데…… 니콜라이, 아버지의 사단에 바자로프라는 의사가 있었던 게 기억나냐?"

"있었던 것 같아요."

"맞아, 분명해. 바로 그 의사가 그의 아버지였군. 흠!" 파벨 페트로비치는 콧수염을 가볍게 움직였다. "그런데 도대체 바자로프는 뭐 하는 사람이냐?" 잠시 사이를 두고 그가 다시 물었다.

"바자로프가 뭐 하는 사람이냐고요?" 아르카디가 빙그레 웃었다. "큰아버지, 그가 정확히 뭐 하는 사람인지 말씀드릴까요?"

"그래, 말해보거라, 얘야."

"그는 니힐리스트예요."

"뭐라고?" 니콜라이 페트로비치가 되물었고, 파벨 페트로비치는 날 끝에 버터 조각을 찍은 나이프를 들어 올린 채 움직이지 않았다.

"그는 니힐리스트입니다." 아르카디가 재차 말했다.

"니힐리스트라고?" 니콜라이 페트로비치가 말했다. "내가 알기로 그건 라틴어 '니힐(nihil)', 즉 '무(無)'에서 나온 말인데. 그러면 그 단어는…… 아무것도 인정하지 않는 사람을 의미하는 것 아니냐?"

"아무것도 존경하지 않는 사람이라고 말해." 파벨 페트로비치가 말을 받아넘기면서 다시 빵에 버터를 바르기 시작했다.

"모든 것을 비판적 관점에서 보는 사람이지요." 아르카디가 말했다.

"마찬가지 아니냐?" 파벨 페트로비치가 물었다.

"아뇨, 똑같지는 않아요. 니힐리스트는 어떤 권위 앞에서도 굴하지 않고, 아무리 주위에서 존경받는 원칙이라고 해도 그 원칙을 신앙으로 받아들이지 않는 사람입니다."

"그래서, 그게 좋다는 거냐?" 파벨 페트로비치가 아르카디의 말을 잘랐다.

"그건 사람 나름이지요, 큰아버지. 어떤 사람에겐 좋을 수도 있고, 또 어떤 사람에겐 나쁠 수도 있지요."

"그러냐. 어쨌든 우리하고는 상관없는 것 같구나. 우리는 구시대의 사람들이라서 윙칙(파벨 페트로비치는 이 단어를 프랑스식으로 부드럽게 발음했지만, 반대로 아르카디는 첫음절에 힘을 주어 '원칙'이라고 발음했다) 없이는, 네가 말하는 대로 윙칙을 신앙으로 받아들이지 않고는 한 발자국도 나아갈 수 없고 숨을 쉴 수가 없다. Vous avez changé tout cela(너희들은 모든 걸 바꿔놓았구나). 제발 건강하게 살아서 장군 직위나 받으렴. 그러면 우리는 너만 바라보고 살 거다. 얘야, 그런데 뭐라고 했지?"

"니힐리스트요." 아르카디가 분명하게 말했다.

"그래. 전엔 헤겔주의자들이 있었는데 이젠 니힐리스트란 말이지. 어디 그 공허 속에서, 그 진공 속에서 너희들이 어떻게 존재하나 두고 보자. 니콜라이 페트로비치, 지금 종을 울려줘. 내가 코코아를 마실 시간이야."

니콜라이 페트로비치가 종을 울리고 '두냐샤!' 하고 외쳤다. 그러나 두냐샤 대신에 페네치카가 직접 테라스로 나왔다. 스물셋쯤 되어 보이는 살갗이 희고 보드라운 여자였다. 머리칼과 눈은 까맣고 붉은 입술은 어린아이처럼 도톰하고 손은 부드러웠다. 그녀는 산뜻한 사라사 원피스를 입고 둥근 어깨에는 하늘색 새 삼각수건을 걸치고 있었다. 그녀는 커다란 코코아잔을 들고 와서 파벨 페트로비치 앞에 놓고는 몹시 수줍어했다. 사랑스러운 그녀 얼굴의 엷은 피부 아래로 뜨거운 피가 선홍색 파도처럼 퍼졌다. 그녀는 눈을 내리뜨고 테이블 옆에 서서 손가락 끝으로 테이블을 살짝 짚었다. 그녀는 이 자리에 온 것을 부끄러워하면서도 동시에 여기에 올 권리가 있다고 느끼는 것 같았다.

파벨 페트로비치는 근엄한 얼굴로 눈썹을 찌푸렸고 니콜라이 페트로비치는 당황한 표정을 지었다. "안녕하시오, 페네치카?" 파벨 페트로비치가 입안에서 우물우물 말했다.

"안녕하시지요?" 그녀는 크지는 않지만 낭랑한 목소리로 대답했다. 그리고 자기에게 정다운 미소를 보내고 있는 아르카디를 곁눈질로 힐끗 쳐다보고는 살그머니 물러갔다. 그녀는 약간 뒤뚱거리며 걸었지만 그것이 그녀에게는 잘 어울렸다.

테라스에 잠시 침묵이 흘렀다. 파벨 페트로비치는 코코아를 마시다가 고개를 번쩍 들었다.

"저기 니힐리스트 씨가 우리에게로 오시는군." 그가 나직하게 말했다.

과연 바자로프가 정원의 꽃밭 사이로 성큼성큼 걸어오고 있었다. 그의 삼베 외투와 바지에는 진흙이 잔뜩 묻어 있고 낡고 둥그런 모자의 꼭대기에는 끈끈하게 들러붙는 늪지의 풀이 휘감겨 있었다. 그는 오른손에 조그만 자루를 들고 있었는데, 그 안에서 뭔가 살아 있는 것이 꼼지락거리고 있었다. 그는 빠르게 테라스로 와서 고개를 끄덕이고는 말했다.

"안녕들 하세요? 차 마시는 시간에 늦어서 죄송합니다. 곧 돌아오겠습니다. 이 포획물들을 제자리에 갖다놓아야만 하거든요."

"아니, 그게 뭐요? 거머리요?" 파벨 페트로비치가 물었다.

"아뇨, 개구리입니다."

"그걸 먹을 거요, 아니면 기를 거요?"

"실험용입니다." 바자로프는 덤덤하게 말하고 집 안으로 들어갔다.

"이제 그것을 해부할 테지." 파벨 페트로비치가 말했다. "원칙은 믿지 않으면서 개구리는 믿거든."

아르카디는 유감스럽다는 듯 큰아버지를 바라보았고 니콜라이 페트로비치는 슬그머니 어깨를 으쓱했다. 파벨 페트로비치는 자기 농담이 통하지 않았다는 것을 깨닫고는 농장 일과 새 관리인에 대해 말하기 시작했다. 관리인은 어제 파벨 페트로비치에게 와서 일꾼 포마가

'방탕해서' 일을 하지 않는다고 불평했었다. "그자는 정말 이솝 같은 놈*입니다. 어디서나 나쁜 놈이라고 자처하며 대들어요. 그자는 잠시 얼쩡거리다가는 바보짓을 하고 곧 사라져버립니다."

6

바자로프는 테라스로 돌아와 식탁에 앉더니 곧 차를 마시기 시작했다. 두 형제는 말없이 그를 바라보았고, 아르카디는 때로는 아버지를, 때로는 큰아버지를 슬그머니 쳐다보곤 했다.

"여기서 먼 곳까지 갔었나요?" 마침내 니콜라이 페트로비치가 물었다.

"영지에 조그만 늪이 있더군요. 사시나무숲 근처에요. 그곳에서 도요새 대여섯 마리를 날려버렸습니다. 아르카디, 자네라면 그것들을 쏴 죽일 수 있었을 텐데."

"당신은 사냥을 하지 않나요?"

"안 합니다."

"원래 물리학을 공부한다죠?" 이번에는 파벨 페트로비치가 물었다.

"예, 물리학을 공부하고 있습니다. 대체로 자연과학을 공부하고 있습니다."

---

* 우화를 쓴 이솝은 사실 지혜로운 사람이다. 위 구절에서는 일꾼을 나쁘고 멍청한 사람이라고 말하므로 관리인이 단어를 부적절하게 사용했다고 볼 수 있다.

"최근에 게르만인들이 그 분야에서 대단한 성과를 냈다고 하더군요."

"예, 독일인들은 그 분야에서 우리의 선생님입니다." 바자로프가 건성으로 대답했다.

파벨 페트로비치는 독일인 대신에 게르만인이란 단어를 일종의 아이러니로 사용했지만 아무도 그것을 알아채지 못했다.

"당신은 독일인들을 그렇게나 높이 평가합니까?" 파벨 페트로비치는 아주 세련되고 정중하게 물었다. 그는 은근히 화가 나기 시작했다. 바자로프의 전혀 거리낌 없는 태도가 그의 귀족적 성미를 건드렸다. 이 의사의 아들은 두려워하지 않을 뿐만 아니라 띄엄띄엄 내키지 않게 대답을 했다. 바자로프의 음성에는 뭔가 거칠고 어딘가 건방진 구석이 있었다.

"그곳 학자들은 유능한 사람들입니다."

"그렇지, 그렇지요. 그럼 당신은 러시아 학자들에 대해서는 그다지 호의적이지 않겠군요?"

"아마 그럴 수도 있겠지요."

"아주 칭찬할 만한 겸손이로군요." 파벨 페트로비치는 몸을 쭉 펴고 머리를 뒤로 젖히면서 말했다. "방금 전 아르카디의 말을 듣자니 당신은 일체의 권위를 인정하지 않는다죠? 당신은 권위를 믿지 않소?"

"왜 제가 권위를 인정해야 합니까? 그리고 뭘 믿어야 합니까? 사실을 말해주면 저는 동의할 뿐입니다. 이게 전부입니다."

"그럼 독일인들은 언제나 사실만을 말하나요?" 파벨 페트로비치가 물었다. 그의 얼굴은 아주 무심하고 냉담한 표정을 띠고 있었으며 마치 그 자신은 구름 너머 어떤 높은 곳으로 사라져버린 것만 같았다.

"모두가 그런 건 아닙니다." 바자로프는 가볍게 하품을 하면서 대답했다. 분명히 바자로프는 입씨름을 계속하고 싶지 않아 했다.

파벨 페트로비치는 '네 친구는 참 예절이 바르구나'라고 말하고 싶다는 듯 아르카디를 힐끗 쳐다보았다.

"나로 말하자면," 파벨 페트로비치는 살짝 애를 쓰며 다시 말문을 열었다. "미안하게도 나는 독일인들에게 호의를 갖고 있지 않소. 러시아 안의 독일인들은 말할 것도 없고. 그자들이 어떤 족속인지는 다 알려져 있으니까. 그리고 독일에 사는 독일인들도 좋아하지 않아요. 옛날 독일인들은 그래도 괜찮았지. 그땐 실러나 괴테 같은 사람들도 있었으니까…… 여기 내 아우는 그들에게 특별히 호의를 가지고 있지요…… 지금은 온통 무슨 화학자니 유물론자니 하는 사람들뿐이라서……"

"훌륭한 화학자는 그 어떤 시인보다 스무 배는 더 유익합니다." 바자로프가 파벨 페트로비치의 말을 끊었다.

"아, 저런." 파벨 페트로비치는 졸린 듯이 살짝 눈썹을 추켜올리며 말했다. "그럼 당신은 예술을 인정하지 않는다는 말이오?"

"돈을 버는 예술입니까, 아니면 치질을 고치는 예술입니까!" 바자로프가 조소하는 듯한 웃음을 띠면서 소리 높여 말했다.

"그래, 그래. 당신은 농담을 잘하는군요. 그렇다면 당신은 모든 걸 부정하는 거요? 그러니까 과학만을 믿는단 말이지요?"

"저는 아무것도 믿지 않는다고 이미 말씀드렸습니다. 도대체 과학이란, 일반적 과학이란 무엇입니까? 여러 가지 직업이나 지식이 있는 것처럼 과학에도 여러 가지가 있습니다. 일반적 과학이란 결코 존재하지 않습니다."

"아주 훌륭하군요. 그러면 당신은 인간생활에서 관례가 된 다른 것들에 대해서도 그런 부정적인 생각을 가지고 있소?"

"이건 심문인가요?" 바자로프가 물었다.

파벨 페트로비치의 낯빛이 약간 창백해졌다…… 니콜라이 페트로비치는 대화에 끼어들 필요가 있다고 생각했다.

"이 문제에 대해서는 다음에 좀더 자세히 이야기하도록 합시다, 친애하는 예브게니 바실리치. 앞으로 당신의 의견도 듣고, 우리의 의견도 말하지요. 나로서는 당신이 자연과학을 공부한다는 게 아주 기쁩니다. 리비히*가 밭에 거름을 주는 방법에 대해 놀라운 발견을 했다는 소릴 들었어요. 당신은 내 농사일을 도와줄 수 있고 아마 유익한 조언도 해줄 수 있을 겁니다."

"무슨 일이든 시켜주십시오, 니콜라이 페트로비치. 그러나 우리가 어찌 리비히를 알겠습니까! 우선 가나다를 배우고 그다음에 책을 집어 들어야만 하는데 우리는 아직 가나다의 '가' 자도 보지 못했어요."

'그래, 자네는 분명히 니힐리스트로군.' 니콜라이 페트로비치는 생각했다.

"그래도 무슨 일이 있으면 당신의 도움을 받도록 하지요." 그는 큰 소리로 덧붙여 말했다. "그런데 형님, 이제 영지관리인과 이야기하러 갈 때가 된 것 같아요."

---

* 독일의 화학자. 유기화학의 성과를 농업에 응용하여 식물의 광물 흡수 이론을 기초했다.

파벨 페트로비치가 의자에서 일어났다.

"그래." 그는 아무도 바라보지 않으면서 대답했다. "위대한 현인들과 멀리 떨어져서 이런 시골에서 오 년 동안이나 살고 있다니 정말 불행한 일이야! 진짜 멍청이가 되는 거야. 배운 걸 잊지 않으려고 애쓰지만, 갑자기 배운 건 다 쓸데없는 것이 되고 말아. 분별 있는 사람들은 그따위 시시한 일에는 더 이상 관심을 갖지 않는다, 너는 시대에 뒤진 멍청이다, 라는 소리만 듣게 돼. 어쩔 수 없지! 분명히 젊은 사람들이 우리보다 영리한 것 같군."

파벨 페트로비치는 구두 뒤축으로 천천히 돌아서서 느릿느릿 걸어 나갔다. 니콜라이 페트로비치도 그의 뒤를 따라 나갔다.

"아니, 저 양반은 항상 저런 식인가?" 두 형제가 나가고 문이 닫히자마자 바자로프가 냉담하게 아르카디에게 물었다.

"이봐, 예브게니, 큰아버지에게 너무 심하게 했어." 아르카디가 말했다. "자네는 그분을 모욕했어."

"그럼 내가 저 시골 귀족들의 응석을 받아줘야 한단 말인가! 저건 모두 자존심이 강한 사교계 명사들의 습성일 뿐이야. 잘난 체 우쭐대는 거라고. 저런 기질을 갖고 있다면 페테르부르크에서 계속 경력이나 쌓았으면 좋았을걸…… 뭐, 그가 하고 싶은 대로 그냥 내버려둬! 난 아주 희귀한 물방개 한 마리를 발견했어. 디티스쿠스 마르기나투스(dytiscus marginatus)라는 건데, 알고 있나? 자네에게 그걸 보여주지."

"그분의 과거를 얘기해주기로 자네에게 약속했었지." 아르카디가 말을 시작했다.

"물방개의 역사 말인가?"

"이제 그만하게, 예브게니. 내 큰아버지의 과거 말이야. 그분은 자네가 상상하는 그런 사람이 아니야. 그분은 조소보다는 오히려 동정을 받으셔야 해."

"난 논쟁하고 싶지 않네. 자네는 대체 왜 그렇게 큰아버지에게 관심이 많은가?"

"공정해야만 해, 예브게니."

"왜 그래야만 하지?"

"그러지 말고, 들어봐……"

그러고 나서 아르카디는 자기 큰아버지의 과거를 바자로프에게 이야기하기 시작했다. 독자들은 다음 장에서 그 내용을 알게 될 것이다.

7

파벨 페트로비치 키르사노프는 동생 니콜라이와 마찬가지로 처음에는 집에서, 그다음에는 귀족 군사유년학교*에서 교육을 받았다. 그는 어린 시절부터 외모가 출중했다. 게다가 자존심이 강하고 약간 냉소적이며 어딘지 묘하게 신경질적인 데가 있었다. 사람들은 누구나 그를 좋아했다. 그는 장교로 임관되자마자 어디에나 나타나기 시작했다. 사람들이 떠받들자 그는 제멋대로 굴었고, 심지어 바보짓을 하며

---

* 1759년 페테르부르크에 세워진, 고관과 장군의 아들을 위한 중등 교육기관.

거드름을 피우기도 했다. 그러나 이런 행동도 그에게는 잘 어울렸다. 여자들은 그 때문에 넋을 잃을 지경이었고, 남자들은 그를 멋쟁이라 부르며 은근히 부러워했다. 이미 말한 것처럼 그는 동생과 함께 한집에서 살았고, 닮은 점이라곤 하나도 없었지만 동생을 진심으로 사랑했다. 니콜라이 페트로비치는 약간 다리를 절었고, 작고 유쾌하지만 다소 슬픈 인상의 자그마한 얼굴, 그리 크지 않은 검은 눈과 부드럽고 성긴 머리칼을 가지고 있었다. 그는 게으른 생활을 즐기고 독서를 좋아했지만 사교계를 두려워했다. 그러나 파벨 페트로비치는 단 하루 저녁도 집에서 보내지 않았고 대담성과 민첩성으로 이름을 날렸으며 (그는 상류층 젊은이들 사이에 체조를 보급하려고도 했었다) 겨우 대여섯 권의 프랑스 책을 읽었을 뿐이었다. 스물여덟 살에 그는 이미 대위였으며 눈부신 출세가 그를 기다리고 있었다. 그러나 갑자기 모든 것이 변해버렸다.

당시 페테르부르크의 사교계에 R라는 공작부인이 이따금 나타나곤 했다. 사람들은 오늘날까지 그녀를 잊지 않고 있다. 그녀의 남편은 교양 있고 예의가 바르나 좀 어수룩한 사람으로, 부부 사이에는 아이가 없었다. 그녀는 갑자기 외국으로 떠났다가 갑자기 러시아로 돌아오는 등 기묘한 생활을 했다. 경박한 바람둥이라는 소문이 자자했으며 온갖 향락을 열심히 탐닉하고 쓰러질 때까지 춤을 추고 깔깔거리며 웃어대고 젊은이들과 시시덕거리기를 좋아했다. 그녀는 식사 전이면 늘 어스레한 객실에서 젊은 남자들을 맞이하곤 했는데 그러다가도 밤이 되면 어디에도 쉴 곳이 없다며 울음을 터뜨리거나 우울한 듯 밤새 두 손을 비벼대면서 종종 새벽까지 방 안을 미친 듯이 돌아다니곤 했다.

혹은 창백하고 냉랭한 표정을 짓고 앉아서 성경의 시편을 읽기도 했다. 그러나 낮이 되면 그녀는 또다시 사교계 귀부인으로 변해서 외출을 하고 웃고 쓸데없는 말을 지껄이고 조금이라도 기분전환을 할 수 있는 것이 있으면 무엇이든지 그것에 달라붙었다. 그녀의 체격은 정말로 놀라웠다. 황금처럼 묵직해 보이는 그녀의 황금빛 머리채는 무릎 아래까지 치렁치렁 늘어졌다. 그러나 누구도 그녀를 미인이라고 말하지는 않았을 것이다. 그녀의 얼굴에서 괜찮은 것은 그리 크지 않은 잿빛 눈뿐이었는데, 그것도 눈 자체가 아니라 민첩한 동시에 무모할 정도로 태연하며 우울할 정도로 생각에 잠긴 수수께끼 같은 눈매였다. 그녀의 혀가 아주 실없는 말을 지껄일 때조차도 그 눈 속에는 뭔가 예사롭지 않은 것이 반짝였다. 그녀는 세련되게 옷을 입었다. 파벨 페트로비치는 어느 무도회에서 이 여자를 만나 마주르카를 추었다. 춤추는 동안 그녀는 의미 있는 말은 한마디도 하지 않았지만, 그는 그녀를 열렬히 사랑하게 되었다. 이미 승리에 익숙했던 그는 이번에도 곧 자신의 목적을 달성했다. 그러나 쉽게 승리했다고 그의 열정이 식은 것은 아니었다. 반대로 그는 더욱더 고통스럽고 더욱더 강하게 그녀에게 빠져들어갔다. 그녀는 돌이킬 수 없을 정도로 완전히 남자에게 몸을 내맡겼을 때조차 여전히 그 누구도 간파할 수 없는, 뭔가 비밀스럽고 알 수 없는 것을 지니고 있는 것 같았다. 그녀의 영혼 속에 무엇이 깃들어 있었는지는 아무도 모를 일이다! 그녀는 그녀 자신도 알 수 없는 어떤 신비한 힘에 지배되어 그 힘이 원하는 대로 농락당하는 것만 같았다. 그녀의 작은 지식으로는 그 신비한 힘의 변덕을 감당할 수가 없었다. 그녀의 모든 행동은 모순적이었다. 당연히 그녀가 쓰는 편지만이 남편의 의심을 불러일으킬 수 있는 유일한 증거였는데, 그녀는 그 편지를 거의 알지도 못하는 남자들에게 써 보냈다. 그녀의 사랑에는 슬픔이 어려 있었다. 그녀는 자기가 선택한 사람과 웃지도 않고 농담도 하지 않으면서, 다만 의혹에 찬 시선으로 상대방의 얼굴을 쳐다보며 이야기를 들었다. 그리고 이따금 이 의혹에 찬 시선은 갑자기 차가운 공포로 변했는데, 이때 그녀의 표정은 죽은 사람처럼 괴상했다. 그녀가 침실에 틀어박히면 하녀는 자물쇠에 귀를 바짝 갖다 대고서 그녀가 소리 없이 흐느껴 우는 소리를 들었다. 다정한 밀회를 끝내고 집으로 돌아오는 파벨 키르사노프는, 마치 실연을 당한 뒤 가슴속에 치밀어 오르는, 심장이 찢기는 듯한 쓰디쓴 분노를 느낀 것이 한두 번이 아니었다. '나는 더 이상 무엇을 원하는가?' 아무리 이렇게 자문하며 마음을 달래보려 해도 마음은 여전히 괴로웠다. 한번은 그가 그녀에게 스핑크스가 새겨진 보석반지를 선물했다.

"이게 뭐죠?" 그녀가 물었다. "스핑크스인가요?"

"그렇소." 그가 대답했다. "이 스핑크스는 바로 당신이오."

"저라고요?" 이렇게 되물은 그녀는 수수께끼 같은 눈을 천천히 들어 그를 바라보았다. "이게 정말 제 마음에 든다는 걸 아세요?" 그녀는 희미하게 쓴웃음을 지으면서 덧붙여 말했다. 그녀의 두 눈은 여전히 이상하게 그를 응시하고 있었다.

R공작부인의 사랑을 받을 때에도 마음이 괴로웠던 그는, 그녀의 애정이 식어버리자(그것은 꽤 빨리 찾아왔다) 거의 미쳐버릴 지경이었다. 그는 그녀를 조용히 내버려두지 않았다. 번민하고 질투하면서 어디에나 그녀를 뒤따라다녔다. 그녀는 그가 끊임없이 뒤따라다니는 것

에 넌더리를 냈다. 그래서 외국으로 달아나버렸다. 친구들의 간절한 부탁과 장관들의 충고에도 불구하고 그는 사직하고 공작부인의 뒤를 따라 외국으로 떠났다. 그는 그녀의 뒤를 따라다니기도 하고 때로는 일부러 그녀를 시야에서 놓쳐버리기도 하면서 사 년을 타국에서 살았다. 그는 자신을 부끄럽게 여겼고 자신의 소심함에 분노했다…… 그러나 아무 소용이 없었다. 이해할 수 없고 거의 무의미한, 그러나 매력적인 그녀의 모습이 그의 마음속에 너무나 깊이 각인되어 있었다. 그는 우연히 바덴*에서 그녀를 만나 이전처럼 같이 지내게 되었다. 아마 그때처럼 그녀가 열정적으로 그를 사랑한 적은 없었을 것이다…… 그러나 한 달이 지나자 모든 것이 끝나버렸다. 꺼지기 전 마지막으로 활활 타오른 불길은 영원히 꺼져버렸다. 피할 수 없는 이별을 예감한 그는 마치 이런 여인과의 우정이 가능하기라도 한 것처럼 최소한 그녀의 친구로라도 남기를 바랐다…… 그녀는 조용히 바덴을 떠났고, 그때부터 계속 그를 피해다녔다. 그는 러시아로 돌아와서 전처럼 생활하려고 했지만 이미 이전의 궤도에 들어설 수는 없었다. 마치 무엇에 중독된 사람처럼 그는 이리저리 떠돌아다녔다. 그는 다시 한번 사교계로 나갔고 사교계 신사의 모든 습성을 유지하면서 두세 번의 새로운 승리를 자랑할 수 있었다. 그러나 그는 이미 자기 자신에게도 다른 사람들에게도 별다른 것을 기대하지 않았고 무슨 일도 새로 시작하려 하지 않았다. 그는 나이가 들어 머리가 백발이 되었다. 저녁마다 클럽에 가서 신경질적으로 답답해하고 독신자들 사이에서 냉담하게

---

* 독일 남서부의 주 이름.

논쟁하는 것이 그의 필수적인 일과가 되었다. 모두 알다시피 이것은 나쁜 징조이다. 물론 그는 결혼에 대해서도 생각하지 않았다. 이렇게 십 년이라는 세월이 꽃도 피지 않고 열매도 맺지 못한 채 빨리, 너무나 빨리 지나갔다. 러시아처럼 시간이 빨리 흐르는 곳은 그 어디에도 없다. 하긴 감옥에서는 시간이 더 빨리 흐른다고 말들 한다. 어느 날 파벨 페트로비치는 클럽에서 식사를 하다가 R공작부인의 죽음에 관한 소식을 들었다. 그녀가 정신착란에 가까운 상태로 파리에서 죽었다는 것이다. 그는 테이블에서 일어나 오랫동안 클럽의 방들을 돌아다니다가 카드놀이를 하는 사람들 옆에 마치 못 박힌 듯 멈춰 서 있었다. 그러나 평소보다 더 일찍 집으로 돌아가지는 않았다. 얼마 후에 그는 그의 앞으로 부쳐온 소포를 받았다. 그 안에는 지난날 그가 공작부인에게 주었던 반지가 들어 있었다. 그녀는 스핑크스 위에 십자가 모양의 표식을 해서, 이 십자가가 바로 수수께끼의 해답이라는 것을 그에게 전하려 했던 것이다.

이 일은 1848년 초에 일어났는데 니콜라이 페트로비치가 아내를 여의고 페테르부르크로 간 것도 바로 그때였다. 파벨 페트로비치는 동생이 시골에 정착한 후로 동생과 거의 만나지 못했다. 니콜라이 페트로비치는 파벨 페트로비치가 공작부인과 막 교제를 시작했을 때 결혼했다. 외국에서 돌아온 파벨 페트로비치는 두어 달쯤 동생 집에 머물면서 동생의 행복한 생활이나 보려고 찾아갔지만 겨우 일주일밖에 견디지 못했다. 두 형제의 상황 차이가 너무나 컸던 것이다. 1848년에는 그 차이가 줄어들었다. 니콜라이 페트로비치는 아내를 잃었고 파벨 페트로비치는 추억을 잃었다. 공작부인이 죽은 후 파벨 페트로비치는 그녀에 대해 생각하지 않으려고 애썼다. 그러나 형에 비해 니콜라이 페트로비치에게는 인생을 올바로 살았다는 느낌이 남아 있었고 아들도 눈앞에서 자라고 있었다. 반대로 외로운 독신자인 파벨 페트로비치는 혼란스러운 황혼기에 접어들고 있었다. 그것은 청춘은 지나가버렸지만 노년은 아직 시작되지 않은 시기, 즉 희망과 비슷한 애수, 애수와 비슷한 희망의 시기였다.

이 시기에 파벨 페트로비치는 그 누구보다 더 힘들었다. 자신의 과거를 잃어버리면서 모든 것을 잃어버렸기 때문이다.

"이제 난 형님을 마리노로 오라고 하지 않을 겁니다." 어느 날 니콜라이 페트로비치가 그에게 말했다. (그는 죽은 아내를 기념하여 영지를 마리노라고 불렀다.) "형님은 내 아내가 살아 있을 때도 마리노에서 답답해했는데, 지금은 우울해서 죽고 말 겁니다."

"그때는 어리석고 경박했었지." 파벨 페트로비치가 대답했다. "그후로 현명해지지는 못했지만 점잖아졌어. 이제 자네가 허락한다면 나는 자네의 집에서 영원히 살 준비가 되어 있네."

니콜라이 페트로비치는 대답 대신 형을 껴안았다. 그러나 이 대화를 나누고 일 년 반이 지나서야 파벨 페트로비치는 자기 계획을 실행하기로 결심했다. 그 대신 일단 시골에 정착하자 그는 니콜라이 페트로비치가 아들과 함께 세 번의 겨울을 페테르부르크로 가서 보내는 동안에도 시골을 떠나지 않았다. 시골에서 그는 주로 영어로 쓰인 책을 읽기 시작했다. 대체로 그는 영국식으로 생활하면서 이웃사람들과 거의 만나지 않았고 선거 때만 외출을 했다. 그는 대개 침묵하다가 이따금 엉뚱한 자유주의적 언행으로 구세대의 지주들을 골려주고 깜짝 놀라게 했다. 그러나 그렇다고 신세대의 대표자들과 친하게 지내는 것도 아니었다. 구세대 사람들이나 신세대 사람들이나 다 그를 거만한 사람이라고 생각했지만 그의 세련된 귀족적 태도와 화려한 여성편력에 대한 소문을 듣고 나면 동시에 그를 존경했다. 또 그가 화려하게 옷을 입고 다니며 최상급 호텔의 특실에 머문다는 것, 보통은 정찬을 즐기고 루이 필리프*의 저택에서 아서 웰링턴**과 함께 식사를 한 적이 있다는 것, 어디를 가나 순은으로 된 화장도구 케이스와 여행용 목욕통을 가지고 다닌다는 것, 그에게서 평범하지 않은 어떤 '고상한' 향수 냄새가 난다는 것, 휘스트***를 아주 잘하면서도 항상 지기만 한다는 것―이 모든 것이 사람들의 존경심을 불러일으켰다. 마지막으로 사람들은 그의 나무랄 데 없는 정직함을 존경했다. 부인들은 그를 매력적인 우울병자라고 불렀지만 그는 더 이상 여자들과 사귀지 않았다……

"자, 보게나, 예브게니." 이야기를 끝내면서 아르카디가 말했다. "큰아버지에 대한 자네의 판단이 얼마나 불공정한가! 큰아버지가 아버지에게 돈을 줘서 아버지가 여러 번 곤경에서 벗어났다는 말은 굳이 하지 않겠네. 아마 자네는 모르겠지만 두 분은 영지를 나누지도 않았어. 그러나 큰아버지는 모든 사람을 도와주는 걸 즐기고, 언제나 농부들의 편을 들고 있네. 농부들과 얘기할 때 얼굴을 찌푸리고 향수 냄새를 맡긴 하지만……"

---

* 프랑스의 왕. 1848년 2월 혁명 중 퇴위당한 뒤 영국으로 달아났다.
** 영국의 장군이자 정치인. 프로이센 군대와 협력하여 워털루에서 나폴레옹을 무찔렀다.
*** 네 사람이 하는 카드놀이.

"당연하지. 신경이 예민하니까." 바자로프가 말을 가로챘다.

"아마 그럴지도 모르지. 그러나 그분의 마음은 아주 선량해. 그리고 전혀 어리석지도 않아. 언제나 내게 아주 유익한 충고를 해주고 있네…… 특히…… 특히 부인들을 대하는 태도에 관해 말이야."

"아하, 자라 보고 놀란 사람이 솥뚜껑 보고 놀라는 격이군. 알 만하네!"

"글쎄, 한마디로 말해서," 아르카디가 말을 이었다. "큰아버지는 아주 불행한 분이야. 내 말을 믿게나. 그분을 경멸하는 건 죄악이야."

"도대체 누가 그를 경멸한단 말인가?" 바자로프가 반박했다. "그러나 여자의 사랑이라는 카드에 평생을 건 사람이 그 카드를 잃어버리자 맥이 빠져서 아무것도 할 수 없다면 그 사람은 남자가 아니라 수컷이라고 나는 말하겠네. 자네는 자네 큰아버지가 불행하다고 말하는데, 그래, 그거야 자네가 더 잘 알겠지. 그러나 자네 큰아버지는 아직도 어리석음을 버리지 못하고 있어. 그는 자신이 『갈리냐니통보』를 읽고, 한 달에 한 번씩 농군들의 태형을 면해준다는 이유로 정말 자신을 유능한 사람이라고 생각할 거야."

"그렇지만 큰아버지가 받은 교육과 살아온 시대를 기억해보게."

"교육이라고?" 바자로프가 말꼬리를 잡았다. "인간은 모두 스스로를 교육해야만 하네. 예컨대 나처럼 말이야. 그리고 시대에 관해 말이 나왔는데, 왜 내가 시대에 좌우되어야만 하나? 오히려 내가 시대를 지배해야지. 아니야, 친구, 그건 다 방종이고 헛된 거야! 남녀 간의 신비한 관계란 또 뭔가? 나 같은 생리학자들은 이 관계라는 게 어떤 건지 알지. 눈의 구조를 한번 연구해보게나. 자네가 말한 수수께끼 같은 눈매라는 게 도대체 어디 있다는 말인가? 그건 다 낭만주의고, 실없는 소리고, 쓰레기고, 예술이야. 차라리 딱정벌레나 보러 가세."

두 친구는 바자로프의 방으로 갔다. 그 방에는 이미 값싼 담배 냄새와 외과수술실 냄새 같은 것이 뒤섞여 있었다.

8

파벨 페트로비치는 동생과 영지관리인이 대화하는 자리에 그리 오래 있지는 않았다. 영지관리인은 비쩍 마른 몸에 키가 크고, 눈은 사기꾼처럼 교활했으며 목소리는 폐병환자처럼 나긋나긋했다. 그는 니콜라이 페트로비치가 말을 할 때마다 '당치도 않습니다요. 당연한 일입니다요' 하고 대답하면서 농군들을 주정뱅이와 도둑으로 만들려고 애썼다. 최근에 새로 도입한 농장경영 시스템은 기름을 치지 않은 바퀴처럼 삐걱거렸고 집에서 생나무로 만든 수제 가구처럼 쩍쩍 갈라졌다. 니콜라이 페트로비치는 의기소침하지는 않았지만 종종 한숨을 내쉬고 생각에 잠기곤 했다. 그는 돈 없이는 일이 잘 진행되지 않으리라는 걸 알았지만 갖고 있던 돈은 거의 다 써버린 상태였다. 아르카디의 말은 사실이었다. 파벨 페트로비치는 여러 번 동생을 도와주었다. 동생이 곤경에서 벗어나려고 애를 쓰고 골머리를 앓는 것을 보면 파벨 페트로비치는 천천히 창가로 다가가 두 손을 주머니에 찔러 넣고 "Mais je puis vous donner de l'argent(내가 너에게 돈을 줄 수 있어)"라고 입속으로 웅얼거렸다. 그러고는 동생에게 돈을 주곤 했다.

그러나 이날은 파벨 페트로비치 역시 수중에 돈이 한푼도 없었기 때문에 그 자리를 피하기로 했다. 그는 농장경영에 대한 자잘한 걱정거리들로 우울해졌다. 그가 볼 때 니콜라이 페트로비치는 열성과 노력에도 불구하고 항상 일을 잘 처리하지 못하는 것 같았다. 그러나 그는 니콜라이 페트로비치가 무슨 실수를 했는지 꼭 집어서 지적할 수는 없었다. '동생은 그리 실제적인 사람이 아니야.' 그는 속으로 생각했다. '사람들한테 속고 있어.' 반대로 니콜라이 페트로비치는 파벨 페트로비치의 실무적 능력을 높이 평가했으므로 항상 형의 조언을 구했다. "나는 의지가 약하고 못나서 시골 구석에서 평생을 살아왔어요." 그는 이렇게 말하곤 했다. "그러나 형님은 목적이 있어 사람들과 오랫동안 어울려 살아왔으니 사람들을 잘 알 겁니다. 형님은 독수리의 눈매를 가지고 있으니까." 파벨 페트로비치는 이 말을 듣고 그저 외면했을 뿐 동생의 잘못된 생각을 바로잡아주지는 않았다.

파벨 페트로비치는 동생을 서재에 남겨두고 집을 앞부분과 뒷부분으로 가르고 있는 복도로 나왔다. 나지막한 문 앞에 다다른 그는 생각에 잠겨 걸음을 멈췄다. 그러고는 콧수염을 몇 번 잡아당기고 문을 두드렸다.

"누구세요? 들어오세요." 페네치카의 목소리가 들렸다.

"나요." 파벨 페트로비치가 대답하고 문을 열었다.

아이를 안고 앉아 있던 페네치카는 의자에서 벌떡 일어났다. 그리고 하녀의 손에 아이를 넘겨주고는 급히 머릿수건을 고쳐 썼다. 하녀는 아이를 받아서 얼른 방 밖으로 데리고 나갔다.

"방해가 됐다면 미안하오." 파벨 페트로비치는 그녀를 쳐다보지도

않고 말했다. "당신에게 부탁하고 싶은 일이 있어서…… 오늘 시내로
사람을 보내는 것 같던데…… 날 위해 녹차를 사오도록 일러주시오."

"알겠습니다." 페네치카가 대답했다. "얼마나 사오도록 할까요?"

"이백 그램이면 충분할 거요. 그런데 이 방이 달라졌는걸." 재빨리
주변을 둘러본 그가 말했다. 그의 눈길은 페네치카의 얼굴도 스치고
지나갔다. "그래, 커튼도 있군." 그녀가 자신의 말을 알아듣지 못하자
그가 덧붙였다.

"예, 커튼을 쳤습니다. 니콜라이 페트로비치가 커튼을 보내주셨거
든요. 커튼을 친 지는 오래되었어요."

"그렇군, 나도 오랫동안 여길 오지 않았으니까. 이제는 이 방도 꽤
좋아 보이는군."

"니콜라이 페트로비치 덕분입니다." 페네치카가 속삭이듯 말했다.

"전에 있던 곁채보다 여기가 더 나은가요?" 파벨 페트로비치는 정
중하게 물었지만 미소를 띠지는 않았다.

"물론 더 좋습니다."

"전에 있던 자리엔 누가 살고 있소?"

"지금은 세탁부들이 살고 있습니다."

"아, 그래요!"

파벨 페트로비치는 입을 다물었다. '이제 가시겠지' 하고 페네치카
는 생각했다. 그러나 그는 자리를 뜨지 않았다. 그녀는 그의 앞에서
손가락만 만지작거리면서 못에 박힌 듯이 서 있었다.

"왜 아이를 내보냈소?" 마침내 파벨 페트로비치가 다시 입을 열었
다. "난 아이들을 좋아하오. 내게 그 아이를 보여줘요."

페네치카는 당황스럽기도 하고 기쁘기도 해서 얼굴이 빨개졌다. 그녀는 파벨 페트로비치와 이야기를 해본 일이 거의 없었기 때문에 그를 대하는 것이 어려웠다.

"두냐샤." 그녀가 소리쳤다. "미챠를 데려와요. (페네치카는 집안의 모든 사람들에게 높임말을 썼다.) 아, 잠시 기다려주세요. 아이에게 옷을 입혀야 해요."

페네치카가 문 쪽으로 향했다.

"상관없소." 파벨 페트로비치가 말했다.

"금방이면 돼요." 이렇게 대답한 페네치카가 급히 밖으로 나갔다.

파벨 페트로비치는 혼자 남게 되자 이번에는 각별한 관심을 가지고 주변을 둘러보았다. 지금 그가 서 있는 이 방은 천장이 나지막하고 그리 크지 않았으며 아주 깨끗하고 아늑했다. 방에서는 최근에 새로 칠한 마루에서 나는 페인트 냄새와 민들레와 멜리사*의 향긋한 냄새가 풍겼다. 등받이가 칠현금 모양으로 생긴 의자들이 벽을 따라 놓여 있었다. 그 의자들은 이미 고인이 된 장군이 원정 중에 폴란드에서 구입한 것이었다. 방 한쪽 구석에는 모슬린 휘장이 드리워진 자그마한 침대가 그리고 그 옆에는 쇠테를 두른 뚜껑 달린 궤가 놓여 있었다. 맞은편 구석에는 커다랗고 검은 '기적을 행하는 성 니콜라이' 성상 앞에 현수등(懸垂燈)이 켜져 있었고, 성상의 후광에 붉은 리본으로 붙잡아 맨 조그만 도자기 달걀이 성인의 가슴 위로 늘어져 있었다. 창가에는 작년에 만든 잼을 넣고 꼼꼼하게 싸매 놓은 병들이 빛을 반사해 파랗

---

* 레몬 냄새가 나는 꿀풀과의 다년생 풀로 약초와 향료로 사용된다.

게 보였다. 그 종이 뚜껑에는 페네치카가 직접 큼직한 글씨로 '구스베리'라고 써놓았다. 니콜라이 페트로비치는 유난히 이 잼을 좋아했다. 천장에는 꼬리가 짧은 검은 방울새가 사는 새장이 긴 노끈에 매달려 있었다. 검은 방울새가 끊임없이 지저귀고 움직이는 통에 새장이 계속 흔들거렸다. 그 바람에 모이통에서 삼씨 몇 알이 바닥으로 떨어지며 가볍게 소리를 냈다. 창문과 창문 사이에 놓인 장롱 위쪽에는 떠돌이 사진사가 찍은 다양한 자세의 니콜라이 페트로비치가 걸려 있었는데 모두 아주 조잡해 보였다. 같은 장소에 걸린 페네치카의 사진 역시 완전히 실패작이었다. 검은 사진틀 속에서 눈이 없는 듯한 어떤 얼굴이 부자연스럽게 웃고 있었으며 그 이상 아무것도 알아볼 수 없었다. 페네치카의 사진 위에는 양피외투를 입은 예르몰로프 장군[*]이 그의 이마 위로 떨어져 내린 구두 모양의 비단 바늘겨레 밑에서 무섭게 얼굴을 찌푸리고 머나먼 캅카스 산맥을 바라보고 있었다.

오 분 정도 시간이 흘렀다. 옆방에서 바스락거리는 소리와 속닥이는 소리가 들렸다. 파벨 페트로비치는 장롱에서 기름이 묻은 책을 집어 들었다. 마살스키가 쓴 『저격병』[**]의 분책이었다. 그는 몇 페이지를 넘겼다…… 그때 문이 열리더니 미챠를 팔에 안은 페네치카가 들어왔다. 그녀는 옷깃에 금줄을 댄 빨간색 셔츠를 아이에게 입히고, 머리를 빗긴 다음 얼굴도 깨끗이 닦아주었다. 건강한 아이들이 다 그렇듯이 아이는 가쁘게 숨을 쉬며 온몸을 버둥거리면서 조그만 두 손을

---

[*] 알렉산드로 수보로프와 미하일 쿠투조프 장군의 전우로 1812년 조국전쟁(나폴레옹 전쟁)에 참전했다.
[**] 네 권짜리 역사소설로 1832년에 출간되었다.

허우적거리고 있었다. 그러나 멋진 셔츠가 아이에게 영향을 주었는지 포동포동한 몸 전체로 만족스러움을 표현했다. 페네치카는 자기 머리 칼도 가지런히 매만지고, 머릿수건도 더 맵시 있게 고쳐 매고 나왔다. 그러나 그냥 있던 대로 두었어도 괜찮았을 것이다. 실제로 건강한 아이를 팔에 안은 아름다운 젊은 엄마보다 더 매력적인 것이 세상에 또 어디 있겠는가?

"정말로 우량아야." 파벨 페트로비치가 너그러운 어조로 말하면서 집게손가락의 긴 손톱 끝으로 미챠의 이중 턱을 간질였다. 아이는 검은 방울새를 바라보며 웃기 시작했다.

"네 큰아버지셔." 아이에게 얼굴을 기울이고 살짝 흔들어주면서 페네치카가 말했다. 그사이에 두냐샤는 향기 나는 초에 불을 붙이고 그 밑에 동전을 받쳐서 살며시 창가에 올려놓았다.

"이 아이가 몇 달 됐더라?" 파벨 페트로비치가 물었다.

"여섯 달 됐어요. 이제 곧 일곱 달이 돼요. 열하루 날에."

"여덟 달이 아닌가요, 페도시야 니콜라예브나?" 두냐샤가 약간 소심하게 말참견을 했다.

"아뇨, 일곱 달이에요. 여덟 달일 리가 없어요!" 아이가 다시 웃으며 궤를 바라보았다. 그러고는 갑자기 다섯 손가락으로 엄마의 코와 입술을 움켜잡았다. "요 장난꾸러기 녀석." 아이의 손가락에서 얼굴을 돌리지 않으면서 페네치카가 말했다.

"요 녀석은 아우를 닮았어." 파벨 페트로비치가 말했다.

'아니, 그럼 누굴 닮는단 말인가?' 페네치카는 생각했다.

"그래." 마치 혼잣말을 하는 것처럼 파벨 페트로비치가 말을 이었다. "꼭 닮았어." 그는 유심히, 왠지 거의 슬픈 표정으로 페네치카를 바라보았다.

"이분이 큰아버지시란다." 그녀는 속삭이는 목소리로 되뇌었다.

"아! 파벨! 여기 있었군요!" 별안간 니콜라이 페트로비치의 목소리가 들렸다.

파벨 페트로비치는 급히 뒤돌아보고 얼굴을 찌푸렸다. 그러나 동생이 진정으로 기쁘고 감사한 마음이 담긴 얼굴로 자기를 바라보았기 때문에 그도 웃음으로 화답하지 않을 수 없었다.

"네 아들이 참 귀엽구나." 이렇게 말하고 그는 시계를 들여다보았다. "차를 좀 부탁하려고 여기에 들렀어."

파벨 페트로비치는 무심한 표정을 짓더니 곧 방에서 나갔다.

"형님이 일부러 들렀소?" 니콜라이 페트로비치가 페네치카에게 물었다.

"예. 노크를 하고 들어오셨어요."

"그렇군. 그런데 아르카샤는 여기에 다시 오지 않았소?"

"오지 않았어요. 제가 곁채로 옮겨가는 게 좋지 않을까요, 니콜라이 페트로비치?"

"그건 왜?"

"당분간은 그렇게 하는 것이 좋을 것 같아요."

"아…… 아니." 니콜라이 페트로비치는 더듬거리며 말하고 이마를 문질렀다. "그럴 거면 진작 그랬어야지…… 잘 있었니, 복동이야." 그는 갑자기 활기를 띠고 아이에게 다가가 아이의 볼에 입을 맞추었다. 그리고 약간 허리를 굽혀서 미챠의 붉은 셔츠 위에 놓인 우유처럼 하얀 페네치카의 손에 입술을 가져다 댔다.

"니콜라이 페트로비치! 무슨 짓을 하는 거예요?" 그녀는 중얼거리며 눈을 내리떴다가 다시 살며시 치켜떴다…… 그녀가 눈을 치떠 바라보면서 부드럽고 천진난만하게 웃을 때, 그녀의 눈매는 매혹적이었다. 니콜라이 페트로비치와 페네치카가 알게 된 사연은 이렇다. 삼 년 전쯤, 그가 멀리 떨어진 읍내의 여인숙에 묵은 적이 있었다. 안내된 방과 침구가 깨끗한 것을 보고 그는 깜짝 놀랐고 기분이 좋았다. '여기 여주인은 독일 여자가 아닐까?' 라는 생각이 머리에 떠올랐다. 그러나 여주인은 쉰 살가량의 러시아 여자로, 말쑥한 옷차림에 얼굴이 단정하고 똑똑해 보였으며 말씨도 점잖았다. 그는 차를 마시며 여주인과 이야기를 나누었는데 여주인이 무척 마음에 들었다. 니콜라이 페트로비치는 그때 막 새 저택으로 이사를 했고 집에 농노를 두고 싶지 않아서 고용인을 구하고 있었다. 여주인 쪽에서는 읍내를 찾아오는 손님들이 적어져서 점점 살아가기가 힘들다고 하소연을 했다. 그는 여주인에게 자기 집에 가정관리인으로 오라고 제안했다. 그녀는 제안을 받아들였다. 그녀의 남편은 그녀에게 페네치카라는 딸 하나만을 남기고 오래전에 세상을 떠났다. 이 주일쯤 지나고 아리나 사비시나는(새 가정관리인의 이름이었다) 딸을 데리고 마리노 마을로 와서 조그만 곁채에서 살게 되었다. 니콜라이 페트로비치의 선택은 성공적이었다. 아리나는 집안일을 잘 처리했다. 그때 이미 열일곱 살이나 되었던 페네치카에 대해서는 아무도 말하지 않았다. 그녀는 눈에 잘 띄지도 않았다. 그녀는 조용하고 소박하게 생활하고 있었다. 다만 니콜라이 페트로비치는 일요일마다 교구 교회의 한쪽 구석에서 그녀의 희고 가녀린 옆얼굴을 볼 수 있었다. 이렇게 일 년 이상이 지나갔다.

　어느 날 아침 아리나가 니콜라이 페트로비치의 서재로 와서 여느 때처럼 공손히 허리 굽혀 인사를 하고는 페치카*의 불티가 딸의 눈에 날아 들어갔는데 어떻게 도와줄 수 없겠느냐고 부탁했다. 니콜라이 페트로비치는 집에 틀어박혀 있기 좋아하는 이들이 흔히 그러듯 치료술을 공부했고, 심지어 구급약까지 주문해서 마련해두고 있었다. 그는 즉시 환자를 데려오라고 아리나에게 일렀다. 주인 나리가 자기를 부른다는 말에 페네치카는 매우 겁을 내면서도 엄마 뒤를 따라갔다. 니콜라이 페트로비치는 페네치카를 창 쪽으로 데리고 가서 두 손으로 그녀의 머리를 붙들었다. 그는 벌겋게 충혈되고 염증이 생긴 페네치카의 눈을 찬찬히 살펴보고는 찜질을 하라고 일러주었다. 그리고 그 자리에서 자기 손수건을 몇 조각으로 찢어 찜질하는 방법까지 가르쳐 주었다. 페네치카는 그의 말을 다 듣고 나서 밖으로 나가려고 했다. 그때 "나리의 손에 키스를 해야지. 바보 같으니라고" 하고 아리나가 딸에게 말했다. 니콜라이 페트로비치는 그녀에게 손을 내밀지 않았다. 대신에 당황한 그는 그녀의 수그린 머리 가르마에 입을 맞추었다. 페네치카의 눈은 곧 나았다. 그러나 페네치카가 그에게 준 인상은 금방 사라지지 않았다. 조심스럽게 주저하면서 쳐들던 그 깨끗하고 우아한 얼굴이 계속 그의 눈앞에 아른거렸다. 그는 자신의 손바닥 밑에서 그 부드러운 머리칼을 느꼈고, 살짝 열린 순결한 입술과 그 안에서 햇빛을 받아 촉촉하게 반짝이던 진주 같은 치아를 보았다. 그는 교회

---

* 러시아식 난방 장치.

에서 더욱 유심히 페네치카를 바라보게 되었고 그녀와 이야기를 해보려고 애를 썼다. 처음에 그녀는 그를 피했다. 그러나 어느 날 저녁 무렵, 페네치카는 사람들이 많이 밟아서 다져진 호밀밭의 좁다란 샛길에서 그와 마주치게 되었다. 그녀는 그의 눈에 띄지 않으려고 쑥과 수레국화가 무성한 높다란 호밀밭으로 숨어버렸다. 마치 작은 들짐승처럼 황금빛 호밀 이삭 사이로 밖을 내다보고 있는 페네치카의 머리를 발견한 그가 그녀에게 상냥하게 소리쳤다.

"안녕, 페네치카! 난 물지 않아."

"안녕하세요?" 여전히 호밀밭에 몸을 숨긴 채 페네치카가 속삭이듯 말했다.

그녀는 조금씩 그에게 익숙해져갔지만, 그의 앞에서는 여전히 부끄러워했다. 그러다가 갑자기 그녀의 어머니가 콜레라에 걸려 죽었다. 페네치카는 갈 곳이 없었다. 그녀는 신중하고 착실한 성품을 어머니에게서 물려받았지만 너무 나이가 어린데다 의지할 곳도 없는 외로운 몸이었다. 그리고 니콜라이 페트로비치는 정말 선량하고 소박한 사람이었다…… 그 뒤의 일은 끝까지 이야기할 필요가 없으리라……

"그러니까 형님이 당신에게 들렀단 말이오?" 니콜라이 페트로비치가 다시 그녀에게 물었다. "노크를 하고 들어왔소?"

"예."

"그래, 좋은 일이군. 미챠를 내게 안겨줘요."

니콜라이 페트로비치는 거의 천장에 닿을 정도로 미챠를 추켜올리기 시작했다. 아이는 아주 좋아했지만 아이의 엄마는 다소 불안해했다. 엄마는 아이가 위로 솟구칠 때마다 아이의 드러난 발밑으로 두 손을 뻗치곤 했다.

한편 파벨 페트로비치는 우아한 자기 서재로 돌아왔다. 기이한 색깔의 아름다운 벽지를 바른 벽에는 알록달록한 페르시아 양탄자가 걸려 있고, 양탄자 위로 여러 가지 무기들이 장식되어 있었다. 그리고 암녹색 벨벳을 씌운 호두나무로 만든 가구, 다 자란 검은 참나무로 만든 르네상스식 서가, 근사한 책상 위에 놓인 작은 청동조각상, 벽난로 등이 있었다…… 그는 소파에 몸을 던지고 두 손으로 머리를 받친 채 절망에 가까운 표정으로 천장을 물끄러미 바라보며 꼼짝 않고 있었다. 자기 얼굴에 나타나는 표정을 벽에게도 숨기고 싶었을까, 아니면 다른 무슨 이유가 있었던 걸까. 그는 자리에서 일어나 묵직한 창문 커튼을 풀어놓고는 다시 소파에 몸을 던졌다.

9

바로 이날 바자로프도 페네치카를 알게 되었다. 바자로프는 아르카디와 함께 정원을 거닐면서 어떤 종류의 나무들, 특히 참나무가 왜 뿌리를 내리지 못했는지를 설명하고 있었다.

"이런 데는 흑토를 좀 섞어서 은포플라나 전나무, 그리고 피나무를 심어야 해. 저기 정자 쪽에는 나무뿌리가 잘 내렸군." 그는 덧붙여 말했다. "아카시아와 라일락은 착한 아이들 같아서 돌볼 필요가 없기 때문이지. 아, 저기 누가 있군."

정자에는 페네치카가 두냐샤와 미챠와 함께 앉아 있었다. 바자로프는 걸음을 멈추었고 아르카디는 오래전부터 알던 사람처럼 페네치카에게 머리를 끄덕여 보였다.

"누군가?" 그들 옆을 지나치자마자 바자로프가 물었다. "참 고운데!"

"누구 말인가?"

"누구긴 누구야. 고운 여자야 한 사람뿐인데."

아르카디는 당황해하면서 페네치카가 누군지 간단히 설명했다.

"아하!" 하고 바자로프가 감탄했다. "자네 아버지도 사람을 볼 줄 아는걸. 난 자네 아버지가 맘에 들어, 정말이야! 자네 아버지는 멋져. 그건 그렇고 인사를 좀 해야겠네." 이렇게 말하고 나서 바자로프는 정자 쪽으로 되돌아갔다.

"예브게니!" 아르카디가 깜짝 놀라 뒤에서 소리쳤다. "제발, 조심하게."

"걱정 말게." 바자로프가 말했다. "우린 도시에 살아서 닳고 닳은 사람들 아닌가."

바자로프는 페네치카에게 다가가면서 모자를 벗었다.

"처음 뵙겠습니다." 그는 점잖게 인사했다…… "전 아르카디 니콜라예비치의 친구이며 얌전한 사람입니다."

페네치카는 벤치에서 일어나 말없이 그를 쳐다보았다.

"정말 잘생긴 아이군요!" 바자로프가 말을 이었다. "걱정하지 마세요. 저는 아직 사악한 시선으로 남에게 해를 준 일은 없거든요. 아이의 볼이 왜 이렇게 붉을까? 이가 나기 시작했나요?"

"예." 페네치카가 대답했다. "벌써 네 개나 난 걸요. 지금 또 잇몸이 부어올랐어요."

"어디 좀 봅시다…… 걱정 마세요. 전 의사입니다."

바자로프는 아이를 두 손으로 안았다. 아이가 싫다고 발버둥치거나 무서워하지 않아서 페네치카도 두냐샤도 깜짝 놀랐다.

"아…… 알았습니다…… 모든 게 정상입니다. 이가 크겠는데요. 혹시 무슨 일이 있으면 제게 말씀해주세요. 그런데 당신은 건강하십니까?"

"건강해요, 덕분에."

"그렇군요, 아주 좋습니다. 그러면 당신은요?" 두냐샤 쪽으로 돌아서면서 바자로프가 덧붙였다.

두냐샤는 대저택 안에서는 아주 얌전했지만 집 밖에만 나오면 웃음이 많은 처녀라서 바자로프의 물음에 그저 키득키득 웃기만 했다.

"참 좋습니다. 자, 여기 당신의 장군님을 받으십시오."

페네치카는 아이를 두 손으로 받았다.

"어쩜 아이가 그렇게 얌전히 안겨 있었을까." 그녀가 나지막한 목소리로 말했다.

"내가 안으면 아이들이 다 얌전해지지요." 바자로프가 대답했다. "난 그 비결을 안답니다."

"아이들은 자기를 좋아하는 사람을 알아봐요." 두냐샤가 말했다.

"정말 그래요." 페네치카가 동의했다. "우리 미챠도 어떤 사람에게는 절대 가지 않으니까."

"그럼 내게는 올까요?" 잠시 멀리 떨어져서 서 있던 아르카디가 정자로 다가와서 물었다.

아르카디가 자기한테 오라고 미챠에게 손짓했지만 아이가 얼굴을 돌리고 울음을 터뜨리는 바람에 페네치카는 몹시 당황해했다.

"다음에는 익숙해지겠지요." 아르카디가 너그럽게 말했다. 그리고 두 친구는 정자를 떠났다.

"그 여자 이름이 뭐라고 했지?" 바자로프가 물었다.

"페네치카…… 페도시야." 아르카디가 대답했다.

"그럼 부칭은? 부칭도 알아둬야지."

"니콜라예브나."

"Bene(좋군). 그녀가 전혀 부끄러워하지 않는다는 게 마음에 들어. 어떤 사람은 그걸 나쁘게 여길지도 모르지만 다 헛소리야. 부끄러워할 게 뭐가 있어? 그녀는 엄마고, 그것만으로도 정당해."

"물론 그녀는 정당하지만 아버지는……" 아르카디가 말했다.

"자네 아버지도 정당해." 바자로프가 아르카디의 말을 가로챘다.

"아니, 난 그렇게 생각하지 않아."

"또 한 명의 상속자가 맘에 안 드는 건가?"

"그런 말을 하다니 부끄럽지 않나?" 아르카디는 열을 내며 바자로프의 말꼬리를 잡았다. "난 그런 관점에서 아버지를 비난하는 게 아니라, 아버지가 그녀와 결혼해야만 했다고 생각하는 거야."

"아하!" 바자로프는 조용히 말했다. "참으로 관대하시군! 그래, 자네는 아직도 결혼에 의미를 부여한단 말인가? 난 자네에게서 그런 말을 기대하지 않았네."

두 친구는 말없이 몇 걸음을 옮겼다.

"나는 자네 아버지의 농장 시설물을 다 둘러보았네." 바자로프가 다시 말문을 열었다. "가축은 너절하고 말은 녹초인데다 건물은 형편

없더군. 일꾼들은 게으르고 영지관리인은 바보 아니면 사기꾼이야. 어느 쪽인지 아직 잘 알 수는 없지만."

"예브게니 바실리예비치, 자네 오늘은 꽤 엄격한걸."

"선량한 농부들도 분명 자네 아버지를 속일걸. '러시아 농군은 하느님도 속여 먹는다'는 속담을 알고 있나?"

"점점 큰아버지의 견해가 이해되는군." 아르카디가 말했다. "자네는 러시아인들을 무작정 나쁘다고 생각하고 있어."

"그게 무슨 대수로운 일인가! 러시아인의 좋은 점은 자기 자신을 추할 정도로 낮춘다는 것뿐이야. 중요한 건 둘에 둘을 곱하면 넷이 된다는 거야. 다른 건 모두 시시해."

"그럼 자연도 시시한가?" 이미 기울기 시작한 태양 빛을 받아 아름답고 부드럽게 물든 먼 벌판을 생각에 잠겨 바라보면서 아르카디가 말했다.

"자연도 자네가 이해하는 그런 의미에선 시시하네. 자연이란 사원 (寺院)이 아니라 공장이야. 인간은 그 속에서 일하는 노동자지."

바로 이때 집에서 첼로 소리가 은은히 들려왔다. 누군가가 솜씨는 서툴지만 감정을 담아서 슈베르트의 〈기대〉를 연주하고 있었다. 꿀처럼 달콤한 멜로디가 공중에 흘러넘쳤다.

"누가 첼로를 켜는가?" 바자로프가 깜짝 놀라며 물었다.

"아버지가."

"자네 아버지가 첼로를 연주한다고?"

"그럼."

"아버지 나이가 몇이시지?"

"마흔넷."

바자로프는 갑자기 껄껄 웃기 시작했다.

"왜 그렇게 웃나?"

"생각 좀 해보게! 마흔넷이나 된 사람이, 게다가 pater familias(한 가정의 가장)가 이런 시골에서 첼로를 켜다니!"

바자로프는 계속 껄껄거리며 웃어댔다. 아르카디는 자기의 스승이라고 생각하며 바자로프를 존경해왔지만 이번에는 미소조차 띠지 않았다.

10

대략 이 주일이 지났다. 마리노 마을의 생활은 그 나름의 질서에 따라 순조롭게 흘러갔다. 아르카디는 하는 일 없이 편안한 생활을 즐겼고 바자로프는 연구를 했다. 집안사람들은 모두 바자로프의 무관심한 태도며 간결하고 딱딱 끊어지는 말투에 익숙해졌다. 특히 페네치카는 그와 아주 친해져서 아들 미챠가 경련을 일으킨 어느 날 밤에는 그를 깨우러 사람을 보냈을 정도였다. 그는 여느 때처럼 농담을 하기도 하고 하품을 하기도 하면서 두 시간가량 그녀의 방에 앉아서 아기를 돌봐주었다. 반면에 파벨 페트로비치는 바자로프를 극도로 미워했다. 파벨은 바자로프를 오만한 놈, 뻔뻔한 놈, 냉소적인 놈, 천한 놈이라고 간주했다. 또한 그는 바자로프가 자신을, 감히 파벨 키르사노프를 존경하지 않고 거의 무시한다고 생각했다! 한편 니콜라이 페트로비치는 이 젊은 '니힐리스트'를 은근히 무서워하면서 아르카디에게 끼친 그의 영향이 유용한 것인가를 의심했다. 그러나 그는 기꺼이 바자로프의 이야기를 듣고 물리나 화학 실험도 즐겁게 참관했다. 바자로프는 몇 시간씩 자기가 가져온 현미경에 매달렸다. 하인들은 바자로프의 조롱을 받으면서도 그를 따랐다. 그들은 바자로프를 자기들과 같은 부류의 사람이지 '주인 나리'가 아니라고 느꼈던 것이다. 두냐샤는 즐겁게 그와 시시덕거렸고 작은 메추라기처럼 그의 옆을 뛰어다니면서 의미심장하게 흘금흘금 그를 쳐다보곤 했다. 극히 자존심이 강하지만 어리석은 구석이 있고 늘 긴장해서 이마를 찌푸리고 다니는 사내인 표트르, 장점이라곤 사람을 정중하게 대하고 철자를 간신히 읽을 줄 안다는 것과 종종 자기의 연미복을 솔질하는 것이 전부인 표트르조차도 바자로프가 자기에게 관심을 보이면 싱글거리며 얼굴이 환해졌다. 하인들의 아이들도 강아지처럼 '의사선생님' 뒤를 따라다녔다. 그러나 프로코피치 노인만은 그를 좋아하지 않았다. 노인은 무뚝뚝한 표정으로 식탁에 앉은 그에게 음식을 가져다주었고, 그를 '흡혈귀' 혹은 '협잡꾼'이라 부르며 구레나룻을 기른 바자로프의 모습이 풀숲의 돼지나 다름없다고 단언했다. 프로코피치는 자기 나름대로 파벨 페트로비치에 못지않은 귀족주의자였던 것이다.

일 년 중 가장 좋은 시기인 6월 초가 시작되었다. 날씨는 계속 화창했다. 멀리서 콜레라가 다시 위협하고 있었지만 ○○○ 현의 주민들은 이미 콜레라의 엄습에 익숙해져 있었다. 바자로프는 아침 일찍 일어나서 이삼 킬로미터쯤 걸어 다니곤 했다. 그건 산책을 위해서가 아니라―그는 목적 없는 산책을 아주 싫어했다―풀과 곤충을 채집하기 위해서였다. 이따금 그는 아르카디도 데리고 갔다. 돌아오는 길에 그들 사이에 자주 논쟁이 벌어지곤 했는데 아르카디는 친구보다 말을 많이 했지만 대개는 논쟁에서 졌다.

어느 날 그들이 웬일인지 오래도록 돌아오지 않았다. 니콜라이 페트로비치는 그들을 마중하러 정원으로 나갔다. 정자에 도착하자 두 젊은이의 빠른 발걸음 소리와 목소리가 들려왔다. 그들은 정자의 반대쪽을 걷고 있어서 니콜라이 페트로비치를 볼 수 없었다.

"자네는 우리 아버지를 잘 몰라." 아르카디가 말했다.

"자네 아버지는 좋은 분이네." 바자로프가 말했다. "그러나 이미 시대에 뒤떨어진 사람이야. 그의 시대는 끝났어."

니콜라이 페트로비치는 바싹 귀를 기울였다…… 아르카디는 아무 대답도 하지 않았다.

'시대에 뒤떨어진 사람'은 그렇게 이 분가량 꼼짝 않고 서 있다가 천천히 집으로 걸어갔다.

"그저께 보니까 자네 아버지가 푸시킨을 읽고 있더군." 그사이에 바자로프는 말을 이었다. "그런 건 아무 쓸모가 없다고 말씀드리게나. 자네 아버지는 더 이상 철부지가 아니니까 그런 무의미한 짓은 그만둬야 해. 요즘 세상에 낭만주의자가 되고 싶어 하다니! 자네 아버지가 실제적인 걸 읽도록 해드리게나."

"무엇을 읽게 하면 좋을까?"

"우선 뷔히너*의 『힘과 질료』 같은 책이 좋겠군."

---

* 독일의 물리학자. 그의 저서 『힘과 질료』는 1860년에 러시아어로 번역·출간되었고, 1860년대 러시아의 급진적인 젊은이들 사이에서 인기가 있었다.

"나도 그렇게 생각해." 아르카디는 동의한다는 듯이 말했다. "『힘과 질료』는 읽기 쉽게 쓰였으니까……"

"이제 나하고 형님은," 그날 저녁식사 후에 니콜라이 페트로비치가 형의 서재에 앉아서 말했다. "시대에 뒤떨어진 사람들이 되었고 우리의 시대는 끝났어요. 어쩌겠소? 아마 바자로프가 옳을지도 몰라요. 그러나 솔직히 말하면 한 가지가 괴로워요. 이제야말로 아르카디와 친해져서 정답게 살 수 있으리라고 기대했는데 나는 뒤떨어져 있고 그 애는 앞으로 달아나버렸어요. 우린 서로를 이해할 수 없어요."

"왜 그 애가 앞으로 달아났단 말인가? 그 애가 왜 그렇게 우리와 다르단 말인가?" 파벨 페트로비치는 초조하게 소리쳤다. "그건 바로 그자, 그 니힐리스트가 그 애의 머릿속에 이 모든 생각을 불어넣었기 때문이야. 나는 그 의사 녀석을 혐오해. 내 생각에 그자는 그저 무식한 협잡꾼에 불과해. 개구리들을 잡아서 도대체 무슨 물리학을 한다는 거야."

"아뇨, 형님, 그렇게 말하지 마요. 그는 똑똑하고 아는 것도 많아요."

"그자의 자존심은 너무나 역겨워." 파벨 페트로비치는 동생의 말을 잘랐다.

"그래요." 니콜라이 페트로비치가 말했다. "그는 자존심이 강하지요. 그러나 자존심 없이는 살아갈 수 없을 것 같아요. 내가 이해할 수 없는 게 딱 한 가지가 있습니다. 난 시대에 뒤지지 않으려고 모든 것을 하고 있다고 생각해요. 농부들의 생활을 안정시켰고 농장도 설립했습니다. 그래서 현 내에서는 심지어 날 급진주의자라고 부르고 있을 정도지요. 그리고 책도 읽고 공부도 하고 대체로 동시대의 요구 수

준에 맞추려고 노력하고 있어요. 그런데 그들은 내 시대가 끝났다고 합니다. 게다가 형님, 나 자신도 내 시대가 분명히 끝났다는 생각이 들어요."

"그건 왜지?"

"실은 이런 일이 있었어요. 오늘 앉아서 책을 읽고 있는데…… 내 기억으로는 「집시」*를 읽고 있었는데…… 갑자기 아르카디가 말없이 다가와서 부드러운 연민의 표정을 띠고 마치 어린아이를 대하듯 내게서 슬며시 책을 빼앗더니 내 앞에 다른 독일어 책을 내놓는 거예요…… 아르카디는 미소를 지으면서 푸시킨의 책을 가져가버렸어요."

"그랬구먼! 도대체 그 애가 자네에게 무슨 책을 주었나?"

"바로 이 책이요."

니콜라이 페트로비치는 프록코트의 뒷주머니에서 그 유명한 뷔히너의 소책자 제9판을 꺼냈다. 파벨 페트로비치는 그것을 손에 들고 빙빙 돌렸다.

"흠!" 파벨 페트로비치가 입속으로 중얼거리듯 말했다. "아르카디 니콜라예비치가 자네 교육을 걱정하고 있구먼. 그래, 읽어봤나?"

"읽어봤지요."

"어떻던가?"

"내가 바보든가 이 책의 내용이 모두 헛소리든가 둘 중 하나예요.

---

* 1824년에 쓰인 푸시킨의 작은 서사시이다. 집시 여인 젬피라와 바이런적인 주인공이자 도시인인 알레코의 사랑과 비극, 그리고 집시들의 자유분방한 생활을 사실적으로 그리고 있다.

아마 내가 바보겠지요."

"아직 독일어를 잊어버리지 않았나?" 파벨 페트로비치가 물었다.

"네, 독일어를 이해할 수 있어요."

파벨 페트로비치는 소책자를 손에 들고 다시 빙빙 돌리면서 눈을 치떠 동생을 힐끗 쳐다보았다. 두 사람은 아무 말도 하지 않았다.

"아, 그런데요." 니콜라이 페트로비치가 화제를 돌리고 싶은 듯 말문을 열었다. "콜랴진한테서 편지를 받았어요."

"마트베이 일리치한테서?"

"예, 그 사람한테서요. 그가 현을 시찰하러 ○○○에 왔나봐요. 지금 꽤 높은 관리가 되었는데, 친척지간인 우리를 보고 싶다며 나와 형님 그리고 아르카디를 시내로 초청하고 싶다고 편지를 써 보냈더군요."

"갈 건가?" 파벨 페트로비치가 물었다.

"아뇨. 형님은요?"

"나도 안 갈 거야. 밥 한 끼 먹자고 오십 킬로미터를 갈 필요야 없지. 마트베이는 자기의 영화(榮華)를 우리에게 보여주고 싶겠지. 에잇, 빌어먹을 녀석! 우리가 없어도 현의 관리들이 아첨을 떨 테니 갈 필요 없어. 고작 3급 관리면서! 내가 계속 근무하면서 그 어리석은 짓거리를 했더라면 지금쯤 시종무관장은 되었을 거야. 게다가 너와 난 시대에 뒤떨어진 사람들 아니냐."

"그래요, 형님. 이제 관을 주문하고 두 손을 가슴 위에 십자로 포개놓을 때가 된 것 같아요." 니콜라이 페트로비치가 한숨을 쉬면서 말했다.

"아니, 난 그렇게 빨리 굴복하지는 않을 거야." 파벨 페트로비치가 중얼거렸다. "난 곧 그 의사 녀석과 싸움을 한 판 벌이게 될 거야. 그런 예감이 들어."

싸움은 바로 그날 저녁 차를 마실 때 일어났다. 파벨 페트로비치는 미리 전투태세를 갖추고 초조하고 결연한 모습으로 객실로 내려왔다. 그는 적에게 달려들 구실만을 찾고 있었다. 그러나 그 구실은 좀처럼 찾을 수 없었다. 대체로 바자로프는 '키르사노프네 노인들'(그는 두 형제를 이렇게 불렀다) 앞에서는 말을 적게 했는데, 그날 저녁에는 특히 기분이 좋지 않은지 계속 차만 마셔댔다. 파벨 페트로비치는 초조한 나머지 온몸이 불타올랐다. 그러던 중 마침내 그의 소망이 이루어졌다.

마침 화제가 이웃에 사는 한 지주에게로 옮겨갔다. "그는 건달입니다. 귀족나부랭이지요." 페테르부르크에서 그 지주를 만난 일이 있었던 바자로프가 냉담하게 말했다.

"실례지만 물어봅시다." 파벨 페트로비치가 입을 열었고, 그의 입술이 떨리기 시작했다. "당신의 견해로는 '건달'과 '귀족'이라는 말이 같은 의미요?"

"저는 '귀족나부랭이'라고 말했습니다." 천천히 차를 한 모금 마시면서 바자로프가 말했다.

"그래, 바로 그렇게 말했지. 하지만 내 생각에 당신은 귀족과 귀족나부랭이를 똑같다고 생각하고 있소. 나는 그런 견해에 동의할 수 없음을 당신에게 밝히는 게 내 의무라고 생각하오. 감히 말하자면, 사람들은 날 자유주의적이고 진보를 사랑하는 사람으로 알고 있소. 그리고 바로 그런 인간이기 때문에 나는 귀족, 진정한 귀족들을 존경합니다. 상기해보시오, 귀군(이 말에 바자로프는 눈을 들어 파벨 페트로비치를 쳐다보았다), 상기해보시오, 귀군." 그는 매서운 어조로 되풀이해서 말했다. "영국의 귀족들을. 그들은 자기의 권리를 조금도 양보하지 않지만, 그런 까닭에 타인의 권리를 존중합니다. 그들은 타인들에게 의무의 이행을 요구하지만, 그런 까닭에 그들은 자기의 의무도 잘이행하고 있어요. 귀족계급은 영국에 자유를 주었고 그 자유를 유지시키고 있소."

"우린 그런 노래를 여러 번 들었습니다." 바자로프가 대꾸했다. "그래서, 그걸로 무엇을 증명하고 싶으신 건가요?"

"내가 요것으로(파벨 페트로비치는 문법상 이런 말이 허용되지 않는다는 것을 잘 알았지만, 화가 났을 때 일부러 '요것'과 '요것으로'라는 말을 썼다. 이런 변덕에는 알렉산드르 1세 시기의 전통의 잔재가 엿보인다. 그 당시의 고관들은 모국어로 말할 때 이따금 이런 말을 쓰곤 했다. 어떤 사람들은 '요것'이란 말을 썼고 다른 사람들은 '요오곳'이란 말을 썼다. 말하자면, 우리는 순수한 러시아인이고 또한 귀족이니 학교문법을 무시해도 좋다는 태도였다) 증명하고 싶은 것은, 귀군, 내가 요것으로 증명하고 싶은 것은 자존심이 없다면, 자기 자신에 대한 존경심이 없다면—귀족들에게는 이런 감정이 발달되어 있지만—bien public(공익), 즉 사회라는 건축물의 확고한 기초는 있을 수 없다는 거요. 귀군, 개성은 중요한 거요. 인간의 개성은 반석처럼 단단해야만 하오. 왜냐하면 그 위에 모든 것이 세워지기 때문이오. 예컨대, 당신이 나의 습성, 나의 옷차림, 나의 말쑥함을 가소롭게 여기고있다는 걸 나는 아주 잘 알고 있소. 그러나 이 모든 것은 자존심에서,

의무의 감정, 그래요, 바로 의무감에서 나온 것이오. 나는 시골의 벽촌에 살고 있지만 스스로의 품위를 잃지 않으며 내 안에 있는 인간을 존중하오."

"실례합니다만, 파벨 페트로비치." 바자로프가 말했다. "당신이 그렇게 자신을 존중하면서 팔짱을 끼고 앉아 있는 것이 공익을 위해 어떤 도움이 되나요? 당신은 자신을 존중하지 않아도 그렇게 팔짱을 끼고 앉아 있을 겁니다."

파벨 페트로비치의 얼굴이 창백해졌다.

"그건 전혀 다른 문제요. 당신의 표현대로 내가 팔짱을 끼고 앉아 있다고 한대도 그 이유를 지금 당신에게 설명할 필요는 없소. 다만 말하고 싶은 것은 귀족주의, 이것은 하나의 윙칙이며 우리 시대에 윙칙 없이 살 수 있는 사람은 도덕이 없는 무뢰한이나 속이 텅 빈 시시한 인간들뿐이라는 거요. 나는 아르카디가 시골에 도착한 다음 날 이것에 대해 말해주었고, 지금 당신에게 다시 말하는 겁니다. 안 그런가, 니콜라이?"

니콜라이 페트로비치가 고개를 끄덕였다.

"아리스토크라티즘, 리베랄리즘, 프로그레스, 프린치프."* 바자로프가 잠시 기다렸다가 말했다. "좀 생각해보십시오. 무슨 쓸데 없는 외국말이 이렇게 많습니까? 러시아인에게 이런 건 그냥 줘도 필요 없습니다."

"그럼 당신 생각엔 러시아인에게 뭐가 필요하단 말이오? 당신의 말

---

* 아리스토크라티즘, 리베랄리즘, 프로그레스, 프린치프는 모두 영어 aristocratism(귀족주의), liberalism(자유주의), progress(진보), principle(원칙)에서 차용된 러시아어이다.

을 들으면 우리는 인류 밖에, 인류의 법칙 밖에 있는 것 같군. 그러나
역사의 논리가 요구하는 것은⋯⋯"

"그런 논리가 무슨 소용이 있습니까? 우리는 그런 논리 따위는 없
어도 잘 지냅니다."

"어떻게?"

"복잡한 일도 아닙니다. 배가 고플 때 빵 한 조각을 입에 넣기 위해
논리를 필요로 하지는 않습니다. 그런 추상적인 개념이 우리에게 무
슨 소용이 있습니까!"

파벨 페트로비치는 두 손을 내저었다.

"그렇다면 더더욱 난 당신을 이해할 수 없소. 당신은 러시아인들을
모욕하고 있는 거요. 어떻게 원칙과 법칙을 인정하지 않을 수 있는지
이해할 수가 없군. 도대체 당신은 무엇에 따라 행동한단 말이오?"

"큰아버지, 우리는 어떤 권위도 인정하지 않는다고 제가 이미 말씀
드렸잖아요." 아르카디가 끼어들었다.

"우리는 우리가 유익하다고 인정하는 것에 따라 행동합니다." 바자
로프가 말했다. "그리고 이 시대에는 부정하는 것이 무엇보다 유익하
기 때문에 우리는 부정하는 겁니다."

"모든 것을?"

"모든 것을."

"뭐라고? 예술과 시뿐만 아니라⋯⋯ 심지어 말하기조차 두렵군⋯⋯"

"모든 것을." 더없이 침착한 태도로 바자로프가 되뇌었다.

파벨 페트로비치는 바자로프를 빤히 쳐다보았다. 그는 상황이 이렇
게 되리라고는 예상하지 못했다. 아르카디는 만족한 나머지 얼굴이

붉게 상기되기까지 했다.

"그러나, 실례지만." 니콜라이 페트로비치가 말문을 열었다. "당신은 모든 것을 부정하고 있소. 아니 더 정확히 표현하면 모든 것을 파괴하고 있어요…… 그러나 건설도 해야 하지 않을까요."

"그건 우리의 일이 아닙니다…… 우리는 먼저 터전을 깨끗이 해야만 합니다."

"민중의 현 상태가 그걸 요구하고 있어요." 아르카디가 거드름을 피우며 덧붙였다. "우리는 그 요구를 실행해야만 해요. 개인적이고 이기적인 만족에 빠질 권리가 없습니다."

아르카디의 마지막 말이 아마도 바자로프의 마음에 들지 않은 것 같았다. 그 말에서 철학, 즉 낭만주의의 냄새가 풍겼던 것이다. 바자로프는 철학도 낭만주의라고 불렀다. 그러나 바자로프는 젊은 제자를 반박할 필요는 없다고 생각했다.

"아니, 아니야!" 파벨 페트로비치가 갑자기 열을 내며 소리쳤다. "나는 당신이 러시아 민중을 정확히 파악한다고 믿고 싶지 않아. 또 그들의 요구를, 그들의 열망을 대변한다고 믿고 싶지 않아! 아니야, 러시아 민중은 당신이 상상하는 그런 사람들이 아니야. 그들은 전통을 소중히 여기며, 가부장적이야. 그들은 신앙 없이는 살아갈 수 없어……"

"그 말을 논박하지는 않겠습니다." 바자로프가 그의 말을 막았다. "심지어 그 점에서는 당신이 옳다는 데 동의할 용의가 있습니다."

"만약 내가 옳다면……"

"그래도 아무것도 증명할 수 없습니다."

"정말이지 아무것도 증명할 수 없습니다." 아르카디는 상대방의 수를 미리 알고 있어서 전혀 당황하지 않는 노련한 장기꾼의 자신감을 가지고 되뇌었다.

"어째서 아무것도 증명할 수 없다는 거지?" 깜짝 놀란 파벨 페트로비치가 중얼거렸다. "그러면 당신들은 민중을 거스르겠다는 말이군."

"비록 그렇다고 한들 어떻습니까?" 바자로프가 소리 높여 말했다. "민중은 천둥소리가 나면 예언자 일리야가 마차를 타고 하늘을 달리는 거라고 생각합니다. 그런데 어떤가요? 제가 거기에 동의해야만 하나요? 그들은 러시아인이고 나 자신은 러시아인이 아니란 말입니까?"

"그렇소, 지금 당신이 말한 것으로 보면 당신은 러시아인이 아니야! 나는 당신을 러시아인으로 인정할 수 없소."

"나의 할아버지는 땅을 갈았습니다." 바자로프가 오만하고 자신만만하게 대답했다. "농군들 가운데 누구든 붙들고 물어보십시오. 우리들 중에서 누구를 더 동포로 생각하는지를. 아마 당신은 그들과 이야기도 할 수 없을 겁니다."

"그러나 당신은 그들과 이야기하면서 동시에 그들을 경멸하고 있소."

"그렇습니다. 만약 그들이 당연히 경멸을 받아야만 한다면요! 당신은 제 경향을 비난하시는데, 저의 이 경향이 우연한 것이라고 누가 당신에게 말했나요? 이 경향이 당신이 옹호하는 민중정신에 의해 야기된 것이 아니라고 누가 말했단 말입니까?"

"아하, 그렇군! 그렇기 때문에 우리에게 니힐리스트가 꼭 필요하다는 거군!"

"니힐리스트가 필요한지 필요 없는지는 우리가 결정할 일이 아닙니다. 당신도 스스로를 무용한 사람이라고 생각하지는 않겠지요."

"여러분, 여러분, 제발 여기서 개인 문제는 거론하지 맙시다!" 니콜라이 페트로비치가 소리치고는 엉거주춤 일어났다.

파벨 페트로비치는 웃음을 띠고 동생의 어깨에 손을 얹은 다음 그를 다시 자리에 앉게 했다. "걱정 말거라." 그가 말했다. "자제력을 잃지는 않을 테니. 그건 이 의사선생이 그렇게도 신랄하게 조소하는 자존심 때문이지. 실례지만 혹시 당신은 당신의 교의가 새로운 것이라고 생각하는 건 아니오?" 그는 다시 바자로프에게 몸을 돌리면서 말을 이었다. "그렇다면 그건 아주 잘못된 생각이오. 당신이 설교하는 마테리알리즘*은 이미 여러 번 유행했지만 그때마다 무력하다고 밝혀졌지……"

"또 외국어입니까!" 바자로프가 그의 말을 끊었다. 바자로프는 화가 치미는지 얼굴이 거친 구릿빛으로 변하기 시작했다. "첫째로 우리는 아무것도 선전하지 않습니다. 그런 건 우리의 습성에 맞지 않습니다……"

"그럼 당신들은 무엇을 하오?"

"우리가 하는 건 이런 겁니다. 바로 얼마 전까지 우리는 러시아의 관리들이 뇌물을 받고 있고, 러시아에는 도로도, 상업도, 공정한 재판도 없다고 이야기를 나누었습니다……"

---

* 마테리알리즘은 영어 materialism(유물론)에서 차용된 말이다.

"아하, 그래, 그래, 당신들은 폭로자들이지. 아마 그렇게 불리지요. 나도 당신들이 폭로한 많은 것들에 동감하오. 그러나……"

"그러나 그 후 우리는 깨달았습니다. 러시아의 폐해에 대해 계속 떠들기만 하는 것은 헛된 공론에 불과하고 그 모든 것은 속물성과 교조주의만을 야기할 뿐이며, 소위 진보적인 인사들과 폭로자들로 불리는 우리가 아무 쓸모가 없다는 것을요. 그리고 우리가 하찮은 일에 몰두하면서 예술이니 무의식적 창조니 의회제도니 변호사 협회니 알 수 없는 것들에 대해 떠들어대는 동안, 한편에서는 일용할 양식 문제가 제기되고 조잡한 미신이 우리를 질식시키고 있으며, 주식회사들은 정직한 인간이 부족하다는 한 가지 이유만으로 파산하는 걸 보았습니다. 정부가 신경 쓰고 있는 그 자유라는 것도 우리에게 이롭지만은 않을 겁니다. 러시아 농군들은 술집에서 싸구려 독주를 실컷 마시기 위해서라면 살림이 거덜 나도 상관하지 않습니다. 오히려 기뻐하죠."

"그렇지." 파벨 페트로비치가 말을 가로막았다. "당신은 그 모든 걸 확신했기 때문에 그 어떤 것도 진지하게 대하지 않기로 결심했다는 말이군요."

"아무것도 하지 않기로 결심했습니다." 바자로프는 우울하게 되뇌었다. 그는 왜 자기가 이런 귀족 앞에서 장황하게 떠들어댔는지 스스로에게 화가 나기 시작했다.

"그저 욕설을 할 뿐이오?"

"욕설을 할 뿐입니다."

"그것이 니힐리즘이라는 거요?"

"그것이 니힐리즘입니다." 바자로프는 다시 반복해서 말했는데, 이번에는 특히나 무례한 태도로 말했다.

파벨 페트로비치는 살짝 실눈을 떴다.

"아, 그렇군!" 그는 유난히 침착한 목소리로 말했다. "니힐리즘은 모든 불행을 구원해야만 하니 당신들은 우리의 구원자요, 영웅인 셈이군. 그런데 당신은 왜 다른 사람들을, 심지어 당신과 같은 '폭로자들'까지 그렇게 욕하는 거요? 당신들도 모든 사람들처럼 요란스레 떠들기만 하는 건 아니오?"

"다른 것은 몰라도 그 점에서 우리는 죄가 없습니다." 바자로프가 입속말로 웅얼거렸다.

"그래요? 그럼 당신은 행동을 하고 있소? 아니면 행동할 준비라도 하고 있소?"

바자로프는 아무 대답도 하지 않았다. 파벨 페트로비치는 흠칫 몸을 떨었지만 곧 자신의 감정을 억눌렀다.

"흠!…… 행동한다, 파괴한다……" 그는 계속해서 말했다. "그러나 무엇 때문인지도 모르면서 어떻게 파괴한단 말인가?"

"우리가 힘이기 때문에 우리가 파괴하는 거예요." 아르카디가 말했다.

파벨 페트로비치는 조카를 바라보고 쓴웃음을 지었다.

"그래요, 힘은 해명 같은 걸 하지 않아요." 아르카디가 이렇게 말하고 자세를 바로잡았다.

"불행한 녀석!" 파벨 페트로비치는 부르짖었다. 그는 정말이지 더 이상 참을 수가 없었다. "너는 그 진부한 문구로 네가 러시아의 무엇을 지지하고 있는지 한 번만이라도 생각해보는 게 좋겠다! 아니, 이 정도면 천사라도 참을 수 없어! 힘이라고! 미개한 칼미크* 사람이나 몽골인에게도 힘은 있다. 그런데 그 힘이라는 게 대체 우리에게 왜 필요하냐? 우리에게 소중한 건 문명이야. 그렇고말고. 귀군, 우리에게 귀중한 건 문명의 열매란 말이오. 그런 열매가 보잘것없다는 말은 하지 마시오. 아무리 보잘것없는 삼류 문인도, 하루 저녁에 오 코페이카를 받는 야회의 피아니스트도 당신들보다는 쓸모 있어. 왜냐하면 그들은 문명의 대표자들이며 난폭한 몽골식 힘의 대표자가 아니기 때문이오! 당신들은 자신을 진보적이라고 생각하지만, 칼미크 사람들의 천막에서 살고자 할 뿐이오! 힘이라고! 그러나 기억하시오, 강한 제군들, 당신들은 모두 네 사람 반밖에 안 되지만 나머지 사람들은 수백만이라는 걸. 그들은 당신들이 신성한 신앙을 발로 짓밟도록 내버려두지 않을 거고 오히려 당신들을 짓밟아버릴 거요!"

"만약 그들이 우리를 짓밟는다면 그게 우리가 갈 길입니다." 바자로프가 말했다. "그러나 한 가지만은 근거 없는 말입니다. 생각하시는 것처럼 우리의 수가 그렇게 적지는 않습니다."

"뭐라고? 당신은 농담이 아니라 정말로 전 민중을 잘 다룰 수 있다고 생각하오?"

"일 코페이카짜리 초가 모스크바를 불태웠다는 걸 잘 알고 계시죠?" 바자로프가 대답했다.

"그렇지, 그렇지. 처음에는 거의 사탄과 같은 오만함, 다음에는 조롱. 바로, 바로 이런 것에 젊은이들이 매혹되고 있고, 바로 이런 것에

---

* 몽골 유목민족의 하나.

젊은이들의 미숙한 마음이 정복되고 있어! 저것 봐, 그들 중 한 사람이 곁에 앉아서 당신을 위해 거의 기도라도 할 것 같구먼. (아르카디는 돌아앉아서 얼굴을 찌푸렸다.) 이 유행병은 이미 널리 퍼졌어. 러시아 화가들은 로마에 가도 바티칸에 발길을 하지 않는다고 하더군. 그들은 라파엘로*가 권위이기 때문에 라파엘로를 멍청이라고 생각한다는 거야. 그러나 정작 그들 자신은 메스꺼울 정도로 무능력하고 아무 성과도 내지 못하지. 그들에게선 기껏해야 '우물가의 처녀'** 정도의 판타지밖에 나오지 않아! 그런데다 처녀도 아주 추하게 그리지. 그러나 당신들은 그들이 훌륭하다고 생각하겠지. 그렇지 않소?"

"제 생각엔," 하고 바자로프가 반박했다. "라파엘로는 동전 한 닢의 가치도 없습니다. 그리고 러시아 화가들도 그보다 더 나을 게 없지요."

"브라보! 브라보! 들어봐라, 아르카디…… 현대의 청년은 이렇게 말해야만 하는 거다! 그러니 그들이 어떻게 당신을 따르지 않겠소! 예전 젊은이들은 무식쟁이라는 말을 듣고 싶지 않아서 공부를 해야만 했지. 그런데 지금 청년들은 '세상만사는 모두 무의미해!'라는 말만 하면 그만이야. 그러고는 마냥 즐거워하지. 전에 그들은 멍청이에 지나지 않았는데 지금은 갑자기 니힐리스트가 되어버렸어."

"마침내 찬양할 만한 자존심을 버리셨습니다." 바자로프가 냉정하

---

* 르네상스 시대의 이탈리아 화가.
** 1857년에 투르게네프는 이탈리아 로마에 가서 바티칸 박물관의 많은 그림을 보고 특히 라파엘로의 그림을 높이 평가했다. '우물가의 처녀'란 어떤 특정 화가의 특정 작품이 아니라 당시 로마에 있던 러시아 화가의 엉터리 작품들을 일반적으로 지칭한다.

게 말했다. 아르카디는 얼굴을 붉힌 채 눈만 껌뻑거렸다. "우리의 논쟁은 너무 멀리 나갔습니다…… 이제 그만하는 게 좋을 것 같습니다." 바자로프는 자리에서 일어나면서 덧붙여 말했다. "그러나 우리의 현대생활, 말하자면 가정생활이나 사회생활에서 완전하고 가차 없는 비판을 피할 수 있는 제도를 하나라도 보여주신다면 저는 당신의 의견에 기꺼이 동의하겠습니다."

"그런 제도라면 얼마든지 보여줄 수 있소." 파벨 페트로비치가 소리 높여 말했다. "얼마든지! 가령 농촌공동체만 해도 그렇지."

차가운 미소를 지으며 바자로프가 입을 비죽거렸다.

"글쎄요, 농촌공동체에 대해서는," 하고 바자로프가 말을 이었다. "동생분하고 말씀하시는 게 더 좋을 것 같군요. 농촌공동체, 연대 보증, 금주 같은 것들은 지금 당신의 동생이 실제로 겪고 있는 일 같으니까요."

"그럼, 가족, 가족을 봅시다. 가족은 우리 농부들도 가지고 있으니까!" 파벨 페트로비치가 소리치기 시작했다.

"그 문제도 깊이 파고들지 않는 게 좋을 겁니다. 며느리와 관계를 가진 시아버지 얘기를 들어보셨겠지요? 어떻습니까, 파벨 페트로비치, 한 이틀쯤 여유를 가지십시오. 금방 뭔가를 생각해내기는 어려울 테니까요. 러시아의 모든 계급을 분석해서 하나하나 잘 생각해보십시오. 그동안 저와 아르카디는……"

"모든 것을 조롱해야만 하겠지." 파벨 페트로비치가 말꼬리를 잡았다.

"아닙니다, 개구리를 해부해야 합니다. 가세, 아르카디. 그럼 안녕히들 계십시오."

두 친구는 객실에서 나갔다. 형제는 둘이 남아서 한동안 서로를 쳐다보고만 있었다.

"바로 저런 게." 하고 마침내 파벨 페트로비치가 말문을 열었다. "바로 저런 게 현대의 청년이야! 바로 저런 것들이 우리의 후계자란 말이야!"

"후계자들." 니콜라이 페트로비치는 쓸쓸하게 한숨을 쉬면서 되뇌었다. 그는 논쟁이 벌어지고 있는 동안 바늘방석에 앉은 것처럼 불안해하며 병적으로 슬금슬금 아르카디의 표정을 훔쳐보았다.

"형님, 내가 무엇을 회상했는지 압니까? 오래전에 지금은 돌아가신 어머니와 논쟁을 한 적이 있었는데, 그때 어머니는 소리만 치면서 내 말을 들으려고 하지 않았어요…… 결국 나는 '어머니는 날 이해할 수 없어요. 우리는 다른 두 세대에 속해 있으니까요'라고 말했었지요. 어머니는 몹시 화를 냈고 나는 '어쩔 수 없지 않은가? 환약은 쓰지만 삼켜야만 해' 하고 생각했어요. 그런데 이제 우리 차례가 되었어요. 우리의 후계자들도 '당신들은 우리 세대가 아니오. 그러니 쓴 환약을 삼키시오'라고 말할 수 있게 된 거예요."

"자네는 사람이 너무 좋고 겸손해." 파벨 페트로비치가 반박했다. "반대로 나는, 우리가 아마도 약간 낡은 언어를 쓰고, vieilli(구식으로 말하고), 뻔뻔스러운 자기 과신을 가지고 있지는 않지만 저 나리들보다는 훨씬 낫다고 확신해…… 요즘 젊은 것들은 건방지기 짝이 없어! 그들 중 한 명에게 '어떤 포도주를 원합니까? 적포도주입니까, 백포도주입니까?' 하고 물어보게. '저는 적포도주를 더 좋아하는 습관을 가지고 있습니다!' 하고 저음으로 대답할걸. 마치 그 순간에 온 세상이 자기를 쳐다보고 있기라도 하듯 거만한 표정을 짓고 말이야."

"차를 더 드시지 않겠어요?" 페네치카가 문 안쪽으로 머리를 들이밀고 말했다. 그녀는 논쟁자들의 목소리가 안에서 들리는 동안에는 감히 객실로 들어설 결심을 하지 못하고 있었다.

"아니, 사모바르를 치우라고 해요." 니콜라이 페트로비치가 대답하면서 그녀를 향해 마주 일어섰다. 파벨 페트로비치는 동생에게 무뚝뚝하게 "bonsoir(잘 쉬게)"라고 말하고 자기 서재로 돌아갔다.

11

반시간 후, 니콜라이 페트로비치는 자기가 좋아하는 정원의 정자로 향했다. 그는 쓸쓸한 생각에 사로잡혔다. 처음으로 그는 자신과 아들 사이의 간격을 분명히 깨달았다. 그리고 날이 갈수록 그 간격이 점점 더 커지리라는 걸 예감했다. 이렇게 되고 보니 그가 겨울에 페테르부르크에서 며칠씩 최신 서적들을 읽었던 것도 젊은이들의 대화에 귀기울이곤 했던 것도 헛된 일이었다. 그리고 그들의 열띤 논의에 자기의 말 한 마디를 끼워넣고는 즐거워하던 것도 헛된 일이었다. '형님은 우리들이 옳다고 하지만,' 하고 그는 생각했다. '모든 자존심을 버리고 생각해봐도 젊은이들이 우리보다 진리에서 더 가까운 것 같지는 않지만, 그들에겐 우리에게 없는 그 무엇이 있는 것 같고 우리에 비해 어떤 우월성을 갖고 있는 것 같…… 젊음인가? 아니야, 젊음만은

아니야. 혹시 그 우월성은 그들이 우리보다 지주 귀족 계급의 흔적을 더 적게 가졌기 때문이 아닐까?'

니콜라이 페트로비치는 머리를 숙이고 한 손으로 얼굴을 쓰다듬었다.

'그러나 시를 거부하는 것은?' 그는 다시 생각에 잠겼다. '예술과 자연에 공감하지 않는 것은?……'

그는 어떻게 자연에 공감하지 않을 수 있는지 알고 싶다는 듯 주위를 둘러보았다. 이미 날은 저물어서 태양은 정원에서 오백 미터가량 떨어진 그리 크지 않은 사시나무숲 뒤쪽에 숨어버렸고, 숲 그림자가 조용한 들판을 따라 끝없이 뻗어 있었다. 한 농군이 바로 그 숲가의 어둡고 좁은 오솔길을 흰말을 타고 약간 빠르게 달리고 있었다. 그늘 속을 달리는 그의 모습은 어깨에 덧댄 헝겊까지 분명히 보였고, 언뜻 언뜻 드러나는 작은 말의 다리도 보기 좋게 또렷했다. 햇빛은 숲속으로 파고들어 무성한 나무 잎사귀 사이를 뚫고 사시나무 줄기에 따스하게 던져졌다. 사시나무 줄기는 마치 소나무 줄기처럼 보였다. 사시나무 나뭇잎은 푸르렀고, 저녁놀에 살짝 붉어진 담청색 하늘은 나뭇잎 위에 걸려 있었다. 제비들이 하늘 높이 날고 바람은 전혀 불지 않았다. 뒤늦게 돌아온 꿀벌들이 라일락꽃 속에서 졸린 듯 느릿하게 붕붕거리고 있었다. 외롭게 쭉 뻗은 가지 위에서는 조그만 날벌레들이 기둥 모양으로 떼지어 다녔다. '아! 얼마나 좋은가!' 하고 니콜라이 페트로비치는 생각했다. 애송시 한 구절이 입에서 절로 나오려 했으나 아르카디와 『힘과 질료』가 떠오르자 그는 그만 입을 다물어버렸다. 그는 그저 가만히 앉은 채로 외로운 상념의 슬프고 즐거운 유희에 계속 잠겨 있었다. 그는 공상하는 걸 좋아했다. 시골생활이 그에게 이런 능력을 길러주었다. 그가 주막집에서 아들을 기다리면서 공상에 잠긴 것은 불과 얼마 전의 일이었다. 그런데 그때부터 이미 변화는 시작되어 당시엔 분명치 않았던 관계가 이제는 분명해졌다…… 그 관계는 어떤가! 그의 마음속에 다시 죽은 아내의 모습이 떠올랐다. 그러나 그 모습은 오랜 세월 동안 그가 알고 있던 살림 잘하는 착한 주부가 아니라, 가녀린 몸매에 호기심이 가득한 순진한 눈매를 하고 아이같이 가는 목 위에 머리채를 단단히 감아올린 젊은 아가씨였다. 그는 처음 그녀를 보았을 때를 떠올렸다. 아직 대학생이던 때였다. 그는 자기가 살고 있던 아파트의 계단에서 그녀를 만났는데, 우연히 그녀를 밀치고는 뒤돌아서서 사과를 하려고 했으나 겨우 "pardon, monsieur(미안합니다, 신사 양반)" 하고 중얼거렸을 뿐이었다. 그때 그녀는 머리를 숙이고 방긋 웃더니 갑자기 겁먹은 듯이 달아났다. 그리고 층계참에서 재빨리 고개를 돌려 그를 바라보더니 진지한 표정으로 얼굴을 붉혔다. 그러고 나서 최초의 수줍은 방문, 더듬거리는 말, 어설픈 미소, 주저, 슬픔, 열정 그리고 마침내 찾아온 그 숨 막힐 듯한 환희…… 이 모든 것이 지금은 어디로 순식간에 사라졌는가? 그녀는 그의 아내가 되었고 그는 지상에서 소수의 사람만이 누리는 그런 행복을 누렸다…… '그러나,' 하고 그는 생각했다. '그 달콤한 첫 순간들, 왜 그런 순간들은 영원불멸할 수 없는 것일까?'

그는 자신의 상념을 분명히 이해하려고 애쓰지는 않았다. 그러나 그 행복했던 시절을 기억보다 강한 무언가로 보존하고 싶었다. 그는 다시 한번 아내 마리야와의 친밀감을 느끼고 싶었고, 그녀의 따스함과 숨결을 느끼고 싶었다. 그러자 정말 그녀가 머리 위에 있는 것처럼 느껴졌다……

"니콜라이 페트로비치." 가까운 곳에서 페네치카의 목소리가 들려왔다. "어디 계세요?"

그는 흠칫 몸을 떨었다. 괴롭거나 부끄러워서가 아니었다…… 그는 아내와 페네치카를 비교할 수 있다는 가능성조차 인정하지 않았다. 그는 페네치카가 자기를 찾아나설 생각을 했다는 것이 유감스러웠다. 그녀의 목소리는 즉각 그의 백발, 그의 노년, 그의 현재를 생각나게 했다……

그가 이미 들어선 매혹적인 세계, 안개 낀 과거의 파도 속에서 생겨난 그 매혹적인 세계는 가볍게 흔들리더니 사라져버렸다.

"나 여기 있소." 그가 대답했다. "곧 갈 테니 물러가요."

'이게 바로 지주 귀족 기질의 흔적이야.' 이런 생각이 그의 머릿속에 퍼뜩 떠올랐다. 페네치카는 말없이 정자 쪽을 힐끗 쳐다보았다. 그는 자기가 공상에 잠겨 있는 동안 벌써 밤이 되었다는 걸 문득 깨닫고 깜짝 놀랐다. 모든 것이 어렴풋하게 보였고 주변은 쥐 죽은 듯 고요했다. 페네치카의 창백하고 자그마한 얼굴이 그의 눈앞에서 언뜻 나타났다가 사라졌다. 그는 엉거주춤 일어나서 집으로 돌아가려고 했다. 그러나 회상으로 부드러워진 심장은 그의 가슴 속에서 쉽게 진정되지 않았다. 때론 생각에 잠겨 발밑을 바라보기도 하고, 때론 총총한 별들이 깜박이는 하늘을 쳐다보기도 하면서 그는 천천히 정원을 거닐기 시작했다. 거의 피로를 느낄 정도로 한참을 걸어 다녔지만 그의 마음 속에서는 뭔가를 찾는 듯한 알 수 없는 불안이, 슬픈 불안이 내내 가시지 않았다. 아, 그때 그의 마음속에 일어난 감정을 바자로프가 알았더라면 얼마나 비웃었을 것인가! 아르카디도 그를 비난했을 것이다. 농학자이자 가장인 마흔네 살 된 남자의 눈에 까닭 모를 눈물이 핑 돌았다. 이것은 첼로를 켜는 일보다 백 배는 더 나쁜 것이었다.

니콜라이 페트로비치는 계속 걸었다. 그러나 그는 집 안으로, 불빛 가득한 창문들이 반갑게 자기를 바라다보는 평화롭고 아늑한 보금자리로 감히 들어갈 수가 없었다. 그는 어둠과 정원, 얼굴을 스치는 신선한 공기의 감촉과 우수, 그리고 불안과 헤어질 수가 없었다……

오솔길 모퉁이에서 그는 파벨 페트로비치와 마주쳤다.

"웬일이냐?" 형이 니콜라이 페트로비치에게 물었다. "유령처럼 얼굴이 창백하구나. 자네는 건강이 좋지 않아. 왜 잠자리에 들지 않았어?"

니콜라이 페트로비치는 형에게 자신의 심경을 간단히 설명하고 지나쳤다. 파벨 페트로비치도 정원 끝까지 가서는 생각에 잠겼고, 역시 눈을 들어 하늘을 쳐다보았다. 그러나 그의 아름다운 검은 눈에는 별빛밖에는 아무것도 비치지 않았다. 그는 낭만주의자로 태어나지 않았다. 그의 세련되고 매정하고 열정적인, 프랑스식의 사람을 혐오하는 기질은 공상을 할 줄 몰랐다……

"뭔지 알겠나?" 그날 밤에 바자로프가 아르카디에게 말했다. "내게 굉장한 생각이 떠올랐어. 오늘 자네 아버지가 대단한 친척에게서 초대를 받았다고 말했지. 자네 아버지가 안 간다고 하니 자네와 내가 ○○○로 훌쩍 달려가세. 그 친척이 자네도 초청했으니까. 보게나, 날씨가 얼마나 좋은가. 가서 시내도 구경하세. 한 대엿새 빈둥빈둥 돌아다니자고. 그걸로 충분해!"

"자넨 거기 갔다 여기로 돌아올 거지?"

"아니, 아버지한테 가야만 해. 자네도 알다시피 아버지는 ○○○에서 삼십여 킬로미터 떨어진 곳에 살고 계셔. 아버지를 본 지가 오래됐어. 어머니도 그렇고. 노인들을 위로해드려야지. 둘 다 좋은 분들이야. 특히 아버지는 정말 재미있는 분이지. 그들에겐 나 하나뿐이야."

"부모님 집에 오래 있을 건가?"

"그럴 생각은 없네. 아마 심심할 거야."

"돌아오는 길에 우리 집에 들를 텐가?"

"모르겠어, 두고 봐야지. 그래, 어떤가? 떠날 건가?"

"그러지." 아르카디는 느릿느릿 대답했다.

아르카디는 마음속으로 친구의 제안을 기뻐했지만 자기의 감정을 숨기는 것이 의무라고 생각했다. 그가 니힐리스트인 건 다 까닭이 있었다!

다음 날 아르카디와 바자로프는 ○○○로 떠났다. 마리노 마을의 젊은이들은 그들이 떠나는 것을 아쉬워했다. 두냐샤는 눈물을 흘리기까지 했다…… 그러나 노인들은 안도의 숨을 내쉬었다.

12

우리의 친구들이 간 ○○○시는 젊은 현 지사의 관할 아래 있었는데, 그는 러시아에서 흔히 볼 수 있는 진보주의자이자 폭군이었다. 부임해서 처음 일 년 동안 그는 근위기병대에서 퇴직한 2등 대위이자 말 사육장 주인이며 손님 접대를 잘하기로 소문난 현의 귀족 단장과 싸웠을 뿐만 아니라 자기 밑의 관리들과도 다투었다. 이 때문에 일어난 불화가 너무 커져서 결국 페테르부르크 정부는 전권 위원을 파견하여 현지에서 모든 문제를 심의하도록 조치를 취하게 되었다. 정부는 마트베이 일리치 콜랴진을 전권 위원으로 임명했다. 그는 한때 키르사노프 형제의 후견인이었던 바로 그 콜랴진의 아들이었다. 그는 젊은 관료들 중 한 사람으로, 최근에 나이 사십을 넘겼지만 벌써 국가의 요직을 노렸고 양쪽 가슴에 훈장을 하나씩 달고 다녔다. 사실 훈장하나는 외국에서 받은 변변치 못한 훈장이었다. 그는 조사를 받게 될현 지사처럼 진보주의자였고, 이미 높은 자리에 있었지만 대부분의 고관들과는 달랐다. 그는 스스로를 아주 높이 평가했으며, 그의 허영심은 끝이 없었다. 그러나 그는 솔직하게 행동하고 모든 사람을 인정하듯이 바라보고 사람들의 말에 겸손하게 귀를 기울이고 아주 온화하게 웃곤 했으므로 처음 만나는 사람들은 모두 그를 '더없이 좋은 친구'라고 생각했다. 그러나 중요한 순간에는 이른바 혼낼 줄도 알았다. 아랫사람을 야단칠 때 그는 'l'énergie est la première qualité d'un homme d'état(에너지가 필요해. 에너지는 공무원의 첫번째 자질이야)'라고 말하곤 했다. 그러나 이 모든 것에도 불구하고 그는 대개 바보 취급을 당했다. 어느 정도 경험 있는 관리라면 누구나 그의 머리위에서 놀았다. 마트베이 일리치는 대단한 존경심을 가지고 기조*를평가했고, 자기는 고집불통이 아니며 시대에 뒤떨어진 관료집단에 속

---

* 프랑수아 기조. 프랑스의 정치가이자 역사가.

하지 않고, 사회생활의 중요한 현상을 하나도 간과하지 않는다는 것을 모든 사람들에게 주입시키려고 애썼다…… 그는 이와 관련된 말들을 훤히 꿰고 있었다. 또한 그는 무심하고 오만한 태도로 현대문학의 발달에도 관심을 기울였다. 어른이 거리에서 아이들의 행렬을 만나면 이따금 그 행렬에 휩쓸리게 되는 경우가 있는데, 꼭 그런 격이었다. 그는 페테르부르크에서 살고 있던 스베치나 부인*의 야회에 나갈 준비를 하면서 아침에 콩디야크**의 책을 한 페이지씩 읽곤 했던, 알렉산드르 1세 통치 시절의 정치가와 그다지 다르지 않았다. 단지 방법이 다르고 더 현대적이었을 뿐이다. 그는 약삭빠른 궁신(宮臣)이자 아주 교활한 인간일 뿐이었다. 그는 사무를 잘 이해하지 못했고 지혜도 없었지만 자기 이익을 챙길 줄은 알았다. 이 점에서는 아무도 그를 능가할 수 없었다. 그러나 이것이야말로 가장 중요한 것이다.

마트베이 일리치는 교양 있는 고관 특유의 친절한 태도로, 정확히 말하자면 장난스러운 태도로 아르카디를 맞이했다. 그러나 정작 자기가 초대한 친척들이 시골에 남아 있다는 걸 알고는 깜짝 놀랐다. "자네 아버지는 항상 괴짜였지." 그는 화려한 벨벳 실내복에 달린 술을 만지작거리며 말했다. 그러다가 갑자기 제복 단추를 아주 단정히 채운 젊은 관리에게 돌아서서 근심스런 표정을 띠며 "뭐라고?" 하고 소리쳤다. 오랫동안 입을 다물고 있어서 입술이 달라붙은 젊은 관리는 엉거주춤 일어나서 어쩔 줄 몰라하며 상관을 바라보았다. 마트베이

* 여류작가이자 신비주의자. 1860년에 출간된 그녀의 작품은 러시아 사교계에서 활발히 논의되었다.
** 프랑스의 철학자이자 감각주의자. 언급된 책은 『감각론』으로 보인다.

일리치는 이렇게 부하의 혼쭐을 빼놓고는 다시 그를 거들떠보지도 않았다. 대체로 우리의 고관들은 부하를 어리둥절하게 만들기를 좋아한다. 이 목표를 달성하기 위해 그들이 사용하는 방법은 아주 다양하다. 그중에서도 그들이 가장 많이 사용하는 방법, 소위 영국인들이 'is quite a favorite(아주 즐겨 쓰는 방법)'이 있는데 다음과 같다. 고관은 갑자기 가장 간단한 말조차 알아듣지 못하고 귀머거리가 된다. 예컨대 고관은 '오늘이 무슨 요일인가?' 하고 묻는다.

그러면 부하는 아주 공손하게 아뢴다. '오늘은 금요일입니다, 가…… 가……각하.'

"응? 뭐라고? 도대체 뭐라고 하는 거야? 지금 뭐라고 했지?" 고관이 군은 어투로 다시 묻는다.

"오늘은 금요일입니다, 가…… 각하."

"뭐라고? 어쨌다고? 금요일이라고? 어떤 금요일?"

"금요일은 가…… 가…… 가…… 각하, 일주일 중의 하루입니다."

"아니, 자네가 날 가르칠 생각인가?"

마트베이 일리치는 비록 자유주의자로 인정받고 있었지만 그래도 역시 고관은 고관이었다.

"현 지사를 방문할 것을 자네에게 권하네." 그는 아르카디에게 말했다. "자네도 알겠지만 내가 이렇게 권하는 것은 힘 있는 사람에게 인사하러 가야 한다는 낡은 생각을 지지하기 때문이 아니라 그저 현 지사가 점잖은 사람이기 때문이네. 게다가 자네는 아마 이곳 사교계를 알고 싶겠지…… 설마 자네, 곰은 아니겠지? 현 지사가 모레 성대한 무도회를 열기로 되어 있어."

"아저씨도 그 무도회에 가시나요?" 아르카디가 물었다.

"날 위해 여는 무도회야." 마트베이 일리치는 유감스럽다는 듯 말했다. "자네, 춤은 추나?"

"추긴 하지만, 잘 못 춰요."

"그거 안됐군. 여긴 예쁜 처녀들이 많은데. 젊은이가 춤을 못 추는 건 부끄러운 일이지. 고루한 생각에서 이런 말을 하는 게 아니야. 지혜가 발에 있다고 생각하지는 않으니까. 어쨌든 바이런식 낭만주의는 우스꽝스러워. il a fait son temps(그의 시대는 이미 지나갔어)."

"아저씨, 전 바이런식 낭만주의 때문이 아니라……"

"자네에게 이곳 귀부인들을 소개해주지. 내가 자네를 내 날개 밑에 품어주겠네." 마트베이 일리치는 아르카디의 말을 막으며 만족스럽게 웃어댔다. "자넨 따스해지겠지, 그래."

이때 하인이 들어와 세무감독국장이 왔다고 보고했다. 하인은 간사스런 눈에 주름진 입술을 한 노인으로 자연을 아주 좋아했는데, 그의 말을 빌리면 '모든 꿀벌이 모든 꽃에서 뇌물을 받는……' 여름날을 특히 좋아했다. 아르카디는 방에서 나왔다.

아르카디는 자기들이 머무르는 여인숙으로 돌아가 바자로프를 만나 현 지사한테 가자고 오랫동안 설득했다. "할 수 없군!" 결국 바자로프가 승낙했다. "일단 시작한 일은 쉽게 그만둘 수 없지! 지주들을 보러 왔으니, 가서 보자고!" 현 지사는 젊은이들을 반갑게 맞이했으나 그들에게 자리를 권하지도 않았고 그 자신도 자리에 앉지 않았다. 그는 분주한 듯 바삐 서둘러댔다. 아침부터 꼭 끼는 제복에 넥타이를 꽉 잡아매고 천천히 먹고 마실 사이도 없이 끊임없이 지시를 내렸다. 현에서는 그를 부르달루*라고 불렀는데, 유명한 프랑스 설교자가 아니라 잔소리꾼을 암시하는 것이었다. 그는 키르사노프와 바자로프를 무도회에 초대하고는, 임의로 그들을 형제라고 생각하여 카이사로프 형제라고 부르면서 이 분 후에 다시 그들을 초대했다.

그들이 현 지사를 방문하고 숙소로 돌아오는 길이었다. 옆을 지나가던 스프링이 달린 경사륜마차에서 슬라브주의자들이 즐겨 입는 헝가리 근위병 외투를 걸친 작달막한 남자가 불쑥 뛰쳐나오더니 '예브게니 바실리치!' 하고 소리치며 바자로프에게로 달려왔다.

"아! 이거 시트니코프 군 아닌가." 바자로프는 걸음을 멈추지 않으면서 말했다. "여긴 어쩐 일로 왔나?"

"생각해보게, 정말 대단한 우연이야." 시트니코프가 말했다. 그는 경사륜마차 쪽으로 돌아서서 대여섯 번 손을 흔들며 소리쳤다. "뒤에서 따라와, 따라와! 실은 아버지가 여기에서 일을 하고 계시거든. 나는 오늘 자네가 왔다는 말을 듣고 벌써 자네 숙소에 갔었지……"(실제로 두 친구가 숙소로 돌아와서 보니 귀퉁이를 접은 명함이 놓여 있었고, 시트니코프라는 이름이 한쪽에는 프랑스어로, 다른 한쪽에는 고대 슬라브의 조합문자로 찍혀 있었다.) "혹시 현 지사한테 갔다들 오는 건 아니겠지?"

"혹시가 아닐세. 우리들은 막 거기에서 오는 길이야."

"아하! 그렇다면 나도 현 지사한테 가야겠네. 예브게니 바실리치. 소개해주게나, 자네의…… 이분에게……"

---

* 루이 부르달루. 프랑스의 유명한 선교사로 그의 설교는 19세기 초에 러시아어로 번역되었다.

"시트니코프, 키르사노프." 바자로프는 멈추지 않고 계속 걸어가면서 웅얼거렸다.

"반갑습니다." 시트니코프는 아르카디의 옆으로 다가와 싱글거리며 지나치게 화려한 장갑을 서둘러 벗었다. "말씀 많이 들었습니다…… 나는 예브게니 바실리치의 오랜 친구인데, 그의 제자라고 말할 수 있지요. 내가 다시 태어난 것은 이 친구 덕분입니다……"

아르카디는 바자로프의 제자를 바라보았다. 작지만 유쾌한 인상을 주는 매끈한 얼굴에는 불안하고 어설픈 표정이 어려 있었다. 그리고 마치 푹 꺼진 것처럼 보이는 그의 작은 눈은 불안하게 사물을 응시했다. 그는 불안스럽게 웃었는데 웃음소리는 왠지 짤막하고 딱딱했다.

"정말입니다." 그는 말을 이었다. "예브게니 바실리치가 내 앞에서 권위를 인정해서는 안 된다고 처음 말했을 때, 얼마나 감격했던지…… 마치 맹인이 눈을 뜬 것 같았지요! 그제야 나는 제대로 된 인물을 만났다고 생각했어요! 그건 그렇고 예브게니 바실리치, 자네는 이곳에 사는 어느 부인에게 꼭 들러야만 하네. 그녀는 자네를 완벽히 이해할 수 있는 사람이야. 자네가 방문하면 정말로 기뻐할 거야. 어쩌면 이미 자네도 그녀에 대한 이야기를 들었을지 몰라."

"도대체 어떤 여잔가?" 바자로프가 내키지 않아 하며 물었다.

"쿠크쉬나, 예브독시, 예브독시야 쿠크쉬나. 참으로 훌륭한 인물인데, 진정한 의미에서 émancipée(해방된 여성), 진보적인 여성이라네. 그래, 어떤가? 지금 그 여자 집으로 함께 가세…… 그녀는 여기에서 아주 가까운 데 살고 있어. 거기에 가서 아침식사를 하세나. 아직 식사들 안 했지?"

"아직 안 했네."

"그럼, 잘 됐네. 이보게, 그녀는 남편하고 갈라섰는데, 누구에게도 매여 있지 않네."

"미인인가?" 바자로프가 말을 끊었다.

"아…… 아니 미인이라고는 할 수 없네."

"그럼 도대체 무슨 이유로 우리를 그녀에게로 끌고 가려는가?"

"에이, 농담하고는…… 그녀는 우리에게 샴페인 한 병을 낼 거네."

"아, 그래! 이제야 자네가 실제적인 인간으로 보이는군. 그런데 자네 부친은 아직도 주류 독점 판매권을 가지고 있나?"

"가지고 있지." 시트니코프는 서둘러 대답하고 째지는 듯한 소리로 웃기 시작했다. "그래, 어떤가? 갈 텐가?"

"정말로 모르겠네."

"자네는 많은 사람들을 만나보고 싶어 하니까, 가보게나." 아르카디가 나직한 목소리로 말했다.

"키르사노프 씨, 당신은 어때요?" 시트니코프가 말을 받았다. "같이 갑시다. 당신이 빠지면 안 되죠."

"우리 모두가 한꺼번에 몰려갈 수는 없지 않습니까?"

"괜찮아요! 쿠크쉬나는 정말 좋은 사람이니까요."

"샴페인 한 병은 나오는 거지?" 바자로프가 물었다.

"세 병!" 시트니코프가 소리 높여 외쳤다. "내가 보증하지!"

"무엇으로?"

"내 목을 걸고."

"그것보단 자네 부친의 돈 가방을 거는 게 나을 텐데. 어쨌든 가보세."

13

아브도찌야 니키티쉬나(혹은 예브독시야) 쿠크쉬나가 살고 있는 모스크바 귀족풍의 작은 집은 ○○○ 시에서 최근에 불타버린 거리 중 한 곳에 위치했다. 모두 알다시피, 러시아의 현청 소재지에서는 오 년에 한 번씩 불이 나곤 한다. 그녀의 집 문에는 명함이 비스듬히 꽂혀 있었고, 그 위로 초인종의 손잡이가 보였다. 현관에서 방문객들을 맞이한 사람은 하녀 같기도 하고 말동무 같기도 한 실내모를 쓴 어떤 여자였다. 이것은 여주인의 진보적 경향을 보여주는 명백한 표시였다. 시트니코프는 아브도찌야 니키티쉬나가 집에 있느냐고 물었다.

"빅토르, 당신인가요?" 가냘픈 목소리가 옆방에서 들려왔다. "들어와요."

실내모를 쓴 여자는 즉시 사라졌다.

"혼자 온 게 아닙니다." 슬라브주의자들이 즐겨 입는 헝가리 근위병 외투를 재빨리 벗으면서 시트니코프가 말했다. 그 외투 밑에서 남자용 상의 같기도 하고 커다란 여자용 외투 같기도 한 것이 드러났다. 그는 아르카디와 바자로프를 재빨리 쳐다보았다.

"상관없어요." 여자의 목소리가 대답했다. "Entrez(들어와요)."

젊은이들은 안으로 들어갔다. 그들이 들어간 방은 객실이라기보다는 오히려 작업실 같았다. 먼지 쌓인 책상 위에는 종이, 편지, 대부분 뜯지 않은 두툼한 러시아어 잡지들이 쌓여 있었고, 아무 데나 마구 내버린 궐련 꽁초들이 하얗게 널려 있었다. 가죽을 씌운 소파에는 아직 젊은 금발의 부인이 약간 헝클어진 차림으로 반쯤 누워서 그다지 깨

깨끗하지 않은 비단옷을 입고 있었다. 좀 짧은 듯한 두 팔에는 커다란 팔찌를 끼고, 머리에는 레이스가 달린 삼각수건을 쓰고 있었다. 그녀는 소파에서 일어나 안에 노란 담비 가죽을 댄 벨벳외투를 아무렇게나 어깨에 걸치면서 느릿느릿 말했다.

"안녕하세요, 빅토르." 그녀는 시트니코프와 악수했다.

"바자로프, 키르사노프." 시트니코프는 바자로프를 흉내 내어 딱딱 끊어서 말했다.

"어서들 오세요." 그녀가 대답했다. 둥그런 눈으로 바자로프를 응시하면서—두 눈 사이에는 조그만 들창코가 외롭게 붉은 빛을 띠고 있었다—그녀가 덧붙였다. "난 이미 당신을 알고 있어요." 그러고는 바자로프와 악수를 했다.

바자로프는 얼굴을 찡그렸다. 이 해방된 여자의 작고 볼품없는 얼굴에는 유난히 못생긴 데는 없었지만, 그녀의 표정은 보는 사람에게 불쾌한 인상을 주었다. 무심코 그녀에게 '무슨 일이죠? 배가 고픈가요? 아니면 심심한가요? 아니면 부끄러운가요? 왜 그렇게 긴장하는 거죠?' 하고 묻고 싶어질 정도였다. 시트니코프와 마찬가지로 그녀는 계속 안절부절못했다. 그녀는 아주 허물없이 말하고 행동했지만 어딘가 어색해 보였다. 그녀는 자신을 착하고 단순한 인간이라고 생각하는 것 같았다. 그러나 그녀는 무엇을 하든지, 하고 싶지 않은 것을 하는 것처럼 보였다. 그녀가 하는 모든 행동은, 흔히 아이들이 말하듯이 일부러 그러는 것 같았다. 즉 솔직하지 못하고 부자연스러웠다.

"그래요, 나는 당신을 알고 있어요, 바자로프." 쿠크쉬나가 되뇌었다. (그녀에게는 모스크바를 비롯해 지방에 사는 모든 부인들에게 나타냐는 그들 특유의 버릇, 즉 사귄 첫날부터 남자를 성씨로만 부르는 버릇이 있었다.) "시가 피울래요?"

"시가도 시가지만." 안락의자에 편하게 몸을 쭉 펴고 앉아서 한쪽 다리를 쳐들고 있던 시트니코프가 말꼬리를 잡았다. "아침식사를 좀 내시는 게 어때요? 우리는 배고파 죽을 지경입니다. 샴페인도 한 병 올리라고 이르고요."

"놀고먹는 사람 같으니." 쿠크쉬나가 웃으면서 말했다. (그녀는 웃을 때 윗잇몸이 드러났다.) "그렇지 않은가요, 바자로프? 저 사람은 놀고먹는 사람이죠?"

"난 생활의 안락함을 좋아합니다." 시트니코프는 거만하게 말했다. "그것이 내가 자유주의자가 되는 걸 방해하지는 않지요."

"아뇨, 방해합니다, 방해해요!" 쿠크쉬나는 소리 높여 말하면서도 아침식사와 샴페인을 준비하라고 하녀에게 지시했다. "당신은 어떻게 생각해요. 나와 의견을 같이하겠죠?" 바자로프에게 몸을 돌리면서 그녀가 덧붙였다. "나와 의견을 같이하리라고 믿어요."

"아니요." 바자로프가 반박했다. "고기 한 점이 빵 한 조각보다 낫지요. 화학적 관점에서도 그렇습니다."

"당신은 화학을 전공하세요? 나도 화학을 아주 좋아해요. 내가 직접 접착제도 만들었어요."

"접착제를? 당신이?"

"그래요. 내가 만들었어요. 그런데 그 이유가 뭔지 아세요? 인형을 만들기 위해서예요. 인형의 머리가 깨지지 않도록 하려고요. 나도 실제적인 인간이거든요. 그러나 아직 완벽하진 않아요. 리비히를 좀더 읽어야겠어요. 그런데 〈모스크바통보〉에 실린 키슬랴코프*의 논문 「여성노동론」은 읽었나요? 꼭 읽어보세요. 당신은 여성문제에 관심이 있겠죠? 그리고 학교문제에도 관심이 있겠죠? 당신의 친구는 무슨 일을 하나요? 이름은 뭐죠?"

쿠크쉬나 부인은 여자다운 허물없는 태도로 대답도 기다리지 않고 연달아 질문을 쏟아냈다. 꼭 응석받이 아이들이 유모에게 질문하는 식이었다.

"제 이름은 아르카디 니콜라이치 키르사노프입니다." 아르카디가 말했다. "저는 아무 일도 하지 않습니다."

쿠크쉬나가 큰 소리로 깔깔거리기 시작했다.

"그거 참 멋지네요! 담배 안 피우세요? 빅토르, 내가 당신에게 화났다는 거 알아요?"

"아니, 왜요?"

"당신이 다시 조르주 상드**를 찬양하기 시작했다면서요. 그녀는 시대에 뒤떨어진 여자일 뿐, 아무것도 아니에요! 그런 여자를 어떻게 감히 에머슨***과 비교할 수 있어요! 그 여잔 교육이나 생리학에 대해, 그리고 다른 것들에 대해서도 아무런 관점을 갖고 있지 않아요. 발생학에 대해선 들어보지도 못했을걸요. 우리 시대에 발생학을 모른

---

* 키슬랴코프라는 성은 만들어낸 것으로 보인다. 〈모스크바통보〉는 1756년에서 1917년까지 발행된 반관보(半官報)적 성격의 어용 신문이었다.
** 여성해방사상을 주창한 프랑스의 여류 작가로 1840년대 러시아에서 매우 인기가 있었다.
*** 미국의 사상가이자 시인. 정신을 물질보다 중요하게 생각했으며 직관으로 진리를 깨달을 수 있다고 주장했다.

다는 게 말이나 되나요? (이때 쿠크쉬나는 심지어 두 팔을 벌리기까지 했다.) 아 참, 엘리세비치*가 이 문제에 대해 정말 놀라운 논문을 썼더군요! 그는 천재적인 신사지요! (쿠크쉬나는 '사람' 대신에 '신사'라는 단어를 사용하곤 했다.) 바자로프, 내 옆으로 와서 소파에 앉아요. 당신은 모르시겠지만 난 정말 당신이 두렵답니다."

"왜죠? 알고 싶군요."

"당신은 위험한 신사예요. 당신은 대단한 비평가니까요. 아, 이걸 어째! 우습게도 초원의 여지주처럼 지껄이고 있네. 하기야 난 정말로 여지주랍니다. 내가 직접 영지를 관리하고 있어요. 그건 그렇고 우리 영지관리인 예로페이는 참 놀라운 사람이에요. 꼭 쿠퍼**의 소설에 나오는 패스파인더 같아요. 그에게는 뭔가 단순한 데가 있어요! 아, 나는 결국 여기에 주저앉고 말았어요. 참 진절머리 나는 도시지요. 그렇지 않나요? 그러나 어쩔 수 없죠!"

"도시야 다 그렇죠." 바자로프가 냉정하게 말했다.

"모든 게 자잘한 흥밋거리뿐이니 그게 끔찍해요! 전에 나는 해마다 겨울이 되면 모스크바로 가서 지냈지요…… 지금은 내 남편 쿠크쉰이 모스크바에 살고 있어요. 모스크바도 지금은…… 아, 모르겠어요, 이전의 모스크바가 아니에요. 나는 외국으로 나갈 생각을 하고 있어요. 작년에는 거의 떠나려고 했었는데."

"물론 파리겠죠?" 바자로프가 물었다.

---

* 투르게네프는 잡지 『동시대인』의 편집동인인 G. Z. 엘리세예프와 M. A. 아다모비치를 아이러니하게 암시하고 있다.
** 제임스 쿠퍼. 미국의 소설가로, 패스파인더는 그의 몇몇 소설에 등장하는 주인공이다.

"파리와 하이델베르크."

"왜 하이델베르크죠?"

"거기엔 분젠*이 있잖아요!"

바자로프도 이에 대해선 대답할 말이 없었다.

"피에르 사포쥐니코프…… 그 사람을 아세요?"

"아뇨, 모릅니다."

"저런, 피에르 사포쥐니코프는…… 그는 아직도 리디야 호스타토바의 집에 드나들고 있지요."

"그녀도 누구인지 모릅니다."

"글쎄, 그가 나를 안내하겠다는 거예요. 하느님 덕분에 난 자유로운 몸이고 아이들도 없으니까…… 세상에, 내가 무슨 말을 했지? 하느님 덕분이라니! 그러나 이제는 상관없어요."

쿠크쉬나는 담뱃진 때문에 주황색으로 물든 손가락으로 궐련을 말아서, 혀끝으로 침을 발라 한번 빨아보더니 불을 붙였다. 이때 하녀가 쟁반을 들고 들어왔다.

"자, 여기, 아침이에요! 식사를 할래요? 빅토르, 코르크를 뽑아요. 그건 당신이 할 일이에요."

"내가 할 일, 내가 할 일입니다." 시트니코프가 대답하고는 째지는 소리로 웃어댔다.

"그런데 여기에도 아름다운 여자들이 있습니까?" 세 잔째 술을 마신 바자로프가 물었다.

---

* 독일의 화학자. 1852년부터 1889년까지 하이델베르크 대학의 교수였다.

"있지요." 쿠크쉬나가 대답했다. "그러나 모두 속이 텅 빈 사람들뿐이에요. mon amie(내 친구) 오딘초바는 예쁜 편이지만 유감스럽게도 평판이 안 좋고…… 물론 그런 건 별것 아닐 수도 있어요. 그러나 자유로운 견해도 없고, 아량이 넓은 것도 아니고…… 아무것도 없어요…… 교육제도를 모두 바꿔야만 해요. 나는 진작부터 이 문제에 대해 생각해왔어요. 러시아 여성들은 아주 나쁜 교육을 받고 있거든요."

"당신도 그들을 어떻게 할 수는 없을 겁니다." 시트니코프가 그녀의 말을 받았다. "여자들은 경멸받아야만 합니다. 그래서 난 여자들을 경멸합니다. 완전하고 철저하게! (사람을 경멸할 수 있고 그 경멸감을 표현할 수 있다는 것은 시트니코프에게 가장 유쾌한 일이었다. 특히 그는 여자들을 공격대상으로 삼았다. 그러나 그는 몇 달 후, 자기 아내가 될 사람이 단지 두르도레오소프 공작의 딸이라는 이유로 그녀 앞에서 머리를 굽실거리게 되리라곤 전혀 예상하지 못했다.) 어떤 여자도 우리의 대화를 이해할 수 없어요. 우리들처럼 진지한 남자들이 언급할 만한 가치가 있는 여자는 아무도 없습니다."

"게다가 여자들은 우리의 대화를 이해할 필요가 전혀 없지." 바자로프가 말했다.

"당신들은 누구에 대해 말하는 거죠?" 쿠크쉬나가 끼어들었다.

"아름다운 여자들에 대해."

"뭐라고요! 그럼 당신은 프루동*의 견해에 찬성한단 말인가요?"

바자로프는 거만하게 몸을 쭉 폈다.

---

* 프랑스의 사회평론가. 경제학자, 사회학자로 여성해방과 남녀평등을 반대했다. 그는 여성의 주요 임무가 어머니가 되어 가사를 돌보는 것이라고 생각했다.

"나는 누구의 견해에도 찬성하지 않습니다. 나는 나 자신의 견해를 가지고 있습니다."

"일체의 권위를 물리쳐라!" 자기가 맹목적으로 추종하는 사람 앞에서 강력히 자신을 표현할 기회가 온 것을 기뻐하면서 시트니코프가 소리쳤다.

"그러나 매콜리는……" 쿠크쉬나가 입을 떼려고 했다.

"매콜리*는 집어치워요!" 시트니코프가 크게 소리쳤다. "당신은 여자들의 편을 듭니까?"

"여자들 편을 드는 게 아니라 여성의 권리를 옹호하는 거예요. 난 내 마지막 피 한 방울까지 바쳐서 여성의 권리를 지키기로 맹세했어요."

"집어치워요!" 그러나 시트니코프는 곧 말을 멈췄다. "하긴 나도 여성의 권리를 부정하진 않습니다."

"아뇨! 난 알고 있어요. 당신은 슬라브주의자예요!"

"아니, 난 슬라브주의자가 아닙니다. 그야 물론……"

"아뇨, 아니에요! 당신은 슬라브주의자이고 『가정준칙』**의 옹호자예요. 당신은 손에 채찍도 들 수 있을 걸요!"

"채찍은 좋은 겁니다." 바자로프가 말했다. "그런데 우리는 마지막 한 방울까지 다 마셨군요……"

"그게 무슨 말이죠?" 쿠크쉬나가 물었다.

---

* 영국의 자유주의적 역사가로 『영국사』를 썼다.
** 16세기의 작품으로 도시민이 아내, 아이들, 하인 등을 다루는 규범을 집대성한 책이다.

"샴페인 말입니다. 친애하는 아브도찌야 니키티쉬나, 당신의 피가 아니라 샴페인 말입니다."

"여성들이 공격당할 때 나는 무심히 듣고만 있을 수 없어요." 쿠크쉬나가 말을 이었다. "그건 끔찍한 일이에요. 정말로 무서운 일이에요. 당신들은 여성들을 공격하기보다는 미슐레*의 『연애론』을 읽는 게 더 나아요! 참 훌륭한 책이죠. 여러분, 사랑에 대해 이야기해요." 소파의 구겨진 쿠션 위로 지친 듯이 한쪽 팔을 떨어뜨리면서 예브독시야가 말했다.

갑자기 모두가 조용해졌다.

"됐습니다. 사랑 이야기는 해서 뭐 합니까? 그보다 당신이 어떤 부인에 대해 말을 했는데…… 아마 당신이 '오딘초바'라고 불렀지요? 도대체 어떤 부인입니까?"

"아름답지! 아주 아름다워!" 시트니코프가 빽빽거리며 말했다. "내가 자네에게 소개해주지. 현명하고 부자고 과부야. 유감스럽게도 그녀는 아직 충분히 개화되지는 못했어. 우리 쿠크쉬나와 더 가깝게 지내면 좋으련만. 쿠크쉬나, 난 당신의 건강을 위해 마십니다! 예브독시야, 잔을 부딪쳐요! 짠짠짠! 짠짠짠!"

"빅토르, 당신은 장난꾸러기예요."

아침식사는 오랫동안 계속되었다. 샴페인은 첫번째 병에 이어 두번째, 세번째, 네번째 병까지 나왔다…… 쿠크쉬나는 입을 다물지 않고 지껄였고 시트니코프는 맞장구를 쳤다. 그들은 도대체 결혼이란 무엇

---

* 프랑스의 역사가이자 사회정치평론가. 『연애론』은 1859년에 출간된 그의 책이다.

인가, 결혼은 편견인가 범죄인가, 사람들은 평등하게 태어나는가 혹은 그렇지 않은가, 인간의 개성은 엄격히 말해 무엇인가 등에 대해 많은 이야기를 나누었다. 결국 술을 너무 마셔서 얼굴이 온통 빨개진 쿠크쉬나가 조율이 안 된 피아노 건반을 뭉툭한 손가락으로 두드리면서 쉰 목소리로 노래를 부르는 지경에 이르렀다. 처음엔 집시의 노래를, 다음에는 시모어 시프의 로망스 〈꿈꾸는 그라나다〉*를 불렀다. 시트니코프는 목도리로 머리를 동여매고, 다음 가사에서는 죽어가는 연인의 흉내를 냈다.

그대의 입술과 내 입술이
불타는 키스로 포개졌네.

마침내 아르카디가 참지 못하고 큰 소리로 말했다.
"여러분, 이제 이곳은 정신병원과 비슷해졌습니다."
이따금 이야기 도중에 냉소적인 말을 던지곤 하던 바자로프는—그는 주로 샴페인에 열중했다—크게 하품을 하고 일어나서 여주인에게 인사도 하지 않고 아르카디와 함께 훌쩍 밖으로 나왔다. 시트니코프도 그들 뒤를 따라 뛰쳐나왔다.
"그래, 어떤가, 어때?" 시트니코프가 아부하듯 오른쪽 왼쪽으로 뛰어다니며 바자로프에게 물었다. "내가 말하지 않았나, 정말 놀라운

* K. A. 타르폽스키의 시에 곡을 붙인 로망스 〈그라나다의 밤〉을 말한다. 시모어 시프는 피아니스트이자 작곡가이며 즉흥 연주로 유명하다. 그는 19세기 중엽에 러시아에서 여러 번 연주회를 가졌다.

여자라고! 러시아에 저런 여자들이 더 많아져야 하는데! 그녀는 그녀 자체로 고상한 도덕적 현상이야."

"그럼, '너'의 아버지가 하는 장사도 도덕적 현상인가?" 그들이 막 지나치고 있는 술집을 손가락으로 가리키며 바자로프가 물었다.

시트니코프는 다시 째지는 듯한 소리로 웃기 시작했다. 그는 자신의 출신을 몹시 부끄럽게 여기고 있었기 때문에, 갑자기 바자로프로부터 '너'라고 불리게 되자 영광으로 생각해야 할지 모욕으로 생각해야 할지 알지 못했다.

14

며칠 후 현 지사의 관저에서 무도회가 열렸다. 마트베이 일리치가 진짜 '무도회의 주인공'이었다. 현의 귀족 단장은 순전히 그에 대한 존경심 때문에 왔노라고 모든 사람들에게 일일이 설명을 했고, 현 지사는 무도회에서도 자리를 지키고 서서 계속 '지시'를 내리고 있었다. 마트베이 일리치의 사근사근한 태도는 오로지 현 지사의 위엄하고만 비교될 수 있었다. 그는 모든 사람들을 상냥하게 대했지만 어떤 사람에게는 혐오의 기색을, 또 어떤 사람에게는 존경의 기색을 보이기도 했다. 부인들 앞에서는 'en vrai chevalier français(진짜 프랑스 기사처럼)' 찬사를 늘어놓고 고관에게 마땅히 어울리는 크고 낭랑한 웃음을 연방 터뜨렸다. 그는 아르카디의 등을 툭툭 두드리며 큰 소리로 '조카 녀석'이라고 불렀고, 조금 낡은 프록코트를 입은 바자로프에게는 무심한 듯 너그럽게 눈길을 스치며, 분명치는 않지만 반갑다는 말을 모호하게 웅얼거렸다. 그의 말 중 '나는……'이라는 말과 '매우'라는 소리만 알아들을 수 있었다. 그는 시트니코프에게는 손가락 하나를 내밀며 웃음을 지었지만 금방 고개를 돌렸다. 심지어 크리놀린*도 입지 않고 더러운 장갑을 낀 채 머리에 극락조 장식까지 하고 나타난 쿠크쉬나에게도 'Enchanté(매혹적입니다)'라고 인사했다. 사람들이 무척 많아서 춤출 남자의 수는 부족하지 않았다. 문관들은 주로 벽 쪽에 몰려 있었고 군인들은 열심히 춤을 추었다. 특히 군인들 중 한 사람은 파리에서 대여섯 주 살면서 'Zut(싫어요)', 'Ah fichtre(제기랄)', 'Pst, pst, mon bibi(나의 귀염둥이)' 같은 몇몇 대담한 감탄사를 배워 알고 있었다. 그는 이 감탄사들을 진짜 파리토박이처럼 완벽하게 발음했지만, 동시에 'si j'avais' 대신에 'si j'aurais'라고 말했고,** '절대로'를 '반드시'라는 의미로 사용했다. 한마디로 그는 대러시아식 프랑스 말투를 사용했다. 그것은 프랑스인들이 'comme des anges(마치 천사처럼) 프랑스어를 잘하시는군요'라는 칭찬의 말을 러시아인들에게 굳이 하지 않아도 되는 경우에는 프랑스인들의 비웃음을 살 만한 말투였다.

이미 우리가 알고 있듯이 아르카디는 춤이 서툴렀고 바자로프는 전혀 춤을 추지 않았다. 두 사람이 무도회장 구석에 자리를 잡고 앉아 있자 시트니코프가 다가와서 옆에 앉았다. 시트니코프는 얼굴에 경멸

---

* 고래수염으로 만든 테를 두른 넓은 스커트로, 당시 무도회에 갈 때 이 스커트를 입지 않으면 결례가 되었다.

** 'si j'avais'(만약 내가 가지고 있었더라면), 'si j'aurais'(만약 내가 가지고 있다면).

적인 웃음을 띠고 이따금 가시 돋친 말을 던지며 거만하게 주위를 둘러보았는데, 그 상황이 매우 만족스러운 것 같았다. 그런데 갑자기 그의 안색이 변하더니 아르카디 쪽을 바라보고 당황한 듯 말했다.

"오딘초바가 왔어요."

아르카디는 뒤돌아보았다. 검은 옷을 입은 키가 큰 여자가 홀의 문가에 서 있는 것이 보였다. 그는 그녀의 기품 있고 당당한 태도에 깜짝 놀랐다. 맨살이 드러난 두 팔은 균형 잡힌 체구에 아름답게 매달려 있었고, 가느다란 푸크시아 가지가 반짝이는 머리칼에서 비스듬히 기울어진 어깨 위로 아름답게 드리워져 있었다. 맑은 두 눈은 도톰하게 튀어나온 하얀 이마 아래에서 조용하고 총명하게 빛났다. 그 시선은 고요하지만 생각에 잠겨 있지는 않았다. 그리고 입술은 보일 듯 말 듯 미소를 머금고 있었다. 그녀의 얼굴에서는 뭐라고 말할 수 없는 상냥하고 부드러운 힘 같은 것이 풍겼다.

"저 여자를 아십니까?" 아르카디가 시트니코프에게 물었다.

"가까운 사이지요. 소개해드릴까요?"

"그래요…… 이 카드리유*가 끝난 뒤에."

바자로프도 오딘초바에게 시선을 돌렸다.

"도대체 저 여자는 누구지?" 바자로프가 말했다. "다른 여자들과는 다르군."

시트니코프는 카드리유가 끝나길 기다렸다가 아르카디를 오딘초바에게 데리고 갔다. 그러나 시트니코프는 이 부인과 그리 친한 사이가

---

* 프랑스 사교춤의 일종.

아닌 것 같았다. 그는 말을 더듬거렸고 그녀는 약간 놀라서 그를 쳐다 보았다. 그러나 아르카디의 성을 듣자 오딘초바는 정다운 표정을 띠 며 니콜라이 페트로비치의 아들이 아니냐고 물었다.

"맞습니다."

"나는 당신의 부친을 두 번 만났고 그보다 더 많은 이야기를 들었 어요." 그녀가 말을 이었다. "당신을 알게 되어 정말 기뻐요."

이때 어떤 부관이 그녀에게 달려와서 카드리유를 추자고 청했다. 그녀는 그 청을 받아들였다.

"당신은 춤을 추십니까?" 아르카디가 정중하게 물었다.

"그럼요. 왜 내가 춤을 추지 못할 거라고 생각하세요? 그렇게 늙어 보이나요?"

"당치도 않습니다. 그런 게 아니라…… 그렇다면 저와 마주르카를 추시겠습니까?"

오딘초바는 너그럽게 미소를 지었다.

"좋아요." 이렇게 말하고 나서 그녀는 아르카디를 바라보았다. 무 시하는 것은 아니지만 출가한 누나가 아주 어린 동생을 대하는 듯한 태도였다.

오딘초바는 이제 스물아홉으로 아르카디보다 약간 나이가 많았다. 그러나 아르카디는 그녀 앞에서 자신이 중고등학생이나 대학생이 된 것 같은 느낌이 들었다. 실제로 두 사람의 나이 차이는 훨씬 더 커 보 였다. 마트베이 일리치는 위풍당당한 모습으로 그녀에게 다가와 아첨 하듯 말을 걸었다. 아르카디는 옆으로 물러났지만 계속 그녀를 주시 했고, 카드리유를 추는 동안에도 그녀에게서 눈을 떼지 않았다. 그녀는 고관과도 파트너와도 자연스럽게 얘기하면서 머리와 눈을 조용히 움직였고 두어 번쯤 조용히 웃었다. 그녀의 코는 대부분의 러시아인들처럼 약간 두툼하고 피부색도 그리 맑지는 않았지만, 아르카디는 지금껏 이렇게 매력적인 부인을 본 일이 없다고 단정해버렸다. 그녀의 음성이 그의 귀에서 떠나지 않았다. 그녀가 입은 드레스의 주름도 다른 여자들이 입은 드레스의 주름과는 달리 더 맵시 있고 더 풍성해 보였고, 그녀의 움직임은 유달리 경쾌하고 동시에 자연스러워 보였다.

마주르카의 첫 멜로디가 울리고 그녀 옆에 앉았을 때, 아르카디는 어쩐지 가슴이 두근거리는 걸 느꼈다. 그녀와 이야기할 준비를 하면서도 그저 머리를 한 손으로 쓰다듬을 뿐 무슨 말을 해야 할지 몰랐다. 그러나 그가 부끄러워하고 흥분한 것도 잠시였다. 오딘초바의 침착한 마음이 그에게 전해졌는지 십오 분도 지나지 않아 아르카디는 아버지와 큰아버지, 페테르부르크와 시골생활에 대해 자유롭게 이야기하고 있었다. 오딘초바는 부채를 살짝 폈다 접었다 하면서 점잖게 관심을 보이며 그의 말에 귀를 기울였다. 남자들이 그녀에게 춤을 청할 때마다 그의 장황한 이야기는 중단되곤 했다. 시트니코프는 그녀에게 두 번 춤을 청했다. 그녀는 자리로 돌아와 앉아서 다시 부채를 집어 들었는데, 전혀 숨이 가쁜 기색이 없었다. 아르카디는 다시 지껄이기 시작했고 그녀의 눈과 아름다운 이마, 그리고 사랑스럽고 위엄 있고 총명한 얼굴을 옆에서 바라보며 그녀와 이야기하는 행복감으로 가득 찼다. 그녀는 말을 그다지 많이 하지는 않았지만 한마디 한마디에 인생에 대한 지식이 담겨 있었다. 그녀가 말하는 몇 가지 소견을 듣고 나서 아르카디는 이 젊은 여성이 그동안 많은 것을 느끼고 생각해왔다는 결론을 내렸다……

"시트니코프 씨가 당신을 저에게 데려왔을 때 당신 곁에 서 있던 분은 누구죠?" 오딘초바가 아르카디에게 물었다.

"아, 보셨나요?" 이번에는 아르카디가 물었다. "아주 잘생긴 친구 죠? 제 친구 바자로프입니다."

아르카디는 자기 친구를 소개하기 시작했다.

그가 친구에 대해 얼마나 열정적으로 자세하게 얘기했던지 오딘초 바는 몸을 돌려 바자로프를 유심히 쳐다보기까지 했다. 그러는 사이 에 마주르카가 거의 끝났다. 아르카디는 그녀와 헤어지는 게 아쉬웠 다. 그는 그녀와 함께 아주 멋진 한 시간을 보냈다! 사실 그는 이 시간 내내 그녀가 정말이지 너그럽게 자기를 대해준 것 같았고, 그래서 그 녀에게 감사해야 할 것 같은 느낌이 들었다…… 그러나 젊은이의 마 음은 이런 감정으로 괴로움을 느끼지 않는다.

음악이 멎었다.

"Merci(고마워요)." 자리에서 일어나면서 오딘초바가 말했다. "당 신은 저를 방문하겠다고 약속하셨는데, 그때 친구분과 같이 오세요. 아무것도 믿지 않는다는 대담한 사람과 만나보면 흥미로울 것 같군 요."

현 지사가 오딘초바에게 다가와 만찬이 준비되었음을 알리고 염려 하는 듯한 얼굴로 그녀에게 손을 내밀었다. 그녀는 물러가면서 뒤를 돌아보고 아르카디에게 머리를 끄덕이며 마지막 미소를 보냈다. 아르 카디는 허리 굽혀 인사하고 그녀의 뒷모습을 바라보았다. (까만 비단 옷의 잿빛 광채에 휩싸인 그녀의 몸매는 정말로 날씬했다!) 그러고는

'이 순간 벌써 그녀는 나의 존재를 잊었겠지' 하고 생각하면서 마음속으로 뭔가 아름다운 겸양 같은 것을 느꼈다.

"그래, 어땠나?" 아르카디가 구석으로 돌아오자마자 바자로프가 물었다. "만족했나? 조금 전 어떤 지주는 그 여자를 보고 '오오, 아아'라는 말밖에 못하더군. 그 지주라는 사람은 바보 같았어. 그래, 자네가 보기에도 그 여자가 '오오, 아아'던가?"

"무슨 말인지 이해가 안 가는군." 아르카디가 대답했다.

"아직 멀었군! 정말 순진한 친구야!"

"나는 그 지주의 속내를 모르겠네. 오딘초바가 아름다운 건 분명해. 그러나 그녀는 아주 차갑고 엄격하게 행동하고……"

"얌전한 고양이가 부뚜막에 먼저…… 알겠나!" 바자로프가 말을 가로챘다. "자네는 그 여자가 차갑다고 말하는데, 거기에 묘미가 있는 거야. 자네는 아이스크림을 좋아하지 않나?"

"그럴지도 모르지." 아르카디가 웅얼거렸다. "난 그 문제에 대해 판단할 수 없네. 그건 그렇고 그 여자가 자네와 사귀고 싶어 해. 자네를 집에 데려와달라고 부탁했어."

"자네가 얼마나 내 얘기를 늘어놓았는지 알 만하네. 그러나 잘했어. 날 데려가게나. 그녀가 그저 사교계의 여왕이건 쿠크쉬나처럼 '해방된' 여자이건 그런 건 아무래도 좋아. 그 여자는 오랫동안 볼 수 없었던 아주 멋진 어깨를 가지고 있더군."

아르카디는 바자로프의 냉소적인 말이―흔히 있는 일이다―마음에 안 들었지만 다른 이유를 들어 친구를 비난했다.

"왜 자넨 여성들의 사상적 자유를 인정하려고 하지 않나?" 아르카디가 나직한 목소리로 물었다.

"여보게, 내가 볼 때 자유롭게 생각하는 여성들은 다 덜떨어진 것들이야."

대화는 이것으로 끝났다. 두 젊은이는 저녁을 먹고 즉시 자리를 떴다. 쿠크쉬나는 신경질적이고 심술궂기는 했지만 약간 소심하게 그들 뒤에서 웃어댔다. 두 사람이 그녀에게 관심을 주지 않아서 자존심이 몹시 상했던 것이다. 그녀는 마지막까지 무도회장에 남아 있었다. 그리고 새벽 세시가 지나도록 시트니코프와 함께 파리식으로 폴카와 마주르카를 한바탕 추었다. 현 지사가 연 무도회는 이 교훈적인 광경으로 끝이 났다.

15

"그 귀부인이 어떤 종류의 포유동물에 속하는가 두고 보세." 다음 날, 오딘초바가 묵고 있는 호텔 계단을 올라가면서 바자로프가 아르카디에게 말했다. "뭔가 좋지 않은 냄새가 코에 느껴지는걸."

"놀랍군!" 아르카디가 소리 높여 말했다. "그게 무슨 소린가? 자네가, 자네가, 바자로프가 그런 편협한 도덕관을 가지고 있다니……"

"자네는 참 괴짜야!" 바자로프가 무심하게 말했다. "우리들 말로 '좋지 않다'는 말은 실제로는 '좋다'는 뜻이 아닌가! 즉 좋은 일이 있을 것 같다는 소리야. 자네는 오늘 그 여자가 했던 결혼이 좀 이상하다고 말했지만, 나는 부자 영감과 결혼하는 일은 전혀 이상하지 않을뿐더러 오히려 현명한 행동이라고 생각하네. 나는 항간에 떠도는 소문을 믿지 않아. 그러나 우리의 교양 있는 현 지사의 말처럼, 그 소문이 옳다고 생각하고 싶군."

아르카디는 아무 말도 하지 않고 방문을 두드렸다. 제복 차림의 젊은 하인이 두 친구를 커다란 방으로 안내했다. 거기에는 여느 러시아의 호텔 방들처럼 조잡한 가구들이 놓여 있었지만 꽃이 꽂혀 있었다. 곧 오딘초바가 간편한 아침 옷차림으로 나타났다. 그녀는 봄날의 햇빛을 받아 훨씬 더 젊어 보였다. 아르카디는 바자로프를 그녀에게 소개했다. 오딘초바가 어제와 마찬가지로 아주 침착한 반면 바자로프는 당황스러워했다. 아르카디는 속으로 놀랐다. 바자로프 자신도 자기가 당황하는 걸 느끼고 마음이 언짢았다. '이것 봐라! 여자를 다 두려워하다니!' 이렇게 생각한 바자로프는 시트니코프를 흉내 내어 안락의자에 몸을 쭉 펴고 앉아서 지나치게 허물없는 태도로 이야기하기 시작했다. 오딘초바는 바자로프에게서 맑은 두 눈을 떼지 않았다.

안나 세르게예브나 오딘초바는 유명한 미남자에 협잡꾼이자 노름꾼으로 이름난 세르게이 니콜라예비치 로크테프의 딸로 태어났다. 그는 한 십오 년 동안 페테르부르크와 모스크바에서 떠들썩한 생활을 했지만 결국 재산을 노름에 탕진하고 시골에 정착해야 했다. 그러나 얼마 후 시골로 돌아온 그는 곧 스무 살이었던 안나와 열두 살이었던 카테리나에게 아주 적은 재산만을 남기고 죽었다. 그들의 모친은 영락한 공작 가문 출신이었는데 남편이 전성기를 누릴 때 페테르부르크에서 세상을 떠났다. 아버지가 죽은 후 안나의 생활은 아주 고통스러웠다. 페테르부르크에서 받은 훌륭한 교육은 그녀가 집안 살림을 돌보고 한적한 시골생활을 하는 데 아무 도움이 되지 않았다. 근방에는 아는 사람이 하나도 없었고, 조언을 구할 사람도 하나 없었다. 그녀의 아버지는 이웃과의 교제를 피하려고 했다. 아버지는 이웃들을 경멸했고 이웃들도 그를 경멸했다. 그러나 안나는 당황하지 않고 곧 이모뻘 되는 공작의 딸 아브도찌야 스테파노바를 자기 집으로 모셔와 보호자로 삼았다. 표독스럽고 오만한 이 노파는 조카딸의 집에 들어오자마자 가장 좋은 방을 차지했고 아침부터 저녁까지 투덜대며 잔소리를 해댔다. 그리고 정원에 산책을 나갈 때도 자기의 유일한 농노인 무뚝뚝한 하인을 꼭 데리고 다녔는데, 그 농노는 파란 장식끈이 달린 황록색 낡은 제복을 입고 삼각모를 쓰고 다녔다. 안나는 이모의 모든 변덕을 끈기 있게 참아내면서 동생을 교육하는 데 전념했다. 그녀는 벽촌에 파묻혀 쓸쓸하게 살기로 작정한 것 같았다…… 그러나 운명은 안나에게 다른 길을 예비하고 있었다. 오딘초프라는 아주 부유한 사람이 우연히 안나를 보고 반해서 청혼을 했고, 그녀는 그 청혼을 받아들여 그의 아내가 되기로 했다. 그는 마흔여섯 살쯤 된 괴짜에다 건강염려증 환자이고 뚱보였지만 어리석지는 않았고 마음씨도 나쁘지 않았다. 그는 육 년 동안 안나와 살다가 전 재산을 그녀에게 남기고 세상을 떠났다. 안나 세르게예브나는 남편이 죽은 후 약 일 년 동안 마을에서 나가지 않고 조용히 살았다. 그러다가 여동생을 데리고 외국으로 나가 잠시 독일에서 머물렀으나 곧 싫증이 나서 그리운 거주지인 니콜스코예로 돌아왔다. 니콜스코예는 ○○○시에서 사십 킬로미터쯤 떨어진 곳이었다. 거기에는 훌륭하게 꾸민 저택과 여러 개의 온실이 딸린 아주 멋진 정원이 있었다. 죽은 오딘초프는 자신을 위해서는 아무엇도 아끼지 않던 사람이었다. 안나 세르게예브나는 볼일을 보러 아주 드물게 잠깐씩 시내에 모습을 드러내곤 했다. 현 내에서는 그녀를 좋아하는 사람이 없었고, 오딘초프와의 결혼에 대해서도 그녀를 심하게 비난했으며 그녀에 관한 온갖 허무맹랑한 소문이 난무했다. 사람들은 그녀가 아버지의 사기도박에 일조를 했고, 괜히 외국에 간 것이 아니라 불행한 결과를 감추려고 일부러 그랬다고 믿었다…… '자, 이제 알겠소?' 이야기꾼들은 분개하며 말을 맺곤 했다. '산전수전 다 겪은 여자지요' 하고 사람들은 말했다. 현 내의 유명한 재담꾼은 보통 '어디 그뿐인가, 지옥에도 갔다 왔지' 하고 덧붙였다. 이 모든 소문이 그녀의 귀에도 들려왔지만 그녀는 그냥 한 귀로 듣고 한 귀로 흘려보냈다. 그녀는 자유로웠으며 아주 결단력이 있었다.

오딘초바는 안락의자의 등받이에 등을 기대고 두 손을 포개고 앉아 바자로프의 이야기를 들었다. 바자로프가 평상시와는 달리 상대방의 마음을 사로잡으려고 무던히 애쓰는 걸 보고 아르카디는 깜짝 놀랐다. 아르카디는 바자로프가 자기의 목적을 달성했는지 아닌지 알 수 없었다. 안나 세르게예브나의 표정으로는 그녀가 바자로프에게 어떤 인상을 받았는지 짐작이 안 갔다. 그녀는 여전히 상냥하면서도 미묘한 표정을 지었고 아름다운 눈은 관심으로 빛났다. 그러나 그 관심은 담담한 것이었다. 처음 몇 분 동안 바자로프의 파격적인 언행은 어떤 역한 냄새나 날카로운 음향처럼 그녀에게 불쾌한 인상을 주었지만 그녀는 곧 그가 당황하고 있음을 느꼈다. 그것은 그녀에게 만족을 주었다. 그녀는 속물적인 것을 싫어했는데 그 누구도 바자로프를 속물적이라고 비난할 수는 없었다. 그날 아르카디는 계속 놀랐다. 아르카디는 바자로프가 오딘초바를 현명한 부인으로 상대하며 그의 신념과 견해를 피력하기를 기대하고 있었다. 그녀 자신도 '아무것도 믿지 않는 대담한 사람'의 이야기를 듣고 싶다고 했었다. 그러나 기대와는 달리 바자로프는 의학, 동종요법(同種療法), 식물학 같은 것에 대해서만 이야기했다. 오딘초바는 지난 고독한 시간을 무의미하게 보내지는 않은 것 같았다. 그녀는 여러 권의 좋은 책을 읽었고, 자기 생각을 정확한 러시아어로 표현했다. 그녀는 음악으로 화제를 돌렸지만 바자로프가 예술을 인정하지 않는 것을 알아채고는, 아르카디가 민중적 멜로디의 의미에 대해 설명하려고 했음에도 불구하고 식물학 쪽으로 다시 슬쩍 화제를 돌렸다. 오딘초바는 여전히 아르카디를 동생처럼 대했다. 그녀는 아르카디의 선량함과 젊음의 순박함을 높이 평가했지만 그게 전부였다. 다양하고 활기 있는 한담이 세 시간 넘게 계속되었다.

마침내 두 친구는 자리에서 일어나 작별인사를 했다. 안나 세르게예브나는 다정하게 그들을 쳐다보며 아름다운 하얀 손을 두 사람 앞에 내밀었다. 그리고 잠시 생각에 잠겼다가 주저하면서도 정다운 미소를 지으며 말했다.

"두 분이 지루하셔도 괜찮다면 니콜스코예의 저희 집을 한번 방문해주세요."

"별말씀을 다하십니다, 안나 세르게예브나." 아르카디가 소리 높여 말했다. "더없는 행복으로 생각하겠습니다……"

"그럼, 당신은요? 무슈 바자로프?"

바자로프는 고개를 숙여 인사만 했다. 아르카디는 자기 친구가 얼굴을 붉히는 걸 보고는 마지막으로 한 번 더 놀라지 않을 수 없었다.

"그래, 어떤가?" 거리로 나와서 아르카디가 친구에게 물었다. "자네는 아직도 그녀가 '오오, 아아'라는 견해를 가지고 있나?"

"알게 뭔가! 그녀는 표정이 너무 차가워!" 바자로프가 대꾸했다. 그리고 잠시 잠자코 있다가 덧붙여 말했다. "공작부인이고 여왕이야. 긴 옷자락을 뒤에 드리우고 머리에 왕관을 쓰지 않았을 뿐이지."

"러시아 여왕은 러시아어를 저렇게 잘하지 않네." 아르카디가 말했다.

"그녀는 어려움을 겪었어, 친구…… 우리가 먹는 빵을 먹어본 거야."

"어쨌든 그녀는 매혹적이야!" 아르카디가 말했다.

"참 실한 몸뚱이야." 바자로프가 말을 이었다. "지금 당장 해부대에 올려놓고 싶은걸."

"제발 그만하게, 예브게니! 도대체 그게 무슨 소린가?"

"알았어, 화내지 말게, 순진한 사람 같으니. 일등품이란 소리야. 그 여자의 집에 가봐야겠어."

"언제?"

"모레쯤 가지. 여기서 우리가 할 게 뭐가 있나? 쿠크쉬나와 샴페인이나 마셔? 자네 친척인 자유주의자 고관의 이야기나 들을까? 모레 당장 떠나자고. 우리 아버지의 조그만 영지도 거기서 멀지 않아. 니콜스코예는 ○○○대로 옆에 있지?"

"맞아."

"Optime(아주 잘됐어). 우물쭈물할 것 없네. 바보들과 영리한 체하는 사람들만 우물쭈물하는 거지. 자네에게 말하는데, 정말 실한 몸뚱이야!"

사흘 후, 두 친구는 니콜스코예로 가는 도로를 따라 마차를 달리고 있었다. 날씨는 맑고 그리 덥지도 않았다. 살찐 역마들은 땋아 묶은 꼬리를 가볍게 흔들며 사이좋게 달려갔다. 아르카디는 도로를 바라보며 저도 모르게 미소를 지었다.

"축하해줘." 바자로프가 갑자기 소리쳤다. "오늘, 6월 22일은 내 명명일(命名日)이야. 내 수호신이 날 어떻게 돌봐주나 두고 보세. 오늘 집에서는 나를 무척이나 기다리겠지." 그는 목소리를 낮추며 덧붙였다……"그래. 기다리라지, 뭐. 무슨 큰일이야 있겠나!"

16

안나 세르게예브나가 살고 있는 저택은 경사가 완만하고 사방이 탁 트인 언덕 위에 있었다. 저택에서 멀지 않은 곳에는 푸른 지붕 아래 하얀 기둥이 늘어선 노란 석조 교회가 있었다. 교회의 정면 입구 위에는 이탈리아식으로 '그리스도의 부활'을 묘사한 프레스코 벽화가 그려져 있었다. 뾰족한 철갑모를 쓰고 벽화 앞에 있는 거무스름한 무사는 그 윤곽이 둥그스름하여 특히 눈에 띄었다. 교회 뒤로는 마을이 두 줄로 늘어섰는데, 초가지붕 위로 굴뚝이 군데군데 보였다. 저택은 교회와 마찬가지로 알렉산드르식*으로 지어져 있었다. 노랗게 칠해진

* 알렉산드르 1세 시대의 건축양식을 말한다. 이때의 건축양식은 균형, 조화, 절제미가 있는 고전주의 양식과 아름다움, 화려함이 있는 낭만주의 양식이 결합되어 있다.

집은 녹색 지붕에 하얀 기둥, 그리고 문장(紋章)이 새겨진 박공(牔栱)을 갖추고 있었다. 현의 건축가는 고인이 된 오딘초프의 지시하에 이 두 건물을 지었다. 오딘초프는 알맹이 없는 제멋대로인 혁신을 몹시 싫어했다. 집 양옆의 오래된 정원에는 우거진 나무들이 쭉 늘어서 있었고, 깨끗이 다듬어진 전나무 가로수 길이 현관 입구까지 이어져 있었다.

제복을 입은 키가 큰 두 하인이 바자로프와 아르카디를 현관에서 맞이했다. 하인들 중 하나가 즉시 집사를 부르러 달려갔다. 검은 프록코트를 입은 뚱뚱한 집사가 금방 나타나서 양탄자가 깔린 계단을 따라 특별히 준비된 방으로 손님들을 안내했다. 그 방에는 침대 두 개와 세면도구 일체가 놓여 있었다. 집 안은 질서가 엄격하게 잡혀 있는 것 같았다. 모든 것이 깨끗했으며 마치 장관의 응접실처럼 사방에서 그윽한 향기가 풍겨났다.

"안나 세르게예브나께서 삼십 분 뒤에 내려오시라고 부탁하셨습니다." 집사가 말했다. "그동안 무슨 분부하실 말씀은 없으신지요?"

"특별히 부탁할 건 없지만," 하고 바자로프가 말했다. "보드카를 한 잔 가져다줄 수 없겠소?"

"알겠습니다." 집사는 약간 주저하면서 장화를 삐거덕거리며 물러갔다.

"아주 장엄하군!" 바자로프가 말했다. "아마 자네들은 이렇게 말하겠지? 정말로 그녀는 공작부인이야."

"훌륭한 공작부인이지." 아르카디가 대꾸했다. "만난 자리에서 바로 나나 자네 같은 유력한 귀족을 집으로 초대했잖아."

"특히 나 같은 사람을 말이지. 장래의 의사이자 의사의 아들이요, 부제(副祭)의 손자니까…… 자네는 내가 부제의 손자라는 걸 알고 있나? 스페란스키*처럼 말이네." 바자로프는 잠시 입을 다물고 있다가 입술을 비죽거리며 덧붙였다. "어쨌든 그녀는 자존심이 강한 것 같아! 우리도 프록코트를 입어야 하는 게 아닐까?"

아르카디는 한쪽 어깨만을 으쓱했다…… 그러나 그도 약간 당혹스러움을 느꼈다. 삼십 분이 지나서 바자로프와 아르카디는 객실로 내려갔다. 객실은 천장이 높고 널찍했으며, 상당히 호화롭게 치장되었지만 별다른 취향은 느껴지지 않았다. 묵직하고 비싼 가구가 갈색 바탕에 금빛 문양의 벽지를 바른 벽을 따라 흔히 볼 수 있는 형식으로 놓여 있었다. 그것은 죽은 오딘초프가 주류업자이자 중개인인 친구를 통해 모스크바에서 주문한 것이었다. 객실 가운데 놓인 소파 위쪽으로 피부가 늘어진 금발의 남자 초상화가 걸려 있었다. 마치 못마땅한 표정으로 손님들을 내려다보는 것 같았다. "그 사람임에 틀림없어." 바자로프가 아르카디에게 속삭였다. 그리고 코를 찡그리고는 덧붙여 말했다. "도망칠까?" 그 순간 여주인이 객실로 들어왔다. 가벼운 비단옷을 입고 머리칼을 귀 너머로 곱게 빗어 넘겨서인지 그녀의 맑고 생기 넘치는 얼굴이 더욱 젊어 보였다.

"약속을 지켜줘서 고마워요." 그녀가 입을 열었다. "우리 집에서 며칠 묵으세요. 사실 이곳도 그렇게 나쁘진 않아요. 제 동생도 소개해드릴게요. 그 애는 피아노를 잘 쳐요. 무슈 바자로프는 별로 관심이 없

---

* 알렉산드르 1세 시대의 주요 정치인. 성직자의 아들로 태어나 자랐으며, 후에 백작 작위를 받았다.

128

겠지만 무슈 아르카디는 음악을 좋아하는 것 같더군요. 동생 외에 나이 든 이모님이 계시고, 이웃에 사는 한 분이 이따금 카드놀이를 하러 오곤 해요. 제가 만나서 이야기를 나누는 사람들은 이들뿐이에요. 자, 이제 자리에 앉도록 하죠."

오딘초바는 마치 암송이라도 하듯 아주 명료하게 짧은 인사말을 끝냈다. 그러고 나서 그녀는 아르카디에게 말을 걸었다. 알고 보니 그녀의 어머니는 아르카디의 어머니와 잘 아는 사이였는데, 둘은 아르카디의 어머니가 니콜라이 페트로비치에 대한 사랑을 털어놓고 이야기할 만큼 친했다고 한다. 아르카디는 열심히 돌아가신 어머니에 대해 이야기했다. 그사이에 바자로프는 앨범을 뒤적거리면서 '왜 내가 이렇게 점잖아졌을까' 하고 속으로 생각했다.

이때 하늘색 목걸이를 한 보르조이 개 한 마리가 마루를 쿵쿵 울리면서 객실로 뛰어 들어왔고, 그 뒤를 따라 열여덟 살쯤 되어 보이는 소녀가 들어왔다. 약간 둥근 얼굴에 명랑한 모습의 그 소녀는 까만 머리칼에 거무스름한 피부, 그리 크지 않은 까만 눈을 하고 있었다. 그리고 꽃이 가득 든 바구니를 두 손으로 들고 있었다.

"이 애가 우리 카챠예요." 소녀 쪽으로 머리를 돌리면서 오딘초바가 말했다.

카챠는 가볍게 무릎을 굽혀 인사하고 언니 곁에 앉아서 꽃을 정리하기 시작했다. 피피라고 불리는 보르조이 개는 꼬리를 흔들며 두 손님에게 차례로 다가가서 차가운 코끝을 그들의 손안으로 밀어 넣었다.

"너 혼자 이걸 다 꺾었니?" 오딘초바가 물었다.

"혼자 꺾었어요." 카챠가 대답했다.

"이모님은 차를 드시러 오실까?"

"오실 거예요."

카챠는 말을 할 때마다 아주 귀엽게 미소를 지었는데 수줍어하면서도 꾸밈이 없는 미소였다. 그리고 왠지 이상하게, 엄한 표정으로 눈을 치켜뜨곤 했다. 그녀 안의 모든 것은 아직 젊고 파릇파릇했다. 그녀의 목소리도, 얼굴의 솜털도, 손바닥에 희끄무레한 동그라미가 진 장밋빛 손도, 살짝 움츠린 어깨도 그랬다…… 그녀는 줄곧 얼굴이 달아올라 있었고 재빨리 숨을 돌리곤 했다.

오딘초바가 바자로프에게 몸을 돌렸다.

"당신은 예의상 그림을 보시는군요, 예브게니 바실리치." 그녀가 말했다. "그것들은 재미가 없을 텐데요. 그보다는 우리 쪽으로 오시는 게 더 좋을 거예요. 함께 토론이라도 해요."

바자로프가 그녀에게로 다가갔다.

"무슨 토론을 할까요?"

"무엇이건 좋으실 대로요. 미리 말해두지만 저는 무서운 논쟁가랍니다."

"당신이요?"

"그래요. 제 말이 당신을 놀라게 한 것 같군요. 왜죠?"

"제가 판단하기론 당신은 천성이 침착하고 냉정한 것 같은데, 논쟁에는 열중이 필요하기 때문입니다."

"어쩜 그렇게 저를 빨리 알아보셨어요? 하지만 첫째, 저는 성격이 급하고 고집이 세요. 카챠에게 물어보면 아실 거예요. 둘째, 저는 무언가에 아주 쉽게 열중하곤 해요."

바자로프는 안나 세르게예브나를 바라보았다.

"아마 당신이 더 잘 알겠죠. 어쨌든 당신이 논쟁을 좋아하신다니, 좋습니다. 지금 저는 작센 스위스의 풍경사진을 보고 있었는데, 당신은 이것이 재미가 없을 거라고 했지요. 아마 그렇게 말씀하신 건 제게 예술적 감각이 없다고 생각했기 때문이겠지요. 그래요, 실제로 저는 예술적 감각이 없습니다. 그러나 이 경치는 지질학적인 관점에서, 예컨대 산의 형태학적 관점에서 제 관심을 끌 수 있지요."

"실례지만 당신이 지리학자라면 그런 그림보다 전문서적을 보시는 게 훨씬 나을 텐데요."

"그림은 책이 수십 쪽에 걸쳐 설명하는 걸 일목요연하게 보여줍니다."

안나 세르게예브나는 잠시 잠자코 있었다.

"당신은 정말 예술적 감각이 전혀 없나요?" 오딘초바는 테이블에 팔꿈치를 괴고 얼굴을 바자로프에게로 가까이하며 물었다. "어떻게 예술적 감각 없이 살아갈 수가 있지요?"

"그런 게 무슨 필요가 있느냐고 물어도 될까요?"

"최소한 인간을 이해하고 연구하기 위해서라도 필요하지요."

바자로프는 가볍게 웃음을 지었다.

"첫째, 그런 것을 위해서는 인생의 경험이라는 게 있고, 둘째, 감히 말하자면 각각의 인간을 연구하는 것은 무의미한 일입니다. 모든 사람은 육체적으로나 정신적으로 서로 비슷합니다. 인간의 뇌, 비장, 심장, 폐는 누구나 똑같이 만들어졌어요. 소위 정신적 자질이란 것도 모두가 똑같죠. 약간의 변형은 있지만 그건 중요한 게 아닙니다. 인간의 표본이 하나 있으면 다른 모든 사람들을 판단하기에 충분합니다. 인간이란 숲속의 나무와 같은 거죠. 어떤 식물학자도 자작나무를 하나하나 다 연구하지는 않습니다."

천천히 꽃을 정리하고 있던 카챠는 눈을 들어 의아하다는 듯 바자로프를 쳐다보았다. 그 순간 바자로프의 민첩하고 무심한 시선과 마주치자 카챠의 얼굴이 귀밑까지 빨개졌다. 안나 세르게예브나는 머리를 흔들었다.

"숲속의 나무라." 그녀가 되뇌었다. "그럼 당신은 우둔한 사람과 영리한 사람, 악한 사람과 착한 사람 사이에 차이가 없다고 생각하나요?"

"아닙니다. 차이가 있지요. 마치 병자와 건강한 사람이 차이가 있듯이 폐병환자의 폐는 나나 당신의 폐와 비록 그 구조는 같을지라도 상태는 전혀 다릅니다. 우리는 육체의 질병에 대한 원인을 대강은 알고 있습니다. 그러나 정신의 질병은 나쁜 교육이나 어릴 때부터 인간의 머리를 가득 채우는 온갖 어리석은 것들, 그리고 추악한 사회적 환경 때문에 생기는 겁니다. 한마디로 말해 사회만 뜯어고치면 그런 병은 없어지지요."

바자로프는 이런 말을 하면서도 속으로는 '내 말을 믿거나 말거나 마찬가지야!'라고 생각하는 것 같았다. 그는 긴 손가락으로 구레나룻을 천천히 쓰다듬었지만 두 눈으로는 방 구석구석을 살펴보았다.

"그럼 당신은," 하고 안나 세르게예브나는 말했다. "사회만 좋아지면 어리석은 사람도 악한 사람도 없어질 거라고 생각하나요?"

"최소한 공정한 사회구조 아래에서는 인간이 어리석건 현명하건,

악하건 착하건 완전히 마찬가지일 겁니다."

"예, 알겠어요. 모두가 똑같은 비장을 갖게 되겠군요."

"바로 그겁니다, 부인."

오딘초바는 아르카디에게 몸을 돌렸다.

"당신의 의견은 어때요, 아르카디 니콜라예비치?"

"저도 예브게니와 동감입니다." 아르카디가 대답했다.

카챠가 눈을 치켜뜨고 아르카디를 쳐다보았다.

"당신들은 절 놀라게 하는군요." 오딘초바가 말했다. "그러나 잠시 뒤에 다시 이야기하기로 해요. 지금은 이모님이 차를 마시러 온다고 하니까요. 우리는 이모님의 귀를 즐겁게 해드려야만 해요."

안나 세르게예브나의 이모가 들어왔다. 주먹만 하게 오므라든 얼굴을 한 깡마른 작은 부인이었다. 회색 가발 아래의 심술궂은 눈은 큰 움직임이 없었다. 노부인은 손님들에게 인사를 하는 둥 마는 둥 하더니 편안한 벨벳 안락의자에 걸터앉았다. 그녀 말고는 아무도 이 의자에 앉을 권리가 없었다. 카챠가 이모의 발밑에 발판을 놓아주었다. 그러나 노부인은 카챠에게 고마워하지도 않고 심지어 쳐다보지도 않았으며 단지 바싹 마른 몸을 거의 가린 노란 숄 밑에서 손을 살짝 움직였을 뿐이었다. 공작의 딸은 노란색을 좋아해서 실내모에도 밝은 노란 리본이 달려 있었다.

"편히 주무셨어요, 이모님?" 오딘초바가 목청을 높여서 물었다.

"또 이 개가 여기 있구나." 노부인은 대답 대신 이렇게 투덜거렸다. 그러고는 피피가 내키지 않게 두어 발짝 다가오자 '쉿, 쉿!' 하고 소리를 내며 쫓았다.

카챠가 피피를 불러 문을 열어주었다.

산책을 가는 줄 알았던 피피는 좋아하며 밖으로 뛰어나갔지만 문밖에 혼자 남게 되자 발톱으로 바닥을 북북 긁으며 낑낑거렸다. 공작의 딸은 얼굴을 찌푸렸고 카챠는 자기도 밖으로 나가려고 했다……

"차가 준비되지 않았을까요?" 오딘초바가 말했다. "자, 여러분, 가시죠. 이모님도 차를 드셔야죠."

공작의 딸은 말없이 안락의자에서 일어나 맨 먼저 객실에서 걸어나갔다. 모두 그 뒤를 따라 식당으로 갔다. 제복을 입은 어린 하인이 쿠션을 깔아둔 특별한 안락의자를 식탁 뒤로 당기자 의자가 움직이며 요란한 소리를 냈다. 노부인이 안락의자에 걸터앉았다. 카챠가 모든 찻잔에다 차를 따른 다음 가문의 문장이 새겨진 찻잔을 맨 먼저 노부인 앞에 가져다놓았다. 노부인은 찻잔에다 손수 꿀을 넣었다. (그녀는 차에 설탕을 넣어 마시는 것이 건강에 좋지 않고 설탕이 비싸다고도 생각했지만, 정작 그 자신은 어디에도 돈을 쓰려고 하지 않았다.) 그러다가 별안간 목쉰 소리로 물었다.

"그런데 이반 공작이 뭐라고 썼지?"

아무도 노부인의 물음에 대답하지 않았다. 이 집에서는 모두가 노부인을 정중히 대하지만, 누구도 그녀에게 관심이 없다는 걸 바자로프와 아르카디는 금방 알아차렸다. '말하자면 체면을 유지하기 위해 공작의 딸을 데려다놓았군. 그녀는 공작의 후예니까.' 바자로프는 생각했다…… 차를 마시고 나서 안나 세르게예브나는 산책을 하자고 제안했다. 그러나 빗방울이 떨어지기 시작해서 공작의 딸을 제외한 일행 모두는 다시 객실로 돌아왔다. 잠시 후에 카드놀이를 즐긴다는 이웃 지주가 왔다. 포르피리 플라토니치라는 사람인데 짤막한 다리에 머리카락이 하얗게 센 뚱보로, 아주 점잖으면서도 잘 웃었다. 바자로프와 대화를 나누던 안나 세르게예브나가 옛날식으로 프레페렌스 카드게임을 하지 않겠느냐고 물었다. 바자로프는 멀지 않은 장래에 시골의사로 일할 때를 대비해 미리 준비해둘 필요가 있다며 그 제의를 받아들였다.

"조심하세요." 오딘초바가 말했다. "나와 포르피리 플라토니치가 한편이 되어 당신을 깰 거예요. 얘, 카챠, 아르카디 니콜라이치께 뭐라도 연주해드리렴. 우리도 같이 들을 수 있게." 그녀는 덧붙였다. "아르카디 씨는 음악을 좋아하시거든."

카챠가 마지못해 피아노 앞으로 갔고, 아르카디 역시 분명히 음악을 좋아하기는 하지만 마지못해 그녀 뒤를 따라갔다. 아르카디의 생각에는 오딘초바가 자기를 따돌리는 것 같았다. 그의 가슴속에는 그 나이 또래 모든 젊은이들에게서 볼 수 있는, 사랑의 예감과도 같은 어떤 어렴풋하고 고통스러운 느낌이 끓어올랐다. 카챠가 피아노의 뚜껑을 들어 올리고는 아르카디를 쳐다보지도 않고 나지막한 목소리로 물었다.

"뭘 연주할까요?"

"아무거나 당신이 좋아하는 곡을 연주해요." 아르카디가 무심하게 대답했다.

"어떤 음악을 좋아하세요?" 자세를 바꾸지 않으면서 카챠가 다시 물었다.

"고전음악." 역시 무심하게 아르카디가 대답했다.

"모차르트를 좋아하세요?"

"좋아합니다."

카챠는 모차르트의 C단조 소나타 환상곡을 골랐다. 약간 딱딱하고 무미건조하기는 했지만 그녀는 아주 훌륭하게 피아노를 연주했다. 그녀는 연주하는 동안 악보에서 눈을 떼지 않았으며 입술을 꼭 다문 채 꼿꼿이 앉아 있었다. 소나타의 끝무렵이 되자 그녀의 얼굴은 빨갛게 타올랐고, 흩어져 내린 머리카락 몇 가닥이 까만 눈썹 위로 떨어졌다.

아르카디는 소나타의 맨 마지막 부분에 특히 감동했다. 매혹적이고 경쾌하며 편안한 곡조가 흐르다가 갑자기 너무나 슬프고 거의 비극적인 비애가 터져 나왔다…… 그러나 모차르트의 음악이 그의 가슴에 불러일으킨 상념은 카챠와는 관련이 없었다. 그는 카챠의 얼굴을 바라보면서 '연주를 괜찮게 하고 생긴 것도 괜찮은 아가씨군' 하고 생각했을 뿐이었다.

소나타 연주를 끝낸 카챠는 건반에서 손을 떼지 않고 "그만 칠까요?" 하고 물었다. 아르카디는 더 이상 폐를 끼칠 수 없다고 말하고 나서 그녀와 함께 모차르트에 대해 이야기하기 시작했다. 그는 그녀 자신이 이 소나타를 골라 연습했는지, 아니면 누가 추천해주었는지 물었다. 카챠는 한 마디로 짧게 대답했다. 그녀는 자기 생각을 숨기고 자기 내부로 빠져들었다. 이럴 때 그녀는 쉽사리 속을 드러내 보이려 하지 않았고 얼굴은 고집스러웠으며 거의 표정이 없었다. 그녀는 수줍음이 많다기보다는 사람을 잘 믿지 않고 자기를 가르친 언니를 약간 무서워했다. 물론 언니는 동생이 그러리라고는 생각지도 못했다. 결국 아르카디는 객실로 돌아온 피피를 불러서 상냥한 미소를 띠고 태연히 머리를 쓰다듬어주었다. 카챠도 다시 꽃을 고르기 시작했다.

그사이에 바자로프는 계속 벌금을 물었다. 오딘초바는 카드놀이의 명수였고 포르피리 플라토니치도 자기 앞가림은 하는 실력이었다. 결국 바자로프는 지고 말았다. 비록 그리 많은 금액은 아니었지만 그다지 유쾌한 일은 아니었다. 저녁식사를 하면서 오딘초바는 다시 식물학에 대한 얘기를 꺼냈다.

"내일 아침에 같이 산책을 해요." 오딘초바가 바자로프에게 말했다. "당신한테서 들풀의 라틴어 명칭과 그 특성을 배우고 싶어요."

"라틴어 명칭은 알아서 뭐 합니까?" 바자로프가 물었다.

"모든 것에는 순서가 있는 법이지요." 오딘초바가 대답했다.

"안나 세르게예브나는 참 대단한 여자야!" 자기들에게 내어준 방에 돌아와 친구와 단둘이 남자 아르카디가 소리 높여 말했다.

"그래." 바자로프가 대답했다. "머리가 좋은 여자야. 게다가 온갖 일을 다 겪었거든."

"그건 무슨 의미로 하는 말인가, 예브게니 바실리치?"

"좋은 의미야, 좋은 의미. 여보게, 아르카디 니콜라이치! 그 여자는 자기 영지도 잘 관리하리라는 확신이 들어. 그런데 정말 훌륭한 건 그 여자가 아니라 그녀의 동생이야."

"뭐라고? 그 가무잡잡한 아가씨 말인가?"

"그래, 그 가무잡잡한 여자. 아무도 건드리지 않아서 깨끗하고, 겁이 많고, 말이 없는 여자. 그러니 원하는 대로 할 수 있지. 바로 그런 여자에게 관심을 가져야만 하네. 그런 여자는 생각대로 만들 수가 있거든. 그러나 그녀의 언니는 닳고 닳은 여자야."

아르카디는 바자로프에게 아무 말도 하지 않았다. 그들은 서로 다른 생각을 하며 자리에 누웠다.

그날 밤 안나 세르게예브나도 손님들에 대해 이런저런 생각을 했다. 그녀는 바자로프의 알랑거리지 않는 태도와 매우 신랄한 의견이 맘에 들었다. 그에게는 지금껏 보지 못했던 뭔가 새로운 것이 있었다. 그리고 그녀는 호기심이 많은 여자였다.

안나 세르게예브나는 꽤나 이상한 사람이었다. 그녀는 어떤 편견도 없었고 심지어 어떤 굳센 신앙도 갖고 있지 않았지만, 어떤 경우에도 물러서지 않았고 자신의 길을 벗어나지도 않았다. 그녀는 많은 것을 보았고 많은 것에 관심이 있었지만, 그 어떤 것에도 결코 만족하지 않았다. 사실 그녀는 완전한 만족을 바라지도 않았다. 그녀의 두뇌는 탐구적이면서도 동시에 무심했다. 그녀의 의심은 잊어버릴 정도로 잦아드는 법도, 불안할 정도로 커지는 법도 없었다. 만약 그녀가 부자가 아니고 자주적이지 않았다면, 어쩌면 그녀는 투쟁 속에 몸을 던져 열정을 맛보았을지도 모른다…… 그러나 이따금 지루해하기는 했지만 그녀는 편안함을 누렸고, 서두르는 일 없이 간혹 설레는 마음으로 하루하루를 살아갔다. 때로 그녀의 눈앞에 무지갯빛이 확 타오르기도 했다. 그러나 그 빛이 사라지면 그저 한숨을 내쉴 뿐 아쉬워하지는 않았다. 그녀의 공상이 때로 일상의 도덕규범이 허용하는 한계를 벗어나기도 했다. 그럴 때도 그녀의 피는 매혹적일 정도로 날씬한 몸속에서 변함없이 평온하게 흘렀다. 향긋한 욕조에서 목욕을 마치고 나오면 온몸이 따스해지고 나른해지면서 허망한 인생, 슬픔, 노동, 죄악에 대해 생각이 들기도 한다…… 그러다가 그녀의 마음은 별안간 용기로 가득 차고 고결한 열망으로 끓어오른다. 그러나 반쯤 열린 창문으로 바람이 스며들면 그녀는 온몸을 움츠리고 불평을 하며 심지어 화를 낸다. 그 순간 그녀에게 필요한 단 한 가지는 기분 나쁜 바람이 그녀를 향해 더 이상 불지 않도록 하는 것이다.

사랑에 빠져본 적이 없는 모든 여자들처럼 그녀는 자신도 모르는 뭔가를, 바로 그 뭔가를 원하고 있었다. 사실 그녀는 모든 것을 원하는 것 같았지만 아무것도 원하지 않았다. 그녀는 죽은 오딘초프를 거의 참을 수 없어 했고(그녀는 그의 돈 때문에 결혼했지만, 그가 착한 사람이라고 생각하지 않았다면 그의 아내가 되는 것에 동의하지 않았을 것이다), 모든 남자들에게 마음속으로 혐오감을 가지고 있었다. 그녀는 남자들을 칠칠치 못하고 답답하고 무기력하고 성가신 존재라고밖에 달리 생각할 수가 없었다. 그녀는 단 한 번 외국 어디에선가 젊고 멋진 스웨덴 청년을 만난 적이 있었다. 기사 같은 표정을 한 그 남자는 번듯한 이마 아래에 정직한 파란 눈을 가지고 있었다. 그는 그녀에게 강한 인상을 주었지만 그 사건도 그녀가 러시아로 돌아오는 것을 방해하지는 못했다.

'그 의사는 정말 이상한 사람이야!' 그녀는 화려한 침대에 누워 레이스가 달린 베개를 베고 가벼운 비단 이불을 덮은 채 생각했……
안나 세르게예브나는 죽은 아버지에게서 사치벽을 약간 물려받았다. 그녀는 죄는 지었지만 선량한 아버지를 몹시 사랑했었다. 아버지도 그녀를 더없이 사랑했고 자신과 대등한 사람을 대하듯이 상냥하게 큰딸과 농담을 주고받았으며 그녀를 완전히 믿고 문제를 의논하기도 했다. 그러나 그녀는 어머니에 대한 기억은 거의 없었다.

'그 의사는 이상한 사람이야!' 그녀는 속으로 되뇌었다. 기지개를 켠 후 미소를 띠면서 팔베개를 한 그녀는 시시한 프랑스 소설을 몇 쪽 훑어보다가 책을 떨어뜨렸다. 그리고 정결하고 차가운 온몸을 깨끗하고 향기로운 속옷으로 감싼 채 곧 잠들어버렸다.

다음 날 아침, 안나 세르게예브나는 아침식사 후 곧바로 바자로프와 함께 식물을 채집하러 나갔다가 거의 점심때가 되어서야 돌아왔다. 아르카디는 아무 데도 나가지 않고 카챠와 함께 한 시간 정도를 보냈다. 그는 이 소녀와 함께 있는 게 따분하지 않았다. 카챠는 어제 연주한 소나타를 한 번 더 연주하겠다고 자청했다. 그러나 집으로 돌아오는 오딘초바의 모습을 보았을 때, 아르카디의 심장은 일순간에 오므라들었다…… 그녀는 다소 지친 듯한 걸음으로 정원을 가로질러 걸어오고 있었다. 그녀의 뺨은 붉게 상기되었고 눈은 둥그런 밀짚모자 아래에서 평소보다 더 맑게 빛났다. 그녀는 들꽃의 가느다란 줄기를 손가락으로 빙빙 돌리고 있었다. 가벼운 망토가 팔꿈치로 흘러내리고, 모자에 달린 넓은 잿빛 리본이 그녀의 가슴에 달라붙어 있었다. 바자로프는 여느 때처럼 자신만만하고 태연하게 그녀 뒤에서 걷고 있었다. 바자로프는 즐겁고 다정한 얼굴을 하고 있었지만 아르카디는 그의 표정이 맘에 들지 않았다. 바자로프는 "잘 있었나!"하고 이빨 사이로 내뱉듯이 말하고는 방으로 가버렸다. 오딘초바도 건성으로 아르카디와 악수를 하고는 역시 옆을 지나쳐버렸다.

'잘 있었느냐고……' 아르카디는 잠시 생각했다…… '오늘 우리가 못 만나기라도 했단 말인가?'

시간은 (누구나 다 아는 사실이지만) 때론 새처럼 날아가고 때론 벌레처럼 기어간다. 그러나 시간이 빨리 흘러가는지 더디게 흘러가는지 깨닫지 못할 때 사람은 특히 행복한 법이다. 아르카디와 바자로프는 바로 이런 상태로 오딘초바의 집에서 보름을 보냈다. 그녀가 자기 집과 자기 생활에 세운 질서가 부분적으로 도움이 되었다. 그녀는 엄격하게 질서를 지켰고 다른 사람들도 그 질서를 따르도록 요구했다. 하루 동안 행해지는 모든 일에는 시각이 정해져 있었다. 아침 정각 여덟시에 집안사람들은 차를 마시러 모두 모였다. 차를 마시는 시간부터 아침식사를 할 때까지는 각자 하고 싶은 일을 했고, 여주인은 영지 관리인(영지는 연공제年貢制였다)이나 집사, 창고관리인과 볼일을 보았다. 저녁식사 전에 집안사람들은 대화와 독서를 하러 다시 모였다. 저녁 시간은 산책, 카드놀이, 음악에 바쳐진다. 열시 반에 안나 세르게예브나는 자기 방으로 돌아가서 다음 날 할 일을 지시하고 잠자리에 들었다. 바자로프는 자로 잰 듯한, 일상의 다소 엄격한 규칙성이 마음에 들지 않았다. "꼭 레일을 타고 가는 것 같군." 그는 말했다. 제복을 입은 하인들, 예의 바른 집사들이 그의 민주적인 감정을 상하게 했다. 이럴 바에는 식사도 영국식으로 하고, 프록코트에 하얀 넥타이를 매는 게 낫겠다고 그는 생각했다. 어느 날 그는 이 문제에 대해 안나 세르게예브나와 논의했다. 그녀는 누구나 자기 견해를 주저하지 않고 표명할 수 있도록 행동했다. 바자로프의 견해를 듣고 나서 그녀는 말했다. "당신의 관점에서 보면 당신이 옳아요. 제가 귀부인 행세를 하고 있는지도 몰라요. 그러나 시골에서 무질서하게 살 수는 없어요. 곧 권태에 빠질 테니까요." 그러고는 자신의 방식을 고수했다. 바자로프는 불평을 하곤 했지만, 그와 아르카디가 오딘초바의 집에서 편히 지낼 수 있었던 것도 따지고 보면 집 안의 모든 것이 '레일을 타고 가는 것처럼' 규칙적으로 움직였기 때문이다. 이 모든 것에도 불구하고 니콜스코예에서 지낸 지 며칠이 지나자 두 젊은이에게는 어떤 변화가 일어났다. 바자로프와 의견이 맞는 경우는 아주 드물었지만, 오딘초바는 그에게 눈에 띄게 호의를 보였다. 그러나 바자로프는 전에 없이 불안한 기색을 띠기 시작했다. 그는 쉽게 화를 내고 마지못해 말을 했으며 마치 바늘방석 위에 앉은 것처럼 한자리에 앉아 있지를 못했다. 한편 자신이 오딘초바에게 반해버렸다고 스스로 결론을 내린 아르카디는 조용히 우수에 잠겼다. 그러나 이 우수는 그와 카챠가 가까워지는 것을 방해하지 않았고, 오히려 카챠와 정답고 친하게 사귀는 데 도움이 되었다. '그 여자는 날 인정하지 않아! 그러라고 해! 하지만 이 착한 소녀는 날 물리치지 않아.' 아르카디는 생각했다. 그러면 그의 마음은 다시 달콤하고 너그러운 기분에 잠기곤 했다. 카챠는 아르카디가 자기와의 교제를 통해 어떤 위안 같은 것을 찾고 있다는 것을 어렴풋이 이해했고, 반은 수줍고 반은 믿음직한 우정에서 비롯되는 이 순결한 기쁨을 거부하지 않았다. 그러나 그들은 오딘초바 앞에서는 서로 이야기를 나누지 않았다. 카챠는 언니의 예리한 눈길에 항상 주눅이 들었고, 아르카디는 사랑에 빠진 사람이 흔히 그렇듯 사랑하는 사람 곁에서는 다른 것에 주의를 돌릴 수가 없었다. 그러나 아르카디는 카챠와 단둘이 있는 것이 좋았다. 그는 오딘초바를 차지할 수 없음을 느꼈다. 그는 오딘초바와 단둘이 있게 되면 부끄러워서 어쩔 줄을 몰랐다. 그녀도 아르카디에게 무슨 말을 해야 할지 몰랐다. 오딘초바에게 그는 너무 어렸던 것이다. 반대로 카챠와 함께 있으면 아르카디는 마치 집에 있는 것처럼 마음이 편했다. 그는 카챠를 호의적으로 대했고 그녀가 음악, 시, 소설 그리고 다른 사소한 것들에서 받은 인상을 이야기하는 것을 방해하지 않았다. 이 사소한 것들은 그 자신의 관심사이기도 했으나 그는 그것을 알아채지 못하거나 인식하지 못했다. 카챠는 카챠대로 그가 우수에 잠기는 것을 방해하지 않았다. 아르카디는 카챠와 함께 있는 것이 좋았고, 오딘초바는 바자로프와 함께 있는 것이 좋았다. 그래서 이 두 쌍은 얼마 동안 함께 있다가도 각각 짝을 지어 헤어지곤 했다. 특히 산책을 할 때 그랬다. 카챠는 자연을 숭배했고 아르카디도 감히 고백하지는 못했지만 자연을 사랑했다. 오딘초바는 바자로프와 마찬가지로 자연에 대해 꽤 무관심했다. 두 친구가 늘 떨어져 지내다 보니 자연스레 어떤 결과가 나타났다. 즉 그들의 관계가 변하기 시작했다. 바자로프는 아르카디에게 오딘초바 이야기를 하지 않게 되었고, 그녀의 '귀족적 성향'을 비난하는 걸 그만두었다. 그는 전처럼 카챠를 칭찬했으나 그녀의 감상적인 경향만은 억제해야 한다고 충고했다. 그러나 그의 칭찬은 성급했고 충고는 건성이었다. 그가 아르카디와 이야기하는 횟수는 전보다 훨씬 줄어들었다…… 그는 마치 아르카디를 피하는 것 같았고, 아르카디를 부끄러워하는 것 같았다……

아르카디는 이 모든 것을 눈치채고 있었지만 자기의 생각을 마음속에만 담아두었다.

이 모든 '새로운 현상'의 진짜 원인은 오딘초바가 바자로프에게 불러일으킨 감정에 있었다. 그 감정이 바자로프를 괴롭게 하고 화나게 했다. 만약 누군가가 간접적으로라도 그의 마음에 일어난 변화가 '있을 수 있는 일'이라고 암시했다면, 그는 즉각 경멸적인 웃음을 터뜨리고 냉소적인 폭언으로 그 감정을 부정했을 것이다. 바자로프는 여성, 더 정확히 말해 여성미의 대단한 숭배자였다. 그러나 그는 이상적인 의미에서의 사랑, 혹은 그의 표현에 따르면 낭만적인 의미에서의 사랑은 한낱 난센스요, 용서할 수 없는 어리석은 짓이라고 말했고, 기사도 정신을 꼴사나운 짓이나 질병으로 간주했다. 그는 왜 토겐부르크*를 연애시인들이나 전원시인들과 함께 정신병원에 넣어버리지 않는지 놀라워한 게 한두 번이 아니었다. "마음에 드는 여자가 있으면," 하고 바자로프는 말하곤 했다. "자네 것으로 만들려고 애쓰게. 그러다 안 되면 그냥 포기해버려. 세상에 어디 그 여자 하나뿐인가." 그는 오딘초바가 마음에 들었다. 그녀에 대해 널리 퍼진 소문, 그녀의 자유롭고 자주적인 생각, 그에 대한 그녀의 분명한 호의―이 모든 것이 그에게 유리한 점으로 작용할 것 같았다. 그러나 그는 곧 '그녀에게서 원하는 것을 얻을 수 없다'는 것과, 그렇다고 자신이 그녀를 포기할 수도 없다는 것을 깨달았다. 그의 피는 그녀를 떠올리자마자 뜨겁게 타오르기 시작했다. 그는 끓어오르는 피는 쉽게 가라앉힐 수 있었지만, 그 자신이 결코 용납하지 못했고 항상 조롱했으며 자신의 자존심을 온통 상하게 만드는 다른 뭔가가 그의 마음속에 둥지를 틀었다. 그

---

* 프리드리히 실러의 시 『기사 토겐부르크』에 나오는 낭만적인 주인공.

는 오딘초바와 대화를 나누면서 낭만적인 모든 것에 전보다 더 크게 냉담한 경멸을 퍼부었다. 그러나 혼자 남으면 자기 안에 낭만주의자가 있음을 깨닫고 분노하곤 했다. 그럴 때면 그는 숲으로 가서 닥치는 대로 나뭇가지를 꺾고 자신과 그녀에 관해 나지막한 목소리로 욕을 해대면서 성큼성큼 걸어 다녔다. 혹은 헛간의 건초 쌓아두는 곳간으로 가서 두 눈을 꼭 감고 억지로 잠을 청했으나 물론 늘 성공하지는 못했다. 그 순결한 손이 어느새 그의 목을 감아 안고, 그 오만한 입술이 그의 키스에 반응하며, 그 슬기로운 눈이 부드럽게, 정말로 부드럽게 그의 눈을 들여다보는 환상이 떠오른다. 그는 머리가 혼미해지고 잠시 자신을 망각하지만 곧 마음속에 다시 분노가 차오른다. 그는 온갖 '수치스러운' 생각을 하는 자기 자신을 발견한다. 마치 악마가 그를 약 올리는 것 같았다. 이따금 오딘초바에게도 변화가 일어나고 있으며 그녀의 표정에도 뭔가 특별한 것이 보이는 것 같았다. 어쩌면…… 그러나 보통 이 시점에서 그는 발을 쿵쿵 구르거나 이를 부드득 갈면서 주먹으로 스스로를 위협하곤 했다.

바자로프의 생각이 완전히 틀린 것은 아니었다. 바자로프는 그녀의 상상력을 자극했다. 사실 그는 그녀의 마음을 사로잡았고, 그녀는 그에 관해 많은 생각을 했다. 그가 없다고 해서 그녀가 심심해하거나 그를 기다리지는 않았지만, 그가 나타나면 그녀는 즉시 활기를 띠었다. 그녀는 기꺼이 그와 단둘이 남았고, 그가 자신을 화나게 하고 심지어 자신의 우아한 습관을 비난할 때조차도 기꺼이 그와 이야기를 나누었다. 그녀는 마치 그를 시험하고, 그러면서 자기 자신을 이해하고 싶어 하는 것 같았다.

어느 날 바자로프는 그녀와 함께 정원을 산책하던 중 갑자기 우울한 목소리로 곧 시골에 계신 아버지에게로 갈 예정이라고 말했다……마치 심장이 뭔가에 찔린 것처럼 그녀의 얼굴이 창백해졌다. 그 충격이 어찌나 컸던지 그녀는 깜짝 놀랐고 시간이 흐른 뒤에도 그 의미에 대해 오랫동안 생각하곤 했다. 바자로프가 그녀를 시험할 생각으로 이런 말을 한 것은 아니었다. 그는 결코 이런 유의 '음모를 꾸미는' 사람은 아니었다. 그날 아침에 바자로프는 어렸을 때 자기를 돌보고 길러주었던 아버지의 집사 티모페이치를 만났던 것이다. 티모페이치는 행동이 민첩한 노인으로, 세상풍파에 시달려 누렇게 바랜 머리칼에 바람을 맞아 벌겋게 된 얼굴을 하고 작은 눈에는 언제나 눈물이 맺혀 있었다. 두꺼운 회청색 나사(羅紗)로 만든 짧은 외투를 토막 가죽 끈으로 잡아매고, 타르를 칠한 장화를 신은 그가 갑자기 바자로프 앞에 나타났다.

"아, 영감님, 잘 있었소!" 바자로프가 소리 높여 말했다.

"안녕하슈, 예브게니 바실리예비치 도련님." 노인은 반갑게 웃음을 지었다. 그러자 노인의 얼굴이 갑자기 주름투성이가 되었다.

"무슨 일로 여기에 왔소? 날 데려오라고 집에서 영감님을 보냈나요?"

"별말씀을 다하슈, 도련님, 어떻게 그럴 수가!" 티모페이치가 더듬거리기 시작했다. (그는 출발할 때 주인 나리에게서 받은 엄격한 지시를 떠올렸다.) "나리의 심부름으로 시내에 가려다가 도련님 소식을 듣고서 지나는 길에 잠깐 뵈려고…… 안 그러면 제가 어떻게 도련님께 걱정을 끼쳐드릴 수가 있겠슈!"

"에이, 거짓말 마오." 바자로프가 그의 말을 막았다. "여기가 시내로 가는 길이오?"

티모페이치는 우물쭈물하면서 아무 대답도 하지 못했다.

"아버님은 건강하신가요?"

"하느님 덕분에 건강하십니다요."

"어머님은?"

"아리나 블라시예브나도 건강하시쥬."

"아마 날 기다리시겠지?"

노인은 조그만 머리를 옆으로 기울였다.

"아, 예브게니 바실리예비치, 기다리시구말굽슈! 정말이지 도련님 부모님들을 뵈면 가슴이 아픕니다요."

"아, 좋아, 좋아! 과장하지 마오. 곧 가겠다고 말씀드려요."

"알았습니다요." 한숨을 내쉬며 티모페이치가 대답했다.

오딘초바 부인의 저택을 나온 노인은 두 손으로 테 없는 모자를 머리에 푹 눌러 쓰고 대문 옆에 세워둔 초라한 경주용 마차를 타고는 약간 빠르게 달렸다. 그러나 시내 방향은 아니었다.

그날 저녁 오딘초바는 바자로프와 함께 자기 방에 앉아 있었고, 아르카디는 거실을 서성이면서 카챠의 연주를 듣고 있었다. 공작의 딸은 위층의 자기 방으로 가버렸다. 그녀는 대체로 손님을 싫어하는 편인데, 그중에서도 그녀의 표현에 따르자면 '새로운 막무가내들'은 특히 싫어했다. 거실에 있을 때면 그녀는 그저 뾰로통한 얼굴을 할 뿐이었지만 자기 방으로 돌아가면 이따금 가발과 함께 실내모가 들썩거릴 정도로 하녀에게 욕설을 퍼부어대곤 했다. 오딘초바는 이 모든 것을 알고 있었다.

"왜 떠나려고 하세요?" 오딘초바가 입을 열었다. "그러면 당신의 약속은요?"

바자로프는 가슴이 뛰었다.

"무슨 약속 말인가요?"

"잊으셨어요? 저한테 화학 강의를 해주겠다고 했잖아요?"

"어쩔 수 없습니다! 아버지가 절 기다리고 계셔서 더 이상 꾸물거릴 수가 없어요. 펠루즈와 프레미*가 쓴『화학개론』을 읽어보세요. 책도 좋고 내용도 분명합니다. 그 책에서 당신이 필요한 모든 것을 발견할 수 있을 겁니다."

"하지만 당신이 그랬잖아요. 책은 대신할 수 없다고요…… 정확히 어떻게 말했는지는 잊어버렸지만 제가 말하고 싶은 게 뭔지는 아실 테지요…… 기억하세요?"

"어쩔 수 없습니다!" 바자로프가 되뇌었다.

"왜 떠나야만 하나요?" 오딘초바가 목소리를 낮추어 말했다.

그는 그녀를 힐끗 쳐다보았다. 그녀는 안락의자의 등받이에 머리를 기대고 팔꿈치까지 드러난 두 팔을 가슴 위에 십자형으로 포개놓고 있었다. 종이 갓을 씌운 쓸쓸한 등불의 불빛을 받아 그녀의 얼굴은 평소보다 더 창백해 보였다. 헐렁한 흰 드레스의 부드러운 주름이 그녀의 온몸을 감싸고 있어서 역시 십자로 포개놓은 그녀의 발끝이 아주 살짝 보였다.

---

* 펠루즈, 프레미는 프랑스의 화학자이다. 이들이 쓴『화학개론』은 1853년에 파리에서 발행되었다.

"왜 남아 있어야만 합니까?" 바자로프가 대답했다.

오딘초바가 살짝 고개를 돌렸다.

"왜냐고요? 당신은 우리 집에 있는 것이 즐겁지 않은가요? 아니면 당신이 떠나도 여기에 당신을 그리워할 사람이 없으리라고 생각하세요?"

"네, 그렇다고 확신합니다."

오딘초바는 잠시 침묵했다.

"당신 생각은 틀렸어요. 뭐, 어차피 저는 당신 말을 믿지 않아요. 진심으로 그렇게 말할 수는 없을 테니까요." 바자로프는 계속 꼼짝 않고 앉아 있었다. "예브게니 바실리예비치, 왜 말이 없으세요?"

"무슨 할 말이 있겠습니까? 대체로 사람들에 대해서는 아쉬워할 필요가 없습니다. 특히 저 같은 사람은요."

"그건 왜죠?"

"저는 실제적이고 재미없는 인간이니까요. 어떻게 말해야 할지 모르겠군요."

"그건 인사치레로 하는 말씀이겠죠, 예브게니 바실리예비치."

"인사치레는 제 방식이 아닙니다. 당신도 아시잖습니까? 저는 사실 당신이 그렇게도 소중히 여기는 인생의 우아한 측면을 이해할 수 없습니다."

오딘초바는 손수건의 한쪽 귀퉁이를 깨물었다.

"좋을 대로 생각하세요. 그러나 당신이 떠나시면 저는 적적할 거예요."

"아르카디는 남을 겁니다." 바자로프가 말했다.

오딘초바는 살짝 어깨를 움츠렸다.

"저는 적적할 거예요." 그녀가 되뇌었다.

"정말이십니까? 하지만 당신은 그리 오래 적적해하지는 않을 겁니다."

"왜 그렇게 생각하세요?"

"스스로 정한 생활의 질서가 파괴될 때에만 적적해진다고 당신이 말했기 때문이죠. 당신은 아주 올바르고 규칙적으로 생활하고 있기 때문에 권태라든가 우수라든가…… 어떤 괴로운 감정이 당신의 인생에 스며들 틈이 없을 겁니다."

"그러면 당신은 제가 완벽한 여자라고…… 말하자면 아주 정확하게 생활을 꾸려나간다고 생각하시나요?"

"물론입니다! 예를 들어볼까요. 이제 몇 분이 지나면 열시가 될 텐데, 그러면 당신이 절 내쫓을 거라는 걸 저는 이미 알고 있습니다."

"아뇨, 그러지 않을 거예요, 예브게니 바실리예비치. 당신은 이대로 계셔도 좋아요. 저 창문을 좀 열어요…… 왠지 답답하군요."

바자로프는 일어나서 창문을 밀어젖혔다. 창문이 삐걱거리며 단번에 활짝 열렸다…… 그는 창문이 이렇게 쉽게 열리리라고는 생각하지 않았다. 게다가 그의 손은 떨리고 있었다. 어둠이 깃든 포근한 밤이 거무스름한 하늘과, 가볍게 술렁이는 나무들과, 바깥 공기의 맑고 신선한 향기와 함께 방 안을 들여다보고 있었다.

"커튼을 내리고 앉으세요." 오딘초바가 말했다. "당신이 떠나기 전에 당신과 좀더 이야기를 나누고 싶어요. 당신에 대해 뭐든지 얘기해주세요. 당신은 자기 자신에 대해 전혀 말을 하지 않아요."

"저는 당신과 유익한 화제에 대해 이야기하려고 노력합니다, 안나 세르게예브나."

"당신은 너무 겸손해요…… 저는 당신에 대해, 당신의 가족에 대해, 그리고 우리를 버리고 떠나게 만든 당신의 아버지에 대해 뭐든지 알고 싶어요."

'이 여자가 왜 이런 말을 할까?' 바자로프는 생각했다.

"그런 건 조금도 재미가 없습니다." 그는 큰 소리로 말했다. "특히 당신에게는요. 우리는 무식한 사람들이라……"

"그럼, 당신 생각에 저는 귀족이란 말이군요."

바자로프가 눈을 들어 오딘초바를 보았다.

"그렇습니다." 바자로프는 날카롭게 말했다.

그녀는 가볍게 웃음을 지었다.

"당신은 모든 사람들이 서로 비슷해서 한 사람 한 사람 각자를 연구할 가치가 없다고 말씀하셨지만, 저에 대해서는 잘 모르시는 것 같아요. 언젠가 제 인생에 대해 이야기해드리죠…… 그렇지만 당신이 먼저 당신 인생에 대해 이야기해주세요."

"저는 당신을 잘 모릅니다." 바자로프가 말했다. "아마 당신이 옳을지도 모릅니다. 어쩌면 모든 인간은 정말 수수께끼일지도 모르죠. 예컨대 당신은 사람들과의 교제를 꺼리고 번거롭다고 생각하면서도 대학생 두 명을 자기 집에 초대하지 않았습니까. 왜 당신같이 영리하고 아름다우신 분이 시골에서 사는지도 궁금하군요."

"그게 무슨 말씀이세요?" 오딘초바가 활기를 띠면서 말을 받았다. "제가 아름답다고요?"

바자로프가 얼굴을 찌푸렸다.

"어쨌든 좋습니다." 그가 중얼거렸다. "제가 말하고 싶은 건 왜 당신이 시골에 사는지 잘 모르겠다는 겁니다."

"잘 모르겠다고요…… 그러나 속으로는 그 이유를 생각하겠지요?"

"그렇습니다…… 저는 당신이 늘 한곳에만 머물러 있는 것은, 스스로를 애지중지하면서 나쁜 습관에 빠져들었고, 안락함과 편리함을 너무 좋아한 나머지 다른 모든 것에 대해 전혀 관심이 없어졌기 때문이라고 생각합니다."

오딘초바는 다시 가볍게 웃음을 지었다.

"저도 무언가에 빠져들 수 있다는 걸 당신은 전혀 믿고 싶어 하지 않는군요."

바자로프는 눈을 치떠서 그녀를 힐끗 쳐다보았다.

"아마 호기심 정도겠죠. 그 이상이라고는 생각할 수 없습니다."

"정말 그렇게 생각하세요? 아, 왜 제가 당신하고 마음이 통했는지 이제야 알겠어요. 당신도 저와 똑같기 때문이에요."

"우리가 마음이 통했다……" 바자로프가 공허하게 말했다.

"그래요!…… 아, 당신이 떠나고 싶어 한다는 걸 잊고 있었군요."

바자로프는 일어섰다. 그윽한 향기가 풍기는 어슴푸레한 방 한가운데에 등불만이 희미하게 타오르고 있었다. 이따금 펄럭이는 커튼 사이로 톡 쏘는 듯한 싸늘한 밤의 냉기가 스며들었고, 밤의 신비로운 속삭임이 들렸다. 오딘초바는 그 자리에서 전혀 움직이지 않았지만, 알 수 없는 흥분이 점점 그녀를 사로잡았다…… 그 흥분은 바자로프에게도 전해졌다. 그는 문득 젊고 아름다운 부인과 단둘이 있다는 것을 깨달았다.

"어디로 가세요?" 오딘초바가 천천히 말했다.

바자로프는 아무 대답도 하지 않고 털썩 의자에 앉았다.

"그렇다면 당신은 저를 감정이 없고 안일한 생활에 빠져버린 유약한 여자로 생각한다는 말이죠?" 창문에서 눈을 떼지 않은 채 변함없는 목소리로 그녀가 말했다. "그러나 저는 제 자신을 정말 불행하다고 생각하고 있어요."

"당신이 불행하다고요! 왜죠? 설마 당신은 그 시시한 거짓 소문들에 어떤 의미를 부여하는 건 아니겠지요?"

오딘초바는 얼굴을 찌푸렸다. 그녀는 바자로프가 자기 말을 그렇게 이해한 것에 화가 났다.

"그런 거짓 소문들은 우습지도 않아요, 예브게니 바실리예비치. 그런 소문에 일일이 신경 쓰기에는 제 긍지가 너무 커요. 제 불행의 원인은…… 삶에 대한 욕망이나 흥미가 없다는 데 있어요. 못 믿겠다는 듯이 저를 보시는군요. 이건 '귀족 아씨'가 레이스로 온몸을 감싸고 벨벳 안락의자에 앉아서 하는 말이다, 라고 당신은 생각하겠지요. 부정하지 않겠어요, 사실 저는 당신이 안락한 생활이라고 부르는 그것을 퍽 좋아해요. 그러나 그럼에도 불구하고 저는 그다지 살고 싶은 욕망이 없어요. 당신이 아는 대로 이 모순을 화해시켜보세요. 하긴 이 모든 건 당신에게는 낭만주의로 보이겠지요."

바자로프는 머리를 흔들었다.

"당신은 건강하고 자주적이고 부유합니다. 더 이상 무엇을 원하는 겁니까? 정말이지 당신은 무엇을 원하나요?"

"뭘 더 원하느냐고요?" 오딘초바는 이렇게 되묻고 한숨을 쉬었다. "저는 너무 지쳤어요. 늙었고요. 어쩐지 너무 오래 산 것 같아요. 저는 늙었어요." 망토 자락을 가만히 끌어다가 드러난 팔을 가리면서 그녀는 덧붙였다. 바자로프와 눈길이 마주치자 그녀는 보일 듯 말 듯 얼굴을 붉혔다. "저에겐 추억이 아주 많아요. 페테르부르크에서의 생활, 풍족한 생활과 그 후의 가난, 아버지의 죽음, 결혼, 그저 그런 외국 여행…… 추억은 많지만 기억하고 싶은 것은 아무것도 없어요. 제 앞길은 멀고 멀지만 목적이 없어요…… 저는 앞으로 나아가고 싶지 않아요."

"그토록 삶에 환멸을 느끼나요?" 바자로프가 물었다.

"아뇨." 오딘초바는 적당한 간격을 두고 말을 이었다. "그저 만족하지 못하는 거예요. 만약 제가 뭔가에 강하게 빠져 애착을 느낄 수만 있다면……"

"당신은 사랑을 하고 싶은 겁니다." 바자로프가 말을 가로챘다. "그러나 당신은 사랑을 할 수 없어요. 바로 여기에 당신의 불행이 있습니다."

오딘초바는 망토의 소매를 바라보았다.

"내가 사랑을 할 수 없다고요?" 그녀가 말했다.

"아마 어려울 겁니다! 다만 그것을 불행이라고 말한 것은 제 잘못입니다. 반대로 그런 일을 당하는 사람을 오히려 불쌍히 여겨야 하겠죠."

"어떤 일 말인가요?"

"사랑을 하는 것 말입니다."

"당신이 그걸 어떻게 아세요?"

"풍문으로 들어서 압니다." 바자로프가 무뚝뚝하게 말했다.

'그대는 아양을 떨고 있구나.' 바자로프는 생각했다. '할 일이 없어 심심하니까 나를 가지고 놀고 있지만, 나는······' 그의 심장은 정말 터져버릴 것 같았다.

"게다가 당신은 너무 까다로운 것 같습니다." 그는 몸을 앞으로 쑥 내밀고 안락의자의 술을 만지작거리면서 말했다.

"그런지도 몰라요. 제 생각으론 모든 것을 바치느냐, 아니면 아예 그만두느냐의 문제예요. 생명과 생명을 바꾸는 거죠. 제 생명을 받으면 상대방도 자기의 생명을 내줘야 해요. 그러면 후회를 할 것도 없고 되돌릴 필요도 없지요. 그러지 않을 바엔 하지 않는 게 나아요."

"그렇겠지요." 바자로프가 말했다. "공평한 조건이군요. 그런데 놀라운 건, 당신은 왜 지금까지······ 원하는 것을 찾지 못했습니까?"

"그게 뭐든지 간에, 자신의 몸과 마음을 완전히 바치는 것이 쉽다고 생각하세요?"

"물론 이것저것 따져보고, 때를 기다리고, 스스로를 값비싸게 생각한다면, 즉 자신을 소중히 여긴다면 쉬운 일은 아니지요. 그러나 이것저것 재지 않는다면 무언가에 자기를 바치는 것은 정말 쉬운 일입니다."

"어떻게 자신을 소중히 여기지 않을 수 있나요? 또한 만약 제가 아무 가치도 없다면, 누구에게 제 헌신이 필요하겠어요?"

"그것은 제 일이 아닙니다. 제 가치가 어떤지는 다른 사람이 판단할 일이지요. 중요한 것은 자기 자신을 바칠 수 있어야 한다는 겁니다.

오딘초바는 안락의자의 등받이에서 몸을 떼었다.

"당신은," 하고 그녀가 말문을 열었다. "마치 그런 모든 것을 경험한 듯이 말씀하시는군요."

"말이 나온 김에 한 말입니다, 안나 세르게예브나. 당신도 아시다시피 이런 건 제 전공이 아닙니다."

"그럼 당신은 당신을 버릴 수 있나요?"

"모르겠습니다. 장담하고 싶지는 않습니다."

오딘초바는 아무 말도 하지 않았고, 바자로프도 잠자코 있었다. 피아노 소리가 객실에서 그들이 있는 곳까지 들려왔다.

"카챠가 늦게까지 피아노를 치네요." 오딘초바가 말했다.

바자로프가 자리에서 일어났다.

"그렇군요, 이제 정말 늦었습니다. 당신도 주무실 시간이군요."

"잠깐만요. 뭘 그리 서두르세요…… 아직 당신에게 한 가지 할 말이 더 남았어요."

"무슨 말씀인데요?"

"잠시 기다리세요." 오딘초바가 속삭였다. 그녀의 눈길이 바자로프에게 멎었다. 마치 그를 유심히 살펴보는 것 같았다.

바자로프는 잠시 방 안을 서성이다가 갑자기 오딘초바에게로 다가갔다. 그러고는 서둘러 "안녕히 계세요"라고 말하며 그녀의 손을 꼭 쥔 후 방 밖으로 나갔다. 그가 얼마나 세게 손을 쥐었던지 그녀는 하마터면 소리를 지를 뻔했다. 그녀는 맞붙은 손가락을 입술로 가져가서 입김을 불었다. 그러다가 갑자기 안락의자에서 벌떡 일어나 바자로프를 부르기라도 하려는 듯이 잰걸음으로 문 쪽으로 걸어갔다……

바로 그때 하녀가 은쟁반에 물병을 가지고 방 안으로 들어왔다. 오딘초바는 자리에 멈춰 서서 하녀에게 나가라고 일렀다. 그러고 나서 다시 자리에 앉아 또다시 생각에 잠겼다. 그녀의 머리채가 풀어져서 시커먼 뱀처럼 어깨 위로 흘러내렸다. 그 후에도 오딘초바의 방에는 오래도록 등불이 켜져 있었다. 밤의 냉기에 살짝 차가워진 팔을 이따금 손가락으로 문지르면서 그녀는 오랫동안 꼼짝 않고 앉아 있었다.

바자로프는 두 시간쯤 지나서 밤이슬에 흠뻑 젖은 부츠를 신고 헝클어진 머리칼에 우울한 표정으로 침실로 돌아왔다. 아르카디는 프록코트의 단추를 목 위까지 채운 채 책을 들고 책상에 앉아 있었다.

"아직도 안 자고 있었나?" 바자로프는 마치 화가 난 듯한 어조로 말했다.

"오늘 자네는 안나 세르게예브나와 오랫동안 같이 있었군." 아르카디는 그의 물음에 대답하지 않고 말했다.

"그래, 자네와 카챠가 피아노를 치는 동안 나는 줄곧 그녀와 함께 있었네."

"나는 피아노를 치지 않았네……" 아르카디는 무슨 말을 더 하려다가 입을 다물었다. 그는 눈에 눈물이 핑 도는 걸 느꼈지만, 비웃기 잘하는 이 친구 앞에서는 울고 싶지 않았다.

18

다음 날 오딘초바가 차를 마시러 나타났을 때, 자기 찻잔만 들여다보며 오랫동안 앉아 있던 바자로프가 별안간 그녀를 힐끗 쳐다보았다…… 마치 바자로프가 자기를 쿡 찌르기라도 한 것처럼 그녀는 그에게서 몸을 돌렸다. 그녀의 얼굴은 밤새 좀 창백해진 것 같았다. 그녀는 곧 자기 방으로 돌아갔다가 아침식사 때만 잠깐 나타났다. 아침부터 비가 내려서 산책을 나갈 수도 없었다. 집에 있는 사람들은 모두 객실로 모였다. 아르카디는 최근호의 잡지를 꺼내서 읽기 시작했다. 공작의 딸은 여느 때와 마찬가지로, 마치 그가 무례한 짓이라도 하는 양 처음엔 놀란 표정을 짓더니 이윽고 매서운 눈초리로 그를 쳐다보았다. 그러나 아르카디는 그녀에게 관심을 두지 않았다.

"예브게니 바실리예비치, 제 방으로 가시죠……" 오딘초바가 말했다. "당신에게 묻고 싶은 게 있어요…… 어제 어떤 입문서를 언급하셨는데……"

그녀는 자리에서 일어나 문 쪽으로 향했다. 공작의 딸은 '저것 봐, 저것 봐, 기절초풍하겠네!'라는 표정으로 방 안을 둘러보더니 다시 아르카디에게 눈길을 멈추었다. 그러나 아르카디는 자기 곁에 앉은 카챠와 눈길을 주고받고는 목소리를 높여서 계속 책을 읽었다.

오딘초바는 잰걸음으로 자기 방까지 걸어갔다. 바자로프는 눈을 내리깐 채 자기 앞에서 미끄러지듯 스쳐지나가는 비단드레스의 사각거리는 소리를 들으면서 그녀 뒤를 따라갔다. 오딘초바는 전날 밤에 앉았던 그 안락의자에 앉았고, 바자로프도 어제 앉았던 그 자리에 앉았다.

"그런데 그 책 제목이 뭐였죠?" 잠시 침묵하고 나서 오딘초바가 물었다.

"펠루즈와 프레미가 쓴 『화학개론』입니다……" 바자로프가 대답했다. "그리고 가노가 쓴 『실험물리학 기초』도 권하고 싶군요. 삽화가 더 선명하고, 대체로 이 교과서는……"

오딘초바가 한 손을 내밀었다.

"예브게니 바실리예비치, 미안해요. 당신을 여기로 불러 교과서에 대해 논의하려고 한 건 아니에요. 어제 우리가 했던 얘기를 계속하고 싶어요. 당신이 너무 갑작스럽게 가셔서…… 당신에겐 지루한 이야기인가요?"

"원하는 대로 하죠, 안나 세르게예브나. 그런데 어제 우리가 무슨 말을 했지요?"

오딘초바는 바자로프를 곁눈으로 힐끗 쳐다보았다.

"아마 행복에 대해 얘기했던 것 같아요. 저는 저 자신에 대해 얘기했고요. 어쨌든 행복이라는 단어를 언급했었죠. 저는 음악이나, 즐거운 파티나, 마음 맞는 사람과의 대화를 즐길 때조차도 그런 것은 어딘가 다른 곳에 있는 어떤 무한한 행복에 대한 암시로만 느껴져요. 제가 누리고 있는 것은 실제적인 행복이 아닌 것 같아요. 왜 그럴까요? 혹시 당신은 그런 감정을 한 번도 느낀 적이 없으세요?"

"'남의 떡이 커 보인다'라는 속담을 아시죠? 더욱이 당신은 스스로 만족을 모른다고 어제 말씀하셨지요. 그러나 사실, 저는 단 한 번도 그런 생각을 해본 적이 없습니다."

"아마 당신에게는 그런 것들이 우습게 보이겠죠?"

"아닙니다. 그저 제 머리에는 그런 생각이 떠오르지 않을 뿐입니다."

"정말이에요? 저는 당신이 무슨 생각을 하고 있는지 몹시 알고 싶어요."

"어째서요? 이해할 수 없군요."

"들어보세요, 저는 오래전부터 당신과 함께 이야기해보고 싶었어요. 말할 필요도 없이, 당신이 보통 사람과 다르다는 건 당신 자신도 잘 아실 거예요. 당신은 아직 젊으니까 앞길이 창창해요. 당신은 뭘 준비하고 있나요? 어떤 미래가 당신을 기다리고 있지요? 알고 싶어요. 당신이 이루고자 하는 목표는 뭐죠? 당신은 어디로 가고 있나요? 당신의 마음속엔 무엇이 있나요? 한마디로, 당신은 누구이고, 어떤 분이죠?"

"당신은 저를 놀라게 하는군요, 안나 세르게예브나. 제가 자연과학을 공부한다는 것은 당신도 알고 계십니다. 그리고 제가 누구인가는 ……"

"그래요, 당신은 누구세요?"

"미래의 시골의사라고 이미 말씀드렸습니다."

오딘초바는 초조한 몸짓을 했다.

"왜 그런 말씀을 하세요? 당신 자신도 그렇게 되리라고는 믿지 않잖아요. 아르카디는 그럴 수 있겠지만 당신은 아니에요."

"어째서 아르카디를 그렇게……"

"그만하세요! 당신이 그렇게 평범한 활동에 만족할 리가 없어요. 당신에겐 의학이 존재하지 않는다고 당신 스스로도 늘 주장하고 있잖아요. 그렇게 자존심이 강한 분이 시골의사라니요! 당신은 저를 전혀 믿지 않기 때문에 그저 저를 피하려고 그런 대답을 하는 거예요. 그러나 예브게니 바실리예비치, 저는 당신을 이해할 수 있을 것 같아요. 저도 당신처럼 가난했고 자존심이 강했어요. 아마 저도 당신과 똑같은 시련을 겪어왔던 것 같아요."

"그것 참 잘됐군요, 안나 세르게예브나. 그러나 용서하십시오…… 대체로 저는 제 생각을 말로 표현하는 데 익숙하지 않고, 또 저와 당신 사이에는 현격한 거리가……"

"어떤 거리죠? 또 제가 귀족이라고 말씀하실 건가요? 그만하세요. 저는 이미 당신에게 모든 것을 다 말씀드린 것 같은데요……"

"됐습니다." 바자로프가 말을 막았다. "거의 우리 뜻대로 되지 않는 미래를 말하고 생각해봐야 뭐 합니까? 뭔가를 할 기회가 생기면 좋겠지요. 그러나 그런 기회가 생기지 않는 경우라면 미래에 대해 미리 쓸데없이 지껄이지 않았다는 것으로 최소한 만족할 수 있을 겁니다."

"당신은 친구 사이의 대화를 지껄인다고 하나요…… 아니면 저 같은 여자는 신뢰할 수 없다고 생각하는 건가요? 당신은 여성이라면 모두 경멸하는 건 아닌가요?"

"저는 조금도 당신을 경멸하지 않습니다, 안나 세르게예브나. 그건 당신도 잘 알고 있어요."

"아뇨, 저는 아무것도 몰라요…… 당신이 자기 미래의 일에 대해 말하고 싶어 하지 않는다는 것만 알아요. 지금 당신의 마음속에서 일어나고 있는 것은……"

"일어나고 있다!" 바자로프가 되뇌었다. "마치 제가 무슨 국가나 사회 같군요! 어쨌든 전혀 흥미 없는 일입니다. 게다가 사람이 자기 마음속에 '일어나고' 있는 모든 것을 항상 큰 소리로 말할 수 있을까요?"

"왜 마음에 있는 것을 모두 말할 수 없죠?"

"당신은 할 수 있습니까?" 바자로프가 물었다.

"할 수 있어요." 오딘초바가 잠깐 머뭇거리다가 대답했다.

바자로프는 머리를 숙였다.

"당신은 저보다 행복하십니다."

오딘초바는 미심쩍은 눈으로 그를 바라보았다.

"좋을 대로 해석하세요." 그녀가 말을 이었다. "그러나 우리가 가까워진 건 우연이 아니고, 우리는 앞으로 좋은 친구가 될 거라고 마음속의 뭔가가 내게 말을 해요. 뭐랄까, 당신의 그 긴장된 태도와 자제심은 결국 사라질 거라고 나는 확신해요."

"그럼 당신은, 당신의 말을 빌리자면…… 제가 자제하고 있다는 걸 눈치챘단 말인가요……"

"그래요."

바자로프가 일어나서 창 쪽으로 걸어갔다.

"그래서 당신은 이 자제심의 원인을 알고 싶다는 말이지요? 제 마음속에서 일어나고 있는 것을 알고 싶다는 말이지요?"

"그래요." 정확하게 표현할 수 없는 어떤 놀라움을 느끼면서 그녀가 되뇌었다.

"화내지 않으실 겁니까?"

"화내지 않아요."

"화내지 않는다고요?" 바자로프는 그녀에게 등을 돌리고 섰다. "그럼 말하죠. 저는 당신을 사랑합니다. 바보처럼, 미칠 듯이…… 자, 이제 당신의 목적을 이루셨군요."

오딘초바는 두 팔을 앞으로 쭉 뻗었다. 바자로프는 창문 유리에 이마를 꼭 대고, 숨을 헐떡이면서 눈에 띄게 온몸을 떨고 있었다. 그러나 그것은 젊은이의 수줍은 떨림도 아니고, 첫 고백의 달콤한 공포가 온몸을 사로잡은 것도 아니었다. 그것은 그의 가슴속에서 몸부림치는 욕망이었다. 증오와 닮은, 아마도 증오와 비슷한 강하고 고통스런 욕망이었다…… 오딘초바는 두려우면서도 한편으로는 그가 가엾었다.

"예브게니 바실리예비치." 그녀가 말했다. 그 목소리는 본의 아니게 부드럽고 낭랑하게 울렸다. 그는 재빨리 몸을 돌려 탐욕스런 시선을 그녀에게 던졌다. 그리고 그녀의 두 손을 움켜잡아 자신의 가슴에 가져다 대었다.

그녀는 포옹에서 금방 빠져나오려고 서둘지는 않았다. 그러나 잠시 후 그녀는 한쪽 구석에 멀찍이 서서 바자로프를 바라보았다. 그가 그녀를 향해 달려들었다……

"당신은 저를 이해하지 못했어요." 그녀는 놀라면서 황급히 속삭였다. 그가 만약 한 걸음이라도 더 다가오면 비명을 지를 것 같았다…… 바자로프는 입술을 깨물고 방 밖으로 나갔다.

삼십 분 후에 하녀가 오딘초바에게 바자로프의 메모를 가져왔다. 거기에는 단 한 줄, '오늘 떠나야만 합니까, 혹은 내일까지 있을 수 있습니까?'라는 말이 쓰여 있었다. '왜 떠나신다는 거죠? 저는 당신을 이해하지 못했고, 당신도 저를 이해하지 못했어요'라고 오딘초바는 그에게 답신을 써 보냈다. 그러나 그녀는 속으로 '나도 내 마음을 이해하지 못하겠어'라고 생각했다.

그녀는 식사 때까지 밖으로 나오지 않고 자기 방을 서성거렸다. 두 팔을 뒷짐 지고 때론 창가에, 때론 거울 앞에 멈춰 서서 손수건으로 목을 천천히 문지르곤 했다. 자신의 목에 뜨거운 흔적이 남은 것처럼 느껴졌기 때문이다. 그녀는 자기가 왜 그렇게 그의 고백을 '들으려고' (바자로프의 표현을 따르자면) 그를 다그쳤는지, 자기가 뭔가를 의심하지는 않았는지 자문하면서 "내가 나빴어. 그러나 이렇게 되리라고는 미처 생각하지 못했어" 하고 큰 소리로 말했다. 그러고는 바자로프가 자기에게 달려들 때의 그 짐승 같은 얼굴을 떠올리고 얼굴을 붉혔다……

"혹시?" 그녀는 갑자기 소리치더니 그 자리에 멈춰 서서 구불구불한 머리칼을 흔들었다…… 그녀는 거울에 비친 자기 모습을 보았다. 뒤로 젖혀진 머리, 반쯤은 감은 듯하고 반쯤은 열린 듯한 눈과 입술에 어린 신비로운 미소, 이 모든 것이 그 순간 그녀를 당혹스럽게 만든 뭔가를 말해주는 것만 같았다……

'아니야.' 그녀는 마침내 마음을 정했다. '어떻게 될지 아무도 몰라. 경솔하게 행동해서는 안 돼. 어쨌든 이 세상에서 평온함보다 더 좋은 건 없어.'

그녀의 평온한 마음은 흔들리지 않았다. 그러나 그녀는 슬픔에 젖어 왠지 모를 눈물까지 흘렸다. 그녀는 모욕을 당했다고 느끼지는 않았다. 오히려 자기가 잘못했다고 생각했다. 여러 가지 막연한 감정, 사라져가는 인생에 대한 자각, 새로운 것을 향한 염원―이런 것들의 영향을 받아 그녀는 자신을 일정한 한계까지 밀어붙이고 그 너머를 언뜻 바라보았다. 거기에서 그녀가 발견한 것은 심연이 아니라 공허…… 혹은 추악한 모습이었다.

19

　자제력이 강하고 모든 편견을 초월한 오딘초바였지만, 식사를 하러 식당에 나타나서는 거북함을 느끼지 않을 수 없었다. 그러나 식사 시간은 비교적 무사히 지나갔다. 시내에서 방금 돌아왔다는 포르피리 플라토니치가 와서 여러 가지 일화를 들려주었다. 그의 말에 따르면, 현 지사 부르달루가 현의 관리들에게 특별 지시를 내려 박차를 달고 다니게 했다고 한다. 이유인즉 관리들을 어딘가로 파견할 때 말을 타고 신속하게 가도록 하기 위해서였다. 아르카디는 카챠와 작은 소리로 이야기를 나누면서 재치 있게 공작 딸의 비위를 맞춰주었다. 바자로프는 무뚝뚝하고 우울한 표정으로 침묵을 지켰다. 오딘초바는 곁눈질이 아니라 똑바로 두어 번가량 바자로프의 얼굴을 바라보았다. 그는 엄격하고 신경질적인 얼굴을 하고 눈을 내리깔고 있었는데, 그 모습 하나하나에 경멸하는 듯한 단호함이 분명히 어려 있었다. '아니야…… 아니야…… 아니야……' 그녀는 생각했다. 식사를 끝낸 그녀는 사람들과 함께 정원으로 향했다. 바자로프가 자기와 얘기하고 싶어 하는 것 같아 그녀는 몇 걸음 옆으로 비켜나 멈춰 섰다. 그는 그녀에게 다가왔지만 여전히 눈을 내리깐 채 공허한 목소리로 말했다.
　"저는 당신에게 사과해야만 합니다, 안나 세르게예브나. 당신은 분노를 참을 수가 없겠지요."

"아니에요. 당신에게 화나지 않았어요, 예브게니 바실리예비치."
오딘초바가 대답했다. "그러나 괴로워요."

"그건 더 나쁩니다. 어쨌든 저는 충분히 벌을 받았습니다. 아마 당신도 동의하겠지만, 저는 아주 어리석은 짓을 했습니다. 제게 왜 떠나려 하느냐고 물었지요? 여기 남아 있을 수도 없고, 그러고 싶지도 않기 때문입니다. 내일이면 저는 여기에 없을 겁니다."

"예브게니 바실리예비치, 왜 당신은……"

"왜 떠나느냐고요?"

"아뇨. 제가 말하고 싶은 건 그게 아니에요."

"지난 일은 돌이킬 수 없습니다, 안나 세르게예브나…… 그러나 이일은 조만간 일어날 수밖에 없었어요. 따라서 이제 떠나야만 합니다. 여기에 남아 있을 수 있는 단 한 가지 조건을 알고 있지만, 그 조건은 결코 실현될 수 없어요. 실례되는 말이지만 당신은 날 사랑하지 않고, 앞으로도 결코 그럴 일은 없겠지요?"

바자로프의 눈이 진한 눈썹 밑에서 순간적으로 번쩍 빛났다.

오딘초바는 대답하지 않았다. '난 이 사람이 무서워.' 이런 생각이 그녀의 머리에 문득 떠올랐다.

"안녕히 계십시오." 바자로프는 그녀의 생각을 짐작했다는 듯 이렇게 말하고 저택 쪽으로 향했다.

안나 세르게예브나는 조용히 그 뒤를 따라 걸어가다가 카챠를 불러서 카챠의 손을 잡았다. 그녀는 저녁 때까지 동생과 떨어지지 않았다. 그녀는 카드놀이도 하지 않고 내내 웃기만 했다. 그러나 그 웃음은 창백하고 당혹스러운 그녀의 얼굴에 전혀 어울리지 않았다. 아르카디는 젊은이들이 흔히 그러듯이 의혹을 품고 그녀를 살펴보았다. 다시 말해 '도대체 이게 무슨 의미일까?' 하고 줄곧 자문했다. 바자로프는 자기 방에 틀어박혀 있었지만 차 마시는 시간에는 나타났다. 오딘초바는 그에게 무언가 정다운 말을 하고 싶었지만 무슨 말을 꺼내야 할지 몰랐다……

오딘초바는 뜻밖의 사건으로 어려운 상황에서 벗어날 수 있었다. 집사가 시트니코프의 도착을 알렸던 것이다.

이 젊은 진보주의자가 어떻게 메추라기처럼 방 안으로 뛰어 들어왔는지는 말로 전달하기 어렵다. 자기와 가까운 영리한 친구들이 오딘초바 부인의 저택에 머물고 있다는 정보를 수집한 시트니코프는 그만의 뻔뻔스러운 배짱으로 잘 알지도 못하고 자기를 초대하지도 않은 부인을 찾아 시골로 오기는 했다. 그러나 그는 뼛속까지 긴장을 한 탓에 미리 준비한 변명과 인사말을 하는 대신 예브독시야 쿠크쉬나가 안나 세르게예브나의 건강상태를 알고 싶어 자기를 보냈다느니, 아르카디 니콜라에비치가 항상 자기를 대단히 칭찬한다느니 하는, 말도 안 되는 시시콜콜한 소리를 해댔다…… 그는 말을 더듬으며 어쩔 줄 몰라하더니 그만 자기 모자를 깔고 앉아버렸다. 그러나 아무도 그를 쫓아내지 않았을 뿐만 아니라 오딘초바가 그를 이모님과 여동생에게 소개해주기까지 했으므로 그는 곧 정신을 차리고 맘껏 재잘거리기 시작했다. 경박하고 속물적인 인간의 출현도 인생에서 종종 유익한 법이다. 그것은 너무 팽팽하게 조율된 현(絃)을 느슨하게 하고, 지나친 자기도취와 자기망각의 감정이 속물성과 아주 비슷하다는 것을 상기시켜주면서 자기애의 감정에서 깨어나게 해준다. 시트니코프가 나타나면서부터 왠지 모든 것이 더 무뎌지고 더 단순해졌다. 심지어 모두가 저녁을 더 배부르게 먹었고, 보통 때보다 삼십 분이나 일찍 헤어져 잠자리에 들었다.

"언젠가 자네가 내게 이렇게 말했었지. '자네는 왜 그렇게 우울한가? 무슨 신성한 의무라도 수행하는 모양이지?'라고 말이야." 아르카디가 침대에 누우면서 역시 옷을 벗고 누운 바자로프에게 말했다. "지금은 내가 자네에게 그렇게 말해야겠는걸."

최근 두 젊은이 사이에는 짐짓 허물없이 대하는 척하면서 서로를 비꼬는 습관이 생겼다. 그것은 항상 마음속의 불만이나 말로 다 표현할 수 없는 의혹이 있다는 징후였다.

"난 내일 아버지한테 가네." 바자로프가 말했다.

아르카디는 엉거주춤 일어나서 팔꿈치를 괴었다. 놀랐지만 왠지 기쁘기도 했다.

"아하!" 아르카디가 말했다. "그래서 우울한 건가?"

바자로프가 하품을 했다.

"아는 게 많으면 빨리 늙는다네."

"그런데 안나 세르게예브나는 어쩌고?" 아르카디가 말을 이었다.

"안나 세르게예브나가 뭘?"

"내 말은, 과연 그녀가 자네를 놓아주겠느냐는 거야."

"나는 그녀에게 고용되지 않았네."

아르카디는 생각에 잠겼고, 바자로프는 벽 쪽을 향해 돌아누웠다. 잠시 침묵이 흘렀다.

"예브게니!" 아르카디가 갑자기 소리쳤다.

"왜 그러나?"

"나도 내일 자네하고 떠나겠네."

바자로프는 아무 대답도 하지 않았다.

"그러나 나는 집으로 가겠네." 아르카디가 말을 이었다. "호흘로프스키 이주민 촌까지 같이 가세. 거기에 가면 자네는 페도트한테 말을 빌릴 수 있을 거야. 자네 부모님을 뵙고 인사드리고 싶지만 그분들과 자네를 번거롭게 할 것 같으니 그만두겠네. 그런데 자네는 우리 집에 다시 올 거지?"

"자네 집에 짐을 두고 왔으니까." 바자로프는 돌아보지도 않고 대꾸했다.

'왜 이 친구는 내가 갑자기 떠나려는 이유를 묻지 않을까? 자기처럼 갑자기 떠난다는데.' 아르카디는 생각했다. '실제로 나는 왜 떠나려는 걸까? 이 친구가 떠나려는 이유는 뭘까?' 그는 계속 곰곰이 생각했다. 자신의 물음에 만족스럽게 대답할 수 없었지만, 그의 가슴은 어느새 뭔가 쓰라린 아픔 같은 것으로 가득 찼다. 그는 익숙해져버린 이 생활에서 멀어지면 괴로울 거라고 생각했다. '그들 사이에 무슨 일이 있었던 거야.' 그는 자문자답했다. '그렇다면 이 친구가 떠난 후에 나 혼자 그녀 앞에 나타날 수도 없지 않은가? 결국 그녀는 나를 싫증낼 테고 나는 최후의 희망마저 잃어버리게 될 거야.' 그는 안나 세르게예브나의 모습을 떠올렸다. 그런데 다른 윤곽들이 이 젊은 미망인의 아름다운 모습을 조금씩 가리기 시작했다.

"카챠도 가엾군!" 아르카디는 얼굴을 베개에 파묻으며 중얼거렸다. 베개 위에 벌써 눈물 한 방울이 떨어졌다. 그는 갑자기 머리칼을 쓸어 넘기고는 큰 소리로 말했다.

"그런데 그 멍청한 시트니코프는 대체 왜 여기 온 거야?"

바자로프는 침대에서 몸을 조금 움직이더니, 이윽고 이렇게 말했다.

"자네는 아직도 어리석군그래. 시트니코프 같은 인간들은 우리에게 필요한 거야. 알겠나, 내게는 그런 바보들이 필요해. 실제로 하느님이 단지를 구울 수는 없지……"

'어라, 이건 또 무슨 소리야!' 아르카디는 속으로 생각했다. 이때 바자로프의 엄청난 자존심이 그의 앞에 순간적으로 드러났다. '그럼 우리가 하느님이란 말인가? 아니면, 하느님은 자기이고, 나는 멍청이란 말인가?'

"그래." 바자로프는 우울한 목소리로 되뇌었다. "자넨 아직 어리석어."

이튿날 아침, 아르카디가 바자로프와 함께 떠나겠다고 말했을 때, 오딘초바는 특별히 놀라는 기색을 보이지 않았다. 그녀는 주의가 산만했고 피곤해 보였다. 카챠는 진지한 표정으로 말없이 아르카디를 바라보았다. 공작의 딸은 숄 밑에서 성호를 긋기까지 했는데, 아르카디가 그것을 알아차리지 못할 리 없었다. 시트니코프는 크게 당황한 나머지 어쩔 줄 몰라했다. 그는 방금 맵시 있는 새 옷차림으로 아침식사를 하러 식당으로 내려왔던 것이다. 이번에는 슬라브주의자의 옷차림이 아니었다. 전날 밤에 그는 집에서 가져온 많은 속옷들로 그에게 딸린 하인을 놀라게까지 했는데, 갑자기 친구들이 그를 버리려고 하는 것이다! 그는 마치 막다른 곳에 내몰린 토끼처럼 종종걸음으로 갈팡질팡하더니, 갑자기 비명을 지르다시피 자기도 떠나겠다고 외쳤다.

오딘초바는 그를 만류하려고 하지 않았다.

"나는 아주 편안한 사륜마차를 타고 왔습니다." 불행한 젊은이는 아르카디를 돌아보면서 말했다. "당신을 바래다드리죠. 그러면 예브게니 바실리치는 당신의 여행마차를 타고 갈 수 있지요. 그게 더 편할 겁니다."

"고맙습니다만 당신과 나는 가는 길이 전혀 다르고, 우리 집까지는 꽤 멀어요."

"괜찮습니다, 괜찮아요. 난 시간이 많고, 게다가 그쪽에 볼일도 있어요."

"독점판매권 일인가요?" 아르카디는 시트니코프를 깔보는 듯한 어조로 물었다.

그러나 시트니코프는 너무 실망이 커서 보통 때와는 달리 웃지도 않았다.

"단언하지만 사륜마차는 정말로 편안해요." 그는 중얼거렸다. "자리도 넉넉할 거고."

"시트니코프 씨의 호의를 거절하지 마세요." 안나 세르게예브나가 말했다……

아르카디는 그녀를 힐끗 쳐다보고는 의미 있게 머리를 숙였다.

아침식사를 마친 손님들은 떠나갔다. 바자로프와 작별할 때 오딘초바가 손을 내밀며 말했다.

"우리는 다시 만날 수 있겠죠?"

"원하신다면." 바자로프가 대답했다.

"그럼 또 만나요."

아르카디가 먼저 현관 계단으로 나가서 시트니코프의 편안한 사륜마차에 올라탔다. 아르카디는 마차에 오르는 것을 정중히 도와주는 집사를 마구 때려주거나 울고 싶었다. 바자로프는 아르카디의 여행마차에 자리를 잡았다. 마침내 그들은 호흘로프스키 마을에 도착했다. 주막집 주인 페도트가 말에 마구를 채우는 동안 아르카디는 여행마차로 다가가 이전처럼 미소를 지으며 바자로프에게 말했다.

"예브게니, 같이 타고 가세. 자네 집에 가고 싶어."

"타게." 바자로프가 입속말로 말했다.

흥겹게 휘파람을 불며 자기 마차 주변에서 서성이던 시트니코프는 이 말을 듣고 깜짝 놀랐다. 아르카디는 태연히 자기 짐을 시트니코프의 마차에서 꺼내어 바자로프 옆에 자리를 잡았다. 그러더니 지금까지 같이 온 길동무에게 목례를 하고 "자, 출발!" 하고 소리쳤다. 여행마차는 곧 시트니코프의 시야에서 사라졌다…… 어안이 벙벙해진 시트니코프는 자기의 마부를 바라보았으나, 마부는 말의 꼬리 위로 채찍을 휘두를 뿐이었다. 이윽고 시트니코프는 자기 마차에 올라탔고, 때마침 옆을 지나가고 있던 두 명의 농군에게 '모자를 써, 멍청이들아!' 하고 냅다 소리치고는 시내 쪽으로 마차를 몰았다. 그는 아주 늦은 시각에 시내에 도착했다. 그리고 다음 날, 쿠크쉬나의 집으로 달려가 '역겹고 오만하고 건방진 두 놈들'에게 심한 욕설을 퍼부어댔다.

바자로프와 나란히 여행마차에 올라탄 아르카디는 친구의 손을 꼭 잡고 오랫동안 아무 말도 하지 않았다. 바자로프도 악수와 침묵의 속뜻을 깨닫고 인정하는 듯했다. 전날 밤 바자로프는 한숨도 자지 못했다. 또한 며칠 동안 식사를 거의 하지 않았으며 담배도 피우지 않았다.

훌쭉해진 그의 옆얼굴이 푹 눌러 쓴 모자 밑에 음울하게 드러났다.

"이봐, 담배 한 대만 주게나…… 그리고 좀 봐주게. 혓바닥이 노랗지?" 마침내 바자로프가 말문을 열었다.

"노랗군." 아르카디가 대답했다.

"에이…… 담배도 맛이 없군. 이젠 기계도 못 쓰게 되었어."

"요 며칠 동안 자네는 정말 몰라보게 변했네."

"괜찮아! 이제 나아지겠지. 한 가지 걸리는 건, 우리 어머니 마음이 아주 너그럽고 인정이 많으시다는 거야. 내 배가 불룩 나올 정도로 하루에 열 번쯤 밥을 먹지 않으면 속을 끓이시거든. 그러나 아버지는 괜찮아. 여기저기 돌아다니시며 세상풍파 다 겪으셨으니까. 아, 담배를 피워선 안 돼." 그는 길바닥의 먼지 구덩이에 담배를 휙 내던졌다.

"영지까지 이십오 킬로미터쯤 되나?"

"이십오 킬로미터지. 나보다 이 영리한 사내에게 물어보는 게 빠를 걸세."

바자로프는 마부석에 앉은 페도트의 머슴을 가리켰다.

그러나 이 영리한 사내는 "누가 그런 걸 알겠슈. 여기선 거리를 재지 않아유" 하고 대답하고는 나직한 목소리로 계속 가운데 말에게 욕설을 퍼부었다. 그 가운데 말이 아까부터 '대가리로 걷어차고 있기 때문', 즉 대가리를 흔들어대기 때문이었다.

"그래, 그래." 바자로프가 말했다. "내 젊은 친구, 이번 일은 자네에게 정말 유익한 교훈이 될 걸세. 그런 시시한 일에 누가 신경 쓰겠나! 인간은 모두 한 오라기의 실에 매달려 있고, 그 밑에서 심연이 매 순간 아가리를 벌리고 있어. 그런데도 인간은 스스로 온갖 불쾌한 일들을 만들어서 삶을 망치고 있거든."

"도대체 뭘 암시하는 말인가?" 아르카디가 물었다.

"뭘 암시하는 게 아니라 진실을 말하는 거네. 우리 둘은 참으로 어리석은 행동을 했어! 이제 와서 무슨 말을 하겠나! 이건 내가 병원에서 알아낸 건데, 자기의 고통에 화를 내는 사람은 반드시 그 고통을 이겨낸다네."

"자네 말을 도무지 이해할 수가 없군." 아르카디가 말했다. "자네는 전혀 불평을 할 일이 없어 보이는데."

"내 말을 이해하기 힘들다면 이런 얘기를 해주지. 나는 이렇게 생각해. 손끝만큼이라도 여자에게 농락당하는 것보다는 도로에서 돌이라도 쪼는 게 더 낫다고. 그건 다⋯⋯" 바자로프는 하마터면 자기가 좋아하는 단어 '낭만주의'를 입 밖으로 내뱉을 뻔했으나 겨우 참고 그저 '어리석은 짓'이라고 말했다. "자넨 지금 내 말을 믿지 않겠지만 그냥 말하겠네. 우리는 여자들의 세계에 뛰어들어 즐거웠지. 그러나 그런 세계를 던져버리는 것은 무더운 날에 냉수욕을 하는 것과 같네. 남자는 그런 시시한 일에 신경 쓸 겨를이 없어. 남자는 맹수 같아야 한다고, 유명한 스페인 격언에도 있거든. 그런데 여보게." 바자로프는 마부석에 앉아 있는 농군을 향해 말했다. "여보게, 이 영리한 사람아, 자네는 아내가 있나?"

농군은 게슴츠레한 눈과 넓적한 얼굴을 두 친구를 향해 돌렸다.

"아내유, 있구말구유. 아내가 없을 수야 없지유."

"자넨 아내를 때리나?"

"아내를유? 그럴 때도 있지유. 그러나 이유 없인 안 때리쥬."

"좋아, 그럼 아내는 자넬 때리나?"

농부는 고삐를 잡아당겼다.

"나리, 그게 무슨 말씀이유. 설마 농담이겠지유……" 그는 화를 내는 것처럼 보였다.

"들었나, 아르카디 니콜라예비치! 우린 한 대 얻어맞았네. 교양 있는 사람이 된다는 건 바로 이런 거야."

아르카디는 부자연스럽게 웃음을 터뜨렸다. 바자로프는 그런 아르카디를 외면하고 길을 가는 내내 입을 열지 않았다.

이십오 킬로미터 길이 아르카디에게는 오십 킬로미터는 되는 것 같았다. 약간 경사진 언덕 위로 마침내 작은 마을이 나타났다. 바로 이곳에 바자로프의 부모가 살았다. 마을 바로 옆 어린 자작나무 숲 속에 초가지붕을 얹은 자그마한 지주의 저택이 보였다. 첫번째 농가 앞에서 모자를 쓴 두 농부가 욕을 하며 싸우고 있었다. "넌 덩치만 큰 돼지야." 한 농군이 다른 농군에게 말했다. "그러나 작은 새끼돼지만도 못해." "네 마누라는 마귀할멈이야." 다른 농군이 대꾸했다.

"저 자연스러운 태도며 장난기 어린 말투로 보아," 바자로프가 아르카디에게 말했다. "우리 아버지의 농군들은 그리 심하게 박해를 받지 않나 보군. 자네도 판단할 수 있겠지. 아, 저기 아버지가 현관 계단으로 나오시네. 방울 소리를 들으신 모양이야. 아버지야, 아버지, 정말 금방 알아보겠네. 아, 저런! 머리가 새하얗게 세었네. 가엾어라!"

20

바자로프는 여행마차에서 몸을 밖으로 내밀었고, 아르카디는 친구의 등 뒤로 목을 빼고 내다보았다. 조그만 지주 저택의 현관 계단에 머리칼이 헝클어지고 가느다란 매부리코를 한, 키가 크고 좀 마른 남자가 보였다. 그가 입은 낡은 군복에는 단추가 채워져 있지 않았다. 그는 두 다리를 벌리고 서서 긴 파이프로 담배를 피우며 햇빛에 눈이 부신 듯 실눈을 뜨고 있었다.

말들이 멈춰 섰다.

"마침내 돌아왔구나." 바자로프의 아버지는 담배를 피우면서 말했다. 손가락 사이에서 파이프가 몹시 떨리고 있었다. "자, 내려와라, 내려와. 어디 한번 안아보자."

그는 아들을 끌어안았다……"예뉴쉬카, 예뉴샤."* 여자의 떨리는 목소리가 들려왔다. 현관문이 활짝 열리더니 하얀 실내모에 알록달록한 짧은 윗도리를 입은 통통하고 키가 작은 노파가 문지방에 나타났다. 노파는 '아!' 하고 탄성을 지르며 허둥거렸다. 바자로프가 그녀를 부축하지 않았더라면 아마 땅에 쓰러졌을 것이다. 노파는 삽시간에 포동포동한 손으로 아들의 목을 휘감고 아들의 가슴에 머리를 가져다 대었다. 주변의 모든 것이 조용해졌다. 그저 노파의 흐느낌만이 단속적으로 들렸다.

바자로프 노인은 심호흡을 하더니 조금 전보다 눈을 더 가늘게 떴다.

---

* 예뉴쉬카, 예뉴샤, 예뉴센카, 예뉴세치카는 모두 예브게니의 애칭이다.

"자, 됐어, 됐어, 아리샤!* 이제 그만해." 여행마차 옆에 꼼짝 않고 서 있는 아르카디와 눈길을 마주친 노인이 말했다. 한편 마부석에 앉아 있던 농군도 얼굴을 돌렸다.

"아, 바실리 이바니치," 노파는 웅얼거렸다. "얼마나 오랫동안 이 애를, 우리 귀여운 예뉴셴카를⋯⋯" 노파는 아들의 손을 놓지 않은 채 눈물에 젖은 쭈글쭈글하고 유순한 얼굴을 아들의 가슴에서 떼었다. 그러고는 행복하고 익살스러운 눈으로 아들을 바라보더니 곧 다시 아들의 가슴에 얼굴을 파묻었다.

"그야 물론, 인정상 그러는 게 자연스러운 일이지만," 바실리 이바니치가 말했다. "이젠 안으로 들어가는 게 좋겠어. 여기 예브게니와 함께 손님도 오셨는데. 미안합니다." 그는 아르카디를 바라보면서 덧붙여 말하고는 가볍게 걸음을 옮겼다. "이해하겠지만, 저런 게 여자의 연약함이오. 또 어미의 마음이지⋯⋯"

이렇게 말하는 그 자신도 입술이며 눈썹이 경련을 일으켰고 턱도 떨렸다⋯⋯ 그러나 그는 자기 자신을 억제하면서 태연하게 보이려 애썼다.

"어서 들어가요, 어머니도 참." 바자로프는 허약해진 노모를 집 안으로 데리고 들어가며 말했다. 편안한 안락의자에 어머니를 앉히고, 다시 한번 아버지와 재빨리 포옹하고 나서 그는 아르카디를 소개했다.

"알게 돼서 진심으로 반갑소." 바실리 이바니치가 말했다. "미안하게도, 우리 집은 모든 게 간소하고 군대식입니다. 아리나 블라시예브

---

* 아리나의 애칭.

나, 제발 진정해. 왜 이렇게 마음 약하게 구는 거요? 손님이 흉보겠소."

"젊은 양반." 노파는 눈물을 머금으며 말했다. "이름도 부칭도 모르는데……"

"아르카디 니콜라예비치." 바실리 이바니치가 위엄 있게 나직한 목소리로 속삭였다.

"이 어리석은 사람을 용서해줘요." 노파가 코를 풀며 말했다. 그러고는 머리를 좌우로 기울이면서 꼼꼼하게 양쪽 눈에서 눈물을 훔쳐냈다. "용서해요. 나는 정말 이 귀…… 귀…… 귀여운 아이를 못 보고 죽는 줄만 알았다오."

"그러나 부인, 이렇게 죽지 않고 만나지 않았소." 바실리 이바니치가 노파의 말을 끊으면서 말했다. "타뉴쉬카." 그는 붉은 사라사 옷을 입고 문 뒤에서 두려운 듯이 흠칫거리며 방 안을 들여다보고 있던 열세 살가량의 맨발의 소녀에게 말했다. "마님께 물 한 잔 갖다 드려라. 쟁반에 받쳐서, 알겠니? 자, 그럼 여러분." 그는 유행에 뒤진 장난스러운 어투로 말했다. "퇴역한 노병의 서재로 안내하겠습니다."

"한번만 더 안아보자, 예뉴셰치카." 아리나 블라시예브나가 신음하듯 말했다. 바자로프는 어머니에게로 몸을 굽혔다. "아주 미남이 되었구나!"

"글쎄, 미남인지 아닌지는 몰라도 남자, 진짜 남자가 된 거지." 바실리 이바니치가 한마디 거들었다. "아리나 블라시예브나, 이제 어머니의 마음을 충족시켰으니 귀한 손님들이 배불리 먹을 수 있도록 수고 좀 해주구려. 굶주린 놈 노래로 배불릴까 라는 말이 있지 않소."

노파는 안락의자에서 엉거주춤 일어났다.

"잠깐만 기다려요, 바실리 이바니치. 빨리 식탁을 차릴게요. 직접 부엌으로 달려가서 사모바르를 내오라고 이르지요. 뭐든지 준비하겠어요. 삼 년이나 보지 못했고, 아무것도 먹이지 못했는데, 어디 상 차리는 게 쉽겠어요?"

"여보, 신경 써서 잘 내봐요. 괜히 망신당하지 말고. 그럼 여러분은 나를 따라오시오. 참, 티모페이치가 네게 인사를 하러 갔었다고, 예브게니. 아마 그 영감도 기뻤을 게야. 어때, 영감이 기뻐하지 않더냐? 자, 내 뒤를 따라들 오시오." 바실리 이바니치는 다 닳은 슬리퍼를 질질 끌면서 바삐 걸어갔다.

"이미 말했지만 우리 살림이란 게 그저 병영생활 같다오……"

집은 전체가 여섯 개의 작은 방으로 이루어져 있었다. 그중 하나가 서재였는데, 그는 그곳으로 우리의 친구들을 데리고 갔다. 다리가 굵은 테이블이 창문과 창문 사이의 공간을 전부 차지했고, 해묵은 먼지 때문에 마치 검게 그을린 듯한 서류들이 테이블 위에 산더미처럼 쌓여 있었다. 벽에는 터키제 총, 채찍, 칼, 두 장의 지도, 해부도, 후펠란트*의 초상화, 검은 액자 안에 머리카락으로 만든 모노그램, 그리고 유리에 넣은 증서가 잔뜩 걸려 있었다. 여기저기 움푹 파이고 찢어진 가죽 소파가 카렐리아** 자작나무로 만든 두 개의 큰 장롱 사이에 놓

---

* 크리스토프 빌헬름 후펠란트. 독일의 의사이자 병리학자이다. 『인간의 생명을 지연시키는 기술』이라는 책을 썼다.
** 카렐리아는 러시아연방공화국 북서부의 자치공화국으로 핀란드 국경에 위치해 있다. 이곳에서 나는 자작나무는 질이 좋기로 유명하다.

여 있었다. 서가에는 책, 작은 상자, 박제된 새, 단지, 유리병들이 무질서하게 가득 차 있었고, 한쪽 구석에는 고장 난 발전기가 놓여 있었다.

"이미 말했듯이, 친애하는 손님." 바실리 이바니치가 말했다. "우린 여기에서, 말하자면 야영생활을 하고 있지요."

"그만하세요, 아버지. 왜 자꾸 변명을 하세요?" 바자로프가 말을 끊었다. "우리가 큰 부자가 아니고, 이 집이 궁전이 아니라는 건 키르사노프도 잘 알고 있어요. 문제는 이 친구를 어느 방에 묵게 하느냐는 겁니다."

"예브게니, 그런 소리 마라. 저기 곁채에 훌륭한 방이 있단다. 손님은 거기에서 아주 편하게 지낼 수 있을 게야."

"집에 곁채를 지었어요?"

"물론이쥬. 저기 목욕탕이 있는 곳에유." 티모페이치가 끼어들었다.

"말하자면 목욕탕 옆이란다." 바실리 이바니치가 얼른 덧붙였다. "지금은 여름이니…… 나는 거기로 달려가서 지시해야겠다. 티모페이치, 자네는 그동안에 짐을 나르도록 하고. 예브게니, 너에겐 내 서재를 내줄 거다. Suum cuique(각자에게 자기 것이 있어야 하니까)."

"그래, 어떤가! 참 재미있고 선량한 노인네지." 바실리 이바니치가 밖으로 나가자마자 바자로프가 말했다. "자네 아버지만큼 괴짜지만 기질은 좀 달라. 말이 너무 많아서."

"자네 어머니는 정말 좋으신 분 같더군." 아르카디가 말했다.

"어머니는 악의가 없는 분이지. 우리에게 어떤 식사를 대접하나 두고 보세."

"도련님이 오늘 오실 줄 몰랐슈. 그래서 소고기를 미처 준비하지 못했슈." 마침 바자로프의 트렁크를 끌고 온 티모페이치가 말했다.

"소고기 같은 건 없어도 괜찮아. 없는 것은 어쩔 도리가 없지. 가난은 죄가 아니야."

"자네 부친은 농노를 얼마나 가지고 있나?" 별안간 아르카디가 물었다.

"영지는 아버지 것이 아니라 어머니 것이네. 농노는 아마 열다섯 명쯤 되지."

"모두 스물둘이지유." 티모페이치가 불만스럽게 말했다.

슬리퍼 끄는 소리가 들리더니 바실리 이바니치가 다시 나타났다.

"이제 몇 분 후면 묵을 방이 준비될 겁니다." 노인은 자못 엄숙한 태도로 말했다. "아르카디…… 니콜라이치? 아마 부칭이 그랬지요. 이 애가 당신의 시중을 들 거요." 그는 같이 들어온 사내아이를 가리키며 말했다. 머리를 짧게 깎은 사내아이는 팔꿈치에 구멍이 난 카프탄*을 입고 남의 장화를 신고 있었다. "이름이 페지카요. 우리 아들이 그만하라고 했지만, 다시 한번 말하건대 불편한 점이 있더라도 양해하기 바라오. 이 아이는 파이프에 담배를 담을 수 있어요. 당신은 담배를 피우나요?"

"저는 주로 시가를 피웁니다." 아르카디가 대답했다.

"잘하는 겁니다. 나도 시가를 무척 좋아하지만 이 외진 곳에서는 구하기가 아주 힘들지요."

---

* 옷자락이 긴 농민 외투.

"신세타령은 그만하세요." 바자로프가 또 말을 끊었다. "이제 소파에 앉아서 아버지 얼굴이나 좀 보게 해주세요."

바실리 이바니치는 웃으면서 자리에 앉았다. 그의 얼굴은 아들과 아주 닮았는데, 다만 이마가 좀 낮고 좁았으며 입이 약간 큰 편이었다. 아들은 태연히 꼼짝 않고 앉아 있는 반면, 그는 계속 몸을 움직이고 어깨를 들썩이며, 눈을 깜빡거리면서 기침을 하고 손가락을 움직였다.

"신세타령이라니!" 바실리 이바니치가 아들의 말을 되뇌었다. "얘, 예브게니야, 그런 생각 마라. 난 우리가 이런 벽촌에서 산다고 말하면서 손님에게 동정을 받으려는 게 아니야. 반대로 나는 사색하는 사람에겐 벽촌이란 없다고 생각한다. 나는 가능한 한, 이른바 몸에 이끼가 끼지 않도록, 시대에 뒤떨어지지 않으려고 애쓰고 있단다."

바실리 이바니치는 아르카디의 방에 급히 들렀다 오는 길에 가져온 노란색의 새 비단 손수건을 주머니에서 꺼내어 허공에 흔들면서 말을 이었다.

"가령 나는 적잖은 희생을 감수하고 소작제를 적용하여 토지를 반분제로 농부들에게 빌려주었다. 난 그걸 나의 의무라고 생각해. 상식이 그렇게 하라고 명령하니까. 그러나 다른 지주들은 이런 걸 생각조차 하지 못해. 나는 과학이나 교육에 대해 말하는 거야."

"아, 그래서 아버지는 1855년에 나온 〈건강의 벗〉*을 가지고 있군요." 바자로프가 말했다.

---

* 1833년부터 1869년까지 페테르부르크에서 발행된 의료 신문.

"그건 옛 친구가 정 때문에 내게 보내주는 거다." 바실리 이바니치는 서둘러 설명했다. "우리는 골상학에 대해서도 알고 있지요." 그는 덧붙이고는, 아르카디를 보며 장롱 위에 놓인 석고로 만든 조그만 두개골 모형을 가리켰다. 모형은 네 부분으로 나뉘어 하나하나에 번호가 붙어 있었다. "나는 셴라인과 라데마헤르*도 알고 있소."

"○○○현에서는 아직도 라데마헤르를 믿고 있나요?" 바자로프가 물었다.

바실리 이바니치가 기침을 하기 시작했다.

"현에서는…… 물론, 자네들이 더 잘 알겠지. 우리가 어디 자네들을 쫓아갈 수 있겠는가? 자네들이 우리 자리를 차지했으니까. 우리 시대에는 호프만**의 체액설이나 브라운***의 활력설 같은 것이 아주 우습게 보였지만, 그들도 한때는 세상을 떠들썩하게 하지 않았나. 지금은 누군가 새 인물이 나와서 라데마헤르의 자리를 차지했고, 자네들은 그 새 인물을 떠받들고 있지만 이십 년이 지나면 그 사람을 비웃게 될 거네."

"안심하세요." 바자로프가 말했다. "우리들 대부분은 지금 의학을 조소하고 그 누구도 숭배하지 않아요."

"그게 무슨 소리냐? 넌 의사가 되고 싶지 않은 게냐?"

"되고 싶어요. 그러나 그건 이것과는 다른 문제예요."

바실리 이바니치는 아직도 약간 뜨거운 재가 남아 있는 파이프를

---

* 셴라인, 라데마헤르 모두 독일의 의학자이다.
** 프리드리히 호프만. 독일의 학자이자 의학자.
*** 존 브라운. 영국의 내과 의사.

가운뎃손가락으로 눌렀다.

"그야, 그럴 수도 있겠지, 그럴 수도 있을 거야. 그러나 별로 논쟁하고 싶지 않다. 내가 뭘 알겠느냐? 그저 일개 퇴직 군의(軍醫)일 뿐인데. 지금은 이렇게 농장 일이나 돌보고 있고. 난 댁의 조부님 여단에서 근무했었다오." 그는 다시 아르카디를 향해 몸을 돌렸다. "그래요, 그래. 일생 동안 많은 것들을 보았지. 온갖 종류의 집단에 들락거렸고 온갖 사람들과 알고 지냈어. 나는, 지금 당신 눈앞에 있는 나는 비트겐슈타인 공작*과 주콥스키**의 맥을 짚었다오! 14일 사건*** 때 남군에 있었던 사람들을 알고 있겠죠. (여기서 바실리 이바니치는 의미심장하게 입을 다물었다.) 나는 그들을 모두 알고 있었소. 그러나 그런 일은 내 알 바 아니지. 나는 의료용 칼만 잘 다루면 되었으니까! 당신의 조부님은 참 훌륭한 분이셨고 진짜 군인이었소."

"솔직히 말하세요. 점잖은 바보였겠죠." 바자로프가 느릿느릿 말했다.

"아니, 예브게니, 무슨 말을 그렇게 하느냐! 당치도 않다…… 키르사노프 장군은 그런 분이 아니셨어……"

"그런 사람 얘기는 집어치우세요." 바자로프가 말을 가로챘다. "집으로 가까이 오면서 자작나무숲을 보고 기뻤어요. 잘 자랐더군요."

---

* 1812년 조국전쟁에 참가한 러시아군 원수(元帥).
** 푸시킨의 친구로 대표적인 러시아 낭만주의 시인이자 번역가. 황태자들의 가정교사를 지냈다.
*** 1825년 12월 14일(구력) 봉기, 즉 데카브리스트(12월 당원) 봉기를 말한다. 데카브리스트들(일단의 청년장교들)은 입헌군주제를 주창하면서 페테르부르크의 원로원 광장에서 봉기를 일으켰으나 실패했다.

바실리 이바니치가 활기를 띠었다.

"그래, 지금 우리 정원이 어떤지 좀 보렴! 내가 그걸 한 그루 한 그루 다 심었지. 과일나무도 있고, 딸기도 있고, 온갖 약초도 있다. 젊은 너희들이 아무리 똑똑하다고 해도 파라셀수스*의 말은 영원한 진리야. in herbis, verbis et lapidibus(풀과 말과 돌 속에)…… 너도 알다시피 나는 진료를 그만두었다. 그래도 일주일에 두 번쯤 옛날 솜씨를 발휘해야 할 때가 있단다. 진찰을 받으러 온 사람들을 쫓아낼 수가 있어야지. 이따금 가난한 사람들이 도움을 청하러 오곤 해. 여기엔 의사가 한 사람도 없거든. 근방에 퇴직 소령이 한 사람 있는데 그 사람도 치료를 해주고 있지. 그런데 그 사람에게 '의학을 공부했느냐'고 물었더니, '아뇨, 배우지 않았어요. 그저 박애심 때문에 치료하고 있는 겁니다……'라고 말하더라고. 하하, 박애심 때문이라니! 어떠냐? 나 원 참! 하하! 하하!"

"페지카! 내 파이프에 담배를 담아라!" 바자로프가 위엄 있게 말했다.

"환자를 봐주는 사람이 또 한 명 있는데, 어느 날 그 사람이 환자에게 갔단다." 바실리 이바니치는 왠지 절망적으로 말을 이었다. "그런데 환자가 이미 ad patres(저승으로 가버려서), 그 집 하인이 이제 더 이상 의사가 필요 없다고 말하면서 집에 들여보내주지 않은 거야. 의사는 뜻밖의 일이라 당황하면서 '주인이 죽기 전에 딸꾹질을 하셨나?' 하고 물었대. '딸꾹질을 하셨습니다.' '많이 하셨나?' '많이 하셨

---

* 스위스의 의사이자 화학자.

습니다.' '아, 그래, 그럼 잘됐어.' 의사는 하인과 이런 말을 주고받고
는 급히 되돌아갔대. 하하하!"

노인은 혼자 웃음을 터뜨렸고, 아르카디는 얼굴에 미소를 지었다.
바자로프는 그저 기지개를 켰다. 이렇게 대화는 한 시간가량 계속되
었다. 아르카디는 그사이에 자기 방에 가보고 왔다. 그 방은 목욕탕에
딸린 탈의실이었지만 매우 아늑하고 깨끗했다. 마침내 타뉴샤가 와서
식사가 준비되었다고 알렸다.

바실리 이바니치가 맨 먼저 일어났다.

"자, 어서들 가십시다! 내 얘기가 지루했다면 너그러이 용서해주
오. 아마 안사람이 나보다 더 당신을 기쁘게 해줄 겁니다."

식사는 급히 준비되었지만 아주 훌륭하고, 푸짐하기까지 했다. 다
만 술은 별로 신통치 못했다. 티모페이치가 시내의 아는 상인한테서
사온, 거의 시커먼 색의 헤레스 술*에서는 구리 냄새와 송진 냄새가
났다. 파리들도 식사에 방해가 되었다. 보통 때에는 머슴 아이 하나가
잎이 달린 커다란 나뭇가지로 파리를 내쫓곤 했지만, 이번에는 바실
리 이바니치가 젊은 세대의 비난을 두려워하여 그 아이를 심부름 보
냈던 것이다. 아리나 블라시예브나는 어느새 몸치장을 했는지 명주
리본이 달린 높은 부인모에 꽃무늬가 아롱진 파란 숄을 걸치고 있었
다. 예뉴샤를 보자마자 노파는 다시 눈물을 흘렸지만 남편이 무안을
줄 정도는 아니었다. 이번에는 숄에 눈물이 떨어질까 봐 얼른 눈물을
훔쳐냈기 때문이다. 주인 내외는 이미 식사를 했기 때문에 젊은이들

---

* 스페인의 헤레스에서 만들어진 향이 강한 백포도주.

만 식사를 했다. 발에 맞지 않는 장화 때문에 애를 먹는 듯한 페지카가 옆에서 시중을 들었다. 그리고 남자 같은 얼굴에 애꾸눈을 한 안피수쉬카라는 여자도 함께 시중을 들었다. 그녀는 창고관리, 새 돌보는 일, 세탁 일까지 맡고 있었다. 바실리 이바니치는 아들이 식사를 하는 동안 줄곧 방 안을 서성이면서 더할 나위 없이 행복하고 황홀한 표정으로 나폴레옹 정책이며 이탈리아 문제의 복잡성에 대해 깊은 우려를 표시했다. 아리나 블라시예브나는 아르카디에게는 별다른 관심을 보이지 않았고 식사도 권하지 않았다. 버찌처럼 붉고 도톰한 입술과 볼과 눈썹 위에 난 점 때문에 아주 선량해 보이는 둥그런 얼굴을 한 손으로 괸 채, 그녀는 아들에게서 눈을 떼지 않고 줄곧 한숨만 내쉬었다. 노파는 아들이 얼마나 머물지 알고 싶어 죽을 지경이었지만 물어보기가 무서웠다. '그저 이틀만 머물 거라고 하면 어쩌나' 하고 생각하니 가슴이 죄이는 듯했다. 구운 고기가 나온 뒤에 바실리 이바니치가 잠깐 자리를 비우더니 마개를 딴 반 병쯤 남은 샴페인을 가지고 돌아왔다. "자," 하고 그는 큰 소리로 외쳤다. "비록 우리가 벽촌에서 살고 있지만 경사스런 날에 즐길 만한 것을 갖고 있지!" 그는 세 개의 큰 잔과 한 개의 작은 잔에 샴페인을 넘치도록 붓고 나서, "아주 귀중한 손님들의 건강을 위해"라고 선포하고는 군대식으로 단숨에 잔을 비웠다. 그리고 아내에게도 한 방울도 남기지 않고 작은 잔을 다 비우게 했다. 잼을 먹을 차례가 되자[*] 단 것을 좋아하지 않는 아르카디였지만 방금 만든 네 종류의 색다른 잼을 맛보는 것이 자신의 의무라고 생

---

[*] 러시아의 저녁식사에서는 후식으로 과일설탕조림이나 잼을 먹는다.

각했다. 더욱이 바자로프가 딱 잘라 거절하고 곧장 담배를 피우기 시작하니 사양할 수가 없었다. 그다음에는 크림을 넣은 차와 버터와 비스킷이 나왔다. 식사가 끝나자 바실리 이바니치는 저녁 경치를 감상하기 위해 모두를 정원으로 안내했다. 벤치 옆을 지나가며 그가 아르카디에게 속삭였다.

"난 여기서 석양을 바라보며 철학적 명상에 잠기기를 좋아하지요. 나 같은 은자에게 어울리는 일이거든. 그리고 저기 조금 앞에는 호라티우스*가 좋아하는 나무를 몇 그루 심었소."

"그게 무슨 나무죠?" 귀를 기울이고 있던 바자로프가 물었다.

"그야 뻔하지…… 아카시아야."

바자로프는 하품을 하기 시작했다.

"이제 나그네들이 모르페우스**의 품속에 안길 때가 된 것 같군." 바실리 이바니치가 말했다.

"즉 잠잘 때가 됐단 말이지요!" 바자로프가 말을 받았다. "맞는 말씀이세요. 잠잘 때가 되었어요."

어머니와 헤어지면서 바자로프는 어머니의 이마에 입을 맞추었다. 모친은 아들을 포옹하고 아들의 등 뒤에서 슬며시 세 번 축복을 했다. 바실리 이바니치는 아르카디를 방까지 데려다주고 "내가 당신 같은 행복한 나이에 맛본 그런 달콤한 휴식을 맛보기 바랍니다"라고 말했다. 정말 아르카디는 이 탈의실에서 아주 편안하게 잘 수 있었다. 방안에는 박하냄새가 났고 페치카 뒤에서는 잠을 재촉하는 듯 두 마리

---

* 고대 로마의 서정시인.
** 고대 그리스 신화에 나오는 꿈의 신.

의 귀뚜라미가 앞을 다투어 울어댔다. 서재로 돌아온 바실리 이바니치는 소파에 누운 아들의 발치에 쭈그리고 앉아서 잠시 얘기를 나누려고 했지만, 바자로프는 졸리다며 아버지를 나가게 했다. 그러나 바자로프는 아침이 되도록 잠을 이루지 못했다. 그는 두 눈을 커다랗게 뜨고 어둠 속을 매섭게 바라보았다. 어린 시절의 추억도 아무런 도움이 되지 않았다. 게다가 그는 최근의 쓰디쓴 인상에서 아직도 벗어나지 못했다. 아리나 블라시예브나는 열심히 기도를 하고 나서 아주 오랫동안 안피수쉬카와 이야기를 나누었다. 안피수쉬카는 여주인 앞에 못 박힌 듯 서서 하나밖에 없는 눈으로 그녀를 응시하며, 비밀스럽게 속삭이는 목소리로 예브게니 바실리예비치에 대한 자신의 소견과 상상을 이야기했다. 노파는 기쁨과 술기운과 담배연기 때문에 머리가 빙빙 돌았다. 남편은 그녀에게 무슨 말을 하려다가 한 손을 내저었다.

아리나 블라시예브나는 구시대의 진짜 러시아 귀족부인이었다. 그녀는 이백 년 전의 옛 모스크바 시대에 살았어야 할 인물이었다. 그녀는 아주 믿음이 깊고 감상적이었으며 모든 징조, 점, 주문, 꿈을 믿었다. 그녀는 바보성자들, 집 귀신, 숲 귀신, 불길한 만남, 저주를 받은 나병(癩病), 민간약제, 목요일의 소금*, 곧 닥쳐올 세상의 종말을 믿었다. 또 부활절의 철야기도에서 촛불이 꺼지지 않으면 메밀이 잘 여물지 않고 버섯은 사람의 눈에 띄면 더 이상 자라지 않는다고 믿었다. 그리고 악마는 물 있는 곳을 좋아하고 유대인은 모두 가슴에 붉은 점이 있다고 믿었다. 그녀는 쥐, 풀뱀, 개구리, 참새, 거머리, 천둥, 냉

---

* 부활절 전주의 목요일에 구워 만든 소금으로, 부활절 계란을 찍어먹거나 만병통치약으로 사용되었다.

수, 틈새바람, 말, 숫염소, 붉은 털이 난 사람, 검은 고양이를 무서워했고, 귀뚜라미와 개를 부정하다고 생각했다. 또 송아지고기, 비둘기, 가재, 치즈, 아스파라거스, 돼지감자, 토끼, 수박을 먹지 않았다. 잘라 놓은 수박이 세례자 요한의 목을 생각나게 한다는 이유에서였다. 굴은 말만 들어도 경련을 일으킬 정도였다. 그녀는 먹는 것을 좋아했지만 엄격하게 육식을 피했다. 하루에 열 시간을 잤지만, 남편이 머리가 아프다고 하면 전혀 잠자리에 들지 않았다. 책은 『알렉시스, 혹은 숲속의 오막살이』* 외에는 한 권도 읽지 않았고, 편지는 일 년에 한 통, 많아야 두 통을 썼다. 살림살이에 관한 것과 과일을 말리거나 찌는 일은 잘 알고 있었지만 무엇 하나 제 손으로 하려고 하지 않았고, 대체로 몸을 움직이기를 좋아하지 않았다. 아리나 블라시예브나는 매우 선량했지만 전혀 어리석지 않았다. 이 세상에는 명령을 내려야 하는 주인과 복종해야 하는 평민이 있다는 것을 그녀는 알고 있었다. 그래서 그녀는 노예적 굴종도, 머리가 땅에 닿도록 하는 절도 싫어하지 않았다. 그녀는 하인들을 부드럽고 상냥하게 대했고, 한 번도 거지를 빈손으로 돌려보낸 적이 없고, 이따금 수다를 떨기는 했지만 한 번도 남을 비난한 적이 없었다. 젊은 날에 그녀는 꽤 아름다웠고 피아노도 치고 프랑스어도 조금 할 줄 알았다. 그러나 마음에도 없는 결혼을 한 후, 남편과 함께 오랜 세월을 이곳저곳 떠돌며 사는 동안 몸은 뚱뚱해지고 음악과 프랑스어는 다 잊어버리고 말았다. 그녀는 자기 아들을 말할 수 없이 사랑했지만 두려워하기도 했다. 영지의 관리는 바실리

---

* 프랑스 작가 뒤크레 뒤메닐이 1788년에 쓴 계몽소설. 러시아어로 번역되어 세 번 (1794, 1800, 1804) 출판되었다.

이바니치에게 맡겨버리고 아무것도 관여하지 않았다. 늙은 남편이 앞으로의 개선 방향이나 계획에 대해 말하기 시작하면, 그녀는 곧 한숨을 쉬고 손수건을 흔들면서 놀란 듯이 눈썹을 점점 높이 추켜올리곤 했다. 그녀는 의심이 많은 성격이라서 항상 무슨 큰 불행이 닥칠 거라고 생각했고, 어떤 슬픈 일을 떠올리면 곧 울음을 터뜨리곤 했다…… 이런 여자들은 오늘날 점점 줄어들고 있다. 그러나 이런 현상을 기뻐해야 할지는 하느님만이 아실 일이다!

21

아르카디는 침대에서 일어나 창문을 활짝 열어젖혔다. 맨 처음 그의 눈에 들어온 것은 바실리 이바니치였다. 부하라 실내복*을 입고 손수건으로 허리를 동여맨 노인은 열심히 채소밭을 일구고 있었다. 그는 젊은 손님을 알아보고 삽자루에 몸을 기대면서 소리쳤다.

"좋은 아침이오! 잘 주무셨소?"

"아주 잘 잤습니다." 아르카디가 대답했다.

"보시다시피 나는 지금 킨키나투스**라는 사람처럼 철늦은 무를 심으려고 이랑을 만들고 있소이다. 이젠 그런 시대가 되었지요, 하느님 덕분에! 누구든지 자기 손으로 자기가 먹을 것을 구해야 해요. 남에게

---

* 우즈베키스탄의 한 도시인 부하라에서 생산된 천으로 만든 헐렁한 실내복.
** 로마의 귀족이자 집정관인 킨키나투스는 관직을 버리고 농촌에 은거하며 농사를 지었다.

기대해서는 안 됩니다. 스스로 노력해야지요. 장 자크 루소*의 말이 옳아요. 삼십 분 전이었다면, 당신은 내가 전혀 다른 방면에서 일하는 것을 보았을 거요. 어떤 아낙네가 와서 배가 뒤틀린다고 호소하길 래─그들은 이렇게 말하지만 우리들 말로는 이질이라고 하지요─나 는…… 뭐라고 말해야 좋을까…… 나는 아편 주사를 놓아주었어요. 그리고 다른 여자하나는 이를 뽑아주었다오. 그 여자에게 마취제를 권했지만…… 전혀 동의하지 않았어요. 나는 이런 것들을 무료로 해 주고 있어요. 그러나 내겐 전혀 이상할 게 없소. 나는 평민이자 homo novus(새로운 인간)로, 아내와는 달리 유서 깊은 귀족가문 출신이 아 니거든…… 자, 차를 마시기 전에 여기 그늘로 나와서 아침의 신선한 공기를 마시지 않겠소?"

아르카디는 방에서 나와 그가 있는 쪽으로 걸어갔다.

"다시 한번 말하지만, 잘 오셨소!" 바실리 이바니치는 기름이 묻은 둥근 모자에 군대식으로 한 손을 올려붙이면서 말했다. "당신이 화려 하고 풍족한 생활에 익숙하다는 건 잘 알고 있지만, 이 세상의 위대한 인물들도 초라한 오막살이 지붕 밑에서 잠시 시간을 보내는 것을 마 다하지는 않을 거요."

"별말씀을 다 하십니다." 아르카디가 큰 소리로 말했다. "제가 어떻 게 이 세상의 위인일 수 있나요? 그리고 저는 풍족한 생활에도 익숙 하지 않습니다."

"뭘 그러시오." 바실리 이바니치가 얼굴을 살짝 찡그리며 상냥하게

---

* 프랑스의 철학자이자 저술가인 루소는 건강에 좋은 육체노동의 교육적 장점을 주장 했다.

대답했다. "난 지금은 폐물이 되었지만 세상풍파를 다 겪은 사람이라 나는 모양새만 봐도 무슨 새인지 알 수 있다오. 그리고 나름대로는 괜찮은 심리학자요, 골상학자라오. 감히 말하지만 이런 재능이 없었다면 나는 오래전에 파멸했을 것이고, 사람들은 이 보잘것없는 인간을 짓밟았을 테지. 솔직히 말해 아들 녀석과 당신이 친한 걸 보고 진심으로 기뻤소. 방금 그 녀석을 만났지요. 아마 당신도 알겠지만 그 녀석은 아주 일찍 일어나서 주변을 뛰어다니는 버릇이 있지요. 한 가지 묻고 싶은 게 있는데, 우리 예브게니를 안 지 오래됐습니까?"

"지난겨울부터입니다."

"그렇군요. 그럼 한 가지만 더 물어봅시다. 아, 자리에 앉지 않겠소? 아비로서 솔직히 묻는 건데, 당신은 우리 예브게니를 어떻게 생각하오?"

"아드님은 제가 지금까지 만난 사람들 중에서 가장 뛰어난 사람입니다." 아르카디가 활기차게 대답했다.

바실리 이바니치의 눈이 갑자기 커지고 뺨이 살짝 붉어졌다. 그의 손에서 삽이 미끄러져 떨어졌다.

"당신이 그렇게 생각한단 말이지요……" 노인이 입을 열었다.

"그렇게 확신합니다." 아르카디가 말을 받았다. "아드님은 장래가 촉망되는 인물입니다. 분명히 아버님의 이름을 세상에 빛낼 겁니다. 처음 만났을 때부터 저는 그것을 확신했습니다."

"어떻게…… 어떻게 말인가요?" 바실리 이바니치는 겨우 말을 내뱉었다. 환희의 미소가 그의 넓은 입술을 벌어지게 한 채 좀처럼 사라지지 않았다.

"저희들이 어떻게 만났는지 알고 싶으시죠?"

"그래요…… 대강이라도……"

아르카디가 이야기를 시작했고 오딘초바와 마주르카를 추던 그 야회에서보다 더 열심히, 더 열중해서 바자로프에 대해 말하기 시작했다.

바실리 이바니치는 코를 풀기도 하고, 두 손으로 손수건을 돌돌 말기도 하고, 기침을 하기도 하고, 머리칼을 쓸어 올리기도 하면서 열심히 아르카디의 이야기를 듣다가 끝내 참지 못하고 아르카디에게 몸을 숙여 그의 어깨에 입을 맞추었다.

"당신은 나를 정말로 기쁘게 해주었소." 그는 여전히 미소를 띠고 말했다. "솔직히 나는…… 아들 녀석을 하느님처럼 떠받들고 있소. 마누라는 말할 것도 없지요. 어미란 다 그런 거니까! 그러나 나는 감히 그 녀석 앞에서 내 감정을 토로할 수 없어요. 그 녀석이 그런 걸 좋아하지 않으니까요. 많은 사람들이 그 애의 성격이 너무 딱딱하다고 비난하면서 그 애를 거만하고 무정하다고 말하지만, 그 애 같은 사람을 보통 사람들을 재는 자로 잴 수는 없지요. 그렇지 않소? 가령 다른 사람이 그 애의 입장에 놓여 있다면, 자기 부모에게서 한 푼이라도 더 뜯어내려고 할 텐데 그 애는 정말이지 태어나서 지금까지 필요 이상의 돈을 한 푼도 더 가져간 적이 없어요. 정말입니다!"

"그 친구는 욕심이 없는 정직한 사람입니다." 아르카디가 말했다.

"정말 욕심이 없지요. 나는 말이오, 아르카디 니콜라이치, 그 애를 하느님처럼 떠받들 뿐만 아니라 자랑으로 여기고 있소. 그저 한 가지 야심이 있다면 머지않아 아들의 전기에 이런 문구가 쓰였으면 해요.

'그의 부친은 평범한 군의였지만, 일찍이 아들의 사람됨을 이해하고 그의 교육을 위하여 무엇도 아끼지 않았다⋯⋯'라고 말입니다." 노인의 목소리가 끊어졌다.

아르카디는 노인의 손을 꼭 잡았다.

"당신은 어떻게 생각하오?" 잠시 침묵한 뒤에 바실리 이바니치가 물었다. "당신이 예언하는 그 애의 명성은 의학 분야는 아니겠지요?"

"물론 의학 분야는 아닐 겁니다. 그러나 의학 쪽에서도 그는 일류가 될 겁니다."

"그럼 어느 분야일까요, 아르카디 니콜라이치?"

"그건 지금 말씀드리기 어렵습니다만, 어쨌든 그는 유명해질 겁니다."

"유명해진다!" 노인은 이렇게 되뇌고 생각에 잠겼다.

"아리나 블라시예브나께서 차를 드시러 오시랍니다." 안피수쉬카가 잘 익은 딸기를 담은 커다란 쟁반을 들고 두 사람 곁을 지나가면서 말했다.

바실리 이바니치가 그 소리에 깜짝 놀라서 몸을 떨었다.

"딸기에 바를 차가운 크림은 준비했나?"

"준비했습니다."

"차가워야 돼, 알겠지! 아르카디 니콜라이치, 사양하지 말고 많이 드시오. 그런데 예브게니는 왜 오지 않을까?"

"저 여기 있어요." 바자로프의 목소리가 아르카디의 방에서 들려왔다.

바실리 이바니치는 재빨리 뒤를 돌아보았다.

"아, 친구를 만나고 싶었구나. 그러나 늦었다. 우린 이미 많은 얘기를 나누었단다. 이제 차를 마시러 가야 해. 네 엄마가 부르고 있으니까. 참, 너하고 잠시 할 말도 있다."

"무슨 얘긴데요?"

"이곳 농군 한 사람이 황달에 걸렸는데……"

"황달이란 말이지요?"

"그래. 만성인데다가 아주 지독해. 벌써 수레국화와 고추나물을 처방했고, 당근 뿌리도 먹게 하고 소다도 주었지만 그건 다 일시적인 진정제야. 근본적인 대책이 필요해. 너는 의학을 비웃고 있지만 나는 네가 유익한 의견을 줄 수 있으리라고 믿는다. 그러나 이 이야기는 좀 이따 하고, 지금은 차를 마시러 가자."

바실리 이바니치는 벤치에서 벌떡 일어나서 〈로베르〉*의 한 구절을 부르기 시작했다.

규칙, 규칙, 규칙을 스스로 세우리.
즐겁게, 즐겁게, 즐겁게 살기 위해!

"정말 원기가 대단하시군!" 창에서 물러나면서 바자로프가 말했다.

한낮이 되었다. 하늘을 뒤덮은 흰 구름의 엷은 장막을 뚫고 태양이 작열했다. 삼라만상이 고요 속에 잠기고, 마을의 수탉들만이 힘차게 울어댔다. 수탉들의 울음소리는 듣는 이의 마음속에 졸음과 권태가

---

* 독일 작곡가 마이어베어의 오페라 〈악마 로베르〉.

뒤섞인 묘한 느낌을 불러일으켰다. 나무 꼭대기 어디에선가 애처롭게 울부짖는 어린 매의 가냘픈 소리가 끊이지 않았다. 바자로프와 아르카디는 바스락거리는 소리가 날 정도로 말랐지만, 아직 푸르고 향긋한 냄새가 나는 건초를 한 아름씩 깔고 그늘에 누워 있었다.

"저 사시나무를 보면 어린 시절이 생각나." 바자로프가 입을 열었다. "저 나무는 벽돌창고 근처의 구덩이 옆에서 자라고 있었는데, 그때 나는 그 구덩이와 사시나무가 특별한 부적이라고 믿었어. 그래서 그 곁에 있으면 전혀 심심하지 않았지. 심심하지 않았던 것은 내가 어렸기 때문이었는데, 그땐 그걸 몰랐어. 그러나 이제 어른이 되었으니 그런 부적도 소용이 없어."

"자넨 여기서 얼마나 살았나?" 아르카디가 물었다.

"한 이 년쯤 살았지. 그러고는 여기저기 돌아다녔어. 방랑생활을 한 셈이지. 주로 도시로만 떠돌아다녔어."

"이 집은 오래전부터 있었나?"

"오래전부터 있었지. 할아버지가 지은 거라네, 외할아버지가."

"자네 할아버지는 어떤 분이셨나?"

"확실히는 몰라. 아마 이등 소좌* 같은 거였겠지. 수보로프** 밑에 있었는데 항상 알프스를 넘던 얘기만 했어. 아마 거짓말일 거야."

"그래서 자네 집 응접실에 수보로프의 초상화가 걸려 있군. 난 자네 집 같은 집이 좋아. 고색창연하고 아늑한데다 향기도 어쩐지 특별

---

* 18세기 러시아 군대의 계급으로 지금의 대위에 해당한다.
** 러시아군 사령관으로 한 번도 전투에서 패하지 않았다. 제2차 반(反)프랑스연합 전쟁 중에 수보로프가 지휘한 러시아군은 알프스를 넘어 북이탈리아에서 스위스로 이동했다.

하고."

"램프 기름 냄새와 풀 냄새가 섞인 거겠지." 바자로프가 하품을 하며 말했다. "그 아늑한 집에 파리는 얼마나 많은지…… 어이구!"

"이봐." 잠시 잠자코 있던 아르카디가 입을 열었다. "자네는 어릴 때 구박을 받고 자랐나?"

"우리 부모님이 어떤지 자네도 보지 않았나. 별로 엄격한 분들이 아니야."

"자네는 부모님을 사랑하나, 예브게니?"

"사랑하고말고, 아르카디!"

"부모님은 자네를 무척 사랑하시더군!"

바자로프는 잠시 말이 없었다.

"자네 지금 내가 무슨 생각을 하고 있는지 알고 있나?" 두 손으로 팔베개를 하면서 마침내 바자로프가 말했다.

"모르겠네. 무슨 생각을 하고 있는데?"

"난 우리 부모님이 세상을 사는 걸 즐거워한다고 생각하네! 아버지는 예순이 되었는데도 바쁘게 일하면서 '임시 진정제'에 대해 걱정하고, 사람들의 병도 고쳐주고, 농부들을 관대하게 대하고…… 한마디로 삶을 즐기고 있거든. 어머니의 생활도 그래. 어머니의 하루는 온갖 집안일과 감탄과 탄식으로 가득 차서 정신을 차릴 겨를도 없어. 그런데 나는……"

"그런데 자네는?"

"그런데 나는 이런 생각을 해. 나는 지금 건초 더미 위에 누워 있다…… 내가 차지하고 있는 이 작은 공간은 내가 존재하지 않고 나와 아무 관계도 없는 그 밖의 공간과 비교하면 극히 작은 공간에 지나지 않는다. 내가 삶을 누릴 수 있는 시간의 한 부분은, 나라는 존재가 없는 과거와 미래의 영원한 시간에 비하면 얼마나 미미한가…… 이 한 개의 원자(原子) 속에, 이 수학적 한 점 속에 피가 돌고 뇌가 활동하고, 또 뭔가를 바라고 있다…… 얼마나 추잡하고 무의미한 일인가!"

"내 말 좀 들어보게. 자네가 말하는 것은 대체로 모든 사람에게 다 적용되네……"

"자네 말이 맞아." 바자로프가 말을 받았다. "내가 말하고 싶은 건 우리 부모님에 대해서야. 그들은 늘 바빠서 자기 존재의 하찮음에는 신경도 쓰지 않아. 사소한 일에 매달리느라 자기 존재의 시시함을 언짢게 여기지 않는 거야…… 그런데 나는…… 그저 권태와 증오만을 느낄 뿐이네."

"증오라고? 왜 증오를?"

"왜냐고? 왜라니 무슨 소린가? 자네는 내가 한 말을 벌써 잊었던 말인가?"

"아니, 난 모두 기억하네. 그러나 나는 자네에게 증오할 권리가 있다고는 생각지 않네. 자네가 불행하다는 건 인정해. 그러나……"

"됐네! 아르카디 니콜라예비치. 자넨 사랑을 요새 젊은이들처럼 이해하고 있어. 그들은 '구구' 하고 암탉을 부르지만 암탉이 옆으로 다가오면 급히 내빼거든! 난 그런 인간은 아니야. 그러나 이런 얘기는 이제 그만하세. 아무 소용도 없는 이야기를 하는 건 부끄러운 일이야." 그는 옆으로 돌아누웠다. "요거 봐라! 개미란 놈이 죽어가는 파리를 끌고 가네. 끌어라, 끌어! 파리가 저항하는 걸 신경 쓰지 마. 너는 동물이니까 스스로를 망치는 우리 인간들과는 달리 동정심을 인정하지 않을 권리가 있어. 그걸 이용해!"

"그렇게 말하면 안 되지, 예브게니! 언제 자네가 자네 자신을 망쳤나?"

바자로프가 머리를 쳐들었다.

"내 긍지는 이것뿐이네. 나 스스로를 망치지 않았고, 어떤 계집도 나를 망치지 못한다. 아멘! 이게 마지막이야! 나는 이것에 대해서 더 이상 말하지 않겠네."

두 친구는 얼마 동안 말없이 누워 있었다.

"그래, 인간이란 묘한 존재야." 바자로프가 입을 열었다. "여기서 '아버지들'이 보내고 있는 쓸쓸한 생활을 멀찍이 떨어져서 바라보노라면 그보다 더 좋은 일이 없는 것 같아. 먹고 마시면서 자신이 정당하고 합리적으로 행동한다고 생각하지. 그러나 사실은 그렇지 않아. 우울증에 사로잡히게 되지. 서로 욕만 하는 관계가 되더라도 사람과 떠들면서 놀고 싶어지는 거야."

"매 순간마다 의미 있는 생활을 하지 않으면 안 돼." 아르카디가 생각에 잠겨 말했다.

"물론이지! 의미가 있다면 그것이 거짓이라 해도 아름다운 거야. 뭐, 의미 없는 것과도 잘 지낼 수 있어…… 그러나 잔걱정이나 사소한 언쟁뿐이니…… 불행한 일이야."

"인간에게 잔걱정은 존재하지 않아. 그런 걸 인정하려 들지 않는다면 말이야."

"흠…… 자네는 역겨울 정도로 진부한 말을 하는군."

"뭐라고? 무슨 말을 그렇게 하나?"

"들어보게. 가령 계몽이 유익하다고 말하면 진부하지만, 계몽이 유해하다고 말하면 역겨울 정도로 진부하게 돼. 얼핏 보면 이게 더 멋있어 보이지. 그러나 사실은 똑같은 거야."

"그럼 진리는 어디에, 어느 쪽에 있는가?"

"어디에 있냐고? 나도 메아리처럼 대답하지. 도대체 진리는 어디에?"

"자네 오늘 기분이 우울하군, 예브게니."

"정말로 그렇게 보이나? 아마 햇볕을 너무 쬔 모양이네. 딸기도 그렇게 많이 먹으면 안 되는 거였는데."

"그럼 한잠 자는 것도 나쁘지 않지."

"그거 좋지. 그런데 내 얼굴만은 들여다보지 말게. 잠잘 때는 누구나 바보 같은 얼굴이 되니까."

"그러나 자네는 누가 어떻게 자네를 생각하든 신경 쓰지 않잖나?"

"뭐라고 말해야 할지 모르겠군. 참된 인간은 이런 일로 걱정을 하지 않네. 참된 인간에 대해서 우리는 이러쿵저러쿵 따지지 않고, 다만 그의 말을 따르든가 증오하든가 해야만 하지."

"이상하군! 난 아무도 증오하지 않는데!" 아르카디는 잠시 생각하고 나서 말했다.

"난 아주 많은 사람들을 증오하네. 자네는 마음이 부드럽고 우유부단해서 아무도 증오할 수 없는 거지!…… 자네는 겁이 많고 자부심이 부족해……"

"그럼, 자네는." 아르카디가 그의 말을 끊었다. "자부심이 있나? 자네는 자신을 높이 평가하나?"

바자로프는 잠시 말이 없었다.

"내 앞에서 굴복하지 않는 인간을 만나면." 바자로프는 딱딱 끊어서 말했다. "그땐 자신에 대한 의견을 바꿀지도 모르지. 그러나 그 전에는 증오할 뿐이야! 예컨대 오늘 자네는 이장 필리프의 농가 앞을 지나면서 '참 하얗고 깨끗한 집이군. 만약 러시아의 가장 가난한 농군이 다 이런 집에서 살게 되면 러시아도 완전해질 거야. 우리는 모두 그것을 도와줘야만 해'라고 말하지 않았나? 그러나 나는 가난한 농군도 필리프도 시도르도 증오하네. 난 그자들을 위해 죽도록 힘을 써야 하지만 그자들은 나에게 고맙다는 소리 한마디 않는단 말이야…… 하긴 그따위 고맙다는 소리가 내게 무슨 소용인가? 그자들은 하얗고 깨끗한 농가에서 살게 되겠지만, 그땐 내 몸에서 우엉이 자라겠지. 더 뭐가 있겠나?"

"그만하게, 예브게니…… 오늘 자네 말을 들으니 우리에게 원칙이 없다고 비난하는 사람들에게 나도 모르게 동의하고 싶어지네."

"꼭 자네 큰아버지처럼 말하는군. 대체로 원칙은 존재하지 않네. 지금까지 그걸 모르고 있었나! 다만 느낌이 있을 뿐이야. 모든 것이 이 느낌에 의해 좌우되는 거야."

"어째서 그런가?"

"그건 이런 거야. 가령 나는 부정적인 경향을 유지하고 있는데, 그건 느낌 때문이네. 난 부정하는 것이 즐거워. 내 머리가 그렇게 생겨먹었거든. 그저 그뿐이야! 왜 나는 화학을 좋아하나? 왜 자네는 사과를 좋아하나? 그것 역시 느낌 때문이야. 모든 게 다 똑같아. 사람들은 이보다 더 깊은 곳에는 도달할 수가 없네. 누구나 이런 말을 자네에게 해주는 건 아니야. 나도 이후에는 이런 말을 자네에게 하지 않을 거야."

"그럼, 정직도 느낌인가?"

"물론이지!"

"예브게니!" 아르카디가 슬픈 목소리로 입을 열었다.

"왜? 왜 그러나? 취향에 맞질 않나?" 바자로프가 말을 가로챘다. "아니야, 친구! 모든 것을 잘라버리기로 결심했으면 제 발이라도 잘라야지!…… 우리가 너무 철학적인 말을 했군. '자연은 잠의 침묵을 안겨준다'고 푸시킨도 말했지."

"그는 그런 말을 한 적이 없네."

"글쎄, 그런 말을 하지 않았다 해도 시인으로서 그런 말을 할 수 있었고, 또 해야만 했지. 그런데 그는 군인이었던 모양이야."

"푸시킨은 군인이 아니었네!"

"그는 매 페이지마다 '싸움터로! 싸움터로! 러시아의 영광을 위해!'라고 쓰지 않았나?"

"자네는 왜 있지도 않은 일을 만들어내나? 그건 중상에 지나지 않아!"

"중상? 중상이라고 해도 별것 아니야! 그런 말로 날 위협하려고 하나! 인간을 아무리 중상모략해도 실제 인간은 그보다 이십 배는 더 나쁘다네."

"한잠 자는 게 낫겠어!" 아르카디가 화를 내며 말했다.

"대찬성이네." 바자로프가 대답했다.

그러나 두 사람 다 잠을 이루지 못했다. 거의 적의에 가까운 감정이 두 젊은이의 마음을 사로잡고 있었다. 오 분 정도 지나서 그들은 눈을 뜨고 말없이 서로를 쳐다보았다.

"저것 봐." 별안간 아르카디가 말했다. "마른 단풍잎이 가지를 떠나 땅 위로 떨어지네. 움직이는 모양이 꼭 나비가 나는 것 같아. 참 묘하지 않나? 가장 큰 슬픔인 죽음이 가장 유쾌한 생(生)과 비슷하다니."

"오, 내 친구, 아르카디 니콜라이치!" 바자로프가 소리쳤다. "한 가지만 부탁하지. 제발 미사여구를 써서 말하지 말게나."

"나는 내가 하고 싶은 말을 하는 거야…… 이거 완전히 전제주의군. 머리에 떠오르는 생각을 왜 말해서는 안 되나?"

"그래, 그럼 나는 왜 내 생각을 말해서는 안 되나? 나는 미사여구를 써서 말하는 건 점잖지 못하다고 생각하네."

"그럼 무엇이 점잖은 건가? 욕설을 하는 것?"

"아하! 자네는 자네의 큰아버지를 본받으려고 하는군. 만약 지금 자네가 하는 말을 그 바보가 들었으면 얼마나 기뻐하겠나!"

"자네 지금 파벨 페트로비치를 뭐라고 불렀지?"

"나는 마땅히 그를 바보라고 불렀네."

"참을 수 없어!" 아르카디가 소리쳤다.

"아! 혈육의 정이 발동했군." 바자로프가 침착하게 말했다. "그래, 알고 있네. 그건 인간의 마음에 아주 강하게 달라붙어 있지. 모든 것을 부정하고 모든 편견을 버릴 준비가 된 사람일지라도, 가령, 자기 형제가 손수건을 훔치면 도둑이라고 인정해야 하는데, 이게 마음대로 안 된단 말이야. 내 형제가, 내 형제가 천재가 아니라니…… 이런 일이 있을 수 있느냐고 생각들 하지."

"나는 그저 정의감에서 말한 거야. 혈육의 정 때문이 아니야." 아르카디가 화를 내며 대꾸했다. "그러나 자네는 이 감정을 이해하지 못하기 때문에, 자네에겐 이런 '느낌'이 없기 때문에 이것에 대해 판단할 수가 없겠지."

"다른 말로 하면, 내가 이해하기에는 아르카디 키르사노프가 너무 고결하단 말이지. 그렇다면 머리를 숙이고 잠자코 있어야겠군."

"됐네, 예브게니. 이러다간 싸우겠네."

"아! 아르카디! 제발 부탁인데, 우리 한번 후련하게 싸움을 해보세나. 정신을 잃을 때까지, 상대방이 쓰러질 때까지."

"안 그래도 이러다간 결국 우리는……"

"주먹질을 한단 말이지?" 바자로프가 말을 받았다. "그것도 괜찮지. 여기 이 건초 위에서, 사람들로부터 멀리 떨어진 이 목가적인 분위기에서 그러는 것도 괜찮을 거야. 그러나 날 이기긴 힘들걸. 나는 당장 자네의 모가지를 붙잡아서……"

바자로프가 길고 투박한 손가락을 활짝 벌렸다…… 아르카디도 마치 장난처럼 맞서는 자세를 취했다. 그러나 아르카디는 상대방의 얼굴에 나타난 불길한 표정과 뒤틀린 듯한 입가의 미소와 이글거리는 눈길에서 농담이 아니라 진짜 위협을 느꼈다. 그리고 저도 모르게 공포를 느꼈다……

"아! 여기들 와 있었군!" 그 순간 바실리 이바니치의 목소리가 들려왔다. 집에서 만든 아마포 양복에 역시 집에서 만든 밀짚모자를 쓴 늙은 군의가 젊은이들 앞에 나타났다. "한참 찾아다녔어…… 참 좋은 장소를 골라서 아주 훌륭한 일을 하고 있구먼. '대지' 위에 누워서 '하늘'을 바라본다…… 여기에 어떤 특별한 의미가 있는지 알겠나?"

"저는 재채기를 하고 싶을 때만 하늘을 바라봐요." 이렇게 중얼거린 바자로프는 아르카디를 돌아보고 작은 목소리로 덧붙였다. "유감이야, 방해를 받아서."

"이제 됐네." 아르카디는 이렇게 속삭이고 친구의 손을 가만히 쥐었다. 그러나 어떤 우정도 이런 충돌을 오래 견뎌낼 수는 없는 것이다.

"내 젊은 말동무들을 보고 있자니," 바실리 이바니치는 손잡이 대신 터키인 상을 조각하고 새겨 넣은, 직접 만든 묘하게 휘어진 지팡이 위에 두 손을 십자형으로 교차시켜 얹어놓고 머리를 흔들면서 말했다. "이렇게 보고 있자니, 황홀해지지 않을 수가 없군. 자네들 속에 얼마나 많은 힘과 활짝 핀 젊음과 능력과 재능이 넘쳐나는지! 정말로…… 카스토르와 폴룩스* 같아!"

"아니 저런, 이제 신화 쪽으로 옮겨가셨네!" 바자로프가 말했다. "젊었을 때 훌륭한 라틴어 학자였다는 걸 금방 알겠네요. 아버지는 라틴어 작문으로 은메달을 받은 적이 있다고 하셨죠, 그렇죠?"

"디오스쿠리야, 디오스쿠리!"** 바실리 이바니치가 되뇌었다.

"이제 됐어요, 아버지. 감상적인 말은 그만하세요."

"오랜만이니 한 번쯤은 괜찮지 않니." 노인이 중얼거렸다. "그러나 내가 자네들을 찾은 건 칭찬의 말을 하기 위해서가 아니었어. 첫째는 이제 곧 식사가 시작된다는 걸 알리기 위해서고, 둘째는 예브게니, 네

---

* 고대 그리스 신화에 나오는 제우스의 쌍둥이 아들로 형제애로 유명하다.
** 제우스의 쌍둥이 아들인 카스토르와 폴룩스를 총칭한다.

게 미리 말해두고 싶은 게 있기 때문이야…… 너는 현명하니까 사람들이 어떻고, 특히 여자들이 어떻다는 걸 알 거다. 그러니 이해하거라…… 네 어미가 너의 귀향에 즈음하여 간단한 기도를 올리고 싶어 했단다. 그러나 내가 기도식에 너를 참석시키려 한다고는 생각지 마라. 기도식은 이미 끝났으니까. 그런데 알렉세이 신부가……"

"신부인가요?"

"그래, 신부란다. 그분이 우리 집에서…… 식사를 하실 거야…… 나는 그런 걸 생각지도 않았고, 권하지도 않았지만…… 어쩌다 보니 그렇게 되었구나…… 그분이 내가 하는 말을 잘못 알아들은 모양이야…… 그리고 아리나 블라시예브나도…… 하지만 그는 아주 훌륭하고 사려 깊은 분이야."

"설마 그가 식사 중에 제 몫까지 먹지는 않겠죠?" 바자로프가 물었다.

바실리 이바니치는 웃음을 터뜨렸다.

"아니, 그게 무슨 소리냐!"

"그 이상 아무것도 필요 없어요. 저는 어떤 사람과도 함께 식사를 할 수 있어요."

바실리 이바니치는 모자를 고쳐 썼다.

"이미 알고 있었다." 그가 말했다. "너는 모든 편견을 초월한 사람이니까. 실은 예순두 살이 되도록 살고 있는 나 같은 늙은이도 그런 편견을 갖고 있지는 않지. (바실리 이바니치는 자기가 기도식을 원했다고는 감히 고백할 수 없었다…… 그는 아내 못지않게 신심이 두터웠다.) 그런데 알렉세이 신부가 너를 꼭 만나보고 싶다는구나. 그분은 카드놀이도 싫어하지 않고, 심지어…… 이건 우리끼리 하는 말이지만…… 담배도 피운단다."

"좋습니다. 식사 후에 한 게임 하도록 하죠. 제가 이길걸요."

"헤헤헤, 어디 두고 보자! 그건 아직 모를 일이다."

"아, 그래요? 옛날 솜씨를 발휘하시게요?" 바자로프는 유난히 말에 힘을 주었다.

햇볕에 그을린 바실리 이바니치의 뺨이 살짝 붉어졌다.

"부끄럽지도 않으냐, 예브게니…… 옛날 일은 잊어버려라. 그야 나도 네 손님 앞에서 고백할 용의는 있다. 젊은 날에 카드를 끔찍이 좋아했던 건 사실이야. 그것 때문에 혼쭐이 난 적도 있고! 그건 그렇고 엄청 덥구먼. 옆에 좀 앉아도 되겠지요? 방해가 될까?"

"괜찮습니다." 아르카디가 대답했다.

바실리 이바니치는 끙끙거리면서 건초 위에 주저앉았다.

"자네들이 지금 앉아 있는 이 침상은," 하고 그는 말하기 시작했다. "옛날 군대의 야영 생활과 야전 응급치료소를 생각나게 하는군. 어디에선가 이런 건초 더미 옆이었는데, 그러나 그건 좋은 편이었고." 그는 한숨을 쉬었다. "나는 일생 동안 정말 많은 경험을 했다오. 원한다면 베사라비아에 페스트가 유행했을 때의 재미있는 에피소드를 이야기해드리지."

"블라디미르 훈장을 받은 그 이야기 말이지요?" 바자로프가 말을 가로챘다. "알아요, 알아…… 그런데 왜 훈장을 달지 않았어요?"

"내가 말했잖니, 나는 편견을 가지고 있지 않다고." 바실리 이바니치는 중얼거렸다. (그는 바로 전날 밤에 프록코트에서 붉은 리본*을 떼라고 지시했었다.) 그는 페스트에 관한 에피소드를 이야기했다. "아니, 저 애가 잠들었네." 그는 바자로프를 가리키며 갑자기 아르카디에게 속삭이고는 너그럽게 한 번 눈을 끔뻑했다. "예브게니! 일어나거라!" 그는 큰 소리로 덧붙여 말했다. "식사를 하러 가자······"

뚱뚱하고 잘생긴 알렉세이 신부는 숱이 많은 머리칼을 단정히 빗어 넘기고 연보랏빛 비단 법의(法衣)에 수놓은 허리띠를 매고 있었다. 그는 매우 민첩하고 재치가 있는 사람이었다. 신부는 젊은이들이 자기의 축복을 필요로 하지 않는다는 것을 이미 알고 있었던 듯 서둘러서 먼저 그들에게 악수를 청했다. 대체로 그는 자연스럽게 행동했다. 그는 자신을 비하하지도 않았고, 남의 기분을 상하게 하지도 않았다. 경우에 따라서는 신학교의 라틴어를 비웃기도 하고, 자기의 주교를 옹호하기도 했다. 포도주도 두 잔 마셨으나 세번째 잔은 사양했다. 아르카디에게서 시가를 한 대 받기는 했지만 집으로 가져가겠다고 말하고 피우지는 않았다. 그의 행동 중에서 단 하나 불유쾌했던 것은 손을 조심스럽게 천천히 들어 올려서 자기 얼굴에 앉은 파리를 잡고, 이따금 그것을 눌러 죽이는 일이었다. 은근히 만족한 표정을 지으면서 카드놀이용 테이블에 앉은 그는 결국 바자로프에게서 지폐로 2루블 50코페이카를 따냈다. 아리나 블라시예브나의 집에서는 은화로 계산하는 법을 알지 못했다······** 노파는 여전히 바자로프의 곁에 앉아서 (그녀는 카드놀이를 하지 않았다) 조그만 주먹으로 빰을 받치고 있었

---

* 훈장을 가리킨다.
** 당시 은화의 가치는 지폐보다 세 배 반이 높았다. 집에서 은화를 사용하지 않았다는 것은 가정생활이 그다지 넉넉지 못하다는 것을 보여준다.

다. 그녀는 뭔가 새로운 음식을 내오라고 분부할 때만 자리에서 일어
났다. 그녀는 바자로프를 어루만지는 걸 두려워했고, 바자로프도 그
것을 싫어해서 어머니에게 애정을 표시할 기회를 주지 않았다. 게다
가 바실리 이바니치도 그녀에게 바자로프를 너무 '귀찮게 하지' 말라
고 충고하면서 '젊은이들은 애정 표현을 좋아하지 않는다'고 그녀에
게 반복해서 말했다. (그날 식사가 어땠는지 말할 필요는 없다. 티모
페이치는 특별한 체르케스산 쇠고기를 직접 사겠다고 첫새벽부터 뛰
쳐나갔고, 집사는 대구와 농어와 가재를 사러 다른 방향으로 나갔다.
아낙들은 버섯 값으로만 동화銅貨로 42코페이카를 받았다.) 그러나
집요하게 바자로프를 바라보는 노파의 시선에 헌신과 애정만 담긴 것
은 아니었다. 거기에는 호기심과 두려움이 뒤섞인 슬픔이 어려 있었
고, 부드러운 질책의 기색도 엿보였다.

  그러나 바자로프는 어머니의 눈이 무엇을 표현하고 있는지 유심히
살펴볼 겨를이 없었다. 그는 간혹 어머니를 바라보았는데, 짤막한 질
문을 하기 위해서였다. 딱 한 번 그는 행운을 위하여 어머니의 손을
청했다. 그녀는 자기의 부드러운 손을 아들의 딱딱하고 넓은 손바닥
위에 가만히 올려놓았다.

  "어떠냐?" 잠시 후 어머니가 물었다. "효험이 있니?"

  "더 나빠졌어요." 그는 태연하게 웃으면서 대답했다.

  "너무 모험들을 하셔서." 알렉세이 신부는 동정이라도 하듯이 말하
고는 자기의 멋진 턱수염을 쓰다듬었다.

  "나폴레옹의 전술이지요, 신부님. 나폴레옹의." 바실리 이바니치가
말을 받으면서 일점짜리 패를 내놓았다.

"그게 바로 세인트헬레나 섬까지 가게 된 원인이지요." 알렉세이 신부는 이렇게 말하면서 으뜸 패로 그의 패를 눌러버렸다.

"예뉴셰치카, 딸기즙을 마시지 않겠니?" 아리나 블라시예브나가 물었다.

바자로프는 그저 어깨만 으쓱했다.

"안 되겠어!" 다음 날 바자로프가 아르카디에게 말했다. "내일은 여기를 떠나야겠네. 답답해. 일을 하고 싶은데 여기선 할 수가 없어. 다시 자네가 사는 마을로 가야겠네. 실험 도구들을 모두 거기다 두고 왔거든. 자네 집에서는 최소한 방에 틀어박혀 있을 수는 있지. 여기서는 아버지가 '내 서재를 맘대로 써라. 아무도 널 방해하지 않을 거야'라고 거듭 말하지만 정작 내 곁에서 한 발자국도 떠나지 않는단 말이야. 그렇다고 아버지를 피해 방에 틀어박혀 있기도 거북한 일이고. 어머니도 마찬가지야. 어머니가 문밖에서 한숨짓는 소리가 들려 어머니에게 가보지만 할 말이 있어야지."

"자네 어머니가 몹시 슬퍼하실 거야." 아르카디가 말했다. "아버지도 그러실 거고."

"다시 돌아올 거야."

"언제?"

"그야 페테르부르크로 돌아갈 때지."

"자네 어머니가 특히 가엾군."

"왜 그런 소릴 하는가? 어머니가 자네에게 딸기를 아주 잘 대접했나 보군."

아르카디는 눈을 내리떴다.

"자네는 어머니를 잘 모르는군, 예브게니. 자네 어머니는 매우 훌륭하고 현명하신 분이네. 정말이야. 나는 오늘 아침 자네 어머니하고 반시간가량 이야기를 했는데, 아주 조리 있고 재미있게 이야기를 하시더군."

"아마 내 이야기만 실컷 늘어놓으셨겠지?"

"자네 이야기만 한 건 아니야."

"혹시 그럴지도 모르지. 옆에서 보면 더 잘 볼 수도 있으니까. 여자가 반시간씩이나 이야기를 끌고 나갈 수 있다면 괜찮다는 증거지. 그러나 어쨌든 나는 떠날 거네."

"그런 말을 두 분께 전한다는 게 쉽지는 않을 거야. 그분들은 이 주일 후에 우리가 무엇을 할 것인가를 늘 생각하고 있으니까."

"쉽지 않은 일이지. 나는 오늘 어쩌다가 아버지 기분을 언짢게 했네. 사실은 며칠 전에 아버지가 어떤 소작농을 매질하라고 지시했나 봐. 물론 그건 아주 잘한 일이었어. 자네, 그렇게 무서운 얼굴을 하고 날 보지 말게. 그건 아주 잘한 일이었어. 그자는 아주 지독한 도둑놈이자 주정뱅이였으니까. 그런데 아버지는 내가 그 일을 알게 되리라고는 전혀 생각지 못하셨던 거야. 그래서 매우 당황하셨지. 그런데 이번에 또 아버지를 괴롭혀야 하다니…… 그러나 괜찮아! 곧 좋아지실 거야."

바자로프는 '괜찮아!'라고 말은 했지만, 자기가 생각한 것을 바실리 이바니치에게 알리기로 결심하기까지 꼬박 하루가 걸렸다. 마침내 서재에서 아버지와 작별 인사를 할 때 그는 부자연스럽게 하품을 하며 말했다.

"참…… 아버지한테 말씀드린다는 걸 깜박 잊을 뻔했어요…… 페도트에게 내일 우리가 타고 갈 말을 보내달라고 일러두세요."

바실리 이바니치는 깜짝 놀랐다.

"키르사노프 씨가 이곳을 떠나는 거냐?"

"예, 저도 함께 떠나요."

바실리 이바니치는 그 자리에서 비틀거렸다.

"너도 떠난다고?"

"예…… 일이 있어요. 그러니 말을 준비하라고 일러두세요."

"그래……" 노인은 떠듬거리며 말했다. "갈아탈 말은…… 좋아…… 그런데…… 대체 이게 어찌 된 일이냐?"

"잠깐 그 친구네 집에 다녀올 일이 있어요. 다시 여기로 돌아올 거예요."

"그래! 잠깐 동안이지…… 그래……" 바실리 이바니치는 손수건을 꺼내더니 거의 마룻바닥에 닿을 만큼 몸을 굽히고 코를 풀었다. "좋아, 그건…… 모두 준비해놓으마. 난 네가 집에…… 좀더 오래 있을 거라고 생각했었다. 사흘이라니…… 삼 년 만에 왔는데, 이건, 이건 좀 짧구나. 짧아, 예브게니!"

"곧 돌아온다고 했잖아요. 꼭 가봐야만 해요."

"꼭이라…… 할 수 없지. 먼저 의무를 수행해야 하니까…… 그래, 말들을 준비하란 말이지? 좋아. 나와 아리나는 네가 이렇게 금세 떠나리라고는 전혀 생각지 못했다. 오늘 네 어미는 네 방을 꾸미려고 이웃집 여자에게 간청하여 꽃을 얻어왔단다."(바실리 이바니치 또한 매일 아침 날이 밝을 무렵에 맨발에 슬리퍼를 신고 나가 티모페이치와

의논하곤 했다. 그는 떨리는 손가락으로 찢어진 지폐를 한 장 한 장 세어 건네면서 여러 가지 물건을 사오도록 지시했는데, 특히 먹을거리와 젊은이들이 좋아할 만한 붉은 포도주에 신경을 썼다. 그러나 노인은 이런 일에 대해 한 번도 언급한 적이 없었다.) 무엇보다 중요한 건 자유다. 이건 나의 행동방침이야…… 구속해서는 안 되지…… 안돼……"

노인은 갑자기 입을 다물고 문 쪽으로 걸어갔다.

"아버지, 곧 다시 만날 거예요. 정말입니다."

그러나 바실리 이바니치는 뒤돌아보지 않고 손만 한 번 내젓고는 그냥 서재에서 나갔다. 침실로 돌아와 보니 아내는 벌써 잠자리에 든 상태였다. 그는 아내를 깨우지 않으려고 조용히 기도를 하기 시작했다. 그러나 아내는 잠에서 깨고 말았다.

"당신이에요, 바실리 이바니치?" 아내가 물었다.

"나요, 부인!"

"예뉴샤한테서 오는 길이에요? 그 애가 소파에서 잠이나 잘 자는지 걱정이에요. 당신의 여행용 매트리스와 새 베개를 가져다주라고 안피수쉬카에게 일렀어요. 우리가 덮던 깃털 이불을 주고 싶었는데, 그 애는 푹신한 잠자리를 좋아하지 않는 것 같아요."

"괜찮아요, 여보. 걱정하지 마오. 그 애는 잘 있으니까. 주여, 죄 많은 우리를 용서하소서." 그는 나지막한 목소리로 기도를 계속했다. 바실리 이바니치는 아내가 불쌍했다. 그는 어떤 슬픔이 그녀를 기다리고 있는지 잠자리에 들기 전에 그녀에게 알려주고 싶지 않았다.

다음 날 바자로프와 아르카디가 떠났다. 아침부터 온 집안이 침울

214

한 분위기였다. 안피수쉬카는 접시를 떨어뜨렸다. 페지카는 영문을 모르고 우왕좌왕하다가 끝내 장화를 벗어버렸다. 바실리 이바니치는 전에 없이 부산을 피웠다. 그는 눈에 띄게 허세를 부리고 큰 소리로 말하면서 발을 쿵쿵 굴렀지만, 그의 얼굴은 삐쩍 말라버렸고 눈길은 끊임없이 아들 쪽을 스쳐지나갔다. 아리나 블라시예브나는 조용히 울었다. 남편이 아침 일찍 꼬박 두 시간 동안 달래지 않았다면 노파는 망연자실하여 감정을 주체하지 못했을 것이다. 한 달 안에 꼭 돌아오겠다고 여러 번 약속을 하고 자기를 붙잡고 있던 포옹에서 간신히 빠져나와 바자로프가 여행마차에 올라탔을 때, 말들이 움직이고 방울이 울리고 바퀴가 움직이기 시작했을 때, 이젠 더 이상 배웅할 필요가 없고 피어올랐던 먼지도 가라앉았을 때, 티모페이치가 완전히 등을 구부리고 비틀거리면서 조그만 자기 방으로 되돌아갔을 때, 갑자기 쪼그라들고 낡아버린 것 같은 집에 노부부만이 남았을 때, 조금 전만 해도 현관 계단에 서서 힘차게 손수건을 흔들던 바실리 이바니치는 맥없이 의자에 주저앉아 머리를 가슴에 푹 떨어뜨렸다. "버렸어, 우리를 버렸어!" 그는 중얼거렸다. "우릴 버렸어. 우리와 있는 게 답답했던 거야. 이젠 혼자야, 이 손가락처럼 혼자 남았어!" 그는 몇 번이나 되뇌었고, 그때마다 집게손가락만 편 한쪽 손을 앞으로 내밀었다. 그때 아리나 블라시예브나가 다가와 백발이 성성한 자기 머리를 하얗게 센 남편의 머리에 가져다 대면서 말했다.

"바샤, 어쩔 수 없어요! 아들이란 부모의 슬하를 떠나는 거예요. 그 애는 매처럼 오고 싶으면 오고, 가고 싶으면 가지만, 우리는 한 구멍 속에 난 버섯처럼 나란히 앉아서 꼼짝하지 않지요. 나만은 영원히 당신 곁에 있을 거예요. 당신도 그럴 테지요."

바실리 이바니치는 얼굴에서 두 손을 떼고 자기 아내를, 자기의 반려자를 포옹했다. 젊었을 때조차도 하지 않았던 힘찬 포옹이었다. 그녀는 슬픔에 젖은 그를 위로해주었던 것이다.

22

두 친구는 이따금 의미 없는 말을 주고받았을 뿐 거의 아무 말도 하지 않은 채 페도트네 주막까지 갔다. 바자로프는 자기 자신이 몹시 불만스러웠다. 아르카디 역시 친구에게 불만을 느끼고 있었다. 게다가 아르카디는 젊은 사람만이 느끼는 까닭 모를 우수를 가슴속에 느끼고 있었다. 마부는 말들을 바꾸어 달고 마부석에 올라타더니 오른쪽인지 왼쪽인지 방향을 물었다.

아르카디는 머뭇거렸다. 오른쪽은 시내를 지나 집으로 가는 길이고, 왼쪽은 오딘초바의 영지로 가는 길이었다. 그는 힐끗 바자로프를 바라보았다.

"예브게니," 하고 그가 물었다. "왼쪽인가?"

바자로프가 얼굴을 돌렸다.

"무슨 어리석은 소릴 하는 건가?" 그가 중얼거렸다.

"어리석은 소리라는 건 나도 알고 있어." 아르카디가 대답했다. "그러나 큰일 날 거야 없지 않나? 우리가 처음 가는 것도 아니잖은가?"

바자로프는 모자를 이마에 푹 눌러썼다.

"맘대로 하게." 마침내 그가 말했다.

"왼쪽으로 가!" 아르카디가 소리쳤다.

여행마차는 니콜스코예를 향해 달리기 시작했다. 그러나 어리석은 짓을 하기로 결심한 후, 두 친구는 전보다 더욱더 굳게 입을 다물고 있어서 심지어 화가 난 것처럼 보였다.

오딘초바의 집 현관 계단에서 집사가 그들을 맞이하는 태도로, 두 친구는 갑자기 떠오른 생각에 몸을 내맡긴 자신들의 행동이 분별없는 짓이었음을 깨달았다. 아무도 그들을 기다리지 않은 것이 분명했다. 그들은 꽤 오랫동안, 아주 바보 같은 표정으로 객실에 앉아 있었다. 마침내 오딘초바가 그들 앞에 나타났다. 그녀는 여느 때처럼 상냥하게 그들을 환영했지만, 그들이 이렇게 빨리 돌아온 것에 대해 놀라워했다. 그녀의 느릿느릿한 말과 동작으로 보아 그들의 방문을 그다지 반가워하지 않는 듯했다. 그들은 그저 지나가는 길에 잠깐 들른 것이라서 네 시간쯤 지나면 시내로 떠나야 한다고 서둘러 변명을 했다. 그녀는 가볍게 탄성을 지르고 나서 부친께 안부를 전해달라고 아르카디에게 부탁했다. 그리고 나서 그녀는 이모님을 모셔오라고 사람을 보냈다. 공작의 딸은 온통 잠에 취한 얼굴을 하고 나타났다. 그 때문에 주름투성이 늙은 얼굴이 더욱 표독스럽게 보였다. 카챠는 몸이 좋지 않다며 자기 방에서 나오지 않았다. 이때 문득 아르카디는 자기가 안나 세르게예브나 못지않게 카챠를 보고 싶어 했다는 것을 깨달았다. 이런저런 대수롭지 않은 이야기를 주고받는 가운데 네 시간이 흘렀다. 안나 세르게예브나는 이야기에 귀를 기울이고 대답을 했지만 미소는 짓지 않았다. 작별할 시간이 되어서야 그녀의 마음속에 지난날의 우정이 되살아난 모양이었다.

"저는 오늘 마음이 울적했어요." 그녀가 말했다. "그러나 그런 건 신경 쓰지 마시고 또 오세요. 두 분께 부탁드리는데, 좀 시간이 흐르고 나서 다시 오세요."

바자로프도 아르카디도 대답 대신 말없이 머리 숙여 인사를 하고 마차에 올라탔다. 그들은 어디에도 머물지 않고 마리노를 향해 곧장 달렸다. 다음 날 저녁에 그들은 무사히 마리노에 도착했다. 마차를 타고 가는 동안 바자로프도 아르카디도 오딘초바의 이름을 언급조차 하지 않았다. 특히 바자로프는 거의 입을 열지 않았고 왠지 험상궂고 긴장된 표정으로 줄곧 길 건너편만을 바라보았다.

마리노 마을에서는 모두가 그들의 도착을 각별히 반겼다. 아들이 오랫동안 집을 떠나 있어서 불안해하던 니콜라이 페트로비치는 페네치카가 눈을 반짝이며 달려와 '젊은 도련님들'의 도착을 알리자 감격의 환성을 지르고 발을 구르며 소파 위로 펄쩍 뛰어오르기까지 했다. 파벨 페트로비치조차도 다소 유쾌한 흥분을 느끼며, 돌아온 방랑자들의 손을 잡고 흔들며 너그럽게 미소를 지었다. 이윽고 한담이 이어지고 질문이 시작되었다. 주로 아르카디가 많은 이야기를 했는데, 저녁식사 때 특히 그랬다. 저녁식사는 자정이 넘도록 계속되었다. 니콜라이 페트로비치는 얼마 전에 모스크바에서 가져온 흑맥주를 몇 병 내오게 하여 양쪽 뺨이 불그스레해질 정도로 술을 마셨다. 그는 줄곧 어린애처럼 웃어대거나 신경질적으로 웃어댔다. 이들의 활기는 하인들에게도 퍼졌다. 두냐샤는 미치광이처럼 앞뒤로 뛰어다니며 계속 문을 쾅쾅 여닫았다. 표트르는 새벽 두시가 넘었는데도 기타로 카자크 왈

츠를 치려고 했다. 기타 줄이 조용한 대기 속에서 애절하고 기분 좋게 울렸다. 그러나 처음 몇몇 장식음을 제외하면, 이 교양 있는 하인은 무엇 하나 제대로 연주하지를 못했다. 자연은 다른 모든 면에서와 마찬가지로 그에게 음악적 재능을 부여하지 않았던 것이다.

한편 마리노 마을의 생활은 그다지 순조롭지 않았다. 가련한 니콜라이 페트로비치는 곤경에 처해 있었다. 농장에 대한 걱정은 날이 갈수록 커졌지만, 전부 우울하고 무의미한 걱정이었다. 고용인들과의 소동은 견딜 수 없을 정도였다. 어떤 사람들은 임금의 정산과 인상을 요구했고, 어떤 사람들은 선금을 받아서 도망을 쳤다. 말들은 병이 났고 마구(馬具)는 금세 망가졌으며 일은 제대로 되는 게 없었다. 모스크바에서 주문해 가져온 탈곡기는 너무 무거워서 쓸모가 없었고, 원래부터 있던 다른 한 대는 한 번 쓴 뒤로 망가져버렸다. 축사는 반이 타버렸다. 하인들 중 눈먼 노파 하나가 자기 집 암소에게 연기를 쏘인다고 바람 부는 날에 불타는 장작개비를 들고 갔기 때문이었다…… 그런데 그 노파가 주장하기를, 이런 재난이 일어난 것은 주인 나리가 지금껏 들어보지도 못한 치즈와 우유 제품을 만들 생각을 했기 때문이라는 것이다. 관리인은 갑자기 게으름을 피웠고 '공짜 빵'을 먹는 모든 러시아인이 살이 찌는 것처럼 피둥피둥 살이 찌기 시작했다. 멀리서 니콜라이 페트로비치의 모습을 보면, 이 관리인은 자신의 열성을 보이기 위해 옆으로 달려가는 돼지새끼에게 나뭇조각을 던지기도 하고 반쯤 벌거벗은 소년들을 위협하기도 했다. 그러나 다른 대부분의 시간에는 잠만 잤다. 소작제로 밭농사를 짓는 농군들은 제때에 소작료를 내지 않았고, 숲에서 나무를 몰래 훔쳐가기도 했다. 경비원들은 거의 매일 밤 고삐 풀린 농부들의 말을 붙잡았다. 때로는 농장의 초원에서 격투를 하여 그들의 말을 붙잡기도 했다. 니콜라이 페트로비치는 초원을 망친 데 대한 손해배상으로 벌금을 물리려고 했지만, 보통 하루이틀 자기 축사에 두면서 사료만 축내고는 말 주인에게 말을 돌려주는 것으로 끝나곤 했다.

게다가 농군들은 자기들끼리 싸우기 시작했다. 형제가 재산 분배를 요구했고, 그 아내들은 한 집안에서 분란을 일으켰다. 갑자기 싸움이 한번 일어나면 온 마을 사람들이 일제히 일어나서 사무실 계단 앞으로 몰려들었다. 어떤 이들은 두들겨 맞아서 상처가 난 낯짝에 술 취한 모습으로 주인에게 기어와 종종 심판과 징벌을 요구했다. 시끄러운 소음과 울부짖는 소리가 울려 퍼지고, 아낙들의 흐느끼는 비명 소리와 남자들의 욕설이 서로 뒤엉켰다. 니콜라이 페트로비치는 어차피 공정한 판결은 불가능하다는 것을 알면서도 적대적인 쌍방의 시시비비를 가리기 위해 목이 쉴 때까지 외쳐대야만 했다. 수확 때는 일손이 부족했다. 외모가 몹시 단정한 이웃의 한 소지주는 약 1헥타르당 2루블로 쓸 수 있는 일꾼을 구해준다고 약속하고는 아주 파렴치하게 니콜라이 페트로비치를 속인 적도 있었다. 영지의 아낙들도 터무니없이 비싼 임금을 요구했다. 그사이에 곡식은 땅바닥에 떨어져내리고 곡물 수확도 잘되지 않았다. 그런가 하면 후견인 위원회*가 빌린 돈의 이자를 당장 갚으라고 위협적으로 요구를 해왔다.

"이젠 버틸 힘이 없어!" 니콜라이 페트로비치는 여러 번 절망적으

---

* 볼셰비키 혁명 전에 과부, 고아, 사생아 등을 보살피고 후원했던 단체.

로 부르짖었다. "내가 나서서 싸울 수도 없고, 그렇다고 경찰을 부르러 사람을 보낸다는 건 내 원칙이 허용하질 않아. 그러나 형벌의 위협 없이는 아무것도 할 수가 없어."

"Du calme, du calme(진정해, 진정해)." 파벨 페트로비치는 이렇게 말했지만, 그 역시 고양이처럼 가르랑거리며 얼굴을 찌푸린 채 콧수염을 잡아당기곤 했다.

바자로프는 이러한 '자잘한 걱정거리들'을 가능한 멀리했다. 어차피 그는 손님이었으므로 남의 집안일에 간섭할 수도 없었다. 마리노 마을에 도착한 다음 날부터 그는 개구리며 원생동물이며 화학성분 등의 연구에 착수하여 늘 연구에만 전념했다. 바자로프와는 반대로 아르카디는 비록 아버지를 도와주지는 못하더라도 적어도 도와줄 준비가 되어 있다는 것을 보여주는 게 자신의 의무라고 생각했다. 그는 참을성 있게 아버지의 이야기를 듣고, 한번은 어떤 조언을 하기도 했다. 그것은 자기 조언을 따르라는 것이 아니라 자신의 관심을 보이기 위한 것이었다. 그는 농장경영을 혐오하지 않았다. 오히려 그는 기꺼이 농학자로서의 활동을 꿈꾸기까지 했다. 그러나 그때 그의 머릿속에 다른 생각이 차오르기 시작했다. 스스로도 놀랄 정도로 아르카디는 끊임없이 니콜스코예 마을을 생각했다. 예전에 만약 누군가가 그에게 바자로프와 한지붕 밑에서, 그것도 다름 아닌 고향집의 지붕 밑에서 그가 권태를 느낄 수 있느냐고 물었다면, 그는 그저 어깨만 으쓱했을 것이다. 그러나 지금 그는 정말로 권태로웠고, 이 집에서 도망치고 싶었다. 녹초가 될 때까지 산책할 생각도 해보았지만, 아무 소용이 없었다. 어느 날 아버지와 대화하던 중 그는 오딘초바의 어머니가 돌아가신 자기 어머니에게 보낸 아주 흥미로운 편지가 몇 통 아버지에게 있다는 것을 알게 되었다. 그는 끈덕지게 간청하여 이 편지를 받아냈다. 니콜라이 페트로비치는 편지를 찾아내기 위해 각양각색의 서랍과 트렁크를 스무 개나 뒤져야 했다. 반쯤 썩어버린 종이쪽지들을 소유하게 되었을 때, 아르카디는 자기가 나아가야 할 목표를 눈앞에 보기라도 한 것처럼 마음이 평온해졌다. '두 분께 부탁해요.' 그는 이 말을 떠올렸다. '그녀가 직접 그렇게 말했잖아. 가자, 가자, 제기랄!' 그러나 그는 마지막으로 방문했을 때의 냉랭한 대접, 그리고 이전의 거북했던 일을 떠올리고 소심한 생각에 사로잡혔다. 젊은이다운 '요행'을 바라는 마음과 그 누구의 보호도 받지 않고 혼자서 자기 힘을 시험해보고 행복을 맛보려는 은밀한 욕망이 마침내 승리했다. 마리노 마을로 돌아온 지 열흘도 안 되어서 일요학교*의 메커니즘을 연구한다는 핑계로 그는 다시 시내로 마차를 몰았고 거기에서 니콜스코예 마을로 향했다. 그는 마부를 재촉하며 전쟁터에 나가는 젊은 장교처럼 나는 듯이 마차를 달렸다. 그는 두렵기도 하고 즐겁기도 했으며, 초조감에 숨이 막힐 것만 같았다. '중요한 건 생각을 그만 멈추는 거야.' 그는 자기 자신에게 되뇌었다. 그는 우연히 대담한 마부를 만났다. 그 마부는 술집 앞을 지날 때마다 말을 멈추고 '한잔 드시지요?'라든가 '한잔하시렵니까?' 하고 물었지만, 그 대신 한잔하고 나면 사정없이 채찍질을 하며 말을 몰았다. 마침내 낯익은 집의 높은 지붕이 보였다…… '내가

* 19세기 중·후반의 러시아 인텔리겐치아들은 민중에게 봉사함과 동시에 반(反)정부적 선전활동을 목적으로 주로 읽고 쓸 줄 모르는 어른들을 가르치기 위해 일요학교를 조직했다.

무엇을 하는 거지?' 이런 생각이 퍼뜩 아르카디의 머리에 떠올랐다. '그러나 이젠 돌아갈 수 없어!' 말 세 마리가 사이좋게 질주했다. 마부는 소리를 내지르고 휘파람을 불었다. 말발굽과 마차 바퀴가 자그마한 다리 위를 어느새 덜컹거리며 지나더니 잘 다듬어진 전나무 가로수 길이 나타났다…… 짙은 녹음 속에서 장밋빛 여자 드레스가 언뜻 비치고, 앳된 얼굴이 양산의 가벼운 술 사이로 어른거렸다…… 그는 카챠를 알아보았다. 카챠도 그를 알아보았다. 아르카디는 마부에게 달리는 말을 멈추라고 지시하고, 마차에서 훌쩍 뛰어내려 그녀에게로 다가갔다. "아, 당신이군요!" 카챠가 얼굴을 살짝 붉히며 말했다. "언니에게 가요. 지금 정원에 있어요. 당신을 보면 기뻐할 거예요."

카챠는 아르카디를 정원으로 안내했다. 그는 카챠와의 만남이 행복의 전조라고 생각했다. 마치 친누이를 만난 것처럼 기뻤다. 모든 것이 아주 순조로웠다. 집사에게 손님이 왔다고 알릴 필요도 없었다. 그는 오솔길의 모퉁이에서 안나 세르게예브나를 보았다. 그녀는 그를 향해 등을 돌리고 서 있었다. 발걸음 소리를 들은 그녀가 조용히 뒤를 돌아보았다. 아르카디는 다시 당황했지만 그에게 던진 그녀의 첫마디가 곧 그를 진정시켰다. "안녕하세요, 탈주자님!" 그녀는 침착하고 정다운 목소리로 이렇게 말하고, 바람과 햇빛 때문에 실눈을 뜨고 미소를 지으면서 그를 향해 다가왔다. "카챠, 어디에서 이분을 만났니?"

"안나 세르게예브나, 저는," 하고 아르카디가 말문을 열었다. "당신이 전혀 상상도 못할 물건을 가지고 왔습니다……"

"당신 자신을 가지고 오셨지요. 그게 무엇보다도 좋아요."

23

조소 어린 유감의 표정으로 아르카디를 배웅하면서, 바자로프는 여행의 진짜 목적에 대해 결코 자신을 속일 수 없다는 것을 아르카디에게 암시했다. 그러고 나서 바자로프는 완전한 고독 속에 잠겼다. 그는 미친 듯이 연구에 몰두했고, 파벨 페트로비치와도 더 이상 논쟁을 하지 않았다. 게다가 파벨 페트로비치는 바자로프 앞에서 지나치게 귀족적인 태도를 취했고, 말보다는 소리로 자기의 의견을 표현했다. 단한 번, 파벨 페트로비치가 당시 화제였던 발트 해 연안 귀족들의 권리에 대해 '니힐리스트'와 논쟁을 벌일 뻔했지만 갑자기 그 자신이 먼저 그만두었다. 그러고는 냉정하고 공손한 말투로 이렇게 말했다.

"우리는 서로를 이해할 수가 없소. 적어도 나는 당신을 이해할 수가 없소."

"그야 그러실 테죠!" 바자로프가 소리쳤다. "인간은 에테르가 어떻게 진동하는지, 태양에서 무슨 일이 일어나는지 하는 것들은 알 수 있습니다. 그러나 다른 사람이 어떻게 자신과 다르게 코를 골 수 있는지에 대해서는 이해하지 못하죠."

"아니, 지금 그걸 재치 있는 말이라고 하는 거요?" 파벨 페트로비치는 미심쩍다는 표정으로 말하고 옆으로 물러났다.

그러나 그는 이따금 바자로프의 실험을 참관할 수 있도록 허락을 구하기도 했다. 한번은 아주 좋은 약초로 씻고 향수까지 뿌린 얼굴을 현미경에 갖다 대고, 투명한 원생동물이 초록색 미립자를 삼킨 후 목안에 난 매우 민첩한 수축근으로 분주히 새김질하는 것을 들여다보기도 했다. 니콜라이 페트로비치는 자기 형보다 훨씬 자주 바자로프를 방문했다. 만약 자질구레한 농장 일이 방해하지 않았다면 그는 매일 바자로프를 찾아가서, 그의 말대로 '공부'를 했을 것이다. 그는 젊은 자연과학자를 방해하지는 않았다. 그저 한쪽 방구석에 앉아서 바자로 프가 실험하는 것을 주의 깊게 바라보다가 간혹 조심스럽게 질문을 던지곤 했다. 점심식사나 저녁식사 때 그는 물리학이나 지질학, 화학으로 화제를 돌리려고 애썼다. 다른 모든 문제들, 즉 정치문제는 말할 것도 없고 심지어 농장경영 문제도, 말싸움까지는 가지 않더라도 서로 불쾌해질 우려가 있었기 때문이다. 니콜라이 페트로비치는 바자로 프를 향한 형의 증오가 조금도 줄어들지 않았다는 것을 알아차렸다. 여러 가지 사건 중에서도 하찮은 사건 하나가 그의 추측이 맞았음을 증명했다. 콜레라가 근방 여기저기에서 발생했고, 마리노 마을에서도 두 명의 농군을 '데려가버렸다'. 그러던 어느 날 밤 파벨 페트로비치 가 꽤 심한 발작을 일으켰다. 그는 아침까지 고통을 겪었지만 바자로 프의 의술에 기대려고는 하지 않았다. 다음 날 두 사람이 만났을 때 "왜 저를 부르러 사람을 보내지 않으셨지요?" 하고 바자로프가 묻자, 여전히 얼굴은 창백하지만 단정히 머리를 빗어 넘기고 깨끗이 면도를 한 파벨 페트로비치가 대답했다. "당신 자신이 의학을 믿지 않는다고 말하지 않았나요?" 며칠이 지났다. 바자로프는 고집스럽고 우울한 모 습으로 연구를 계속했다…… 그러는 사이에 니콜라이 페트로비치의 집에서 바자로프가 마음을 털어놓을 정도는 아니지만 즐겁게 이야기 할 수 있는 사람이 하나 생겼다…… 바로 페네치카였다.

그는 주로 아침 일찍 정원이나 뜰에서 그녀를 만나곤 했지만, 그녀의 방에 들른 적은 없었다. 그녀도 단 한 번 미챠에게 목욕을 시켜도 좋은지 어떤지 물어보려고 그의 방문 앞까지 갔을 뿐이었다. 그녀는 바자로프를 두려워하지 않았을 뿐만 아니라, 오히려 신뢰했으며 니콜라이 페트로비치 앞에 있을 때보다 바자로프 옆에 있을 때 더 자유롭고 편하게 행동했다. 왜 그렇게 되었는지 말하기는 어렵다. 아마도 바자로프에게 귀족적인 데가 전혀 없다는 것을 그녀가 무의식중에 느꼈기 때문인지도 모른다. 귀족적인 고상함은 그녀의 마음을 끌기도 하고 그녀에게 겁을 주기도 했다. 그녀가 볼 때 바자로프는 뛰어난 의사이자 소박한 사람이었다. 바자로프가 옆에 있어도 그녀는 부끄러워하지 않고 아이를 돌보았다. 한번은 갑자기 현기증이 나고 머리가 아팠을 때 그가 직접 떠주는 약 한 숟가락을 받아먹기까지 했다. 하지만 니콜라이 페트로비치가 곁에 있으면 그녀는 웬일인지 바자로프를 피하는 듯했다. 그러나 그것은 교활함 때문이 아니라 예의를 지키기 위해서였다. 그녀는 전에 없이 파벨 페트로비치를 두려워하게 되었다. 파벨 페트로비치는 얼마 전부터 페네치카를 감시하기 시작했는데, 마치 땅속에서 솟아나기라도 한 듯 갑자기 그녀의 등 뒤에 나타나서 날카로운 표정으로 두 손을 양복 주머니에 찔러 넣은 채 서 있곤 했다. "정말이지 찬물을 끼얹는 것 같다니까." 페네치카는 두냐샤에게 하소연하곤 했다. 그러나 두냐샤는 대답 대신 한숨을 내쉬고, 또 다른 '무정한' 사람에 대해 생각했다. 바자로프가 어느새 그녀 마음의 '잔인한 폭군'이 되어 있었던 것이다.

페네치카는 바자로프가 마음에 들었다. 그리고 바자로프도 그녀가 마음에 들었다. 그녀와 이야기할 때 그는 얼굴 표정까지 달라져서 밝고 선량해졌고, 평상시의 무덤덤한 태도에 장난기 어린 친절함이 더해졌다. 페네치카는 날이 갈수록 예뻐졌다. 젊은 여인들의 생애에는 마치 여름날의 장미처럼 갑자기 꽃봉오리가 터지고 꽃이 활짝 피는 시기가 있는 법인데, 페네치카에게 그런 시기가 시작된 것이다. 모든 것이, 심지어 그 무렵 한창이던 7월의 무더위까지도 그녀의 아름다움을 도왔다. 얇은 흰옷을 입은 그녀의 모습은 평소보다 훨씬 더 희고 가볍게 보였다. 그녀는 햇볕에 그을지는 않았지만, 무더위를 피할 수는 없었다. 무더위는 그녀의 뺨과 귀를 살짝 발그레하게 만들고 온몸을 나른하게 했으며 그녀의 아름다운 두 눈에 졸린 듯한 피로감을 안겨주었다. 그녀는 일을 거의 할 수 없었고 두 손은 저절로 무릎 위로 미끄러졌다. 걸음도 간신히 내디디며 헉헉거렸고 우스울 정도로 무력한 모습으로 하소연을 했다.

"시원한 물에 좀더 자주 몸을 담그면 좋을 텐데." 니콜라이 페트로비치가 그녀에게 말했다.

그는 아직 물이 완전히 마르지 않은 못 하나에 아마포를 둘러서 커다란 목욕탕을 만들었다.

"아, 니콜라이 페트로비치! 못까지 가기도 전에 죽고 말 거예요. 돌아오는 것도 그렇고요. 정원에는 그늘이 하나도 없잖아요."

"그렇군, 정말 그늘이 없어." 니콜라이 페트로비치는 눈썹을 문지르며 대답했다.

어느 날 아침 여섯시가 좀 지난 시각, 산책을 하고 돌아오던 바자로프는 꽃은 졌지만 아직 푸르른 라일락이 우거진 정자에서 페네치카를 만났다. 그녀는 여느 때처럼 흰 스카프를 머리에 쓰고 벤치에 앉아 있었다. 그녀 옆에는 아직 이슬이 맺힌 붉은 장미와 흰 장미 한 묶음이 놓여 있었다. 바자로프가 그녀에게 인사를 건넸다.

"아! 예브게니 바실리예비치!" 그녀는 이렇게 말하며 바자로프를 보려고 머리에 쓴 스카프의 한쪽 끝을 살짝 들어올렸다. 그러자 팔꿈치까지 살이 드러났다.

"여기서 뭘 하고 계십니까?" 그녀 곁에 앉으면서 바자로프가 말했다. "꽃다발을 만드나요?"

"예, 아침 식탁에 놓으려고요. 니콜라이 페트로비치는 꽃을 좋아해요."

"아침식사는 아직 멀었어요. 와, 꽃이 참 많군요!"

"지금 꽃을 꺾어야지 더워지면 밖으로 나올 수가 없어요. 그나마 지금은 숨을 쉴 수 있거든요. 더위 때문에 저는 그만 녹초가 되고 말았어요. 병이 나지나 않을까 걱정이에요."

"별생각을 다 하시는군요! 맥 좀 짚어볼까요." 바자로프는 그녀의 팔목을 잡고 고르게 뛰는 혈관을 찾아냈지만 맥박 수는 세려고도 하지 않았다.

"백 년은 사시겠습니다." 그녀의 팔목을 놓으면서 그가 말했다.

"아, 맙소사!" 그녀가 소리쳤다.

"왜 그러세요? 오래 살고 싶지 않으세요?"

"하지만 백 년이라니요! 우리 할머니는 여든 살까지 사셨지만, 그게 얼마나 큰 고통이었는지! 얼굴은 검어지고, 귀는 안 들리고, 허리가 구부러지고 줄곧 기침만 하면서 괴로워했어요. 그게 무슨 사는 건가요!"

"그럼 젊은 건 좋은가요?"

"좋다마다요."

"왜 젊은 게 좋지요? 말해보세요!"

"왜라니요? 저는 지금 젊으니까 뭐든지 할 수 있잖아요. 가고, 오고, 물건을 나르는 데 누구의 도움도 필요 없고…… 이보다 더 좋은 게 어디 있나요?"

"저는 젊으나 늙으나 마찬가지인데요."

"왜 그렇게 말씀하세요? 마찬가지라뇨? 그런 말이 어딨어요?"

"생각해보십시오, 페네치카 니콜라예브나. 젊음이 무슨 소용이 있겠어요? 홀로 사는 가난뱅이에게……"

"그건 언제나 당신 마음에 달린 거예요."

"제 마음에 달린 게 아닙니다! 그저 한 사람만이라도 날 가련하게 생각해주면 좋으련만."

페네치카는 옆에서 그를 힐끔 쳐다보았지만 아무 말도 하지 않았다.

"그건 무슨 책인가요?" 잠시 후 그녀가 물었다.

"이것 말입니까? 학술서인데, 꽤 어려워요."

"아직도 공부를 하시나요? 지루하지 않으세요? 당신은 이미 모든 걸 다 알고 있을 것 같은데."

"모든 걸 다 알지는 못하죠. 좀 읽어보시겠어요?"

"저는 하나도 이해하지 못할 거예요. 러시아어로 쓰여 있나요?" 페네치카는 무겁게 장정된 책을 두 손으로 받아들면서 물었다. "참 두껍네요!"

"러시아어로 쓰여 있죠."

"모르긴 마찬가지예요."

"당신이 이해하기를 바라는 건 아닙니다. 저는 당신이 책을 읽는 모습을 보고 싶어요. 당신이 책을 읽을 때면 코끝이 아주 귀엽게 움직이거든요."

페네치카는 책을 펼치고, 눈에 들어온 '크레오소트*에 대하여'라는 논문을 작은 목소리로 읽으려다가 웃음을 터뜨리고 책을 내던졌다…… 책은 벤치에서 땅바닥으로 굴러떨어졌다. "나는 당신이 웃을 때도 역시 좋습니다." 바자로프가 말했다.

"그만하세요!"

"말할 때도 좋습니다. 목소리가 마치 시냇물이 졸졸 흐르는 것 같아요."

페네치카는 고개를 옆으로 돌렸다.

"당신은 참 이상해요!" 그녀는 손가락으로 꽃을 만지작거리며 말했다. "저 같은 사람 얘기를 들어서 뭐 하겠어요? 항상 현명한 부인들과 대화를 하시면서."

"아, 페도시야 니콜라예브나! 진심으로 말하건대 이 세상의 모든 부인들은 당신의 팔꿈치만 한 가치도 없습니다."

"저런, 또 엉뚱한 걸 생각해내셨네!" 페네치카가 속삭이면서 자신의 두 손을 꼭 마주잡았다.

바자로프는 땅에서 책을 주워 들었다.

"이건 의학서인데, 왜 내던지십니까?"

---

* 너도밤나무를 증류해 만든 유액. 나무 타르 냄새와 탄내가 나며 기름기가 많고 노르스름한 색을 띤다.

"의학서라고요?" 페네치카가 되뇌고는 그를 바라보았다. "참, 그런데 말이에요. 당신이 저번에 물약을 주신 뒤로 미챠가 잠을 잘 자요. 기억하세요? 뭐라고 감사를 드려야 할지 모르겠어요. 당신은 정말 좋은 분이에요."

"사실 의사들에게는 사례를 해야만 합니다." 바자로프는 쓴웃음을 지으며 말했다. "아시다시피 의사들이란 욕심이 많은 사람들이거든요."

페네치카는 눈을 들어 바자로프를 바라보았다. 그녀의 눈은 얼굴 위쪽으로 떨어지는 하얀 빛을 반사해 훨씬 더 검어 보였다. 그녀는 그가 하는 말이 농담인지 진담인지 알 수가 없었다.

"원하시면 기꺼이 드릴게요…… 니콜라이 페트로비치에게 물어봐야 해요……"

"제가 돈을 원한다고 생각하세요?" 바자로프가 그녀의 말을 끊었다. "아닙니다, 저는 당신에게서 돈을 원하지 않아요."

"그럼 뭐죠?" 페네치카가 말했다.

"뭐냐구요?" 바자로프가 되물었다. "맞혀보세요."

"제가 뭐 점쟁이인가요!"

"그렇다면 말씀드리죠. 제가 원하는 건 이 장미꽃 한 송이입니다."

페네치카는 다시 웃음을 터뜨리며 심지어 손뼉까지 쳤다. 바자로프의 소원이란 건 그녀에게 정말로 우스워 보였다. 그녀는 웃었지만 동시에 기쁘기도 했다. 바자로프는 빤히 그녀를 바라보았다.

"좋아요, 그렇게 하세요." 그녀는 벤치 위에 몸을 굽히고 장미를 고르기 시작했다. "어떤 걸 드릴까요? 빨간 장미, 하얀 장미?"

"빨간 장미를 주십시오. 너무 크지 않은 걸로요."

그녀는 허리를 쭉 폈다.

"자, 이걸 받으세요." 그녀는 이렇게 말하다가 다음 순간 내밀었던 손을 갑자기 움츠렸다. 그리고 입술을 깨물면서 정자의 입구 쪽을 흘끗 바라보고 귀를 바싹 기울였다.

"왜 그러십니까?" 바자로프가 물었다. "니콜라이 페트로비치인가요?"

"아뇨…… 그분은 들에 나가셨어요. 그리고 그분은 무섭지 않아요. 하지만 저기 파벨 페트로비치가…… 보이는 것 같았어요……"

"뭐라고요?"

"그분이 저쪽에서 걸어 다니는 것 같았어요. 아니…… 아무도 없군요. 자, 받으세요." 페네치카는 바자로프에게 장미 한 송이를 주었다.

"왜 당신은 파벨 페트로비치를 무서워하죠?"

"그분은 항상 저를 놀라게 해요. 말은 별로 없지만 이상한 눈으로 쳐다보시고요. 당신도 그를 좋아하지 않지요. 이전에 당신이 그분하고 항상 논쟁을 했던 걸 기억해요. 무엇에 관한 논쟁인지는 모르지만 당신이 그분을 꼼짝 못하게 하는 걸 보았어요. 이렇게요……"

페네치카는 바자로프가 파벨 페트로비치를 꼼짝 못하게 하는 모습을 두 손으로 시늉해 보였다.

바자로프가 미소를 지었다.

"만약 그가 날 압도하려고 한다면, 당신은 내 편을 들어주시겠습니까?" 바자로프가 물었다.

"제가 어떻게 당신 편을 들겠어요? 그러나 아무도 당신을 이길 수는 없을걸요."

"그렇게 생각하세요? 그러나 저는, 원하기만 하면 손가락 하나로 저를 넘어뜨릴 수 있는 손을 알고 있습니다."

"그게 어떤 손이지요?"

"정말 모르십니까? 당신이 제게 주신 장미가 얼마나 향기로운지 냄새를 맡아보세요."

페네치카는 목을 길게 뻗어 얼굴을 꽃으로 가까이 가져갔다……머리에 썼던 스카프가 어깨로 미끄러져 내렸다. 약간 헝클어졌지만 윤기나는 부드러운 검은 머리칼이 드러났다.

"잠깐만요, 저도 당신과 함께 향기를 맡고 싶군요." 이렇게 말한 바자로프는 몸을 굽혀 그녀의 벌어진 입술에 힘차게 키스를 했다.

그녀는 흠칫 몸을 떨고 두 손으로 그의 가슴을 밀어냈다. 하지만 그 힘이 약했기 때문에, 그는 다시 키스를 계속할 수 있었다.

메마른 기침 소리가 라일락 덤불 뒤에서 들려왔다. 페네치카는 순식간에 벤치 한쪽 끝으로 물러났다. 파벨 페트로비치가 나타나서 살짝 머리를 숙이고는 악의에 찬 침울한 모습으로 "당신들은 여기에 있었군요"라고 말하더니 물러갔다. 페네치카는 급히 장미를 모두 모아 정자 밖으로 나가버렸다. "당신은 나빠요, 예브게니 바실리예비치." 물러가면서 그녀가 속삭였다. 그녀의 속삭임에는 진실한 비난의 음조가 어려 있었다.

바자로프는 최근에 있었던 다른 장면을 떠올렸다. 그는 부끄러워졌고 자신이 혐오스러울 정도로 화가 났다. 그러나 그는 곧 머리를 흔들고 '형식상 바람둥이 대열에 합류하게 된' 자신을 아이러니하게 자축

하면서 자기 방으로 향했다.

파벨 페트로비치는 정원 밖으로 나와 천천히 걸음을 옮기면서 숲에 이르렀다. 그리고 꽤 오랫동안 거기에 머물렀다. 그가 아침식사를 하러 돌아왔을 때, 니콜라이 페트로비치가 어디 몸이 좋지 않으냐고 걱정스럽게 물을 정도로 그의 낯빛은 어두웠다.

"내가 이따금 황달로 고생을 하는 걸 알고 있잖아." 파벨 페트로비치는 조용히 대답했다.

24

두 시간쯤 지나 파벨 페트로비치가 바자로프의 방문을 두드렸다.

"당신의 연구를 방해한 데 대해 사과를 해야만 하겠소." 창가의 의자에 앉아 상아 손잡이가 달린 아름다운 지팡이에 두 손을 올려놓으며 파벨 페트로비치가 입을 열었다. (보통 그는 지팡이 없이 걸어 다녔다.) "그러나 당신의 시간을 오 분만 빌려야겠소…… 그 이상은 안 걸릴 거요."

"제 모든 시간을 마음대로 쓰셔도 좋습니다." 바자로프가 대답했다. 파벨 페트로비치가 문턱을 넘자마자 바자로프의 얼굴에 뭔가가 스쳐 지나갔다.

"내겐 오 분이면 충분하오. 당신에게 질문을 하나 하려고 왔소."

"질문이라니요? 무슨 질문이죠?"

"자, 들어보시오. 당신이 처음 내 동생의 집에 머무를 때 나는 당신과 이야기하는 기쁨을 거절하지 않았고, 많은 문제에 대해 당신의 의견을 들을 기회가 있었소. 그러나 내가 기억하는 한 우리 사이에 싸움, 즉 일반적인 결투에 대한 얘기는 한 번도 오간 적이 없었던 것 같소. 이 문제에 대해 당신이 어떤 견해를 가지고 있는지 알고 싶군요."

바자로프는 파벨 페트로비치를 향해 일어나려다가 다시 테이블 끝에 앉아 팔짱을 꼈다.

"제 의견은 이렇습니다." 바자로프가 말했다. "이론적인 관점에서 보면 결투는 어리석은 짓입니다. 그러나 실제적인 관점에서 보면 다른 문제죠."

"지금 당신의 말을 내가 제대로 이해했다면, 결투에 대한 당신의 이론적 견해가 어떻든 간에 실제로 당신이 모욕을 당했을 경우 결투를 신청하지 않을 수 없다는 말이지요?"

"네, 그렇습니다."

"아주 좋습니다. 당신한테 그런 말을 들어서 아주 즐겁군요. 당신의 말은 불분명한 상태에서 날 벗어나게 했습니다……"

"결정을 내리지 못한 상태라고 말씀하고 싶으시겠죠."

"그건 마찬가지요. 나는 남이 나를 이해할 수 있도록 말하고 있소. 나는…… 신학교의 쥐새끼*는 아니니까. 당신의 말은 어떤 슬픈 필연성에서 날 벗어나게 했소. 난 당신과 싸우기로 결심했소."

바자로프는 눈을 크게 떴다.

"저하고 말입니까?"

---

* 약삭빠르고 더러운 존재를 상징한다.

"틀림없이 당신하고."

"도대체 왜죠? 당치도 않습니다."

"당신에게 그 이유를 설명할 수도 있소." 파벨 페트로비치가 말했다. "그러나 하지 않는 것이 좋을 듯하오. 내 취향으로는 당신은 여기에서 쓸모없는 사람이오. 나는 당신을 참을 수 없고, 당신을 경멸하오. 만약 이런 말에도 만족스럽지 않다면……"

파벨 페트로비치의 눈이 번뜩이기 시작했다…… 바자로프의 눈에도 불길이 번쩍 일었다.

"아주 좋습니다." 바자로프가 말했다. "더 이상 설명은 필요 없습니다. 기사도 정신을 제게 시험해보려는 환상이 떠올랐단 말씀이지요. 저는 그런 오락을 거절할 수도 있겠지만, 아무래도 좋습니다!"

"진심으로 감사해야겠군." 파벨 페트로비치가 말했다. "그렇다면 강제적인 수단에 의하지 않고도 내 도전이 접수된 걸로 생각해도 좋겠소?"

"그러니까 직접적으로 말하면, 강제적인 수단이란 그 지팡이를 사용한단 말씀인가요?" 바자로프가 냉랭하게 말했다. "됐습니다. 저를 모욕할 필요는 조금도 없습니다. 그리고 그 방법은 전혀 안전하지도 않습니다. 당신은 신사로 남을 수 있고…… 저도 신사답게 도전을 받아들이겠습니다."

"좋소." 파벨 페트로비치는 지팡이를 한쪽 구석에 세우고 말했다. "이제 결투의 조건에 대해 몇 가지 이야기합시다. 그러나 먼저 알고 싶은 게 있소. 내가 도전하게 된 구실이 될 수 있도록 약간의 논쟁을 하는 그런 형식을 취하는 것이 필요하다고 생각지는 않소?"

"아뇨, 그런 형식은 없는 게 더 좋습니다."

"나도 그렇게 생각하오. 우리가 충돌하게 된 진짜 원인을 따져보는 건 별로 적절한 일이 아니라고 생각하오. 지금 우리는 서로를 참을 수가 없으니 그 이상 뭐가 더 필요하겠소?"

"뭐가 필요하겠습니까?" 바자로프가 아이러니하게 되뇌었다.

"그런데 결투의 조건에 대해 말하자면, 우리 모두 입회인이 없는데 어디에서 입회인을 데려오겠소?"

"정말 어디에서 입회인을 데려오죠?"

"그래서 말인데 이렇게 하는 게 어떻소. 내일 아침 일찍, 예를 들어 여섯시도 좋고, 숲 뒤에서, 권총으로, 표시선 거리는 열 발짝……"

"열 발짝이라고요? 그렇게 하지요. 그 정도 거리라면 우리는 충분히 서로를 증오할 수 있으니까."

"여덟 발짝도 가능하오." 파벨 페트로비치가 말했다.

"좋습니다, 상관없어요!"

"발사는 두 번. 그리고 만일의 경우를 대비하여 각자가 자기의 죽음에 대한 책임이 자신에게 있다는 메모를 호주머니에 넣어둬야 하오."

"그건 결코 동의할 수 없습니다." 바자로프가 말했다. "좀 프랑스 소설 같고 뭔가 진실성도 없어 보입니다."

"그럴지도 모르지요. 그러나 살인 혐의를 받는 것은 유쾌한 일이 아니잖소."

"그 말은 옳습니다. 그러나 불쾌한 비난을 피할 수 있는 방법이 있어요. 입회인은 없지만 증인을 데려올 수는 있습니다."

"그게 누군지 알 수 있겠소?"

"표트르입니다."

"표트르라니?"

"니콜라이 페트로비치의 하인이지요. 그는 현대 교양의 정상에 있는 자로 이런 경우에 자기가 해야 할 일을 잘 수행할 수 있을 겁니다."

"농담을 하는 것 같군요, 선생."

"절대 농담이 아닙니다. 깊이 생각해보면 이 제안이 매우 상식적이고 단순하다는 것을 확신하실 겁니다. 진실은 숨길 수 없는 법이죠. 제가 표트르를 잘 설득해서 결투장으로 데리고 가겠습니다."

"계속 농담을 하는군." 의자에서 일어나면서 파벨 페트로비치가 말했다. "그러나 당신이 선뜻 승낙했으니, 나는 당신에게 불만을 표시할 권리가 없소…… 그럼 모든 것이 해결되었군…… 그런데 당신은 권총을 가지고 있소?"

"제가 어떻게 권총을 가지고 있겠습니까? 파벨 페트로비치, 저는 군인이 아닙니다."

"그럼 내 것을 드리지요. 나 역시 총을 쓰지 않은 지 벌써 오 년이나 되는데, 이 점은 믿어도 좋소."

"그건 아주 반가운 소식입니다."

파벨 페트로비치는 지팡이를 들었다……

"그럼, 당신에게 감사하며 당신의 연구를 계속하기 바랍니다. 자, 이만 실례하오."

파벨 페트로비치가 밖으로 나갔다. 바자로프는 잠시 문 앞에 서 있다가 갑자기 소리쳤다. "빌어먹을! 그 세련된 어투라니, 이 무슨 어리석은 짓이야! 참 별놈의 코미디를 다 하게 됐군! 훈련받은 개들이 뒷다리로 춤을 추는 격이야. 그러나 거절할 수는 없었어. 아마 그랬다면 그자는 날 때렸을 거야. 그러면…… (바자로프는 생각만으로도 얼굴이 창백해졌다. 그의 자존심이 빳빳하게 고개를 쳐들었다.) 그랬다면 난 고양이 새끼를 다루듯 그자의 목을 졸라 죽였을 거야." 바자로프는 현미경 쪽으로 갔지만 마음이 흐트러져 관찰에 필요한 침착성이 사라져버렸다. '그자는 분명히 오늘 우리를 본 거야.' 그는 생각했다. '그런데 동생을 위해 그렇게까지 행동할 수 있을까? 키스가 그렇게 대단한 일인가? 다른 뭔가가 있어. 오호! 그자가 그녀를 사랑하는 게 아닐까? 틀림없이 그럴 거야. 분명해. 아니 내가 어쩌다가 이런 곤경에 빠졌지!…… 참 더럽게 됐군!' 마침내 그는 결심했다. '어느 모로 보나 더러운 상황이군. 첫째, 총부리에 이마를 들이대야 해. 그리고 어쨌든 이곳을 떠나야겠지. 하지만 아르카디는…… 그리고 그 사람 좋은 니콜라이 페트로비치는…… 더럽군, 참 더럽게 됐어.'

그날은 왠지 유달리 조용하고 맥없이 지나갔다. 페네치카는 마치 이 세상에 없는 것 같았다. 그녀는 쥐구멍 속의 쥐처럼 자기 방에 틀어박혀 있었다. 니콜라이 페트로비치도 걱정스러운 얼굴을 하고 있었다. 그가 특히 기대하고 있던 밀밭에, 깜부기가 발생했다는 소식을 들었기 때문이다. 파벨 페트로비치는 차갑고 점잖은 태도로 모든 사람들을, 심지어 프로코피치까지 괴롭히고 있었다. 바자로프는 아버지에게 편지를 쓰려고 하다가, 곧 그것을 찢어서 책상 밑으로 내던졌다. '내가 죽으면,' 하고 그는 생각했다. '어차피 알게 되겠지. 그러나 나는 죽지 않을 거야. 아니, 나는 살아남아서 이 세상을 오랫동안 떠돌아다닐 거야.' 바자로프는 중요한 일이 있으니 내일 날이 밝자마자 자기에게 오라고 표트르에게 일렀다. 표트르는 바자로프가 자기를 페테르부르크로 데려가고 싶어 한다고 생각했다. 바자로프는 늦게 잠자리에 들었고 밤새 어수선한 꿈으로 시달렸다…… 오딘초바가 눈앞에서 빙글빙글 돌더니 갑자기 그의 어머니로 변했다. 그녀 뒤로는 검은 수염이 난 고양이가 걸어갔는데 그 고양이는 페네치카였다. 파벨 페트로비치는 큰 숲이 되어 그의 앞에 나타났다. 그는 이 숲과 싸워야만 했다. 표트르가 새벽 네시에 바자로프를 깨웠다. 바자로프는 즉시 옷을 입고 표트르와 함께 밖으로 나갔다.

청명하고 신선한 아침이었다. 맑고 푸른 하늘에 자그마한 얼룩 구름이 어린 양떼처럼 떠 있었다. 작은 이슬방울이 나뭇잎과 풀과 거미줄 위에서 은빛으로 반짝였다. 축축하게 젖은 검은 땅에는 아침놀의 흔적이 붉게 남아 있는 듯했다. 종달새의 노래가 하늘에서 쏟아져내렸다. 숲에 도착한 바자로프는 숲 가장자리 나무그늘에 앉았다. 그제야 비로소 그는 표트르에게 자기의 부탁을 털어놓았다. 이 교양 있는 하인은 깜짝 놀라 기절초풍할 지경이었다. 그러나 바자로프는 그저 멀리 서서 바라보기만 하면 될 뿐 그 밖에 아무것도 할 일이 없으며, 또 아무런 책임을 질 일도 없다고 말하면서 그를 안심시켰다. "그러나," 하고 그는 덧붙여 말했다. "자네가 얼마나 중요한 역할을 하게 될지 생각해보게!" 표트르는 두 손을 벌리고 눈을 내리떴다. 그리고 새파랗게 질린 얼굴로 자작나무에 몸을 기댔다.

마리노 마을에서 오는 길은 이 작은 숲을 우회하고 있었다. 어제 저녁 이후로 마차 바퀴도, 사람의 발도 지나가지 않은 그 길 위에는 가벼운 먼지가 쌓여 있었다. 바자로프는 길 쪽을 바라보면서 풀을 뽑아 잘근잘근 씹어댔다. 그러나 마음속으로는 '이게 무슨 어리석은 짓이야!' 하고 줄곧 되뇌었다. 그는 아침 추위에 두어 번 부르르 몸을 떨었다…… 표트르는 침울하게 바자로프를 바라보았지만 그는 그저 쓴웃음만 지을 뿐이었다. 그는 두려워하지 않았다.

길 쪽에서 말발굽 소리가 들려왔다…… 한 농군이 나무 뒤에서 나타났다. 함께 묶인 두 필의 말을 몰고 있었는데, 바자로프 곁을 지나가면서 모자도 벗지 않고 왠지 이상하게 바자로프를 바라보았다. 표트르는 이것을 좋지 않은 전조라고 생각했는지 당황하는 눈치였다. '저 농군도 일찍 일어났군.' 바자로프는 생각했다. '그러나 저 농군은 적어도 할 일이 있지. 그런데 우리는 뭔가?'

"그분이 오시는 것 같습니다요." 별안간 표트르가 속삭였다.

바자로프는 머리를 들어 파벨 페트로비치를 보았다. 가벼운 체크무늬 재킷에 눈처럼 하얀 바지를 입은 사람이 길을 따라 바삐 걸어오고 있었다. 겨드랑이 밑에는 초록색 양복지로 싼 상자를 끼고 있었다.

"미안하오. 좀 기다리게 한 것 같군요." 이렇게 말하고 파벨 페트로비치는 먼저 바자로프에게, 그리고 나서 표트르에게 머리를 숙여 인사했다. 이 순간 그는 하인을 입회인으로 인정하고 경의를 표한 것이다. "내 몸종을 깨우고 싶지 않았소."

"괜찮습니다." 바자로프가 대답했다. "저희도 방금 왔습니다."

"아! 그렇다면 다행이군!" 파벨 페트로비치가 주위를 둘러보았다. "아무도 보이지 않고, 아무도 방해하지 않겠군…… 자, 시작할까요?"

"시작하죠."

"새로 설명할 필요는 없겠지요?"

"필요 없습니다."

"당신이 직접 장전하겠소?" 상자에서 권총을 꺼내면서 파벨 페트로비치가 물었다.

"아닙니다. 장전해주십시오. 저는 걸음을 재겠습니다. 제 다리가 더 기니까요." 바자로프는 쓴웃음을 지으며 말했다. "하나, 둘, 셋……"

"예브게니 바실리치." 표트르가 간신히 혀를 움직여 말했다. (이 하인은 열병에라도 걸린 듯 부들부들 몸을 떨고 있었다.) "허락하신다면 저는 저쪽으로 가 있겠습니다."

"넷…… 다섯…… 그래, 가 있게. 나무 뒤에서 귀를 막고 있어도 좋지만 눈만은 감지 말게. 만약 누가 쓰러지면 일으키러 달려와야 하니까. 여섯…… 일곱…… 여덟…… " 바자로프가 걸음을 멈췄다. "이만하면 되겠습니까?" 파벨 페트로비치를 바라보며 그가 말했다. "아니면 두 걸음 더 갈까요?"

"맘대로 하시오." 두번째 총알을 재면서 파벨 페트로비치가 말했다.

"그럼 두 걸음 더 가죠." 바자로프는 장화 발끝으로 땅바닥에 금을 그었다. "이게 결투거리 표시선입니다. 그런데 우리는 경계선에서 얼마나 떨어져야 하지요? 이것도 중요한 문제입니다. 어제는 여기에 대해서는 토론하지 않았군요."

"열 걸음이 좋을 것 같군." 권총을 둘 다 바자로프에게 넘겨주면서 파벨 페트로비치가 말했다. "하나 고르시오."

"알겠습니다. 그런데, 파벨 페트로비치, 우리의 결투는 우스울 정도로 유별나군요. 저 입회인의 꼴 좀 보십시오."

"당신은 여전히 농담을 하려고 하는군요." 파벨 페트로비치가 대답했다. "우리의 결투가 이상하다는 것을 부정하진 않소. 그러나 나는 진지하게 싸울 작정임을 당신에게 미리 알리는 것이 내 의무라고 생각하오. À bon entendeur, salut(귀를 가진 자는 들을 수 있다)!"

"아! 우리가 서로를 죽일 결심을 했다는 건 저도 의심하지 않습니다. 그러나 왜 웃어서는 안 되죠? 왜 utile(유익함)와 dulci(유쾌함)를 결합시켜서는 안 됩니까? 당신이 프랑스어로 말씀하시니 저는 라틴어로 대답하는 겁니다."

"준비되었소?"

"완벽합니다."

"그럼 시작합시다."

바자로프는 조용히 앞을 향해 움직였다. 파벨 페트로비치는 왼손을 주머니에 넣은 채 총구를 점점 위로 올리면서 바자로프를 향해 걸어왔다…… '저자는 똑바로 내 코를 겨누는군.' 바자로프는 생각했다. '눈을 가늘게 뜨고 꽤나 집중하고 있군, 강도 같은 놈! 어쨌든 기분이 안 좋아. 난 저자의 시곗줄이나 겨누자……' 그때 바자로프의 귓전으로 뭔가 날카로운 것이 스쳐 지나갔고, 동시에 총성이 울렸다. '소리를 들었으니, 난 아직 무사하군.' 이런 생각이 그의 머리에 얼핏 떠올랐다. 그는 한 걸음 더 내딛고는 겨누지도 않고 방아쇠를 당겼다.

파벨 페트로비치가 가볍게 몸을 떨더니 한 손으로 넓적다리를 움켜잡았다. 그의 하얀 바지 위로 한 줄기 피가 흘러내렸다.

바자로프는 권총을 옆으로 내던지고 자기의 적수에게 다가갔다.

"상처를 입었습니까?" 바자로프가 말했다.

"당신은 나를 표시선까지 다시 불러들일 권리를 갖고 있소." 파벨 페트로비치가 말했다. "그러나 그건 중요한 게 아니야. 결투 조건에 따르면 우린 한 발씩 더 쏠 수 있소."

"미안하지만 그건 다음에 하도록 하지요." 바자로프는 이렇게 대답하며 얼굴이 창백해져가는 파벨 페트로비치를 부축했다. "저는 지금 결투자가 아니고 의사입니다. 우선 당신의 상처를 봐야겠습니다. 표트르! 이리 와, 표트르! 어디에 숨었나?"

"별일 아니오…… 나는 누구의 도움도 필요 없어." 파벨 페트로비치는 띄엄띄엄 말했다. "그리고…… 해야만 해…… 다시……" 그는 자기 콧수염을 잡아당기려고 했지만, 손의 힘이 풀리고 눈이 뒤집히더니 의식을 잃었다.

"어이가 없군! 기절했어! 어찌 된 일이야!" 파벨 페트로비치를 풀 위에 눕히면서 바자로프는 저도 모르게 소리쳤다. "상처가 어떤가 보자." 바자로프는 손수건을 꺼내 피를 닦아내고 상처 부위를 만져보았다…… "뼈는 멀쩡하군." 그는 이빨 사이로 내뱉듯이 중얼거렸다. "총알이 깊이 박히지는 않았어, 근육을 좀 다쳤을 뿐이야. 삼 주만 지나면 춤도 추겠다!…… 그런데 기절하다니! 아, 신경이 예민한 작자들은 어쩔 수 없어! 웬 놈의 살가죽이 이렇게 얇은 거야."

"돌아가셨나요?" 표트르의 떨리는 목소리가 바자로프의 등 뒤에서 들렸다.

바자로프가 뒤돌아보았다.

"빨리 물을 떠 오게. 우리보다 더 오래 살 거야."

그러나 이 개화된 하인은 그의 말을 못 알아들었는지 자리에서 움직이지 않았다. 파벨 페트로비치가 천천히 눈을 떴다. "죽어가고 있군요!" 표트르는 이렇게 속삭이고 성호를 그었다.

"당신이 옳아…… 이 바보 같은 꼴이라니!" 상처를 입은 신사는 억지로 웃음을 지으면서 말했다.

"물을 떠오라니까, 빌어먹을!" 바자로프가 소리쳤다.

"필요 없소…… 이건 일시적인 현기증이야…… 좀 앉게 도와주시오…… 이제 됐어…… 가벼운 상처니까 뭔가로 묶기만 하면 걸어서 집에 갈 수 있을 거야. 아니면 날 위해 마차를 불러도 좋아. 당신만 좋다면 결투는 그만하지요. 당신은 훌륭하게 행동했소…… 나는 오늘, 오늘의 일을 말하는 거요."

"지난 일은 떠올릴 필요가 없습니다." 바자로프가 대꾸했다. "앞날에 대해서도 골머리를 앓을 필요가 없고요. 왜냐면 저는 곧 이곳에서 사라질 테니까요. 자, 다리에 붕대를 감아드리죠. 상처는 위험하지 않지만 지혈하는 게 좋습니다. 그러나 우선 이 한심한 인간부터 정신을 차리게 해야겠습니다."

바자로프는 표트르의 먹살을 잡아 흔든 후 마차를 불러오라고 말했다.

"알겠지, 동생을 놀라게 하지는 마라." 파벨 페트로비치가 표트르에게 말했다. "그에게 보고할 생각은 하지 말거라."

표트르는 쏜살같이 달려갔다. 표트르가 마차를 부르러 달려가는 동안 두 적수는 잠자코 땅바닥에 앉아 있었다. 파벨 페트로비치는 바자로프를 바라보지 않으려고 애썼다. 어쨌든 그는 바자로프와 화해하고 싶지 않았다. 그는 자신의 오만한 태도와 실패가 부끄러웠고, 자신이 계획한 사건 전체가 부끄러웠다. 그러나 일이 이보다 더 좋게 끝날 수는 없다고 느꼈다. '적어도 여기 더 머물지는 않겠지.' 그는 스스로를 위로했다. '그것만이라도 다행이라고 생각해야지.' 괴롭고 어색한 침묵이 길어졌다. 두 사람은 기분이 좋지 않았다. 그들은 서로 상대편이 자기 마음을 알고 있음을 의식했다. 이런 느낌은 친구들 사이라면 기분 좋은 것이지만, 적대적인 사람들 사이에는 몹시 불쾌한 것이다. 특히 툭 털어놓고 이야기할 수도 없고 헤어질 수도 없는 경우라면 더욱 그렇다.

"제가 다리를 너무 단단히 잡아매지 않았나요?" 마침내 바자로프가 물었다.

"아니요, 괜찮소, 아주 좋아." 파벨 페트로비치가 대답하고 나서 잠시 후에 덧붙여 말했다. "동생을 속일 수는 없으니 정치적인 논쟁을 하다 싸웠다고 말해야만 할 거요."

"아주 좋은 생각입니다." 바자로프가 말했다. "제가 영국 숭배자들을 싸잡아 욕했다고 말씀하셔도 됩니다."

"그러지. 그런데 지금 저 사람은 우리를 어떻게 생각하고 있을까?" 파벨 페트로비치는 한 농군을 가리키며 말을 이었다. 그 농군은 결투를 시작하기 몇 분 전에 바자로프 옆으로 마구를 채운 말들을 몰고 갔던 사람으로, 같은 길을 따라 되돌아오다가 '나리들'을 보고 옆으로 비켜서서 모자를 벗었던 것이다.

"그걸 누가 알겠습니까!" 바자로프가 대답했다. "아마 아무것도 생각하지 않을 겁니다. 러시아 농군은, 래드클리프 부인*이 여러 번 말했듯이 신비하고 낯선 존재니까요. 누가 그들을 알겠습니까? 그들도 자기 자신을 모르는데."

"아! 당신은 그렇게 생각하는군!" 파벨 페트로비치는 무슨 말을 하려다가 갑자기 그만두고 목소리를 높여 말했다. "저길 보시오, 저 바보 같은 표트르가 무슨 짓을 했는지! 동생이 여기로 달려오지 않나!"

바자로프는 그쪽을 돌아보았다. 마차에 탄 니콜라이 페트로비치의 창백한 얼굴이 보였다. 니콜라이 페트로비치는 마차가 멈추기도 전에 마차에서 뛰어내려 형에게로 달려왔다.

"이게 어떻게 된 일입니까?" 그는 흥분한 목소리로 물었다. "예브게니 바실리치, 실례지만 이게 도대체 무슨 일이오?"

"아무 일도 아니야." 파벨 페트로비치가 대답했다. "괜한 걱정을 하게 했군. 바자로프 군과 좀 다투다가 약간 다쳤을 뿐이야."

"대관절 무엇 때문에 일이 이렇게 되었나요?"

"어떻게 말해야 하나? 바자로프 군이 로버트 필 경**에 대해 불손하게 말했어. 그러나 미리 말해두지만, 이 사건의 책임은 전적으로 나한테 있고 바자로프 군은 아주 훌륭하게 행동했다네. 내가 그에게 도전을 했어."

"하지만 형님한테서 피가 흐르지 않소!"

"그럼 내 혈관에 물이 흐르는 줄 알았나? 사실 피를 좀 내보내는 것이 내겐 유익해. 그렇지 않소, 의사선생? 자, 나를 마차에 좀 태워다오. 너무 슬퍼하지 말고. 내일이면 건강해질 거야. 그래, 이제 됐어.

---

* 영국의 여류소설가로 고딕풍의 소설로 유명했다. 대표작으로 『우돌포의 비밀』이 있다.
** 영국의 보수적인 정치가. 총리를 두 번 지냈다.

자, 마부, 가세."

니콜라이 페트로비치는 마차 뒤에서 걸어갔고, 바자로프는 뒤에 남으려고 했다······

"형님을 돌봐주시오." 니콜라이 페트로비치가 바자로프에게 말했다. "시내에서 다른 의사를 데려올 때까지만이라도."

한 시간쯤 후 파벨 페트로비치는 다리에 붕대를 감고 침대에 누워 있었다. 온 집안이 큰 소동을 벌였고, 페네치카는 기분이 언짢아졌다. 니콜라이 페트로비치는 남몰래 손만 쥐었다 폈다 했다. 그러나 파벨 페트로비치는 웃으며 농담을 했는데, 특히 바자로프와 그렇게 했다. 그는 얇은 리넨 셔츠에 화려한 아침용 재킷을 입고 터키식 모자를 썼다. 그리고 창문 커튼을 내리지 못하게 하고, 음식을 가려 먹어야 하는 것에 대해 익살스럽게 불평을 했다. 그러나 밤이 되면서 열이 나고 머리도 아프기 시작했다. 시내에서 의사가 왔다. (니콜라이 페트로비치는 의사를 부르지 말라는 형의 말을 듣지 않았고, 바자로프도 시내에서 의사를 부르길 바랐다. 바자로프는 누렇게 뜬 화난 얼굴로 온종일 자기 방에 틀어박혀 있다가 그저 잠깐씩 환자의 방에 들렀다. 두어 번 페네치카와 마주쳤지만 그녀는 두려운 듯 그를 피했다.) 새로 온 의사는 파벨 페트로비치에게 찬 음료수를 권하고, 전혀 위험하지 않다는 바자로프의 말을 보증했다. 니콜라이 페트로비치가 형이 부주의하게 행동하는 바람에 상처를 입었다고 말하자, 의사는 '흠!' 하고 대답했다. 그러나 그 자리에서 은화 이십오 루블을 받고 나자 "그렇군요! 이런 일은 정말 흔히 일어나는 법이죠" 하고 말했다.

집안사람들 누구도 잠자리에 들지 않았고 옷도 벗지 않았다. 니콜라이 페트로비치는 계속 까치발로 형의 방에 들락거렸다. 파벨 페트로비치는 이따금 의식을 잃고, 가볍게 신음을 하면서 동생에게 프랑스어로 "Couchez-vous(주무시게)"라고 말하기도 하고, 물을 청하기도 했다. 한번은 니콜라이 페트로비치가 페네치카를 시켜 레몬수 한 컵을 형에게 가져가도록 했다. 파벨 페트로비치는 그녀의 얼굴을 유심히 살피고 나서 컵을 바닥까지 비웠다. 새벽녘에 환자는 열이 약간 올라서 가볍게 헛소리를 하기 시작했다. 처음에는 두서없는 말을 중얼거리더니, 잠시 후 눈을 뜨고는 침대 옆에서 몸을 굽히고 걱정스럽게 자기를 바라보는 동생에게 말했다.

"니콜라이, 페네치카는 어딘지 모르게 넬리하고 닮지 않았느냐?"

"넬리라뇨, 형님?"

"R공작부인 말이야…… 특히 얼굴 윗부분이…… C'est de la même famille(그래, 같은 혈통이야)."

니콜라이 페트로비치는 아무 대답도 하지 않았으나 인간의 마음속에 남아 있는 옛 감정의 강한 생명력에 속으로 깜짝 놀랐다. '이런 때 기억해내다니.' 그는 생각했다.

"아아, 나는 그 공허한 존재를 왜 이다지도 사랑하고 있는 걸까!" 파벨 페트로비치는 슬픔에 찬 표정으로 두 손을 머리 밑에 괴고 신음하듯 말했다. "그 무례한 놈이 감히 그녀를 건드리는 것을 참을 수 없어……" 약간의 시간이 흐른 뒤 그는 중얼거렸다.

니콜라이 페트로비치는 그저 한숨만 내쉬었다. 이 말들이 누구와 관련된 것인지 전혀 알 수 없었던 것이다.

다음 날 아침 여덟시쯤, 바자로프가 니콜라이 페트로비치 앞에 나타났다. 이미 떠날 준비를 마치고 개구리, 곤충, 새들을 모두 놓아준 뒤였다.

"작별인사를 하러 왔습니까?" 니콜라이 페트로비치가 그를 향해 일어서면서 말했다.

"그렇습니다."

"난 당신을 이해하고 당신의 결정에 전적으로 찬성하오. 물론, 형이 잘못해서 벌을 받는 겁니다. 당신이 달리 행동할 수 없게 만들었다고 형이 말하더군요. 이 결투를 피할 수 없었다고 난 믿습니다. 그건…… 그건 두 사람의 의견이 항상 대립했다는 것만으로도 어느 정도 설명이 되니까. (니콜라이 페트로비치의 말이 뒤엉키기 시작했다.) 형님은 완고한 구식 인간으로 화를 잘 내고 고집이 세지요…… 일이 이 정도로 끝난 것이 다행입니다. 나는 이 일이 세상에 알려지지 않도록 필요한 모든 조치를 취해 놓았어요……"

"무슨 일이 생길지도 모르니까 제 주소를 놓고 가겠습니다." 바자로프가 무심하게 말했다.

"아무 일도 일어나지 않을 겁니다, 예브게니 바실리치…… 당신이 우리 집에 머물다가 이렇게…… 이렇게 끝나게 되어 유감입니다. 더 괴로운 것은 아르카디가……"

"저는 아마 아르카디와 만나게 될 겁니다." 바자로프가 대꾸했다. 이런 유의 '변명'이나 '해명'은 그의 마음속에 참을 수 없는 감정을 불러일으켰다. "만약 만나지 못할 경우에는 제 안부와 함께 유감의 뜻을 전해주십시오."

"나 역시……" 니콜라이 페트로비치가 고개를 숙이며 대답했다.

그러나 바자로프는 그의 말을 끝까지 듣지도 않고 밖으로 나가버렸다.

바자로프가 떠난다는 소식을 들은 파벨 페트로비치는 그를 만나보기를 원했고 그와 만나서는 악수를 나누었다. 그러나 이때도 바자로프는 얼음처럼 차가웠다. 파벨 페트로비치가 너그러운 체하려고 한다는 걸 알아차렸기 때문이다. 페네치카와는 작별인사를 하지 못하고 창문에서 눈길만 마주쳤을 뿐이었다. 그녀의 얼굴은 슬퍼 보였다. "아마 저렇게 시들어버리겠지!" 바자로프는 혼자 중얼거렸다…… "아니, 어쩌면 어떻게든 빠져나올지도 모르지!" 표트르는 깊이 감동하여 그의 어깨에 얼굴을 파묻고 울었다. 바자로프는 "자네 눈에 눈물단지가 있는 것 아닌가?" 하고 물으면서 그를 진정시켰다. 두냐샤는 흥분을 감추기 위해 숲속으로 달려가야만 했다. 이 모든 슬픔을 제공한 바자로프는 마차에 올라타 시가를 피우기 시작했다. 사 킬로미터쯤 떨어진 길모퉁이에서 한 줄로 펼쳐진 키르사노프 영지와 새로 지은 저택이 마지막으로 그의 눈앞에 나타나자 그는 침을 탁 뱉고는 "저주받을 지주놈들 같으니" 하고 중얼거렸다. 그리고 외투로 더욱 단단히 몸을 감쌌다.

파벨 페트로비치는 곧 상태가 좋아졌지만, 일 주일 정도는 침대에 누워 있어야 했다. 그는 자신의 표현에 따르자면 '포로생활'을 꽤 끈기 있게 견뎌내고 있었다. 그러나 몸단장을 할 때만은 법석을 떨며 항상 오드콜로뉴를 뿌리도록 했다. 니콜라이 페트로비치는 그에게 여러 종류의 잡지를 읽어주었고, 페네치카는 이전처럼 그의 시중을 들면서 고기수프, 레몬수, 반숙 달걀, 차를 가져왔다. 그러나 그의 방에 들어갈 때마다 그녀는 남모를 두려움에 휩싸이곤 했다. 파벨 페트로비치의 예기치 않은 행동은 집안 모든 사람들을 놀라게 했지만, 특히 그녀는 누구보다도 놀랐다. 프로코피치만이 당황하지 않았다. "옛날에도 나리들이 결투를 하곤 하셨지만 그건 훌륭한 나리들끼리의 일이었어. 그따위 협잡꾼들이 무례한 행동을 하면 그저 마구간에서 두들겨 패라고 분부하셨는데." 그는 설명했다.

페네치카는 양심의 가책을 거의 느끼지 않았다. 그러나 이 싸움의 진짜 원인을 생각하면 때때로 그녀는 괴로웠다. 게다가 아직도 파벨 페트로비치는 이상한 눈으로 그녀를 쳐다보곤 했다…… 그에게 등을 돌리고 서 있을 때조차도 그녀는 그의 시선을 느꼈다. 그녀는 끊임없는 내면의 불안으로 수척해졌지만 평소와 다름없이 사랑스러워 보였다.

어느 날 아침, 파벨 페트로비치는 몸이 한결 가뿐해져 침대에서 소파로 자리를 옮겼다. 니콜라이 페트로비치는 형의 건강에 대해 묻고 나서 상태가 좋아졌다는 것에 안심하고 탈곡장에 나가 있었다. 페네치카가 차 한 잔을 가져와 탁자 위에 놓고 곧장 나가려고 했다. 그때 파벨 페트로비치가 그녀를 멈춰 세웠다.

"어딜 그렇게 급하게 가려고 하오, 페도시야 니콜라예브나?" 그가 입을 열었다. "무슨 일이라도 있나요?"

"아니에요…… 그저…… 저기서 차를 따라줘야 해요."

"그런 일은 당신이 없어도 두냐샤가 할 테지. 잠시 환자와 함께 앉아 있어요. 마침 당신에게 할 이야기도 있으니."

페네치카는 말없이 안락의자 끝에 앉았다.

"다름이 아니라," 파벨 페트로비치는 콧수염을 잡아당겼다. "나는 오래전부터 당신에게 말하고 싶었소. 당신은 날 두려워하는 것 같아요."

"제가요?"

"그래요. 당신은 여기 들어온 이후 한 번도 내 얼굴을 바라보지 않는군요. 마치 양심에 거리끼는 일이라도 있는 것처럼."

페네치카는 얼굴을 붉히면서 파벨 페트로비치를 똑바로 쳐다보았다. 그는 왠지 이상해 보였다. 그녀의 가슴은 조용히 떨리기 시작했다.

"당신의 양심은 깨끗한가요?" 그가 그녀에게 물었다.

"무엇 때문에 양심이 깨끗하지 않겠어요?" 그녀가 속삭이듯 말했다.

"무엇 때문이라고 그렇게 간단히 말할 수는 없지요! 그러나, 당신은 누군가에 대해 양심의 가책을 느끼고 있는 게 아닙니까? 나에 대해? 이건 있을 수 없는 일이고. 이 집의 다른 사람들에 대해? 이것도 있을 수 없는 일이겠죠. 그럼 동생에 대해서는? 그러나 당신은 내 동생을 사랑하고 있지요?"

"사랑하고 있어요."

"진심으로, 충심으로?"

"예. 저는 니콜라이 페트로비치를 충심으로 사랑해요."

"정말입니까? 나를 봐요, 페네치카. (그는 처음으로 그녀를 이렇게 불렀다.) 당신도 알다시피 거짓말을 하는 건 큰 죄악이오!"

"저는 거짓말을 하지 않아요, 파벨 페트로비치. 니콜라이 페트로비치를 사랑하지 않는다면 살 필요도 없어요!"

"그럼 그를 그 누구와도 바꾸지 않겠다는 건가요?"

"그를 누구와 바꿀 수 있겠어요?"

"누구라고 간단히 말할 수야 없겠죠! 여기를 떠난 그 의사선생은 어때요?"

페네치카는 자리에서 일어났다.

"도대체 무슨 말씀을 하시는 거예요, 파벨 페트로비치. 무엇 때문에 이렇게 저를 괴롭히세요? 제가 당신에게 무슨 짓을 했나요? 어떻게 그런 말씀을 하실 수 있어요?……"

"페네치카." 파벨 페트로비치는 슬픈 목소리로 말했다. "나는 보았소……"

"무엇을 보셨나요?"

"바로 그곳…… 정자에서."

페네치카의 얼굴은 귀밑까지 빨개졌다.

"그러나 저에게 무슨 죄가 있나요?" 그녀는 간신히 말했다.

파벨 페트로비치는 어정쩡하게 일어났다.

"당신은 죄가 없다고요? 없나요? 조금도?"

"저는 이 세상에서 니콜라이 페트로비치만을 사랑하고, 평생 그만을 사랑할 거예요!" 페네치카는 갑자기 힘을 주어 말했다. 울음이 복받쳐 목이 메는 듯했다. "당신이 보신 것에 대해서는 무서운 심판의 날에도 말할 겁니다. 제겐 잘못이 없고, 없었다고요. 그런 일로 의심받느니 지금 당장 죽는 게 나아요. 저의 은인인 니콜라이 페트로비치에 대해……"

그러나 여기에서 그녀의 목소리는 막히고 말았다. 이와 동시에 그녀는 파벨 페트로비치가 자신의 손을 잡고 꼭 쥐는 것을 느꼈다…… 그의 얼굴을 본 그녀는 그만 돌처럼 굳어버렸다. 그의 얼굴은 예전보

254

다 훨씬 더 창백했다. 눈이 빛났고, 무엇보다 놀라운 것은 그의 뺨을 타고 흘러내리는 묵직한 눈물 한 방울이었다.

"페네치카!" 그는 왠지 낯선 목소리로 속삭였다. "사랑해주오, 내 아우를 사랑해주오! 그는 참으로 선량하고 좋은 사람이오! 이 세상의 누구하고도 그를 바꾸어선 안 되고, 누구의 말도 들어서는 안 되오! 사랑하면서 사랑받지 못하는 것처럼 무서운 일은 없어요! 내 불쌍한 아우 니콜라이를 절대로 버리지 마오!"

페네치카의 눈에서 눈물이 마르고 공포가 사라질 만큼 그녀의 놀라움은 컸다. 파벨 페트로비치가, 다른 사람도 아닌 파벨 페트로비치 그가 그녀의 손을 입술에 가까이 가져다 대고, 그러나 그녀에게 몸을 굽혀서 그 손에 키스를 하는 것이 아니라 그저 이따금 발작적으로 한숨만 짓는 것을 보았을 때 그녀의 마음이 어떠했겠는가……

'어쩌면 좋아!' 그녀는 생각했다. '발작이라도 일어난 게 아닐까?……'

이 순간, 망쳐버린 전 생애가 그의 내부에서 몸부림치고 있었다.

이때 계단이 삐걱거리며 바삐 걷는 발걸음 소리가 들렸다. 파벨 페트로비치는 그녀를 밀어내고 베개 위로 머리를 떨어뜨렸다. 문이 열리자 행복하고 생기발랄한 얼굴에 홍조를 띤 니콜라이 페트로비치가 나타났다. 아버지와 마찬가지로 생기발랄한 얼굴에 뺨이 붉게 물든 미챠는 셔츠 하나만 입은 채 아버지의 시골식 외투에 달린 커다란 단추에 조그만 맨발을 꼭 붙이고 아버지의 가슴에서 뛰어오르고 있었다.

페네치카는 갑자기 니콜라이 페트로비치에게로 달려가서는 두 팔로 부자(父子)를 껴안고 그의 어깨에 얼굴을 파묻었다. 니콜라이 페트로비치는 깜짝 놀랐다. 부끄러움을 잘 타고 얌전한 성격인 페네치카는 다른 사람 앞에서 이렇게 다정한 행동을 한 적이 한 번도 없었다.

"무슨 일 있소?" 그가 말했다. 그리고 형을 힐끗 쳐다보고 나서 그녀에게 미챠를 넘겨주었다. "형님, 기분이 더 나빠진 건 아닙니까?" 파벨 페트로비치에게 다가가면서 동생이 물었다.

형은 리넨 손수건에 얼굴을 파묻었다.

페네치카는 곧 미챠를 안고 밖으로 나갔다.

"아니…… 난 그저…… 괜찮아…… 오히려 기분이 훨씬 더 좋아졌어."

"괜히 서둘러 소파로 옮겼어요. 당신, 어디 가는 거요?" 니콜라이 페트로비치가 페네치카 쪽을 돌아보며 말했다. 그러나 페네치카는 이미 문을 탕 닫고 나가버린 뒤였다. "형님에게 우리 장군을 보여주려고 왔었지요. 그 녀석이 큰아버지를 그리워했거든요. 왜 페네치카가 그 애를 데려갔을까? 형님, 무슨 일이 있었어요? 여기서 무슨 일이 있었던 거 아닙니까?"

"니콜라이!" 파벨 페트로비치가 엄숙하게 말했다.

니콜라이 페트로비치는 흠칫 몸을 떨었다. 그는 두려운 느낌이 들었지만, 그 자신도 이유를 알지 못했다.

"니콜라이." 파벨 페트로비치가 되뇌었다. "내 부탁 하나를 들어주겠다고 약속을 해다오."

"무슨 부탁인데요? 말해보세요."

"아주 중요한 부탁이야. 내 생각으로는 자네 인생의 모든 행복이 여기에 달려 있어. 나는 지금 말하고자 하는 것을 오랜 시간 곰곰이 생각해왔어…… 니콜라이, 정직하고 고결한 인간으로서 의무를 수행해다오. 누구보다도 훌륭한 사람인 자네가 지금 보이고 있는, 유혹과 나쁜 본보기를 버려다오!"

"형님, 무슨 말을 하고 싶은 겁니까?"

"페네치카와 결혼해…… 그녀는 자네를 사랑하고 있어. 그리고 자네 아들의 엄마야."

니콜라이 페트로비치는 한 걸음 뒤로 물러나서 손뼉을 쳤다.

"형님, 그 말씀이 정말입니까? 난 형님이 그런 결혼을 가장 강력하게 반대하는 사람이라고 생각했어요! 그런데 형님이 이렇게 말하다니요! 형님이 공정하게 내 의무라고 부른 그것을 내가 아직 이행하지 않은 것은 오로지 형님에 대한 존경심 때문이었다는 걸 정말로 몰랐단 말입니까!"

"이런 경우에 날 존경한다는 건 쓸데없는 일이야." 파벨 페트로비치는 쓸쓸한 미소를 띠고 말했다. "바자로프가 날 귀족주의라고 비난한 것은 옳았다고 생각해. 니콜라이, 거드름을 피우며 세상사를 생각할 필요가 없어. 우리는 이미 늙은, 얌전한 사람들이야. 이제 허영심을 모두 떨쳐버릴 때가 된 거야. 즉 우리는 우리의 의무나 수행하면 돼. 두고 봐, 그러면 우리는 덤으로 행복도 얻게 될 거야."

니콜라이 페트로비치는 달려들어 자기 형을 껴안았다.

"형님은 내 눈을 완전히 뜨게 했어요!" 그가 큰 소리로 외쳤다. "나는 형님을 이 세상에서 가장 착하고 현명한 사람이라고 늘 말해왔는데, 괜한 말이 아니었어요. 형님은 관대할 뿐만 아니라 사려 깊은 사람이라는 걸 지금에야 알았습니다."

"조용히, 진정해라." 파벨 페트로비치가 그의 말을 막았다. "그 사려 깊은 형의 다리를 건드리지 말아다오. 나이 오십이 다 되어서 소위 보 때처럼 결투를 했으니까. 자, 그럼 결정이 된 셈이구나. 페네치카는 내…… belle-sœur(제수씨)가 되는 거야."

"친애하는 형님! 그런데 아르카디는 뭐라고 말할까요?"

"아르카디? 그 애는 몹시 기뻐할 거야! 결혼은 그 애의 원칙에 맞지 않겠지만, 그 대신 평등의 감정이 그 애를 만족시키겠지. 그리고 사실 19세기에 특권 계급이라는 게 도대체 무슨 소용이야?"

"아, 파벨, 파벨! 다시 한번 키스하게 해줘요. 걱정 마세요, 조심할 테니까."

형제는 서로 껴안았다.

"어떻게 생각하나, 지금 곧 자네 의향을 그녀에게 알리지 않아도 되겠나?" 파벨 페트로비치가 물었다.

"왜 그렇게 서두르세요?" 니콜라이 페트로비치가 대꾸했다. "페네치카와 무슨 이야기라도 나누었나요?"

"이야기가 있었냐고? Quelle idée(무슨 생각을 하는 게야)?"

"아니, 아닙니다. 어서 낫기나 하세요. 이 일이 어디로 달아나는 건 아니니까. 심사숙고해야만 해요……"

"하지만 결정을 내린 거지?"

"물론 결정했지요. 진심으로 고마워요. 이제 가볼게요. 형님은 쉬어야 해요. 어떤 흥분이든지 형님에게는 해로워요…… 주무세요, 형님. 빨리 완쾌하시고요!"

'뭘 저렇게 고마워하는 걸까?' 혼자 남은 파벨 페트로비치는 잠시 생각에 잠겼다. '마치 결혼이 자기 뜻과는 상관없는 일인 것처럼! 나는 동생이 결혼하자마자 어딘가 먼 곳으로, 드레스덴이나 피렌체로 가서 죽을 때까지 거기서 살아야겠어.'

파벨 페트로비치는 오드콜로뉴 몇 방울로 이마를 적시고 눈을 감았다. 눈부신 한낮의 햇살에 아름답게 비친 그의 멋지고 수척한 머리는 마치 죽은 사람의 그것처럼 하얀 베개 위에 놓여 있었다…… 실제로도 그는 죽은 사람이나 마찬가지였다.

25

니콜스코예 저택 정원, 키 큰 물푸레나무 그늘 아래 잔디밭 벤치에 카챠와 아르카디가 앉아 있었다. 그들 옆 땅바닥에는 피피가 긴 몸뚱이로 우아한 곡선을 그리며 자리를 잡았다. 사냥꾼들은 이런 포즈를 토끼가 누워 있는 자세와 비슷하다고 '토끼잠'이라 불렀다. 아르카디도 카챠도 침묵하고 있었다. 아르카디는 반쯤 펼쳐진 책을 두 손으로 들고 있었고, 카챠는 바구니 속에 남아 있던 흰 빵 부스러기를 골라서 단출한 참새가족에게 던져주고 있었다. 참새들은 겁먹은 것 같으면서도 의외로 특유의 대담성을 발휘해 카챠의 발밑에서 뛰어다니며 짹짹거렸다. 산들바람이 물푸레나무 잎사귀 사이로 살랑거렸고, 그늘진 오솔길과 피피의 노란 등을 따라 연한 금빛 반점이 앞뒤로 조용히 움직였다. 골고루 퍼진 그늘이 아르카디와 카챠를 감싸고 있었는데, 때때로 선명한 햇살이 그녀의 머리칼 위에서 타올랐다. 그들은 둘 다 말이 없었다. 그러나 말없이 나란히 앉아 있는 그들의 모습 속에는 신뢰에 찬 친근함이 엿보였다. 어느 쪽도 옆에 있는 사람을 신경 쓰지 않는 것 같았지만, 속으로는 서로 가까이 있는 것을 은근히 기뻐했다. 그들의 얼굴도 우리가 마지막으로 본 이후로 변해 있었다. 아르카디는 더 침착해 보였고, 카챠는 더 생기발랄하고 대담해 보였다.

"이런 생각 안 해봤나요?" 아르카디가 입을 열었다. '물푸레나무'*는 정말 잘 지은 이름입니다. 이 나무처럼 가볍고, 햇빛 아래에서 '밝게' 비쳐 보이는 나무는 없으니까요."

카챠가 눈을 들어 그를 쳐다보며 "그래요"라고 대답하자 아르카디는 생각했다. '이 여자는 "멋진" 표현을 쓴다고 날 비난하진 않는군.'

"저는 하이네를 좋아하지 않아요." 카챠는 아르카디가 손에 들고 있는 책을 눈으로 가리키면서 말했다. "그가 웃을 때도 울 때도 마음에 들지 않아요. 저는 그가 슬픈 생각에 잠겨 있을 때가 좋아요."

"나는 그가 웃을 때가 좋은데요." 아르카디가 말했다.

"그건 당신에게 아직도 풍자적 경향의 낡은 흔적이 남아 있어서 그래요…… ('낡은 흔적이라고!' 하고 아르카디는 생각했다. '바자로프가 이 말을 들었더라면!') 하지만 기다리세요. 우리가 당신을 바꿔놓을 테니까요."

"누가 나를 바꿔놓는다고요? 당신이?"

"누구냐고요? 언니요. 그리고 당신과 언쟁하지 않는 포르피리 플라토노비치가 있고, 그저께 당신이 교회로 모시고 갔던 이모도 있죠."

---

* 러시아어로 물푸레나무 '야센'은 형용사 '야스니(밝은)'에서 파생된 말이다.

"아니라고는 말 못하겠군요. 그러나 안나 세르게예브나는 당신도 기억하다시피 많은 점에서 바자로프와 의견이 같지요."

"언니는 그때 그 사람의 영향을 받고 있었어요. 당신처럼."

"나처럼이라고요! 그럼 당신은 내가 이제 그의 영향에서 벗어났다는 걸 눈치챘나요?"

카챠는 잠자코 있었다.

"난 알아요." 아르카디가 말을 이었다. "그는 조금도 당신 마음에 들지 않았지요."

"제가 그 사람을 비판할 수는 없어요……"

"카테리나 세르게예브나. 나는 그런 대답을 들을 때마다 믿을 수가 없어요. 우리가 비판할 수 없는 사람은 없어요! 당신의 말은 그저 변명에 지나지 않아요."

"그렇다면 솔직히 말할게요. 그는…… 제 마음에 안 든 게 아니라 낯설게 느껴졌어요. 제가 그에게 낯선 사람이듯이…… 그리고 당신도 그에겐 낯선 사람이에요."

"그건 왜죠?"

"어떻게 말하면 좋을까…… 그 사람은 길들여지지 않았고, 당신과 저는 길들여졌어요."

"내가 길들여졌다고요?"

카챠가 머리를 끄덕였다.

아르카디는 귓등을 긁적였다.

"카테리나 세르게예브나, 사실 그건 모욕적인 말인데요."

"그럼 당신은 맹수가 되고 싶으세요?"

"맹수는 아니지만 강하고 정력적인 인간이 되고 싶습니다."

"모두가 그런 걸 바랄 수는 없어요…… 당신의 친구는 바라지 않아도 그런 성향을 내면에 가지고 있어요."

"흠! 당신은 그것 때문에 그가 안나 세르게예브나에게 큰 영향을 미쳤다고 생각하나요?"

"그래요. 그러나 누구도 언니를 오랫동안 지배할 수는 없어요." 카챠는 나지막한 목소리로 말했다.

"왜 그렇게 생각하죠?"

"언니는 자존심이 아주 강해요…… 아니, 자존심이라는 말은 정확하지 않아요…… 언니는 자기의 독립성을 아주 소중히 여겨요."

"그걸 소중히 여기지 않는 사람이 있나요?" 아르카디는 이렇게 물었지만, 그의 머릿속에 '그런 게 무슨 소용이야?'라는 생각이 문득 떠올랐다. 동시에 카챠의 머릿속에도 똑같은 생각이 떠올랐다. 사이좋게 만나는 젊은이들은 언제나 같은 생각을 하기 마련이다.

아르카디는 미소를 짓고 카챠 쪽으로 살짝 다가앉으며 속삭이듯이 말했다.

"솔직히 말해봐요. 당신은 그녀가 좀 무섭지요?"

"누구요?"

"'그녀' 말입니다." 아르카디가 의미심장하게 되뇌었다.

"그럼 당신은요?" 이번엔 카챠가 물었다.

"'나도' 그래요. '나도' 그렇단 말입니다."

카챠는 손가락으로 그를 위협하는 시늉을 했다.

"이상하네요." 그녀가 입을 열었다. "이번처럼 언니가 당신에게 호감을 가진 적은 없어요. 처음 방문했을 때보다 훨씬 더 호의적이에요."

"그래요!"

"그걸 눈치채지 못하셨나요? 기쁘지 않으세요?"

아르카디는 생각에 잠겼다.

"어떻게 내가 안나 세르게예브나의 호감을 살 수 있었을까요? 당신 어머님의 편지를 가져왔기 때문인가요?"

"그것도 그렇지만 다른 이유도 있어요. 그러나 그건 말하지 않겠어요."

"왜요?"

"말하지 않겠어요."

"아! 난 알아요. 당신은 참 고집이 세지요."

"네, 고집불통이죠."

"그리고 관찰력도 뛰어나고요."

카챠는 아르카디를 힐끗 쳐다보았다.

"그럴지도 모르죠. 그래서 화나셨어요? 무슨 생각을 하세요?"

"당신 안에 있는 그 관찰력이 어디서 왔나 생각하고 있습니다. 당신은 아주 겁이 많고, 의심이 많고, 모든 사람을 멀리하는데……"

"저는 오랫동안 혼자 지내왔어요. 그러다 보니 부득이 생각이 많아졌죠. 그러나 정말로 제가 모든 사람을 멀리한다고 생각하세요?"

아르카디는 카챠에게 감사의 시선을 보냈다.

"어쨌든 좋아요." 그는 말을 이었다. "그러나 당신 같은 위치에 있는 사람들, 말하자면 당신처럼 재산을 가진 사람들 중에는 그런 재능을 가진 사람들이 별로 없지요. 그런 사람들은 황제처럼 진리에 도달하기가 힘들어요."

"그러나 저는 부자가 아닌걸요."

아르카디는 깜짝 놀랐고 그녀의 말을 금방 이해하지 못했다. 그러나 곧 '그렇지, 영지는 모두 언니의 것이지!'라는 생각이 그의 머리에 떠올랐다. 하지만 이런 생각이 불쾌하지는 않았다.

"당신은 정말 말씀을 잘했습니다!" 그가 말했다.

"뭐라고요?"

"말씀을 잘했다고요. 솔직하게, 부끄러워하지 않고, 그렇다고 과장하지도 않고요. 말이 나온 김에 하는 말이지만 나는 자기가 가난하다는 것을 의식하고 말하는 사람의 감정에는 뭔가 특별한 것, 일종의 허세 같은 것이 있다고 생각합니다."

"저는 언니 덕분에 그런 감정을 전혀 느껴보지 못했어요. 재산에 관한 것은 말을 하다 보니 생각이 나서요."

"그렇겠죠. 그러나 솔직히 말해보세요. 당신 마음속에도 방금 내가 말한 허세가 조금은 있겠죠."

"어떤 면에서요?"

"예컨대 당신은, 이렇게 묻는 것을 용서하십시오. 당신은 부자에게 시집가려고는 하지 않겠죠?"

"제가 그 사람을 몹시 사랑한다면…… 아니에요, 그래도 못할 것 같아요."

"아! 그것 보십시오!" 아르카디는 소리치고 나서 잠시 후 덧붙였다. "왜 그 사람에게 시집가지 않겠다는 거죠?"

"어울리지 않는 연인들에 대한 노래도 있잖아요."

"아마도 당신은 누군가를 지배하고 싶거나……"

"아뇨! 무엇 때문에 그러겠어요. 반대로, 저는 기꺼이 순종하겠어요. 다만 불평등만은 곤란해요. 스스로를 존중하며 순종하는 것, 저는 이것이 행복이라고 생각해요…… 그러나 종속적인 삶은…… 아니, 그건 지금까지로도 충분해요."

"지금까지로도 충분하다고요." 아르카디가 카챠의 말을 되뇌었다. "그래요, 그렇지요." 그는 말을 이었다. "당신도 역시 안나 세르게예브나와 한 핏줄입니다. 언니처럼 독립적이지요. 그러나 드러내지 않을 뿐이죠. 확신컨대, 당신은 무슨 일이 있어도 먼저 자신의 감정을 말하지 않을 겁니다. 그것이 아무리 강하고 신성한 감정이라고 해도……"

"달리 도리가 없잖아요?" 카챠가 물었다.

"당신들은 똑같이 현명합니다. 당신도 언니 못지않게 강한 성격을 갖고 있어요……"

"제발 저를 언니와 비교하지 마세요." 카챠가 서둘러 그의 말을 막았다. "그건 제게 너무 불리해요. 당신은 언니가 얼마나 미인이고, 얼마나 현명한지 잊은 것 같군요. 특히 아르카디 니콜라예비치…… 당신은 그런 말을 하면 안 돼요. 더구나 그렇게 진지한 얼굴을 하고서."

"그게 무슨 말입니까? '특히 당신'이라뇨? 내가 농담이라도 한다고 생각하나요?"

"물론이죠. 당신은 농담을 하고 있어요."

"그렇게 생각하세요? 그러나 내가 나의 말에 확신을 갖고 있다면 어떻게 하시겠습니까? 그리고 내가 아직도 충분하게 표현하지 못했다고 생각한다면요?"

"무슨 말인지 이해할 수 없군요."

"그래요? 그렇다면 내가 당신의 관찰력을 너무 과대평가했군요."

"뭐라고요?"

아르카디는 아무 대답도 하지 않고 얼굴을 돌렸다. 카챠는 바구니에서 빵 부스러기를 찾아내 참새들에게 던지기 시작했다. 그러나 팔을 너무 세게 휘두르는 바람에 참새들이 빵 부스러기를 쪼기는커녕 멀리 날아가버렸다.

"카테리나 세르게예브나!" 아르카디가 다시 입을 열었다. "아마 당신은 신경도 쓰지 않겠지만, 이것만은 알아주세요. 나는 당신을 당신의 언니뿐만 아니라 세상의 그 누구하고도 바꾸지 않겠습니다."

아르카디는 자기 입에서 불쑥 튀어나온 말에 놀라기라도 한 듯, 자리에서 일어나 재빨리 그곳을 떠났다.

카챠는 바구니와 함께 두 손을 무릎 위에 떨어뜨리고 고개를 약간 숙인 채, 오랫동안 아르카디의 뒷모습을 바라보았다. 그녀의 뺨에는 보일락 말락 홍조가 떠올랐다. 그러나 입술에는 미소가 어리지 않았고, 까만 눈에는 의혹과 함께 아직은 무어라 이름 붙일 수 없는 어떤 감정이 서려 있었다.

"너 혼자 있니?" 안나 세르게예브나의 목소리가 옆쪽에서 들려왔다. "아르카디와 함께 정원으로 나가는 것 같더니."

카챠는 천천히 언니 쪽으로 눈길을 돌리며(안나 세르게예브나는 우아하고 세련된 복장을 하고 오솔길에 서서 활짝 편 양산 끝으로 피피의 귀를 건드리고 있었다) 천천히 말했다.

"혼자 있어요."

"그건 알겠어." 그녀가 웃으면서 대답했다. "그럼 그는 자기 방으로 가버렸니?"

"예."

"같이 책을 읽었니?"

"예."

안나 세르게예브나는 카챠의 턱을 살짝 잡고 얼굴을 들어 올렸다.

"싸움을 한 건 아니지?"

"아뇨." 카챠는 언니의 손을 가만히 물리쳤다.

"어쩜 대답이 이렇게 엄숙하니! 여기서 그를 만나면 같이 산책이나 하자고 청할까 했는데. 그가 늘 같이 산책하자고 했었거든. 시내에서 네 구두를 가져왔는데, 가서 신어보렴. 네가 신고 다니던 구두가 다 해진 것을 어제야 알았어. 너는 그런 데 너무 관심이 없어. 그렇게 예쁜 발을 갖고 있으면서! 좀 크긴 하지만 손도 아름답고…… 그러니 그 발을 잘 이용해야지. 너는 애교가 없어."

안나 세르게예브나는 아름다운 드레스를 가볍게 사각거리며 오솔길을 따라 걸어갔다. 카챠도 벤치에서 일어나 하이네 시집을 들고는 역시 그 자리를 떴다.

'예쁜 발.' 햇볕에 뜨겁게 달아오른 테라스의 돌계단을 천천히 사뿐사뿐 올라가면서 그녀는 생각했다. '예쁜 발이라고 했지…… 그래, 그는 이 예쁜 발밑에 무릎을 꿇게 될 거야.'

그러나 그녀는 곧 자신의 생각에 부끄러움을 느끼고 재빨리 계단을 뛰어올라갔다.

아르카디는 복도를 따라 자기 방으로 가는 길이었다. 그때 집사가 뒤쫓아 와서 바자로프 씨가 방에 와 있다고 알려주었다.

"예브게니가!" 아르카디는 흠칫 놀라면서 웅얼거렸다. "그 사람이 온 지 오래됐소?"

"방금 오셨습니다. 안나 세르게예브나께는 알리지 말고, 곧장 당신 방으로 안내하라고 하셨습니다."

'집에 무슨 안 좋은 일이 생긴 건 아닐까?' 이렇게 생각한 아르카디는 서둘러 계단을 뛰어올라 냅다 방문을 열었지만, 바자로프의 표정을 보고 곧 안심했다. 그러나 좀더 세상을 많이 경험한 관찰자의 눈이었다면, 전과 다름없이 정력적이지만 수척해진 이 예기치 않은 손님의 모습에서 내적인 동요의 징후를 발견할 수 있었을 것이다. 바자로프는 먼지투성이인 외투를 어깨에 걸치고 머리에 테가 없는 모자를 쓴 채 창문틀에 앉아 있었다. 아르카디가 떠들썩하게 환성을 지르며 달려가 목을 껴안았는데도 바자로프는 일어나지 않았다.

"이거 뜻밖인데! 그래, 무슨 바람이 불어서 여길 온 거야!" 자신이 기쁘다고 스스로 생각하고 그 기쁜 모습을 남에게도 보이고 싶어 하는 사람처럼 아르카디는 부산하게 방 안을 돌아다니며 말했다. "우리 집은 별일 없이 모두들 건강하겠지?"

"집안에 별일은 없지만, 모두가 건강하진 않네." 바자로프가 말했다. "수다만 떨지 말고 크바스*나 좀 가져오라고 이르게. 그리고 자리에 앉아서 간결하지만 꽤 인상적인 내 보고를 듣게나."

---

* 호밀, 보리와 엿기름으로 만든 러시아의 음료.

아르카디가 잠잠해지자 바자로프는 그에게 파벨 페트로비치와 결투했던 이야기를 해주었다. 아르카디는 무척 놀랐고 슬프기까지 했지만 그것을 겉으로 드러낼 필요는 없다고 생각했다. 그는 큰아버지의 상처가 정말로 위험하지 않은지 묻기만 했다. 의학적인 면을 제외한 모든 면에서 상처가 매우 흥미롭다는 대답을 듣고서 아르카디는 억지 웃음을 지어 보였다. 그는 끔찍하기도 하고 왠지 부끄럽기도 한 기분이었다. 바자로프가 그의 마음을 알아챈 듯했다.

"이보게." 그는 말했다. "봉건주의자들과 함께 산다는 건 바로 이런 거야. 자신도 봉건주의자가 돼서 기사들의 무술경기에 참가하게 되지. 어쨌든 그래서 나는 부모님에게 가기로 결심했네." 바자로프는 이렇게 말을 맺었다. "만약 내가 쓸데없는 거짓말을 어리석은 짓이라고 생각하지 않았다면, 나는 이 모든 내용을 전달하려고 집에 가는 길에 여기에 들렀다고…… 말했을 거야. 아니, 내가 여기 들른 진짜 이유는 나도 정말 모르겠어. 사람이라면 이따금 자기 앞머리를 부여잡고 밭두렁에서 무를 뽑아내듯이 자신을 뽑아내는 것도 유익한 일이야. 나는 며칠 전에 그런 일을 했어…… 그러나 나는 내가 헤어졌던 것, 내가 앉아 있던 밭두렁이 다시 한번 보고 싶어졌네."

"그건 나를 두고 하는 말은 아니겠지?" 아르카디가 흥분해서 말했다. "나와 헤어질 생각을 하고 있는 건 아니겠지?"

바자로프는 아르카디를 유심히, 거의 뚫어질 듯이 쳐다보았다.

"그게 그렇게 슬픈 일인가? 나는 이미 자네가 나와 갈라섰다는 생각이 드는걸. 자넨 생기발랄하고 말쑥한 친구니까…… 참, 안나 세르게예브나와의 일은 잘되어가고 있겠지?"

"안나 세르게예브나와의 일이라니 그게 무슨 말인가?"

"애송이 양반, 그녀 때문에 시내에서 여기로 왔으면서 웬 시치미인가? 그런데 시내의 일요학교는 어떻게 되어가나? 정말 자네는 그녀에게 반한 게 아닌가? 아니면 벌써 겸손해야 할 때가 되었나?"

"예브게니, 나는 언제나 자네와 흉금을 터놓고 지냈어. 자네도 알잖나. 날 믿어주게. 맹세컨대 자네는 잘못 생각하고 있어."

"흠, 그건 또 처음 듣는 소리군." 바자로프가 나지막한 목소리로 말했다. "그런데 뭘 그렇게 흥분하나. 어쨌든 내게는 마찬가지야. 낭만주의자라면 우리의 길이 갈라지기 시작했다고 말하겠지만, 나는 간단히 이렇게 말하겠네. 우리는 서로에게 싫증이 났다고."

"예브게니……"

"이봐, 친구, 이건 별일도 아니야. 이 세상에는 싫증 나는 일이 많다네. 나는 이제 우리가 헤어질 때가 되지 않았나 생각해. 여기에 온 후로 난 기분이 좋지 않아. 마치 칼루가 현 지사 부인에게 보낸 고골의 편지*를 읽었을 때처럼 말이야. 말이 난 김에 하는 말이지만 난 마부에게 아직 말을 풀라고도 지시하지 않았어."

"아니, 그래서는 안 되지!"

"왜?"

"내 기분에 대해선 말하지 않겠네. 그러나 안나 세르게예브나에게

---

* 러시아의 소설가 니콜라이 고골이 스미르노바에게 쓴 편지(1846년 6월 6일)로 『친구들과의 왕복서한』에 수록되었다가 검열에 의해 삭제되었고, 1860년에 『현 지사 부인이란 무엇인가?』란 제목으로 처음 발표되었다. 고골의 반동적이고 독선적인 견해가 잘 나타난 글이다.

너무 실례가 아닌가? 그녀는 분명 자네를 만나고 싶어 할 거야."

"아니, 틀린 말이야."

"나는 내 생각이 옳다고 확신해." 아르카디가 대꾸했다. "자네야말로 왜 그렇게 시치미를 떼나? 이렇게 되었으니 하는 말인데 자네는 그녀 때문에 여기에 온 것이 아닌가?"

"그건 그럴지도 모르지만 어쨌든 자네는 잘못 생각하고 있어."

그러나 아르카디의 생각이 옳았다. 안나 세르게예브나는 바자로프와 만나고 싶어 했고, 집사를 통해 바자로프를 자기 방으로 초대했다. 바자로프는 그녀에게 가기 전에 옷을 갈아입었다. 그는 새 옷을 금방 꺼낼 수 있도록 챙겨두었던 것이다.

오딘초바는 바자로프가 뜻하지 않게 사랑을 고백했던 그 방이 아니라 객실에서 그를 맞이했다. 그녀는 그에게 다정하게 손가락 끝을 내밀었지만 얼굴 표정은 자신도 모르게 긴장되어 있었다.

"안나 세르게예브나." 바자로프가 서둘러 말했다. "우선 당신을 안심시켜야 하겠습니다. 지금 당신 앞에 있는 한 평범한 인간은 오래전에 정신을 차렸고, 자기가 행했던 어리석은 행동을 다른 사람들이 잊어주기를 바라고 있습니다. 이번에 떠나면 오랫동안 뵙지 못할 겁니다. 아시다시피 저는 연약한 사람은 아니지만, 당신이 혐오감으로 저를 회상하리라 생각하며 떠난다면 아주 불유쾌할 겁니다."

안나 세르게예브나는 높은 산 위에 방금 올라온 사람처럼 심호흡을 했다. 얼굴은 미소로 활기를 띠었다. 그녀는 다시 바자로프에게 한 손을 내밀어 그의 악수에 응했다.

"지난 일을 떠올려서 뭘 하겠어요?" 그녀가 말했다. "게다가 솔직히 제게도 잘못이 있었어요. 애교를 부리진 않았다 해도 뭔가 다른 잘못이 있었어요. 한마디로 말하자면, 이전처럼 친구로 지내요. 그건 꿈이었어요. 그렇잖아요? 누가 꿈을 기억하겠어요?"

"누가 그런 걸 기억하겠습니까? 게다가 사랑이란…… 그건 위선적인 감정이니까요."

"정말이에요? 그 말을 들으니 정말 기뻐요."

안나 세르게예브나는 이렇게, 바자로프는 그렇게 말했다. 그들은 둘 다 진실을 말했다고 생각했다. 그러나 그들의 말은 진실이었을까? 정말로 진실이었을까? 그들 자신도 모르는 일을 작가가 어찌 알겠는가. 그러나 그들의 대화는 서로를 완전히 믿는 것처럼 시작되었다.

안나 세르게예브나는 대화 중에 키르사노프 씨네 집에서 무엇을 하며 지냈느냐고 바자로프에게 물었다. 그는 파벨 페트로비치와의 결투에 대해 말할 뻔했지만, 관심을 끌기 위해 애쓴다고 그녀가 생각할까 봐 그 이야기는 하지 않고 내내 공부만 했다고 대답했다.

"저는," 안나 세르게예브나가 말했다. "처음엔 왠지 마음이 울적해서 외국에 나가려고까지 했어요. 상상해보세요!…… 하지만 얼마 후 이런 기분은 사라졌고, 당신의 친구인 아르카디 니콜라이치가 찾아와서 다시 궤도로 돌아왔어요. 말하자면 제 진정한 역할 말이에요."

"그게 어떤 역할인데요?"

"아주머니의 역할, 교사의 역할, 어머니의 역할…… 뭐 마음대로 이름을 붙이세요. 말이 났으니 말이지만, 전에는 당신과 아르카디 니콜라이치와의 친밀한 우정을 잘 알지 못했어요. 그를 아주 보잘것없는 사람으로 생각했거든요. 그러나 저는 이번에 그를 더 잘 알게 되었고, 그가 현명한 사람이라고 확신하게 되었어요…… 무엇보다 그는 젊어요…… 당신이나 나와는 달라요, 예브게니 바실리치."

"그는 지금도 당신 앞에서 부끄러워합니까?" 바자로프가 물었다.

"설마……" 안나 세르게예브나는 말하려다 말고 잠시 생각하더니 덧붙였다. "이제 그는 더 자신감을 갖고 이야기해요. 전에는 저를 피했었죠. 그러나 저도 그때는 그와의 교제를 원하지 않았어요. 그는 카챠와 아주 친해요."

바자로프는 짜증이 나기 시작했다. '여자란 존재는 능청을 부리지 않을 수 없는 모양이야!' 그는 생각했다. "그 친구가 당신을 피했다고요?" 그는 차갑게 쓴웃음을 지으며 말했다. "그러나 그 친구가 당신에게 반했었다는 것을 아마 모르지는 않겠지요?"

"뭐라고요? 아르카디도요?" 안나 세르게예브나가 무심코 말했다.

"그 친구도." 바자로프가 겸손하게 고개를 숙이면서 되뇌었다. "정말로 당신은 그걸 몰랐습니까? 제가 괜한 말을 한 건가요?"

안나 세르게예브나는 눈을 내리떴다.

"당신의 착각이에요, 예브게니 바실리치."

"착각이 아닙니다. 그러나 괜한 말을 꺼낸 것 같군요." 그는 마음속으로 덧붙였다. '앞으론 능청 떨지 말라고.'

"말해서 안 될 거야 있나요? 그러나 제 생각에, 당신은 이 문제에 대해 순간적인 인상에 너무 큰 의미를 부여하는 것 같아요. 저는 당신에게 과장하는 경향이 있다고 생각해요."

"이런 이야기는 그만하는 게 좋겠어요, 안나 세르게예브나."

"왜요?" 하고 그녀는 대꾸했지만 곧 스스로 화제를 돌렸다.

그녀는 모든 것을 잊었다고 그에게 말했고 그녀 자신도 그렇게 믿었지만 바자로프와 함께 있는 것이 왠지 불편했다. 그와 아주 평범한 대화를 나누고 심지어 농담까지 하면서도 그녀는 가벼운 공포와 압박감을 느꼈다. 사람들은 배를 타고 바다에 나가 있을 때 표면이 단단한 육지에서처럼 걱정 없이 이야기하고 웃지만, 배가 잠시라도 멈추거나 뭔가 조금이라도 이상한 기미가 보이면 즉시 얼굴에 특유의 불안감이 나타난다. 언제라도 위험이 닥칠 수 있음을 항상 의식하고 있다는 증거이다.

안나 세르게예브나와 바자로프의 대화는 오래 계속되지 않았다. 두 사람의 이야기는 공허하고 겉돌았다. 그녀는 혼자만의 생각에 잠겨서 건성으로 대답하더니 결국 홀로 가자고 제안했다. 홀에는 공작의 딸과 카챠가 있었다. "아르카디 니콜라이치는 어디 있지?" 여주인이 물었다. 벌써 한 시간 이상 그가 보이지 않는다는 대답을 듣고 그녀는 아르카디를 찾으러 사람을 보냈다. 그러나 쉽게 그를 찾을 수는 없었다. 그는 정원의 가장 으슥한 곳에서 깍지 낀 손 위에 턱을 괸 채 생각에 잠겨 있었다. 심각하고 중대한 일에 관한 생각이었으나 슬픈 것은 아니었다. 그는 안나 세르게예브나가 바자로프와 단둘이 있는 것을 알았지만, 예전처럼 질투를 느끼지 않았다. 오히려 그의 얼굴은 조용히 빛났다. 그는 뭔가에 놀라기도 하고 기뻐하기도 하면서 뭔가를 결심한 것 같았다.

26

고(故) 오딘초프는 새로운 것을 좋아하지는 않았지만 '일종의 고상한 취미로서의 놀이'는 허용했다. 그래서 자기 집 정원의 온실과 연못 사이에 벽돌을 쌓아 그리스식 회랑(回廊)과 비슷한 건축물을 만들었다. 회랑의 밋밋한 뒷벽에는 조각상을 놓기 위한 자리를 여섯 개 만들었다. 오딘초프는 그 안에 들어갈 조각상들을 외국에서 주문할 계획이었다. 그 조각상들은 고독, 침묵, 사색, 우울, 수치, 감상을 표현해야만 했다. 그중의 하나인 입술에 손가락을 대고 있는 침묵의 여신이 도착해 놓인 날, 하인의 아이들이 여신의 코를 깨뜨리고 말았다. 이웃의 미장이가 '전보다 두 배는 더 훌륭한' 코를 만들어 붙이겠다고 했지만 오딘초프는 그냥 조각상을 치워버리라고 지시했다. 그래서 침묵의 여신은 탈곡장의 한쪽 구석에 처박힌 채 아낙들의 마음에 미신적인 공포를 불러일으키면서 오랫동안 그 자리에 서 있었다. 회랑의 정면은 오래전부터 무성하게 자란 관목으로 덮여 기둥의 윗부분만 우거진 녹음 위로 간신히 보였다. 회랑 안은 한낮에도 서늘했다. 안나 세르게예브나는 회랑에서 뱀을 본 후로 그 장소에 가는 걸 싫어했다. 그러나 카챠는 종종 그곳으로 가서 조각상을 세우기 위해 움푹 판 자리 밑에 놓아둔 커다란 돌 벤치에 앉아 있곤 했다. 그녀는 신선한 공기와 그늘에 둘러싸여 책을 읽고, 일을 하거나 완전한 적막감에 잠기기도 했다. 그런 느낌은 아마 누구나 알고 있을 것이다. 그것의 매력은 우리 주변, 우리 자신 속에 끊임없이 흐르는 광대한 생명의 물결을 어렴풋이 의식하며 말없이 지켜보는 데 있다.

바자로프가 도착한 다음 날, 카챠는 자기가 좋아하는 그 벤치에 앉아 있었고, 역시 아르카디도 함께 있었다. 그가 그 '회랑'으로 같이 가자고 그녀에게 청했던 것이다.

점심식사까지는 한 시간 정도의 시간이 있었다. 이슬이 내린 아침은 이미 뜨거운 낮으로 바뀌어가고 있었다. 아르카디의 얼굴에는 어제의 표정이 아직 남아 있었고, 카챠는 근심 어린 모습이었다. 차를 마시자마자 안나 세르게예브나는 카챠를 자기 서재로 불렀다. 언니는 먼저 카챠를 부드럽게 대하고 나서(이런 태도는 항상 카챠를 다소 놀라게 했다), 아르카디와 함께 있을 때면 더욱 조심해야 한다고 충고했다. 특히 외진 곳에서 그와 단둘이 대화하는 것을 피하라고 충고하면서 그런 장면을 이모와 집안사람들이 모두 보았다는 것처럼 말했다. 전날 밤부터 안나 세르게예브나의 기분이 좋지 않았기 때문에, 카챠는 자신이 무슨 잘못이라도 저지른 듯 불편했다. 아르카디의 청을 받아들이면서 그녀는 속으로 이번이 마지막이라고 생각했다.

"카테리나 세르게예브나!" 아르카디는 수줍어하는 듯하면서도 스스럼없이 말문을 열었다. "당신과 한집에 있는 행복을 누리게 된 후로 당신과 여러 번 대화를 나누었지만, 아직 언급하지 않은 문제…… 내게는 아주 중요한 문제가 하나 남아 있습니다. 어제 당신은 내가 여기서 많이 달라졌다고 말했죠." 그는 자기를 응시하는 카챠의 의문에 찬 눈길을 마주보기도 하고 피하기도 하면서 덧붙였다. "실제로 나는 많은 면에서 변했습니다. 누구보다도 당신이 더 잘 알 겁니다. 사실, 이렇게 변한 것은 당신 덕분이니까요."

"제가요?…… 제 덕분이라고요?……" 카챠가 말했다.

"이제 나는 이곳에 처음 왔을 때처럼 거만한 애송이가 아닙니다."
아르카디가 말을 이었다. "나는 스물셋이란 나이를 그냥 먹은 게 아닙
니다. 여전히 쓸모 있는 사람이 되고 싶고 진리를 위해 내 모든 힘을
바치려고 하지만, 예전에 이상을 찾았던 곳에서 내 이상을 찾고 있지
는 않습니다. 그것은…… 훨씬 더 가까이 있는 것 같거든요. 지금껏
나는 자신을 몰랐고, 내 힘에도 맞지 않는 과제를 설정했었어요……
그러나 최근에 나는 어떤 감정 덕분에 눈을 떴습니다. 내 표현이 그다
지 명확하지는 않지만 당신이 이해해주면 좋겠군요……"

카챠는 아무 대답도 하지 않은 채 아르카디에게서 시선을 돌렸다.

"나는 이렇게 생각합니다." 그는 흥분한 목소리로 다시 말을 이었
다. 그의 머리 위 자작나무 잎사귀 속에서 되새 한 마리가 태평하게
노래를 불렀다. "정직한 사람이라면 누구나 자신의 속마음을 솔직하
게 말하는 게 의무라고 생각합니다…… 가령 어떤 사람들과…… 한
마디로, 가까운 사람들과…… 그래서 나는…… 내 의도는……"

그러나 여기서 아르카디의 말은 어긋났다. 그는 앞뒤가 맞지 않는
말을 하고 더듬거리다가 결국 입을 다물지 않으면 안 되었다. 카챠는
여전히 눈을 들지 않았다. 그가 왜 이런 말을 하는지 이해하지 못하고
뭔가를 기다리는 것만 같았다.

"내가 당신을 놀라게 하는군요." 그는 다시 용기를 내어 입을 열었
다. "게다가 이 감정은 어떤 의미에서…… 어떤 의미에서…… 당신
과 관련이 있으니까요. 당신은 어제 진지함이 부족하다고 날 비난한
걸 기억하지요?" 아르카디는 늪에 빠진 사람이 발을 옮길 때마다 더
깊이 빠져드는 것을 느끼면서도 빨리 건너려는 생각에서 서둘러 앞으

로 나아가는 것 같은 표정으로 말을 계속했다. "이런 비난은 종종 젊은이들을 향해서…… 퍼부어지지요…… 이미 비난의 구실이 없어졌을 때조차 말입니다. 만약 내게 더 많은 자신감이 있다면…… ('제발 날 도와줘요, 도와달라고!' 아르카디는 필사적이었지만 카챠는 여전히 고개를 돌리지 않았다) 만약 내가 기대할 수만 있다면……"

"만약 제가 당신의 말을 믿을 수만 있다면." 그 순간 안나 세르게예브나의 또렷한 목소리가 들려왔다.

아르카디는 입을 다물었고 카챠는 얼굴이 창백해졌다. 회랑을 뒤덮은 수풀 바로 옆에 오솔길이 있는데, 그 오솔길을 따라 안나 세르게예브나와 바자로프가 함께 걸어오고 있었다. 카챠와 아르카디는 그들을 볼 수는 없었지만 그들의 말 한마디 한마디, 옷자락 스치는 소리, 숨소리까지도 들을 수 있었다. 그들은 몇 걸음 더 걷더니 마치 일부러 그러기라도 하듯 회랑 앞에 멈춰 섰다.

"그것 보세요." 안나 세르게예브나가 말을 이었다. "우리가 잘못 생각했어요. 우리는 이미 청춘의 처음 시기를 통과했어요. 특히 저는요. 그리고 삶에 지쳤어요. 우리는 둘 다, 솔직히 말해, 영리한 사람들이죠. 처음에 우리는 서로에게 관심을 가졌고 호기심도 일어났지만…… 그다음에는……"

"그 후에 바로 제가 신선미가 없어졌다는 말이죠." 바자로프가 말을 가로챘다.

"우리가 멀어진 원인은 그게 아니잖아요. 어쨌든 우리는 서로를 필요로 하지 않았어요. 바로 이게 중요한 원인이에요. 우리들 속에는…… 뭐랄까…… 공통점이 너무 많았어요. 우리는 그걸 금방 깨달지 못했어요. 그러나 아르카디는⋯⋯"

"이제 당신은 그가 필요한가요?" 바자로프가 물었다.

"그만두세요, 예브게니 바실리예비치. 당신은 그가 제게 무관심하지 않다고 말했고, 제가 봐도 그는 저를 마음에 들어하는 것 같았어요. 하지만 저는 그의 아주머니 노릇이나 할 수 있을걸요. 물론 전보다 자주 그를 생각하게 되었다는 걸 당신에게 숨기고 싶지는 않아요. 그 젊고 신선한 감정 속에는 어떤 매력 같은 것이 있어요⋯⋯"

"그런 경우에는 '매혹'이라는 말이 더 많이 쓰이지요." 바자로프가 말을 가로챘다. 침착하지만 공허한 그 목소리에서 울분이 끓어오름을 느낄 수 있었다. "아르카디는 어제 내게 뭔가를 숨겼고, 당신에 대해서도 당신의 여동생에 대해서도 아무 말이 없었어요⋯⋯ 이건 중대한 징후입니다."

"그와 카챠는 꼭 남매 같아요." 안나 세르게예브나가 말했다. "저는 그의 그런 점도 맘에 들어요. 그러나 그들이 그렇게 가까워지는 것을 허용해선 안 될지도 모르죠."

"그건 언니로서⋯⋯ 하는 말입니까?" 바자로프는 말을 길게 끌며 물었다.

"물론이지요⋯⋯ 그런데 우리는 왜 여기 이렇게 서 있죠? 가요. 우리는 참 이상한 얘기를 했네요, 그렇죠? 당신과 이런 얘기를 하리라곤 생각지도 못했어요. 당신도 아시다시피 저는 당신이 두려워요⋯⋯ 동시에 저는 당신을 믿어요. 사실 당신은 매우 착한 분이니까요."

"첫째, 저는 전혀 착하지 않습니다. 둘째, 당신에게 저는 아무 의미도 없습니다. 그래서 당신은 제가 착하다고 말하는 겁니다⋯⋯ 죽은 사람의 머리에 화환을 올려놓는 거나 마찬가지입니다."

"예브게니 바실리예비치, 우리는 자신을 억제할 수 없어요……" 안나 세르게예브나가 말을 계속하려고 했지만, 갑자기 불어온 바람이 나뭇잎을 흔들면서 그녀의 말을 실어갔다.

"당신은 자유로운 몸이잖아요?" 잠시 후에 바자로프가 말했다.

더 이상 아무 말도 알아들을 수 없었다. 발걸음 소리는 멀어져갔고…… 모든 것이 잠잠해졌다.

아르카디는 카챠를 향해 몸을 돌렸다. 그녀는 여전히 같은 자세였지만 머리는 좀더 숙이고 있었다.

"카테리나 세르게예브나." 아르카디는 두 손을 꽉 움켜쥐고 떨리는 목소리로 말했다. "나는 영원히, 그리고 변함없이 당신을 사랑합니다. 당신 외엔 아무도 사랑하지 않습니다. 나는 이 말을 하고 싶었고, 당신의 의견을 듣고 싶었고, 당신에게 청혼하고 싶었습니다. 나는 부자는 아니지만 어떤 희생이라도 할 준비가 되어 있으니까요…… 왜 대답이 없습니까? 당신은 날 믿지 않나요? 내가 경솔하게 말한다고 생각하나요? 요 며칠 동안을 생각해보세요! 오래전에 다른 모든 것은 흔적도 없이 사라졌다는 걸 당신은 진정 믿지 못하겠습니까? 날 좀 보세요. 그리고 한마디만 해주세요…… 나는 당신을 사랑합니다…… 당신을 사랑해요…… 날 믿어줘요!"

카챠는 엄숙하고 맑은 눈으로 아르카디를 쳐다보았다. 그러고는 한참 생각하고 난 후 보일락 말락 미소를 띠며 입을 열었다.

"예."

아르카디는 벤치에서 벌떡 일어났다.

"'예'라고요! 당신은 '예'라고 말했지요, 카테리나 세르게예브나! 그 말은 무슨 의미인가요? 내가 당신을 사랑한다는 것을 믿는다는 말인지…… 아니면…… 아니면…… 나는 감히 더 말을 못하겠습니다."

"예." 카챠가 되뇌었다. 이번에는 아르카디도 그녀의 말뜻을 이해했다. 그는 기쁨에 넘쳐 숨을 헐떡이며 카챠의 크고 아름다운 두 손을 덥석 쥐고 자기 가슴에 꼭 가져다 댔다. 그는 간신히 발을 딛고 서서 그저 "카챠, 카챠……" 하고 되뇌었다. 그녀는 왠지 순진하게 울음을 터뜨렸고, 조용히 미소 지었다. 사랑하는 사람의 눈에서 이런 눈물을 보지 못한 사람은 감사와 부끄러움으로 숨이 넘어갈 듯할 때, 이 세상에서 얼마나 행복해질 수 있는지 아직 경험하지 못한 사람이다.

이튿날 아침 일찍 안나 세르게예브나는 바자로프를 자기 서재로 불러오도록 사람을 보냈다. 그녀는 억지로 웃음을 지으며 접힌 편지 한 장을 그에게 건넸다. 그녀의 여동생에게 청혼하는 내용을 담은 아르카디의 편지였다.

바자로프는 재빨리 편지를 훑어보았다. 그러고는 순식간에 차오르는 심술궂은 감정을 내보이지 않으려고 가까스로 자신을 억제했다.

"그것 보세요." 바자로프가 말했다. "당신은 바로 어제 아르카디와 카테리나 세르게예브나가 남매처럼 사랑하는 것 같다고 말했었죠. 이제 어떻게 할 작정입니까?"

"당신은 제게 어떤 충고를 해주시겠어요?" 안나 세르게예브나는 여전히 웃음을 띤 채 물었다.

"글쎄요, 제 생각으로는," 그녀와 마찬가지로 바자로프 역시 조금도 유쾌하지 않았고 웃고 싶지도 않았지만 웃음을 띠며 말했다. "두 젊은이를 축복해야 한다고 생각합니다. 모든 면에서 잘 어울리는 한 쌍이니까요. 키르사노프는 상당한 재산가이고, 아르카디는 외아들입니다. 그의 아버지도 호인이니 이 결혼을 반대하지 않을 겁니다."

오딘초바는 잠시 방 안을 서성였다. 얼굴이 붉으락푸르락했다.

"그렇게 생각하세요?" 그녀가 말했다. "그래요. 저도 별문제는 없다고 생각해요…… 카챠를 위해서도…… 아르카디 니콜라예비치를 위해서도…… 기뻐요. 물론 그의 아버지의 대답을 기다려야지요. 저는 그를 그의 집으로 보낼 거예요. 이렇게 되고 보니, 어제 제가 우리는 이미 늙은 사람들이라고 말한 건 정말 옳았어요…… 어떻게 제가 아무것도 몰랐을까요? 정말 놀라워요!"

안나 세르게예브나는 다시 웃기 시작했으나 곧 얼굴을 돌렸다.

"요즘 젊은이들은 아주 교활해졌어요." 바자로프 역시 이렇게 말한 뒤 웃었다. "안녕히 계십시오." 잠시 잠자코 있던 그가 입을 열었다. "이 일을 잘 마무리하기 바랍니다. 저는 멀리서 축하해드리겠습니다."

오딘초바는 재빨리 바자로프 쪽으로 몸을 돌렸다.

"정말로 떠나시게요? 왜 '지금' 떠나려 하는 거죠? 머물러 계세요…… 당신과 이야기하는 게 즐거워요…… 마치 벼랑 끝을 걷는 것 같거든요…… 처음엔 무섭지만 곧 어디선가 용기가 솟아올라요. 머물러 계세요."

"말씀은 고맙습니다. 안나 세르게예브나. 말재주에 대한 찬사도 고맙고요. 그러나 너무 오랫동안 나와 인연이 없는 세상을 돌아다닌 것 같아요. 날치는 얼마 동안 공중에 떠 있을 수 있지만, 곧 물속으로 떨어질 수밖에 없지요. 다시 나의 세계로 돌아갈 수 있도록 허락해주십시오."

오딘초바는 바자로프를 쳐다보았다. 그의 창백한 얼굴이 쓰디쓴 웃음으로 일그러져 있었다. '이 남자는 날 사랑했어!' 그녀는 생각했다. 연민을 느낀 그녀는 동정 어린 마음으로 그에게 한 손을 내밀었다.

그러나 바자로프도 그녀의 마음을 알아차렸다.

"아닙니다!" 그는 한 걸음 뒤로 물러섰다. "저는 가난한 사람이지만 지금껏 남의 동정을 받지는 않았습니다. 안녕히 계십시오. 그리고 건강하세요."

"이것이 우리의 마지막 만남은 아니라고 확신해요." 안나 세르게예브나는 저도 모르게 몸을 움찔하며 말했다.

"이 세상에 무슨 일인들 없겠습니까!" 바자로프는 이렇게 대답하고 나서 머리 숙여 인사하고는 밖으로 나갔다.

"그래, 자네는 보금자리를 만들 생각이란 말이지?" 그날 바자로프는 쪼그리고 앉아 트렁크의 짐을 꾸리며 아르카디에게 말했다. "뭐, 잘된 일이네. 그러나 그렇게 능청을 떨 필요는 없었잖나. 난 자네에게 전혀 다른 행동을 기대했었네. 자네도 이 일로 당황하지 않았나?"

"자네와 헤어질 때만 해도 이렇게 될 줄은 꿈에도 생각지 못했네." 아르카디가 대답했다. "그런데 자네야말로 왜 능청을 떨며 '잘된 일' 이라고 말하나? 마치 내가 자네의 결혼관을 모르기라도 하는 것처럼 말이야."

"여보게 친구!" 바자로프가 말했다. "무슨 말을 그렇게 하나! 지금 내가 하고 있는 일을 보게. 트렁크에 빈자리가 생겨서 거기에 건초를 넣고 있지 않나. 우리 인생의 트렁크도 이와 마찬가지야. 빈자리가 없도록 그저 뭐든지 채워 넣어야 해. 화내지 말게. 내가 카테리나 세르게예브나를 평소에 어떻게 생각하는지 자네도 알고 있겠지. 세상에는 그저 영리하게 한숨을 쉬는 것만으로 똑똑하다는 평판을 얻는 아가씨도 있지만, 카챠는 자신의 입장을 지키고, 그렇게 해서 자네를 금방 손에 넣고 말 거야. 하기야 그래야만 하지." 바자로프는 트렁크 뚜껑을 탁 닫고 바닥에서 일어났다. "이제 헤어지면서 다시 한마디 하겠네…… 스스로를 속일 필요는 없으니까. 우리는 영원히 헤어지려고 하네. 자네 역시 느낄 테지…… 자네는 현명하게 행동했어. 고되고 처량한 홀아비 생활은 자네에게 맞지 않아. 자네에겐 과감함이나 독한 마음이 없고, 젊은 용기와 혈기만 있을 뿐이야. 그런 것은 우리의 사업에 쓸모가 없어. 자네 같은 귀족은 고상한 겸손이나 고상한 흥분에서 한 걸음도 더 나아갈 수 없어. 다 시시한 것들인데 말이야. 자네 같은 사람들은 싸움을 하지 않으면서 스스로를 훌륭한 인간이라고 생각하지. 그러나 우리는 싸우고 싶어. 그럼 어떻게 되겠나! 우리의 먼지가 자네들 눈에 들어가고, 우리의 진흙은 자네들의 옷을 더럽힐 거야. 자네들은 우리를 따라오려면 아직 멀었네. 자네들은 스스로에게 도취되어 자책하는 걸 즐거워하지. 그러나 우린 그게 지겨워. 우리에겐 깨부숴야만 하는 다른 사람들이 필요해! 자네는 훌륭한 젊은이지만 나약하고 자유주의적인 도련님에 불과해. 우리 아버지의 말을 빌리자면, '그게 전부'야."

"나와 영영 헤어질 생각인가, 예브게니?" 아르카디는 슬픈 목소리로 말했다. "그래, 날 위해 달리 해줄 말은 없나?"

바자로프는 뒤통수를 긁었다.

"있지. 아르카디, 다른 할 말이 있지만 하지 않겠네. 그건 낭만주의 니까. 즉 감상에 젖게 된다는 말이지. 빨리 결혼해서 보금자리를 만들고 자식을 많이 낳게나. 아마 우리와는 달리 좋은 때에 태어나니까 현명한 사람이 될 거야. 이런! 말이 준비된 것 같군. 가야겠네. 다른 사람들과는 작별인사를 했어…… 어때, 한번 껴안아볼까?"

아르카디는 과거의 스승이자 친구인 바자로프의 목을 끌어안았다. 그의 눈에서 눈물이 왈칵 쏟아져내렸다.

"이게 바로 젊음이지!" 바자로프는 조용히 말했다. "나는 카테리나 세르게예브나에게 기대를 걸고 있네. 두고 보게, 그녀는 자네를 잘 위로해줄 거야!"

"잘 있게, 친구!" 마차에 올라탄 바자로프가 아르카디에게 말했다. 그리고 마구간 지붕 위에 나란히 앉은 갈가마귀 한 쌍을 가리키며 덧붙여 말했다. "저걸 봐! 잘 배우게!"

"무슨 말인가?" 아르카디가 물었다.

"뭐라고? 자네는 박물학에 너무 약하군. 갈가마귀가 가장 성실하고 가족적인 새라는 걸 잊어버렸나? 자네에겐 좋은 본보기야!…… 잘 있게, Signor(시뇨르)*!"

마차가 덜컹거리며 달리기 시작했다.

바자로프의 말은 옳았다. 그날 저녁 카챠와 이야기하면서 아르카디는 과거의 스승을 완전히 잊었다. 이미 그녀에게 복종하기 시작한 것이다. 카챠도 그것을 느꼈지만 놀라지 않았다. 다음 날 그는 마리노

---

* 이탈리아어로 씨, 님, 선생을 뜻하는 경칭.

마을의 아버지에게 가야 했다. 안나 세르게예브나는 젊은이들을 방해하고 싶지 않았다. 그저 예의상 그들이 너무 오래 단둘이 있지 않도록 했을 뿐이다. 그녀는 너그러운 마음에서 공작의 딸을 그들로부터 떼어놓았다. 곧 그들이 결혼을 한다고 하자 공작의 딸이 눈물을 흘리며 분개했던 것이다. 처음에 안나 세르게예브나는 자신도 그들의 행복한 모습을 보면 괴롭지 않을까 걱정했지만, 사실은 정반대였다. 그들의 행복한 모습은 그녀를 괴롭히지 않았을 뿐만 아니라 그녀의 관심을 끌었고, 끝내는 그녀를 감동시켰다. 안나 세르게예브나는 이것이 기쁘기도 하고 슬프기도 했다. '아마 바자로프의 말이 옳은 것 같아.' 그녀는 생각했다. '호기심, 한갓 호기심에 불과해. 나는 평온함을 사랑했던 거야. 그리고 이기주의……'

"그런데 말이야!" 그녀는 큰 소리로 말했다. "사랑이란 가식적인 감정이 아닐까?"

그러나 카챠도 아르카디도 그 말을 이해하지 못했다. 그들은 그녀를 피했다. 뜻하지 않게 엿들은 이야기가 머리를 맴돌았기 때문이다. 그러나 안나 세르게예브나는 곧 그들을 안심시켰다. 그것은 어려운 일이 아니었다. 그녀 자신의 마음이 안정되었기 때문이다.

27

바자로프의 늙은 부모는 아들의 귀향을 기대하지 않았던 만큼, 갑작스레 아들이 돌아오자 기뻐서 어쩔 줄 몰라했다. 아리나 블라시예브나가 어찌나 집 안을 뛰어다녔는지, 바실리 이바니치가 그녀를 '자고새'에 비유했을 정도였다. 그녀의 짤막한 블라우스 옷자락은 실제로 새를 연상시켰다. 바실리 자신은 호박(琥珀)으로 만든 긴 담뱃대를 비스듬히 물고서 손가락으로 목을 잡고 머리를 빙글빙글 돌렸다. 마치 목이 튼튼히 붙어 있는지 시험해보는 것 같았다. 그런가 하면 갑자기 커다란 입을 벌리고 소리 내어 껄껄 웃곤 했다.

"아버지! 저는 육 주 동안 여기 머무를 생각입니다." 바자로프가 아버지에게 말했다. "공부를 하고 싶으니까 제발 방해하지 마세요."

"네가 내 얼굴을 잊어버릴 정도로 방해하지 않겠다!" 바실리 이바니치가 대답했다.

아버지는 약속을 지켰다. 전처럼 아들에게 자기 서재를 내어주고는 거의 발길을 끊었을 뿐만 아니라, 아내에게도 지나친 애정표현을 하지 못하게 했다. "여보." 그는 아내에게 말했다. "처음 예뉴쉬카가 왔을 때 우리가 약간 성가시게 굴었으니, 이번에는 분별 있게 행동해야 하오." 아리나 블라시예브나는 남편의 말을 따랐으나 이로 인한 이득은 별로 없었다. 그녀는 아들을 식사 때만 볼 수 있었는데, 아들에게 말을 거는 것조차 두려워했다. "예뉴센카!" 그녀는 이렇게 말을 꺼내곤 했지만 아들이 돌아보기도 전에 손가방 끈을 만지작거리면서 "아니다, 아무것도 아니야. 나는 그저"라고 하며 더듬거렸다. 그러고 나서 그녀는 바실리 이바니치 쪽으로 가서 손으로 뺨을 괴고 말하곤 했다. "여보, 예뉴샤가 점심으로 무엇을 먹고 싶어 할까요? 양배추 수프일까요, 야채 수프일까요?" "왜 당신이 직접 그 애에게 물어보지 않았소?" "귀찮아할까 봐요!" 그러나 바자로프는 곧 자기 스스로 서재에 틀어박힌 생활을 그만두었다. 공부에 대한 열정이 갑자기 사라지고 우울한 권태와 막연한 불안이 찾아왔던 것이다. 그의 모든 동작에는 이상한 피로감이 나타났고, 심지어 의연하고 씩씩했던 걸음걸이마저 변했다. 그는 혼자 산책하는 걸 그만두고 사람들과 어울릴 기회를 찾기 시작했다. 그리고 객실에서 차를 마시고 바실리 이바니치와 채소밭을 거닐며 '말없이' 함께 담배를 피우기도 했다. 한번은 알렉세이 신부의 안부를 물어보기도 했다. 바실리 이바니치는 처음에 이런 변화를 보고 기뻐했지만, 그 기쁨은 오래가지 못했다. "예뉴샤 때문에 괴로워." 그는 슬그머니 아내에게 하소연을 했다. "그 애는 불만스러워하거나 화를 내는 게 아니야. 그런 거라면 차라리 괜찮겠지만, 그 애는 지금 괴로워하면서 슬픔에 잠겨 있어. 이게 무서운 거야. 차라리 나와 당신에게 잔소리를 했으면 좋겠는데 늘 입을 다물고 있거든. 몸은 마르고 안색도 아주 좋지 않고." "하느님 맙소사, 하느님 맙소사!" 노파가 중얼거렸다. "목에 부적 주머니라도 걸어주고 싶지만 그 애는 그걸 허락하지 않을 거예요." 바실리 이바니치는 몇 번 아주 조심스럽게 바자로프에게 일이며, 건강이며, 아르카디에 대해 물으려고 시도했다…… 그러나 바자로프는 마지못해 퉁명스럽게 대답했다. 그러다가 한번은 아버지가 대화 중에 뭔가를 슬쩍 캐물으려 한다는 것을 눈치채고 화를 내며 말했다. "왜 아버지는 발끝으로 살금살금 걸어 다니면서 항상 제 주변을 맴도는 거예요? 그런 방법은 전보다 더 나빠요." "아니, 아니, 난 아무것도 안 했다!" 가련한 바실리 이바니치는 서둘러 대답했다. 정치적인 문제를 언급해도 역시 소용없었다. 한번은 농노해방과 진보에 대해 말하고 나서 아들의 공감을 기대했지만, 아들은 무관심하게 대답했다. "어제 담장 옆을 지나가는데 농군의 아이들이 옛 노래를 부르는 대신에 이렇게 떠들어대고 있더군요. '참된 시대가 오고, 가슴은 사랑을 느낀다……' 바로 이게 아버지가 말씀하신 진보라는 거겠죠."

때때로 바자로프는 마을로 가서, 여느 때처럼 빈정대듯 농군과 이야기를 나눴다. "여보게," 그는 말했다. "내게 자네의 인생관을 말해보게. 러시아의 모든 힘도 미래도 자네들에게 달려 있고, 역사의 새 시대도 자네들로부터 시작된다고 말들 하잖나. 진짜 언어도 법률도 자네들이 준다더군." 농군은 아무 대답도 않든가 다음과 비슷한 말을 하든가 했다. "물론 할 수 있습죠…… 그러니까…… 문제는 어떤 부속 건물을 짓느냐 그게 문제죠."

"자네들의 미르*가 도대체 뭔지 설명해주게." 바자로프가 농군의 말을 끊었다. "그건 세 마리 물고기 위에 서 있는 바로 그 미르인가?"

"그거야, 나리, 땅이 세 마리 물고기 위에 서 있습죠." 농군은 평온하고 소박하고 선량하게 노래하듯 설명했다. "다시 말해서, 미르는 우리의 뜻과는 반대로 나리의 뜻대로 되는 거지요. 나리들은 우리의 어버이니까요. 나리가 엄하실수록 농군은 더 온순해지지요."

이 말을 들은 바자로프는 경멸하듯 어깨를 으쓱하더니 발길을 돌렸다. 농군은 어슬렁어슬렁 자기 집으로 걸어갔다.

---

* 러시아어로 미르는 농민공동체, 세계, 평화라는 의미이다. 여기에서 바자로프는 미르를 농민공동체와 세계라는 의미로 사용하면서 말장난을 하고 있다. 초기 러시아 신화에 의하면 미르(세계)는 세 마리 물고기 위에 서 있다. 미르가 세 마리 물고기 위에 서 있느냐는 바자로프의 질문에 농군은 미르가 아니라 땅이 세 마리 물고기 위에 서 있다고 재치 있게 대답하고 있다.

"무슨 말을 한 거야?" 멀리 자기 집 문간에서 침울한 모습으로 농군과 바자로프의 이야기를 보고 있던 중년의 다른 농군이 그 농군에게 물었다. "밀린 소작료 얘기를 하던가?"

"웬눔의 밀린 소작료!" 바자로프와 이야기했던 농부가 대답했다. 순박하게 노래 부르는 듯한 목소리는 이미 사라지고, 반대로 퉁명스럽고 거친 어투였다. "그저 몇 마디 지껄이더군. 쓰잘 데 없는 얘기를 하고 싶었던 게야. 지주야 뻔하지 않나. 지가 뭘 알겠어?"

"그려, 알 리가 없지!" 다른 농군이 대답했다. 그리고 두 농군은 모자를 벗어 흔들고 허리띠를 내리고는 자기들의 일과 가난에 대해 이야기하기 시작했다. 아아! 경멸하듯이 어깨를 으쓱하던, 농군들과 얼마든지 이야기를 할 줄 안다던 바자로프(파벨 페트로비치와 논쟁했을 때 그가 자랑하던 점이다), 그 자신만만한 바자로프도 농군들이 볼 때는 한낱 광대에 지나지 않았던 것이다. 바자로프는 이것을 꿈에도 생각지 못했을 것이다……

그러나 바자로프는 마침내 자기의 일을 찾아냈다. 어느 날 바실리 이바니치가 아들이 보는 앞에서 농군의 부상당한 발을 싸매고 있었는데, 노인이라 손이 떨려서 붕대를 잘 감을 수가 없었다. 그래서 아들이 아버지를 도와주었고, 이때부터 아들은 아버지의 진료에 동참하게 되었다. 그러면서도 바자로프는 자기가 권고한 치료방법뿐 아니라 즉시 그 방법을 실행에 옮기는 아버지를 비웃었다. 그러나 바자로프의 비웃음은 바실리 이바니치를 조금도 당황하게 만들지 않았다. 오히려 그 비웃음은 아버지를 위로하기까지 했다. 바실리 이바니치는 기름때 묻은 헐렁한 실내복 배 부분을 두 손가락으로 꼭 누르거나 파이프 담배를 피우면서 만족스럽게 바자로프의 말을 들었다. 아들의 불손한 언행이 심하면 심할수록 아버지는 행복해했다. 그는 검게 변한 이를 다 드러내 보이면서 호인처럼 껄껄 웃어댔다. 심지어 이따금은 평범하거나 무의미한 아들의 불손한 언행을 되뇌기까지 했다. 예컨대 며칠 동안 그는 밑도 끝도 없이 '아니, 그건 시시한 일이에요!'라는 말을 입에 달고 지냈다. 아버지가 새벽예배에 다니는 걸 알고 바자로프가 이런 말을 했기 때문이었다. "고마운 일이야! 우울증이 없어졌어!" 그는 아내에게 속삭였다. "그 애가 오늘 날 조롱했는데, 정말 놀라웠다니까!" 이런 훌륭한 조수가 있다는 사실이 그는 매우 기쁘고 자랑스러웠다. "그럼, 그럼." 남자외투를 입고 뾰족한 두건을 쓴 어떤 아낙에게 굴라르 용액*을 넣은 병인지 사리풀 연고를 넣은 통인지를 주면서 바실리 이바니치가 말했다. "이봐요, 내 아들이 집에 와 있는 것을 하느님께 감사해야 하오. 가장 최신의 방법으로 과학적인 치료를 받고 있으니까. 내 말 알겠소? 프랑스 황제 나폴레옹에게도 이보다 훌륭한 의사는 없었지." '온몸이 쿡쿡 쑤신다'고 하소연하러 왔던 아낙은(그러나 '온몸이 쿡쿡 쑤신다'는 뜻을 그녀 자신도 제대로 설명할 수 없었다) 그저 허리 굽혀 절을 하고 품속에 손을 집어넣었다. 아낙의 품속에는 손수건에 싼 달걀 네 개가 들어 있었다.

한번은 바자로프가 여기저기 떠돌아다니는 포목 행상인의 이빨을 뽑아주었다. 평범한 이빨 하나였지만, 바실리 이바니치는 그것을 희귀한 물건인 양 보관했다가 알렉세이 신부에게 보여주면서 끝없이 되

---

* 일종의 조제약품으로 프랑스 의사 토마스 굴라르의 이름을 따서 붙여졌다.

뇌었다.

"이 이빨 뿌리 좀 보세요! 예브게니는 이렇게 힘이 세답니다! 포목 상인이 허공으로 들려 올라갈 정도였어요…… 그 애는 떡갈나무라도 뽑을 수 있을 것 같았어요!……"

"참, 대단하군요!" 마침내 알렉세이 신부가 입을 뗐다. 신부는 노인에게 무슨 대답을 해야 할지, 아들 자랑으로 황홀해하는 이 노인에게서 어떻게 벗어나야 할지 알 수가 없었다.

어느 날 이웃 마을에 사는 농군 하나가 발진티푸스에 걸린 동생을 짐마차에 실어 바실리 이바니치에게 데려왔다. 이 불행한 환자는 짚단 위에 누워서 죽어가고 있었다. 그의 몸은 검은 반점으로 뒤덮여 있었고, 이미 오래전부터 의식이 없었다. 바실리 이바니치는 좀더 빨리 의술의 도움을 받을 생각을 하지 않은 것에 대해 유감의 뜻을 표하고 나서 이제는 가망이 없다고 말했다. 농군은 동생을 집까지 데려갈 수도 없었다. 동생이 짐마차 위에서 죽고 말았던 것이다.

그 일이 있고 사흘쯤 후에 바자로프가 아버지 방으로 들어오더니 질산은이 있느냐고 물었다.

"있지. 그런데 무엇에 쓰려고?"

"필요해서요…… 상처를 지져야만 해요."

"누구 상처?"

"제 상처요."

"아니, 네 상처라니! 왜 상처가 났어? 무슨 상처인데? 어디야?"

"여기, 손가락에요. 오늘 이웃 마을에 갔다 왔어요. 아시죠? 저번에 그 마을에서 발진티푸스에 걸린 환자가 하나 왔었잖아요. 그의 시체

292

를 해부한다고 하더라고요. 저도 오랫동안 해부실습을 못했거든요."

"그래서?"

"그래서, 군의(郡醫)에게 해부를 할 수 있게 해달라고 부탁했지요. 그러다가 좀 베었어요."

바실리 이바니치는 갑자기 얼굴이 창백해지더니 아무 말도 하지 않고 서재로 달려가서 곧장 질산은 한 조각을 가지고 돌아왔다. 바자로프가 그것을 가지고 나가려고 했다.

"제발." 바실리 이바니치가 말했다. "내가 하게 해다오."

바자로프가 쓴웃음을 지었다.

"아버지는 정말 실습을 좋아하시네요!"

"농담하지 마라. 손가락을 보여다오. 상처는 크지 않구나. 아프진 않니?"

"더 세게 누르세요. 겁내지 마시고."

바실리 이바니치는 동작을 멈추었다.

"네 생각은 어떠냐, 예브게니. 불에 달군 쇠로 지지는 게 더 낫지 않겠니?"

"그러려면 진작 했어야 했어요. 사실, 지금은 질산은도 별 소용이 없어요. 감염되었다면 이미 늦었어요."

"뭐…… 늦었다니……" 바실리 이바니치가 간신히 말했다.

"물론이죠! 상처가 난 지 네 시간은 더 지난걸요."

"군의에게 질산은도 없었다는 말이냐?"

"없었어요."

"오, 어찌 그럴 수가! 의사라는 사람이 그런 필수품도 없다니!"

"그의 수술용 칼을 봤다면 기절초풍하셨을걸요!" 바자로프는 이렇게 말하고 밖으로 나갔다.

그날 저녁과 다음 날 종일 바실리 이바니치는 아들 방에 들어가려고 온갖 구실을 갖다 댔다. 상처 얘기는 꺼내지도 않았을뿐더러 전혀 상관없는 것에 대해서만 이야기하려 애썼다. 그러나 그가 너무 집요하게 아들의 눈을 바라보고, 너무 불안하게 아들을 관찰했기 때문에 바자로프는 참지 못하고 떠나겠다고 말했다. 바실리 이바니치는 다시는 불안해하지 않겠다고 아들에게 약속했다. 남편에게서 아무 말도 듣지 못한 아리나 블라시예브나는 왜 자지 않느냐, 무슨 일이 있느냐고 물어보면서 남편을 성가시게 했다. 이틀 동안을 그는 꾹 참고 지냈다. 몰래 훔쳐보는 아들의 모습은 그리 좋아 보이지 않았다…… 그러나 사흘째 되던 날 점심식사 때, 그는 더 이상 참을 수가 없었다. 바자로프는 눈을 내리깔고 가만히 앉아서 어떤 음식도 건드리지 않았다.

"왜 먹지 않니, 예브게니?" 아버지는 일부러 무심한 표정을 지으면서 물었다. "음식이 맛있게 된 것 같은데."

"먹고 싶지 않아서요."

"식욕이 없어? 머리는 어떠냐?" 그는 겁먹은 목소리로 덧붙여 말했다. "아프냐?"

"아파요. 아프지 않을 리가 있겠어요?"

아리나 블라시예브나는 등을 펴고 귀를 바싹 기울였다.

"제발 화내지 마라, 예브게니." 바실리 이바니치가 말을 이었다. "내가 네 맥을 짚어보도록 해다오."

바자로프는 엉거주춤 일어났다.

"맥을 짚을 것도 없어요. 열이 있어요."

"오한도 나니?"

"오한도 나요. 가서 누울게요. 보리수 차나 보내주세요. 아마 감기에 걸린 것 같아요."

"그래서 간밤에 네 기침 소리가 들렸구나." 아리나 블라시예브나가 말했다.

"감기에 걸렸어요." 바자로프는 이렇게 말하고 방에서 나갔다.

아리나 블라시예브나는 보리수 꽃으로 차를 만들기 시작했고, 바실리 이바니치는 옆방으로 들어가서 말없이 자기 머리를 움켜쥐었다.

바자로프는 그날 자리에서 일어나지 못했고, 밤새 위태로운 반 혼수상태에 빠져 있었다. 자정이 넘어서 간신히 눈을 뜬 그는, 아버지의 창백한 얼굴이 램프 불빛을 받으며 자기를 들여다보는 것을 보자 나가달라고 했다. 아버지는 아들의 말을 따랐으나 금방 까치발을 하고 돌아와서는 어쩔 수 없이 찬장 문 뒤에서 몸을 반쯤 가린 채 아들을 지켜보았다.

아리나 블라시예브나도 역시 잠자리에 들지 않고 서재의 문을 살짝 열어놓은 뒤, 가까이 다가가서 '예뉴샤의 숨소리가 어떤지' 들어보기도 하고 바실리 이바니치를 바라보기도 했다. 그녀는 꼼짝하지 않는 남편의 굽은 등밖에 볼 수 없었지만, 그래도 어느 정도는 마음이 놓였다. 다음 날 아침, 바자로프는 일어나려다가 머리가 빙글빙글 돌고 코피가 나서 다시 눕고 말았다. 바실리 이바니치는 말없이 아들을 간병했다. 아리나 블라시예브나가 아들 방으로 들어와 기분이 어떠냐고 물었다. 바자로프는 '훨씬 좋아졌다'고 말하고 벽 쪽으로 돌아누웠다.

바실리 이바니치는 아내를 향해 두 손을 내저었다. 그녀는 울음을 참으려고 입술을 깨문 채 밖으로 나갔다. 갑자기 집 안의 모든 것이 어두워졌고 사람들은 모두 풀죽은 얼굴을 했다. 집 안은 이상한 정적에 휩싸였다. 마당에서 요란스럽게 울어대던 수탉은 마을로 옮겨졌는데, 자기가 왜 그런 대우를 받는지 알지 못했다. 바자로프는 벽만 바라보고 계속 누워 있었다. 바실리 이바니치는 아들에게 이것저것 물어보려고 했지만, 그것이 아들을 피로하게 만들었기 때문에 그저 다시 안락의자에 죽은 듯이 앉아서 이따금 손가락만 딱딱 꺾었다. 노인은 잠깐씩 정원으로 나와 형용할 수 없는 충격으로 장승이 되어버린 듯 꼼짝 않고 서 있었다. (놀란 표정은 그의 얼굴에서 쉽게 사라지지 않았다.) 그리고 아내의 질문을 피하면서 다시 아들에게로 돌아갔다. 결국 참다못한 아내가 그의 손을 붙들고 거의 위협하듯이 발작적으로 말했다. "우리 애한테 무슨 일이 생긴 거예요?" 그는 문득 정신을 차리고 대답 대신 억지로 미소를 지었다. 그러나 유감스럽게도 웬일인지 미소 대신 웃음이 터져 나왔다. 그는 아침 일찍, 의사를 부르러 사람을 보냈다. 그는 아들이 화를 내지 않도록 이 사실을 아들에게 미리 알릴 필요가 있다고 생각했다.

바자로프는 갑자기 소파에서 돌아누워 흐릿한 눈길로 아버지를 유심히 보더니 마실 물을 달라고 했다.

바실리 이바니치는 아들에게 물을 먹여주면서 이마를 짚어보았다. 아들의 이마는 불덩이처럼 뜨거웠다.

"아버지." 바자로프가 쉰 목소리로 천천히 말했다. "일이 잘못되었어요. 저는 감염되었으니 며칠 후에 장사를 치러야 할 겁니다."

바실리 이바니치는 누군가에게 다리를 걸어차인 듯 비틀거렸다.

"예브게니." 그가 중얼거렸다. "그게 무슨 소리냐!…… 하느님이 널 도우실 거다! 넌 감기에 걸린 게야……"

"그만하세요." 바자로프가 천천히 아버지의 말을 가로막았다. "의사가 그렇게 말해서는 안 되죠. 감염의 모든 증상이 있어요. 아버지도 아시잖아요."

"어디에…… 감염의 증상이 있단 말이냐, 예브게니?…… 그럴 리 없어!"

"그럼 이건 뭐예요?" 이렇게 말한 바자로프는 셔츠의 소매를 걷어 올리더니 팔에 나타난 불길한 붉은 반점들을 아버지에게 보여주었다.

바실리 이바니치는 몸을 부르르 떨었다. 무서워서 소름이 끼쳤다.

"그렇다고 해도……" 그가 간신히 입을 뗐다. "만약…… 만약 그것이 감염된 것…… 감염 같은 것이라 해도……"

"농혈(膿血)이에요." 아들이 가르쳐주었다.

"그래, 어떤…… 유행병…… 같은……"

"농혈이라니까요." 바자로프는 거친 목소리로 똑똑하게 되뇌었다. "혹시 아버지는 자신의 메모장을 잊어버리셨어요?"

"그래, 그래, 네 마음대로 생각하거라…… 어쨌든 내가 네 병을 고쳐놓겠다!"

"아니, 그런 말씀은 그만하세요. 그건 문제가 아니에요. 저도 제가 이렇게 빨리 죽게 되리라고는 생각지도 못했어요. 이건 정말 우연이에요. 솔직히 말해 기분 나쁜 우연이지요. 이제 아버지와 어머니 두 분은 굳센 종교의 힘을 이용해야 하겠군요. 종교의 힘을 시험해볼 수 있는 기회가 왔어요." 바자로프는 다시 물을 조금 마셨다. "그런데 한 가지 부탁이 있어요…… 아직 제가 머리를 제어할 수 있을 동안 말입니다. 아시겠지만, 내일이나 모레가 되면 제 뇌는 작동하지 않을 거예요. 지금도 제가 분명하게 말하고 있는지 어떤지 확신할 수가 없어요. 이렇게 누워 있는 동안에도 빨간 개들이 제 주위를 뛰어다니며 아버지가 사냥감으로 멧닭을 노리듯이 날 노리고 있는 것 같아요. 저는 꼭 술 취한 사람 같고요. 제 말을 이해하시겠어요?"

"별소릴 다 하는구나. 예브게니, 너는 아주 정상적으로 말을 하고 있다."

"그렇다면 좋고요. 아버지는 의사를 부르러 사람을 보냈다고 하셨지요…… 아버지는 그렇게 해서 스스로를 위로하셨는데…… 저도 저를 위로할 수 있게 해주세요. 급사를 보내주세요."

"아르카디 니콜라예비치에게?" 노인이 말을 받았다.

"아르카디 니콜라예비치가 누구죠?" 바자로프는 잠시 생각에 잠겼다. "아, 예! 그 애송이요! 아뇨, 그 친구는 그냥 두세요. 그는 지금 갈가마귀 무리에 섞여서 놀고 있으니까. 놀라지 마세요, 이건 헛소리가 아니에요. 오딘초바에게, 안나 세르게예브나에게 급사를 보내주세요. 이 부근에 그런 여지주가 있어요…… 알고 계세요? (바실리 이바니치는 머리를 끄덕였다.) 예브게니 바자로프가 안부를 전하라고 했고, 지금 그가 죽어가고 있다는 말도 전하라고 해주세요. 그렇게 해주시겠어요?"

"그렇게 하마…… 그런데 네가 죽는다니, 그런 일이 있을 수 있겠니, 예브게니…… 너 스스로 생각해봐라! 네가 죽는다면 정의라는 건

298

어디 있단 말이냐?"

"그건 저도 모르겠습니다. 그저 급사만 보내세요."

"지금 당장 보내겠다. 편지는 내가 직접 쓰마."

"아뇨, 그럴 필요 없어요. 그냥 안부만 전해주세요. 그 이상 아무 말도 필요 없어요. 이제 저는 다시 붉은 개들에게 갈게요. 참 이상해요! 저는 죽음에 생각을 집중하고 싶은데, 전혀 그렇게 되질 않아요. 그저 반점 같은 것만 보이고…… 그 이상 아무것도 없어요."

바자로프가 다시 힘겹게 벽 쪽으로 돌아누웠다. 바실리 이바니치는 서재에서 나와 아내의 침실로 가서 성상 앞에 무릎을 꿇고 앉았다.

"기도해요, 아리나, 기도해!" 그는 신음하듯 말했다. "우리 아들이 죽어가고 있어."

질산은을 가지고 있지 않다던 그 군의가 도착했다. 그는 환자를 진찰하고 나서 대기요법(待機療法)을 준수하라고 권했고, 완치의 가능성에 대해 몇 마디 했다.

"나 같은 상태에 있는 사람이 죽지 않는 경우를 본 적이 있습니까?" 바자로프는 이렇게 묻더니 갑자기 소파 옆에 있는 무거운 책상 다리를 잡고 흔들어서 그것을 밀어냈다.

"힘은, 힘은." 그는 말했다. "힘은 아직 이렇게 남아 있는데, 죽어야만 하다니!…… 노인이라면 차라리 삶을 저버릴 수도 있을 테지만 나는…… 그래, 죽음을 부정해봐라. 그러나 죽음이 널 부정하는 데야 도리가 없지! 거기서 누가 울고 있나요?" 잠시 후에 그가 말을 이었다. "어머니세요? 불쌍한 어머니! 이제 그 맛있는 야채 수프를 누구에게 먹이죠? 아버지 바실리 이바니치도 울고 있는 것 같네요. 기독

교가 도움이 되지 않으면 스토아학파 철학자라도 되시는 게 어때요? 아버지는 늘 자신이 철학자라고 자랑하셨잖아요?"

"내가 무슨 철학자냐!" 바실리 이바니치는 울부짖었다. 눈물이 그의 뺨을 타고 흘러내리기 시작했다.

바자로프의 병세는 시간이 갈수록 악화되었다. 병은 외과적인 중독 증상이 흔히 그렇듯 빠르게 진행되었다. 그러나 그는 아직 의식을 잃지 않았고, 남들이 자기에게 하는 말도 알아들을 수 있었다. 그는 아직도 싸우고 있었다. "헛소리를 하고 싶지는 않아." 그는 주먹을 쥐며 중얼거렸다. "무슨 쓸데없는 말이야!" 그러다가 곧 이런 말도 했다. "여덟에서 열을 빼면 얼마지?" 바실리 이바니치는 미친 사람처럼 왔다 갔다 하면서 이런저런 방법을 써보자고 제안했으나 결국 아들의 발을 덮어준 게 고작이었다. "찬 수건으로 감싸줘야 해…… 구토제를 주고…… 배에 겨자도 발라주고…… 죽은 피를 뽑아주고." 그는 긴장한 표정으로 말했다. 남아달라는 간절한 부탁을 받은 의사는 그에게 동의하며 환자에게 레몬수를 먹였다. 그리고 자신을 위해서는 담배를 청하기도 하고 '몸을 따뜻하게 하고 힘이 나게 하는 것', 즉 보드카를 청하기도 했다. 아리나 블라시예브나는 문 옆에 있는 나지막한 벤치에 앉아 있다가 이따금 기도를 하러 자리를 뜨곤 했다. 며칠 전에 화장용 거울이 그녀의 손에서 미끄러져 깨졌는데, 그녀는 이것을 불길한 징조라고 줄곧 생각했다. 안피수쉬카조차 그녀에게 아무런 위로의 말을 하지 못했다. 티모페이치는 오딘초바를 찾아갔다.

그날 밤, 바자로프의 병세는 좋지 않았다…… 그는 고열에 시달렸다. 그러나 아침이 되자 다소 좋아졌다. 그는 어머니에게 머리를 빗겨

달라고 부탁하고 어머니의 손에 입을 맞추고 나서 차를 두 모금 마셨다. 바실리 이바니치는 약간 활기를 되찾았다.

"하느님 감사합니다!" 그는 되뇌었다. "위기가 왔지만…… 위기가 지나갔어……"

"저런, 별생각을 다 하시는군요! 말이란 참 편리해요! '위기'란 말을 찾아내어 말하면서 안심하잖아요. 인간이 아직도 말을 믿고 있다니 참 놀라운 일이에요. 우리가 누구를 바보라고 부르면 그는 얻어맞지 않아도 슬퍼하죠. 하지만 현명한 사람이라고 부르면 돈을 안 받아도 만족해하거든요."

예전 바자로프의 '불손한 언행'을 생각나게 하는 이 짤막한 말이 바실리 이바니치를 감동시켰다.

"브라보! 멋진 말이다, 멋진 말이야!" 아버지는 손뼉을 치는 시늉을 하면서 소리쳤다.

바자로프는 슬프게 쓴웃음을 지었다.

"그런데 아버지 생각은 어떤가요?" 바자로프가 말했다. "위기가 지나갔나요, 아니면 위기가 왔나요?"

"넌 좋아졌어. 그래서 참 기쁘구나." 바실리 이바니치가 대답했다.

"그렇다면 좋은 일입니다. 기뻐하는 건 언제나 나쁘지 않죠. 그런데, 그 여자에게는 사람을 보내셨나요?"

"암, 보냈지."

좋아지던 병세는 오래 계속되지 못했다. 병의 발작이 다시 시작되었다. 바실리 이바니치는 바자로프의 곁에 앉아 있었다. 어떤 특별한 고민거리가 이 노인을 괴롭히는 것 같았다. 그는 몇 번이나 입을 열려다가 그만두었다.

"예브게니!" 마침내 그가 입을 열었다. "내 아들아, 소중하고 귀여운 내 아들아!"

이 특별한 호소가 바자로프의 마음을 움직였다…… 바자로프는 약간 고개를 돌리고, 자기를 짓누르는 망각의 중압에서 빠져나오려고 애쓰면서 대답했다.

"왜 그러세요, 아버지?"

"예브게니!" 바실리 이바니치는 말을 이으면서 바자로프 앞에 무릎을 꿇었다. 그러나 바자로프는 눈을 뜨지 못해서 아버지를 볼 수 없었다. "예브게니, 너는 좋아지고 있어. 하느님 덕분에 곧 다 나을 거야. 그러나 이 순간을 이용해 기독교인의 의무를 수행함으로써 나와 네 어미를 기쁘게 해주지 않겠니. 너에게 이런 말을 하는 나도 너무나 괴롭다. 그러나 더욱 무서운 것은…… 영원히, 예브게니…… 그것이 얼마나 끔찍할지 생각해봐라……"

노인의 목소리가 끊겼다. 아들은 여전히 눈을 감은 채 누워 있었지만 얼굴에는 뭔가 묘한 표정이 스쳐 지나갔다.

"만약 그것이 두 분을 기쁘게 할 수 있다면 저는 거절하지 않겠습니다." 마침내 바자로프가 말했다. "그러나 아직은 서두를 필요가 없을 것 같군요. 제가 좋아졌다고 아버지가 직접 말하셨으니까요."

"좋아졌어, 예브게니, 좋아졌단다. 그러나 누가 알겠니. 이 모든 건 하느님의 뜻에 달렸으니까. 의무를 다하면……"

"아니, 좀 더 기다리겠어요." 바자로프가 말을 가로막았다. "위기가 왔다는 아버지의 말에는 저도 동의합니다. 그러나 아버지와 제 생각이 틀렸다면 또 어떻습니까! 의식을 잃은 사람도 성찬(聖餐)을 받을 수 있지 않습니까."

"제발, 예브게니……"

"좀더 기다리겠습니다. 이제 자고 싶어요. 방해하지 마세요."

그러더니 그는 원래대로 다시 고개를 돌려버렸다.

노인은 자리에서 일어나 안락의자에 앉았다. 그리고 손으로 턱을 잡고 손가락을 깨물기 시작했다……

스프링이 달린 마차의 덜컹거리는 소리가 갑자기 노인의 귀에 들렸다. 깊은 시골에서 이 소리는 명확하게 울렸다. 바퀴가 점점 더 가까이 굴러왔고, 말들이 내는 콧바람 소리가 들렸다…… 바실리 이바니치는 벌떡 일어나서 창가로 달려갔다. 네 필의 말이 끄는 2인승 포장마차가 그의 집 마당으로 들어오고 있었다. 그것이 무엇을 의미하는지 똑똑히 알지도 못하면서 그는 어떤 알 수 없는 기쁨에 휩싸여 현관 계단으로 달려 나갔다…… 제복을 입은 하인이 포장마차의 문을 열자, 검은 베일을 쓰고 검은 망토를 걸친 부인이 마차에서 내렸다……

"저는 오딘초바라고 합니다." 그녀가 말했다. "예브게니 바실리치는 아직 살아 있나요? 당신은 그의 아버님이신가요? 제가 의사를 데리고 왔어요."

"정말 고마우신 분이군요!" 바실리 이바니치가 외쳤다. 그리고 그녀의 손을 잡아 황급히 자기 입술에 가져다 댔다. 그사이에 안나 세르게예브나가 데려온 의사는 천천히 마차에서 내렸다. 독일인 같아 보이는 얼굴에 안경을 낀 작달막한 남자였다. "아직 살아 있어요, 우리 예브게니는 살아 있습니다. 이제 살아날 겁니다! 여보! 여보!…… 하늘에서 천사가 우리 집에 오셨소……"

"아니, 뭐, 뭐라구요!" 노파가 객실에서 뛰어나오며 더듬거렸다. 그러더니 아무것도 모르면서 현관에 있는 안나 세르게예브나의 발밑에 쓰러져 미친 여자처럼 그녀의 옷자락에 입을 맞추기 시작했다.

"이러지 마세요! 이러지 마세요!" 안나 세르게예브나가 되풀이해 말했다. 그러나 아리나 블라시예브나는 그녀의 말을 듣지 않았고, 바실리 이바니치는 그저 "천사님! 천사님!"하고 되뇔 뿐이었다.

"Wo ist der Kranke(도대체 환자는 어디 있습니까)?" 마침내 더는 못 참겠다는 듯 의사가 신경질적으로 물었다.

바실리 이바니치는 정신을 차렸다.

"아, 여기, 여기 있습니다. 절 따라오세요. Würdigster Herr collega (존경하는 동료여)." 그는 옛 기억을 더듬어 독일어로 덧붙여 말했다.

"아!" 독일인은 입을 벌리고 시큰둥하게 웃었다.

바실리 이바니치는 의사를 서재로 데려갔다.

"안나 세르게예브나 오딘초바가 모시고 온 의사선생님이시다." 그는 몸을 굽혀서 아들의 귓전에 대고 말했다. "그리고 그녀도 여기 와 있다."

바자로프는 눈을 번쩍 떴다.

"뭐라고 하셨어요?"

"안나 세르게예브나 오딘초바가 이 의사선생님을 모시고 여기에 와 있단 말이다."

바자로프는 자기 주위를 둘러보았다.

"그녀가 여기 와 있다고요…… 그녀를 만나고 싶어요."

"만나게 될 거다, 예브게니. 그러나 우선 의사선생님하고 이야기를 해야 해. 시도르 시도리치(이것은 군 의사의 이름이었다)가 가버렸기 때문에 이분에게 너의 병력을 모두 설명하고 잠시 상의를 하려고 해."

바자로프는 독일인을 힐끗 쳐다보았다.

"그럼 빨리 이야기하세요. 라틴어로는 말하지 마세요. 나도 jam moritur*가 무슨 뜻인지는 알고 있으니까요."

"Der Herr scheint des Deutschen mächtig zu sein(이분도 독일어를 잘하시나 보군요)." 바실리 이바니치를 돌아보면서 아스클레피오스**의 새 제자가 말했다.

"Ich(나는)…… habe(가지고)…… 러시아어로 말하는 게 더 좋겠습니다." 노인이 말했다.

"아, 예! 그렇게 하시지요…… 자, 말씀하세요……"

상담이 시작되었다.

반시간이 지나서 안나 세르게예브나가 바실리 이바니치의 안내를 받아 서재로 들어왔다. 의사는 환자가 회복할 가능성이 전혀 없다고 그녀에게 속삭였다.

그녀는 바자로프를 힐끗 쳐다보았다…… 그리고 문가에 멈춰 섰다. 그녀를 응시하는 흐릿한 눈길, 온몸에 보이는 농혈, 죽은 사람 같은 창백한 그의 얼굴이 그녀에게 강한 충격을 주었던 것이다. 그러나 그녀는 단지 차갑고 고통스런 공포만을 느낄 뿐이었다. 만약 자기가 정말로 바자로프를 사랑했다면 이런 느낌을 받지는 않았을 거라는 생

---

* 라틴어로 '이미 죽어가고 있다'는 의미.
** 고대 그리스·로마 신화에 나오는 의술의 신.

각이 순간적으로 그녀의 머리에 떠올랐다.

"고맙습니다." 바자로프가 간신히 입을 열었다. "이렇게 오실 줄은 기대하지 않았습니다. 이건 선한 일입니다. 당신이 약속한 대로 우리는 다시 만났군요."

"안나 세르게예브나는 참 친절한 분이시구나……" 바실리 이바니치가 입을 열었다……

"아버지, 자리를 좀 비켜주세요. 안나 세르게예브나, 허락하시겠죠? 아마 이제 저는……"

그가 쇠약해진 자기 몸뚱이를 가리키며 말했다.

바실리 이바니치는 밖으로 나갔다.

"이것 참, 고맙습니다." 바자로프가 되뇌었다. "마치 황제 같군요. 황제도 죽어가는 사람을 방문한다잖아요."

"예브게니 바실리치, 바라건대……"

"아아, 안나 세르게예브나, 솔직하게 말합시다. 저는 이제 마지막입니다. 바퀴 밑에 깔렸어요. 그러니 미래에 대해 생각할 필요도 없지요. 죽음은 오래된 농담이지만 누구에게나 새롭지요. 아직 두렵지는 않지만…… 이제 의식을 잃게 되면 모든 게 끝입니다! (그는 힘없이 한 손을 내저었다.) 아, 당신에게 무슨 말을 해야만 하는데…… 저는 당신을 사랑했습니다! 이것은 전에도 아무런 의미가 없었지만 지금은 더욱 그러합니다. 사랑은 하나의 존재 형태인데, 나 자신의 형태가 이미 해체되고 있으니까요. 이렇게 말하는 게 더 낫겠군요. 당신은 참으로 훌륭합니다! 그렇게 서 있으니 정말로 아름답습니다……!"

안나 세르게예브나는 자기도 모르게 몸을 떨었다.

"괜찮습니다. 걱정하지 마세요…… 거기 앉아요…… 곁으로 다가오면 안 됩니다. 제 병은 전염되니까요."

안나 세르게예브나는 재빨리 방을 가로질러 바자로프가 누워 있는 소파 옆의 안락의자에 앉았다.

"참 너그러우십니다!" 그는 중얼거렸다. "아, 당신이 이렇게 가까이 있다니! 당신은 정말로 젊고, 생기 넘치고, 깨끗하군요…… 그런데 이렇게 누추한 방에 있다니! 그럼, 부디 안녕히! 오래오래 사세요, 그게 무엇보다 좋은 일입니다. 그리고 시간이 있을 때 인생을 즐기세요. 날 봐요, 얼마나 추한 꼴입니까. 반쯤 짓밟힌 버러지가 여전히 꿈틀거리고 있어요. 이 꼴을 하고 죽어가면서도 '나는 많은 일을 할 거야. 죽지 않을 거야, 내가 왜 죽어! 난 거인이고 할 일이 있는데!' 하고 생각했어요. 그런데 이제 이 거인의 과업은 어떻게 하면 의연하게 죽을 수 있을까…… 이것뿐입니다…… 누구도 이런 일에는 관심이 없겠지만…… 그러나 모든 게 마찬가지입니다. 난 꼬리를 흔들며 아양을 떨지는 않을 테니까."

바자로프는 말을 멈추고 한 손으로 컵을 더듬어 찾기 시작했다. 안나 세르게예브나는 장갑도 벗지 않고 겁에 질려 숨을 쉬면서 그에게 물을 먹여주었다.

"당신은 날 잊을 겁니다." 그가 다시 입을 열었다. "죽은 사람은 산 사람의 친구가 될 수 없으니까요. 아버지는 '러시아가 훌륭한 인물을 잃어버렸다'고 당신에게 말할 테지요…… 어리석은 말이지만, 노인의 환상을 깨지는 마십시오. 어떤 식으로든 아이를 행복하게 해줄 수만 있다면…… 그런 말도 있지 않습니까. 그리고 우리 어머니를 위로

해줘요. 대낮에 등불을 들고 찾아봐도 당신들 상류사회에서는 찾아볼 수 없는 분들이니까…… 러시아는 내가 필요합니다…… 아니, 필요 없는 것 같아요. 그럼 누가 필요하죠? 제화공이 필요해, 재봉사가 필요해, 고기장수가…… 고기를 팔고 있어…… 고기장수가…… 잠깐만요, 혼란스러워…… 여기 숲이 있네……"

바자로프는 이마 위에 손을 얹었다.

안나 세르게예브나는 그에게 몸을 숙였다.

"예브게니 바실리치, 제가 여기 있어요……"

그는 순간적으로 그녀의 손을 붙잡고 몸을 반쯤 일으켰다.

"안녕히." 그가 갑자기 힘을 주어 말했다. 눈에서 마지막 광채가 번쩍였다. "안녕히…… 그때 나는 당신에게 키스하지 않았지요…… 꺼져가는 램프를 불어줘요. 그러면 곧 꺼질 겁니다……"

안나 세르게예브나는 그의 이마에 입술을 가져다 댔다.

"이제 됐습니다!" 이렇게 말하고 그는 베개 위에 머리를 떨어뜨렸다. "이제…… 어둠이야……"

안나 세르게예브나는 조용히 걸어 나왔다.

"어떻게 되었지요?" 바실리 이바니치가 속삭이는 소리로 물었다.

"잠들었어요." 그녀는 겨우 들릴 만한 목소리로 대답했다.

바자로프는 이미 다시는 깨어나지 못할 운명이었다. 저녁 무렵에 그는 완전히 혼수상태에 빠졌고, 다음 날 죽고 말았다. 알렉세이 신부가 그에게 종교의식을 거행했다. 도유식(塗油式)이 끝나고 성유(聖油)가 그의 가슴에 닿았을 때 그의 한쪽 눈이 떠졌다. 제복을 입은 사제, 연기가 피어오르는 향로, 성상 앞의 촛불을 보자 그의 창백한 얼굴 위로 공포의 전율 같은 것이 떠오르는 듯했다. 마침내 그가 마지막 숨을 거두고 집이 사람들의 곡소리로 가득 찼을 때, 갑자기 바실리 이바니치가 광분하기 시작했다. "나는 원망할 거라고 말했어." 그는 분노로 타오르는 얼굴을 찌푸리고 누군가를 위협하듯이 주먹을 공중에 휘두르며 목쉰 소리로 부르짖었다. "난 원망할 거야, 하늘을 원망할 거야!" 아리나 블라시예브나가 눈물범벅이 되어 그의 목에 매달렸다. 그리고 두 사람은 함께 바닥에 엎어지고 말았다. "그렇게 나란히," 나중에 안피수쉬카는 하인들 방에서 이렇게 묘사했다. "한낮의 양들처럼 머리를 숙이고 계셨지……"

그러나 한낮의 무더위가 지나가면 저녁이 오고 또다시 밤이 오기 마련이다. 그러면 괴롭고 지친 사람들은 조용한 은신처로 돌아가 달콤한 잠을 잔다……

28

여섯 달이 흘렀다. 하얀 겨울이 계속되었다. 구름 한 점 없이 맑게 갠 하늘의 괴괴한 정적, 두껍게 쌓여 뽀드득거리는 눈, 나무 위에 핀 장밋빛 서리, 연한 에메랄드 빛 하늘, 굴뚝 위에 피어오르는 모자 모양의 연기, 문이 열리면 순식간에 뭉게뭉게 피어오르는 김, 마치 뭔가에 물린 듯이 벌겋게 달아오른 사람들의 건강한 얼굴, 추워서 몸뚱이가 언 말들의 분주한 질주. 1월의 하루도 벌써 이렇게 저물어갔다. 저녁 추위는 움직이지 않는 공기를 더욱 세게 조였고, 핏빛 저녁노을은 빠르게 사라져갔다. 마리노 마을의 지주 저택 창문에 불빛이 보이기 시작했다. 검은 프록코트에 하얀 장갑을 낀 프로코피치가 유난히 엄숙한 표정을 하고 일곱 명분의 식기를 식탁 위에 차려놓고 있었다. 일주일 전 마을의 조그만 교회에서는 두 쌍의 결혼식이 증인도 없이 조용히 치러졌다. 아르카디와 카챠, 니콜라이 페트로비치와 페네치카의 결혼식이었다. 오늘은 일 때문에 모스크바로 떠나는 파벨 페트로비치를 위해 동생 니콜라이 페트로비치가 여는 송별연이 있는 날이었다. 안나 세르게예브나는 젊은 부부에게 넉넉하게 재산을 나눠주고는 결혼식이 끝난 직후에 모스크바로 떠나버렸다.

정각 세시에 모두가 식탁으로 모였다. 미챠도 함께 식탁에 앉혔다. 어느새 미챠에게는 반짝이는 금빛 문양의 두건을 쓴 유모가 딸려 있었다. 파벨 페트로비치는 카챠와 페네치카 사이에 앉았고, '신랑들'은 각각 자기 신부 옆에 자리를 잡았다. 우리가 잘 알고 있는 이 두 사람은 최근에 많이 변했다. 둘 다 더 멋있어지고 남자다워졌다. 파벨 페트로비치만이 다소 수척해졌다. 그러나 이것은 표정이 풍부한 그의 얼굴에 훨씬 우아하고 귀족다운 느낌을 더해주었다…… 페네치카도 다른 사람이 되었다. 그녀는 산뜻한 비단옷에 머리에는 넓은 벨벳 장식을 달고 목에는 금목걸이를 한 채 경건하게 앉아 있었다. 이 경건한 태도는 자기 자신과 주변의 모든 사람들을 향한 것이었다. 그녀는 마치 '저를 용서하세요, 제 잘못이 아니에요'라고 말하고 싶은 듯한 미소를 짓고 있었다. 그러나 사실 그녀뿐 아니라 다른 사람들도 모두 용서를 구하는 듯한 미소를 띠고 있었다. 그들 모두 다소 어색하고 약간 슬프기도 했지만, 마음속으로는 아주 기분이 좋았기 때문이다. 마치 모두가 합의해서 어떤 소박한 희극이라도 연출하는 듯 서로를 배려하고 친절한 태도로 다른 사람의 시중을 들어주었다. 카챠는 누구보다도 침착했다. 그녀는 신뢰의 눈으로 주변을 둘러보았다. 니콜라이 페트로비치가 이미 며느리를 몹시 좋아하게 되었다는 것을 쉽게 알 수 있었다. 식사가 끝나기 전에 그는 자리에서 일어나 술잔을 손에 들고 파벨 페트로비치를 향해 돌아섰다.

"친애하는 형님, 형님은 우리를 버리고 떠나려 합니다…… 우리를 버리고 떠나려고 해요." 그가 말문을 열었다. "물론 잠시 동안이지만요. 그러나 나는 형님에게 한마디 하지 않을 수 없어요. 나는…… 우리는…… 얼마나 내가…… 얼마나 우리가…… 아, 나는 연설을 할 줄 모르는 게 문제야! 아르카디 네가 말해라."

"아버지, 저는 아무 준비도 하지 못했어요."

"나는 준비를 했는데도 이 모양이구나! 형님, 그저 형님을 끌어안고 평안을 빌게 해주세요. 그리고 되도록 빨리 우리에게 돌아와요!"

파벨 페트로비치는 모든 사람들과 키스를 했다. 물론 미챠도 빼놓지 않았다. 페네치카의 손에도 키스를 했다. 그녀는 아직 격식에 맞게 손 내놓는 법을 배우지 못했다. 그는 두번째 따른 술잔을 들이켜고는 한숨을 깊게 내쉬며 말했다. "그럼 친구들, Farewell(안녕)!" 끝맺음 말로 한 영어는 아무도 이해하지 못했지만, 모두가 감명을 받았다.

"바자로프를 추억하며." 카챠가 남편의 귀에 대고 속삭이고는 남편과 잔을 부딪쳤다. 아르카디는 대답 대신 그녀의 한 손을 꼭 쥐었으나 이런 건배를 큰 소리로 제안할 수는 없었다.

이제 이야기는 끝난 것처럼 보이지 않는가? 그러나 아마도 독자들

가운데 누군가는 우리가 묘사한 각각의 등장인물이 지금, 바로 지금 무슨 일을 하고 있는지 알고 싶을 것이다······ 우리는 그런 사람들의 호기심을 충족시켜줄 준비가 되어 있다.

안나 세르게예브나는 장래 러시아의 정치활동가로 일하게 될 매우 현명하고 실제적이며 현실적인 감각과 확고한 의지, 그리고 뛰어난 말솜씨까지 겸비한 법률가와 최근에 결혼했다. 그는 젊고 선량하지만 냉철한 사람이다. 그 결혼은 애정이 아니라 굳은 신념에 의해 행해졌다. 그러나 그들은 아주 화목하게 살고 있으니 행복을 누리고······ 아마 사랑도 얻을 것이다. 공작의 딸은 세상을 떠났는데, 죽은 그날 바로 모두에게 잊혀져버렸다. 키르사노프 부자는 마리노 마을에 정착했다. 그들의 살림살이도 점차 좋아지고 있다. 아르카디는 열성적인 농장경영자가 되었고, '농장'은 벌써 꽤 많은 수입을 가져다준다. 니콜라이 페트로비치는 농노해방의 조정관이 되어 힘껏 애쓰고 있다. 그는 쉬지 않고 자신의 담당구역을 돌아다니면서 긴 연설을 하고 있다. (그는 농부들을 '설득해야' 한다는 생각, 즉 농부들이 지칠 때까지 같은 말을 반복해야 한다는 생각을 가지고 있다.) 그러나 솔직히 말해 그는 교양 있는 귀족들이나 무식한 귀족들 양쪽을 모두 전혀 만족시키지 못했다. 교양 있는 귀족들은 '만'을 콧소리로 발음하면서 '만치파치야'*에 대해 때론 멋있게 때론 우울하게 말했고, 무식한 귀족들은 '염병할 문치파치야'**라고 거칠게 욕설을 해댔다. 교양 있는 귀족들에

---

* '에만시파치야(해방)'를 줄여서 '만치파치야'로 발음하고 있다. 여기에서 해방은 '농노해방'을 뜻한다.
** '만치파치야'를 비난조로 '문치파치야'로 발음하고 있다.

게나 무식한 귀족들에게나 그는 너무나 연약했다. 카테리나 세르게예브나는 아들 콜랴를 낳았고, 미챠는 벌써 힘차게 뛰어다니며 수다스럽게 떠들어댄다. 페네치카, 즉 페도시야 니콜라예브나는 남편과 미챠 다음으로 며느리를 아꼈다. 카챠가 피아노 앞에 앉으면, 페네치카는 온종일 그 옆을 지키며 마냥 즐거워했다. 말이 난 김에 하인 표트르에 대해서도 언급하자. 어리석으면서도 거드름을 부리기 좋아하는 그의 행동은 완전히 굳어졌고, '에' 자를 모두 '유'로 발음하는 버릇까지 생겼다. 가령 '테페리'를 '튜퓨리'로 발음했다. 그러나 그도 역시 결혼을 했고 꽤 많은 지참금도 받았다. 신부는 시내의 채소밭 주인 딸로, 그녀는 단지 시계를 가지고 있지 않다는 이유로 훌륭한 구혼자 두 사람을 거절했었다. 그런데 표트르는 시계뿐만 아니라 에나멜 반장화도 가지고 있었던 것이다.

드레스덴의 브륄 테라스*에서 오후 두시에서 네시 사이, 즉 산책하기에 가장 좋은 시간이 되면 여러분들은 백발이 성성한 쉰 살가량의 한 남자를 만날 수 있다. 통풍을 앓고 있는 듯하지만 아직 멋진 용모에 우아하게 옷을 입은 이 남자는, 오랫동안 상류사회에서 살아온 사람에게서만 볼 수 있는 독특한 느낌을 풍긴다. 이 남자가 파벨 페트로비치다. 그는 건강을 회복하기 위해 모스크바에서 외국으로 나갔다가 드레스덴에 눌러앉아서 주로 영국인들 혹은 러시아 여행자들과 교제를 하고 있다. 그는 소박하고 겸손하게 영국인들을 대했지만 품위는 잃지 않았다. 영국인들은 그를 약간은 따분한 사람이라고 생각하면서

---

* 독일 엘베 강변을 따라 난 산책로. 드레스덴의 옛 성벽 위에 있다. 이 명칭은 폴란드 왕 아우구스트 3세 때의 장관인 하인리히 브륄에게 경의를 표하기 위해서 붙여졌다.

도 완벽한 신사라고 여기며 존경했다. 러시아인들을 대할 때면 그는 훨씬 허물없이 행동하며 자기 마음대로 화를 내고 자기 자신과 그들을 조롱하기도 했다. 그러나 이 모든 것이 그가 하면 매우 멋지고 태연하고 점잖게 보였다. 그는 슬라브주의적인 견해를 견지하고 있다. 다 아는 바와 같이, 그것은 상류사회에서 'très distingué(매우 존경할 만한 일)'로 간주된다. 그는 러시아어 서적은 하나도 읽지 않으며, 그의 책상 위에는 농부의 짚신 모양의 은제 재떨이가 놓여 있다. 러시아 여행자들은 종종 그의 뒤꽁무니를 쫓아다닌다. 한때 반개혁적인 입장을 취했던 마트베이 일리치 콜랴진도 보헤미아 온천*으로 가는 길에 위엄 있는 모습으로 그를 방문한 적이 있었다. 파벨 페트로비치는 현지 주민들과는 잘 만나지 않지만, 현지 주민들은 그를 존경하고 있다. 궁정 연주회나 극장의 입장권을 '키르사노프 남작 각하'처럼 쉽고 빠르게 구할 수 있는 사람은 아무도 없을 정도이다. 그는 언제나 힘이 닿는 데까지 좋은 일을 하려고 하지만, 아직도 작은 소동을 일으키곤 한다. 한때 사교계의 유명인사로 이름을 날린 데는 다 이유가 있다. 그러나 그에게 산다는 것은 괴로운 일이다…… 그 자신이 생각하는 것보다 훨씬 더 괴로운 일이다…… 교회에서 그의 모습을 본 사람이면 누구나 그의 심경을 헤아릴 수 있을 것이다. 그는 교회의 한쪽 벽에 몸을 기댄 채 괴로운 듯 입술을 깨물고 깊은 생각에 잠겨 오랫동안 움직이지 않다가, 문득 정신을 차리고 사람들이 거의 알아차리지 못하게 성호를 긋는다…… 쿠크쉬나도 외국으로 갔다. 그녀는 지금 하

---

* 체코의 칼스바트와 마리엔바트에 있는 온천.

이델베르크에 있는데, 자연과학이 아니라 건축을 연구하고 있다. 그녀의 말에 따르면 그녀는 건축 분야에서 새로운 법칙을 발견했다고 한다. 그녀는 예전처럼 대학생들과 교제하고 있으며 특히 하이델베르크에 몰려 있는 물리학과 화학을 전공하는 러시아 젊은이들과 친하게 지낸다. 이 러시아 대학생들은 처음 얼마 동안은 사물에 대한 진지한 견해로 순진한 독일인 교수들을 놀라게 하지만 나중에는 완전한 무위와 철저한 게으름으로 다시 교수들을 놀라게 한다. 시트니코프는 페테르부르크에 있다. 산소와 질소도 구별하지 못하면서 모든 것을 부정하고 자만심으로만 가득 찬 두세 명의 화학전공자들과 위대한 엘리세이비치와 함께 다니며 시트니코프는 자신 역시 위대한 인물이 되는 꿈을 꾸면서 빈둥거린다. 그는 바자로프의 '사업'을 계속하고 있다는 신념을 가지고 있다. 최근에 그는 누구한테 얻어맞았는데, 얻어맞고 가만히 있지는 않았다고 한다. 정체 모를 잡지에 모호한 논문을 실어 자기를 때린 자를 겁쟁이라고 암시한 것이다. 그는 이것을 아이러니라고 부른다. 시트니코프의 아버지는 예전과 같이 아들을 마음대로 부려먹으며, 그의 아내는 그를 바보라고…… 그리고 문학가라고 생각한다.

러시아의 한 벽촌에 조그만 마을 공동묘지가 있다. 러시아의 거의 모든 공동묘지가 다 그렇듯이, 이 공동묘지도 서글픈 모습을 하고 있다. 공동묘지를 에워싼 도랑은 오래전부터 잡초로 뒤덮였다. 잿빛 나무십자가들은 옆으로 기울어진 채 예전에 한번 페인트칠을 했던 십자가 지붕 밑에서 썩어가고 있다. 돌비석들은 마치 누군가가 밑에서 떠밀어 올리기라도 한 것처럼 조금씩 제자리에서 벗어나 있다. 가지가 꺾인 두세 그루의 나무가 빈약한 그늘을 겨우 만들고 있다. 양들은 제 멋대로 무덤 사이를 어슬렁거린다…… 그러나 그 무덤들 가운데 사람의 손길도 닿지 않고 동물의 발에도 짓밟히지 않은 무덤이 하나 있다. 그저 새들만이 그 위에 앉아서 새벽에 노래를 부를 뿐이다. 철책이 무덤을 둘러싸고 있고, 어린 전나무 두 그루가 양쪽 끝에 심겨 있다. 이 무덤에 예브게니 바자로프가 묻혀 있다. 그리 멀지 않은 마을에서 이미 노쇠한 부부가 자주 이 무덤을 찾아오곤 한다. 그들은 서로를 부축하면서 무거운 발걸음으로 걸어온다. 울타리에 가까이 다가가서는 무릎을 꿇고 쓰러져 오랫동안 서럽게 울면서 말 못하는 비석을 빤히 바라본다. 그 비석 아래 그들의 아들이 누워 있다. 그들은 몇 마디 말을 주고받으면서 비석에 앉은 먼지를 털고 전나무 가지를 다듬어주다가 다시 기도를 한다. 그리고 오랫동안 그곳을 떠나지 못한다…… 거기에 있으면, 아들에게 더 가까이 있고, 아들과 관련된 추억에 더 가까이 있는 듯한 느낌이 드는 것이다. 정말로 그들의 기도, 그들의 눈물이 헛된 것일까? 정말로 사랑, 그 성스럽고 헌신적인 사랑이 무력한 것일까? 오, 아니다! 아무리 정열적이고 죄 많은 반역의 심장이 그 무덤 속에 숨어 있을지라도 무덤 위에 자란 꽃들은 순진무구한 눈으로 평온하게 우리를 바라보고 있다. 이 꽃들은 우리에게 영원한 안식이나 '무심한' 자연의 위대한 평온만을 말해주는 것은 아니다. 그것들은 영원한 화해와 무궁한 생명에 대해서도 말하고 있다……

연대기, 혹은 영원한 화해와 무궁한 생명에 대하여

1. 오룔의 둥지를 떠나 유럽으로

19세기 러시아의 위대한 사실주의 작가 이반 세르게예베치 투르게네프(1818~1883)는 섬세한 서정적 문체와 인간 내면의 미묘한 움직임을 포착하는 시인의 마음과, 동시대의 사회·정치적 현실을 지진계처럼 기록하는 사냥꾼의 눈을 겸비한 탁월한 작가였다. 러시아 문학이 서구를 향해 말을 걸기 시작하고 세계문학의 중심에 우뚝 서게 된 것은 톨스토이나 도스토옙스키가 아닌 바로 투르게네프의 펜 끝을 통해서였다.

1818년 10월 28일 중부 러시아의 오룔에서 부유한 귀족의 아들로 태어난 투르게네프는 광활한 초원과 아름다운 자작나무숲을 보며, 그것과는 전혀 어울리지 않는 가혹한 농노제도의 환경에서 어린 시절을 보냈다. 미래의 위대한 작가는 농노들을 물건처럼 팔아버리고 가혹하게 대하는 어머니를 통해 농노제도의 참상을 직접 목격할 수 있었다. 오룔이라는 둥지를 향한 사랑과 농노제도에 대한 증오는 투르게네프 창작의 시원이 되었고, 이 모순된 감정은 『사냥꾼의 수기』(1852)와 「무무」(1854)에 잘 반영되어 있다. 이후 투르게네프는 모스크바 대학교를 거쳐 페테르부르크 대학을 졸업하고 베를린 대학에 유학하면서 서구주의자가 되었고, 당시 러시아 지성계를 대표하는 게르첸, 바쿠닌, 벨린스키, 스탄케비치 등과 사귀면서 계몽과 문명의 가치를 중시하는 서구주의자로서의 확고한 신념을 갖게 되었다.

투르게네프의 삶과 문학에서 또 하나의 중요한 사건은 스페인 혈통의 프랑스 오페라 가수 폴린 비아르도와의 운명적인 만남과 사랑이다. 투르게네프는 비아르도와 만난 날(1843년 11월 1일)을 '성스러운 날'이라고 불렀으며, 이미 결혼한 그녀의 주변을 맴돌면서 평생 그녀와 이상한 우정과 사랑을 나누었다. 그녀를 향한 투르게네프의 사랑은 아름다움, 즉 예술에 대한 신앙과도 같았다. 조금은 특이한 그의 개인적인 연애경험은 예술혼을 자극하여 주옥같은 작품(「첫사랑」, 「아샤」, 「클라라 밀리치」)을 낳게 했다. 그래서 그럴까, 연인들의 모순된 심리와 사랑의 비극성과 찰나성을 묘사하는 데 사랑의 가수인 그를 따를 자가 없다.

1860년 이후, 가혹한 검열이 판을 치고 이념적 줄서기를 강요하는 러시아의 지적 풍토에 환멸을 느낀 투르게네프는 폴린 비아르도를 따라 프랑스로 건너간 뒤 여생을 거의 유럽에서 보내게 된다. 유럽에서 투르게네프는 '러시아 인텔리겐치아의 대사'로 불리면서 유럽의 많은 작가들(플로베르, 에밀 졸라, 모파상, 빅토르 위고, 공쿠르 형제, 조르주 상드, 헨리 제임스)과 교류하였고, 푸시킨과 고골을 비롯해 많은 러시아 작가들의 작품을 번역하여 유럽에 소개하기도 했다. 그리고 마침내 투르게네프는 오룔의 둥지에 대한 그리움을 가슴에 안고, 폴린 비아르도가 지켜보는 가운데 파리의 센 강변에 위치한 작은 마을 부기발에서 영면했다.

2. 투르게네프의 장편: 러시아 사회의 연대기

대학시절부터 시를 써온 투르게네프는 1838년에 플레트뇨프 교수의 추천으로 「저녁」과 「메디치의 비너스상에 부쳐」를 발표한 이후, 작은 서사시(포에마), 중·단편, 희곡, 장편 등 모든 장르에 손을 댔다. 투르게네프는 시와 중단편에서 주로 개인적인 인상과 경험을 담아냈지만, 이른바 6대 장편(『루딘』『귀족의 보금자리』『전날 밤』『아버지와 아들』『연기』『처녀지』)에서는 당대의 민감한 사회·역사적 문제를 다루고 있다. 러시아 교양계층의 유형 속에 '시대의 형상과 중압'을 성실하고 객관적으로 묘사한 그의 장편은 1840~70년대 러시아의 핵심적인 문제들(잉여인간 논쟁, 서구파와 슬라브파의 논쟁, 니힐리즘, 인민주의 운동 등)을 예술적으로 형상화한 사회·정치적 연대기로 평가된다. 그중에서도 『아버지와 아들』은 미르스키의 말대로, 사회적인 문제가 찌꺼기 없이 완전히 예술로 승화되어 있으며, 설익은 저널리즘적인 요소가 전혀 눈에 띄지 않는 걸작 중의 걸작으로 손꼽힌다. 아버지와 아들 세대의 갈등을 다룬 이 소설은 러시아 문학사에서 가장 뜨거운 논쟁을 불러일으킨 작품으로도 유명하다. 그 논쟁의 핵심과 내용은 무엇인가?

'아버지들'과 '아들들'의 갈등과 대립

소설 제목의 원뜻은 『아버지들과 아이들Отцы и дети』(1862)이지만, 두 세대의 대립과 갈등을 강조하기 위해 『아버지와 아들』로 옮겼다. 투르게네프 자신이 "이 소설에서 나는 두 세대의 갈등을 보여주고자 노력했다"고 말했듯이, 소설의 중심에는 귀족 출신의 이상주의적 자유주의자들인 '아버지 세대'와 잡계급 출신의 혁명적(급진적) 민주주의자들인 '아들 세대'의 갈등과 대립이 자리하고 있다. 러시아 지성사에서 '1840년대인'으로 불리는 아버지 세대는 철학과 예술을 삶의 금과옥조로 삼았고, '1860년대인'으로 불리는 아들 세대는 자연과학을 비롯한 실용학문을 삶의 지표로 삼았다. 소설의 사건이 시작되는 1859년 여름은 농노해방(1861년 1월)을 앞두고 두 세대의 갈등이 최고조에 이른 시기였다.

두 세대의 갈등과 대립은 아르카디 키르사노프와 그의 친구인 바자로프가 페테르부르크를 떠나 아르카디의 고향인 마리노 마을에 도착하고 아르카디의 아버지 니콜라이와 아르카디의 큰아버지 파벨과 만나면서부터 시작된다. 갈등의 중심에는 바자로프와 파벨이 있다. 파벨에게 바자로프는 '오만하고 뻔뻔스러운 냉소주의자이자 천한 놈'이고, 바자로프에게 파벨은 철저한 귀족주의자로 시대에 뒤떨어진 '낡은 현상'이며 방탕하고 공허한 존재이다. 당시 러시아 사회의 현안 문제들(러시아 사회의 향후 발전, 농노제도, 자유주의, 서구주의와 슬라브주의, 유물론과 관념론, 문학과 예술 등)에 대한 그들의 견해는 거의 모든 부문에서 날카롭게 충돌하고 대립한다. 두 사람의 대화와 논쟁을 통해 두 사람의 세계관이 드러나고, 그들의 논쟁에 대한 태도에서 주변 인물들의 성격이 자연스럽게 나타난다. 거칠게 말해 파벨의 모든 원칙은 낡은 질서의 옹호로 수렴되고, 바자로프의 원칙은 낡은 질서의 파괴로 귀결된다. 두 사람의 갈등은 결국 결투로 이어지고, 이 결투에서 파벨은 상처를 입고 바자로프는 일단 파벨과 화해한 후 마리노를 떠나 고향으로 가지만 두 사람의 갈등은 여전히 해소되지 않는다.

바자로프와 파벨의 갈등 구조는 큰아버지에 대한 바자로프와 아르카디의 이견과 충돌, 바자로프에 대한 니콜라이와 파벨의 서로 다른 태도로 더욱 복잡해진다. 아르카디는 마리노에서 니콜스코예로 공간 이동을 하면서 스승처럼 존경하던 친구와 점점 멀어지고 결국 결별한다. 니콜라이는 예술을 부정하는 바자로프를 여전히 이해할 수 없지만 파벨과는 달리 바자로프의 원칙과 힘을 어느 정도 인정하게 된다. 투르게네프는 세대 간, 계급 간의 갈등뿐만 아니라 같은 세대와 계급 사이에도 존재하는 이견을 다층적인 갈등 구조를 통해 섬세하게 그려내고 있다.

니힐리즘, 니힐리스트

바자로프는 귀족이 아닌 군의(軍醫)의 아들로 의학을 전공하는 니힐리스트이다. 서구철학에서 사용되는 니힐리즘(허무주의)의 의미와는 달리 러시아에서 니힐리즘이란 단어는 다른 역사를 가지고 있다.

이 단어는 1820년대 말 러시아의 신문과 잡지에 처음 등장했는데, 당시엔 아무것도 모르고 아무것도 알고 싶어 하지 않는 무식한 경향이나 특징을 뜻했다. 1840년대 농노제도와 전제주의를 지지했던 반동주의자들은 니힐리즘과 니힐리스트란 단어를 유물론자들과 혁명가들을 지칭하는 욕으로 사용했다. 그 후 게르첸을 비롯한 진보적인 인텔리겐치아들은 반동주의자들과는 정반대로 비판적 사상의 각성과 과학적 지식의 습득을 위해 노력하는 사람들을 니힐리스트라고 불렀다.

"바자로프가 뭐 하는 사람이냐?"는 파벨의 질문에 아르카디는 바자로프가 니힐리스트라고 대답하고 "니힐리스트는 어떤 권위에도 고개 숙이지 않는 사람, 아무리 존경을 받는 원칙이라도 그 원칙을 믿지 않는 사람, 모든 것을 비판적 관점에서 바라보는 사람"이라고 대답한다. 니콜라이에게 니힐리스트는 '아무것도 인정하지 않는 사람'이고, 파벨에게는 '아무것도 존중하지 않는 사람'이다. 바자로프는 아버지들이 숭배했던 예술과 시를 포함한 모든 것을 부정하고 어떤 원칙이나 권위도 인정하지 않는다. 그에게 '자연은 사원이 아니라 공장'이고, 철학과 사랑은 쓸데없는 낭만주의에 지나지 않는다. 실제로 1860년대 러시아에서 니힐리스트들은 유약한 지주귀족들과는 전혀 다른 '새로운 인간'이고 '혁명가'였다. 우리는 바자로프의 말과 행동에서 언행의 불일치보다는 불굴의 신념과 거대한 힘을 느낀다. 바자로프 앞에서 다른 인물들은 마치 난쟁이 같다. 동시대의 비평가 도브롤류보프가 말했듯이 "그들은 진실을 찾기 위해 철저한 부정의 길로 들어섰고, 그들의 최종 목표는 인류에게 거대한 이익을 가져다주는 것이었다." 그들은 시대의 중심에 서서 시대의 이슈들을 선점했지만, 바자로프의 말대로 아직은 소수이고 고독했다. 우리는 바자로프가 귀향하여 발진 티푸스 환자의 사체 해부에 참여했다가 감염되어 허무하게 죽어가는 장면에서 니힐리스트 바자로프의 비극적 운명과 바자로프에 대한 작가의 냉정한 태도, 즉 러시아의 1860년대는 아직 바자로프의 때가 아니라는 투르게네프의 객관적인 현실인식을 읽어낼 수 있다.

사랑의 심리학

투르게네프처럼 연인들의 심리를 잘 그린 작가도 없다. 19세기 러시아 문학에서 사랑은 남녀 간에 서로를 아끼고 그리워하는 애틋한 마음일 뿐만 아니라 연인들의 인생관과 세계관이 드러나는 지점이기도 하다. 러시아 인텔리겐치아의 문화에서 '내가 너를 사랑한다는 것'은 '너의 신념과 사상에 내가 뜻을 같이한다'는 실존적 고백이고 선택이었다.

『아버지와 아들』에는 다양한 형태의 사랑이 묘사되고 있다. R공작 부인에 대한 파벨의 낭만적인 사랑, 페네치카에 대한 니콜라이의 동정 어린 사랑, 카챠를 향한 아르카디의 순수한 사랑, 오딘초바를 향한 바자로프의 열렬한 고백과 모순적인 사랑을 통해 투르게네프는 사회적 배경과 생각이 서로 다른 연인들의 다양한 심리를 보여준다. 특히 바자로프와 오딘초바의 사랑에는 바자로프의 신념과 행동의 불일치가 잘 나타나 있다. 니힐리스트 바자로프에게 사랑은 위선적인 감정이고, 쓸데없는 낭만주의에 불과하다. 그러나 바자로프는 아름답고 지적인 젊은 과부 오딘초바를 만나는 순간부터 그녀의 묘한 매력에 빠져든다. 바자로프의 신념과 이성은 사랑의 감정을 냉소하고 배척하지만 저도 모르게 사랑의 열정에 휩싸여 오딘초바에게 사랑을 고백하고 야수처럼 달려든다. 냉정하고 이기적인 오딘초바 역시 바자로프가 싫지 않지만 불확실한 사랑보다는 안정과 평온을 선택한다. 임종의 순간에 자기를 찾아온 오딘초바에게 건네는 바자로프의 솔직한 말과 의연한 모습은 그녀를 향한 그의 감정이 타산적이지 않은 진실이었음을 보여준다. 파벨의 파멸적인 사랑과 니콜라이의 어정쩡한 사랑과는 달리 바자로프의 비극적인 사랑은 비록 오딘초바에 의해 거부되었지만 건강한 힘을 가지고 있다. (라일락꽃이 핀 정자에서의 바자로프와 페네치카의 입맞춤 역시 건강하다!)

아르카디와 바자로프의 결별은 오딘초바를 향한 미묘한 갈등과 오해에서 시작되어 카챠를 향한 아르카디의 사랑고백과 결혼으로 완성된다. 바자로프는 아르카디와 카챠의 결혼을 축하하지만 속으로는 씁쓸함을 금할 수 없다. 아르카디의 선택과 결정은 니힐리즘과의 결별이기도 하다. 사랑과 행복에 대한 태도에서 잡계급 출신 니힐리스트인 바자로프와 한때 바자로프의 제자였지만 귀족 출신 자유주의자인 아르카디의 길은 다를 수밖에 없음을 작가는 보여주고 있다.

『아버지와 아들』을 둘러싼 논쟁

"나는 투르게네프의 『아버지와 아들』만큼 엄청난 소란과 논쟁을 불러일으킨 문학작품을 기억하지 못한다"고 투르게네프와 동시대인이었던 파나예바가 증언하고 있듯이, 당시 이 소설을 둘러싼 논쟁은 문학·사회적 대사건이었다. 논쟁의 핵심은 바자로프에 대한 투르게네프의 태도에 관한 것이었다. 보수주의자들은 "작가가 니힐리스트인 바자로프의 장점을 과장하고 마치 명예로운 전사라도 되는 것처럼 그에게 존경을 보내고 있다"고 투르게네프를 공격했다. 반대로 진보주의자들(급진주의자들)은 『아버지와 아들』을 '반니힐리즘 소설의 시조'로 간주하고, 투르게네프가 바자로프를 통해 혁명적 민주주의자들을 악랄하게 희화하고 중상모략했다고 공격했다. 당시 진보적인 견해의 대변인였던 〈동시대인〉의 평론가 안토노비치는 바자로프를 대식가, 수다쟁이, 냉소주의자, 술꾼, 오만한 인간, '악마의 왕'이라고 부르며 이 소설의 사회적 의미와 예술적 가치를 전면 부정했다. 그러나 진보 진영의 피사레프 같은 비평가는 '바자로프들'의 현실적 중요성과 사회적 의미를 강조하고, "바자로프는 실제적이고 유익한 일에 복무하는 활동가이자 자연과학도로 우리 주변에서 쉽게 볼 수 있는 사람"이라고 지적하면서 바자로프의 전형성과 투르게네프의 객관적인 현실인식을 높이 평가했다.

당시 논쟁의 과정을 살펴보면, 논객들이 『아버지와 아들』을 사회·정치적인 소설로 일방적으로 규정하고, 극단적인 이념의 잣대로 이 소설을 자기 입맛에 맞게 요리했음을 알 수 있다. 달리 말해 이 소설은 러시아 문학사에서 이념비평의 최대 희생물이라고 말할 수 있다. 투르게네프는 첫 장편 『루딘』(1856) 이후 일련의 장편소설에서 사회의 핵심적인 문제들에 대해 관심을 갖고 점진적인 개혁주의자이자 서구주의자로서 자신의 정치적인 입장을 직간접으로 표명해왔으므로 좌우 진영의 비판을 피할 수 없었다. 그러나 『아버지와 아들』은 사회·정치적인 소설일 뿐만 아니라 가족소설, 세태풍속소설, 연애소설, 윤리·심리소설(흥미롭게도 도스토옙스키는 바자로프를 현실에 적응

하지 못한 이론가이며 따분하고 추상적인 이론의 희생자, 즉『죄와 벌』의 라스콜니코프 같은 인물로 보았다), 철학소설의 요소를 두루 지니고 있다. 오늘날『아버지와 아들』에서 다루어진 19세기 러시아 사회의 핵심적인 문제들—니힐리즘, 지주계급 출신의 자유주의자들과 잡계급 출신의 민주주의자들 간의 구체적인 논쟁과 갈등—은 우리의 실질적인 관심을 끌지 못한다. 오히려 우리는 이 소설을 읽으면서 시공을 초월한 세대 간의 보편적인 갈등, 19세기 러시아와 유럽의 백과사전이라고 불릴 만큼 동시대의 삶에 대한 객관적이고 상세한 묘사, 중부 러시아의 자연에 대한 서정적 묘사, 주인공들뿐만 아니라 주변 인물들에 대한 생생한 성격묘사(바자로프의 제자로 자처하는 시트니코프와 '해방된' 여자인 쿠크쉬나, 바자로프의 부모에 대한 성격묘사를 보라!), 사랑과 인생에 대한 니콜라이의 철학적 사색, 점점 스러져가는 귀족문화에 대한 애가, 사랑하는 아들을 먼저 보내고 절망을 딛고 일어서서 아들의 무덤을 찾는 노부부의 슬픈 삶에 더 많은 관심과 시선을 보내게 된다.

영원한 화해와 무한한 생명에 대하여

투르게네프는 보통 소설의 에필로그에서 주인공들에 대한 자신의 태도와 속마음을 은근히 내비친다. 나는『아버지와 아들』의 번역을 끝내고 해설을 쓰면서 이 소설의 에필로그라고 할 수 있는 28장의 맨 마지막 부분을 소리 내어 읽어본다.

아무리 정열적이고 죄 많은 반역의 심장이 그 무덤 속에 숨어 있을지라도 무덤 위에 자란 꽃들은 순진무구한 눈으로 평온하게 우리를 바라보고 있다. 이 꽃들은 우리에게 영원한 안식이나 '무심한' 자연의 위대한 평온만을 말해주는 것은 아니다. 그것들은 영원한 화해와 무궁한 생명에 대해서도 말하고 있다……

모든 것을 비판적인 관점에서 바라보고, 어떤 권위나 원칙도 인정하지 않았던 한 위대한 영혼에게 바치는 슬픈 조사이자 진혼가 같은 이 구절은 투쟁과 혁명보다 더 중요하고 영원한 것은 자연과 사랑, 화해와 무궁한 생명이라고 말하고 있다. 예나 지금이나, 거기서나 여기서나 '바자로프들'의 반란적인 삶은 역사에 커다란 흔적을 남겼고, 남기고 있고, 또 남길 것이지만 영원한 화해, 무심한 자연과 무궁한 생명에 비하면 과연 어떤 의미를 지니는 것일까?

번역 대본으로는 '아이리스' 출판사에서 나온 『아버지와 아들』(모스크바, 2006)을 사용했고, 이 책에 붙은 상세한 각주와 '나우카' 출판사에서 나온 투르게네프 전집(28권 30책, 모스크바, 1960~1968) 중 제8권에 수록된 『아버지와 아들』의 주해를 참조하여 역주를 달았음을 밝혀둔다. 원고를 꼼꼼히 읽고 좋은 의견을 내준 문학동네 편집부에 고마운 마음을 전한다.

이항재

1818년	10월 28일(양력 11월 9일. 이하 구력으로 표기). 중부 러시아 오룔 현의 스파스코예에서 부친 세르게이 투르게네프와 모친 바르바라 페트로브나의 둘째 아들로 태어남.
1827년	가족이 모스크바로 이사. 바이덴하메르 기숙학교에 입학하여 약 2년을 보냄.
1829년	형 니콜라이와 아르메니아 전문학교 부속 기숙사에 들어감.
1833년	모스크바 대학교 철학부 어문학과에 자비 학생으로 입학.
1834년	역사가이자 사회활동가인 그라노프스키와 만남.
1835년	7월, 상트 페테르부르크 대학교 철학부로 옮김. 10월, 페테르부르크에서 아버지 사망. 12월, 바이런의 「맨프레드」를 모방한 극시 「스테노Стено」를 씀.
1836년	6월, 페테르부르크 대학교 졸업. 셰익스피어의 『오셀로』와 『리어 왕』, 바이런의 「맨프레드」를 러시아어로 옮김.
1837년	1월, 푸시킨을 처음으로 만남. 며칠 후 결투로 사망한 푸시킨의 장례식에 참석. 가을, 칸디다트 학위 취득.
1838년	4월 초, 『동시대인』 1호에 시 「저녁Вечер」 발표. 5월, 베를린 대학교에 입학하기 위해 독일로 건너감. 철학자이자 사회활동가인 스탄케비치와 만남.
1839년	5월, 스파스코예 고향집에 화재. 작가 레르몬토프와 만남.
1841년	봄, 스파스코예로 귀향. 10월, 바쿠닌의 영지를 방문.
1842년	페테르부르크 대학교 박사학위 논문 제출을 위한 철학, 라틴어 시험에 합격. 어머니의 농노인 이바노바와의 사이에서 딸 펠라게야(후에 폴리네트로 개명) 출생. 후에 프랑스

의 폴린 가족에게 보냄.

| 1843년 | 1월 말, 비평가 벨린스키와 만남. 4월, 서사시 「파라샤 Параша」를 발표하여 벨린스키의 호평을 받음. 7월, 내무성 근무 시작. 11월, 로시니의 오페라 〈세비야의 이발사〉를 공연하러 페테르부르크에 온 오페라 가수 폴린 가르시아 비아르도에게 첫눈에 반해 평생에 걸친 사랑을 시작함. |

1845년 내무성 일을 그만두고 창작에 열중. 도스토옙스키와 만남.

1846년 『페테르부르크 문집』에 중편 「세 초상화 Три портрета」와 서사시 「지주 Помещик」, 번역시 몇 편을 발표함.

1847년 『동시대인』 1호에 『사냥꾼의 수기 Записки охотника』 연작 중 최초의 작품 「호리와 칼리느이치 Хорь и Калиныч」 발표.

1848년 1월, 파리에서 혁명을 목격, 게르첸과 친해짐.

1850년 11월, 모스크바에서 어머니 사망.

1852년 『동시대인』 2호에 「세 만남 Три встречи」 발표. 4월, 고골의 죽음을 애도하는 추도문을 쓴 것이 문제가 되어 체포됨. 한 달간의 구금 끝에 스파스코예로 추방되어 1년 반의 연금 생활 시작. 8월, 『사냥꾼의 수기』가 단행본으로 출간됨.

1855년 1월, 모스크바 대학교 기념 축제에 참석하고 그라놉스키, 오스트롭스키, 악사코프 형제를 방문. 여름, 스파스코예에서 『루딘 Рудин』 완성. 11월, 톨스토이의 방문을 받음.

1856년 『동시대인』 1, 2호에 『루딘』 발표. 10월, 『귀족의 보금자리 Дворянское гнездо』 집필 시작. 11월, 『투르게네프 중단편집』(3권)이 페테르부르크에서 출판됨.

1858년 『동시대인』 1호에 「아샤 Ася」 발표. 로마, 빈, 런던을 여행하고 러시아로 귀국. 여름과 가을, 스파스코예에서 『귀족의 보금자리』 집필에 열중하여 10월에 완성.

1859년 『동시대인』 1호에 『귀족의 보금자리』 발표. 1월, 러시아 문

학 애호가 협회 정회원이 됨. 8월, 『귀족의 보금자리』 단행
본으로 출판. 9월, 스파스코예에서 『전날 밤Накануне』
집필 시작. 11월, '문학기금회의' 창립 회원이 됨.

1860년　1월, 문학 자선기금 마련을 위한 공개 강연에서 '햄릿과 돈
키호테'란 테마로 연설함. 카트코프가 펴내는 『러시아통보』
1, 2호에 『전날 밤』 발표. 2월, 『전날 밤』에 대한 도브롤류보
프의 논문(「진실한 그날은 언제 오나?」)을 『동시대인』에 게
재하지 말라고 네크라소프에게 부탁함. 3월, 투르게네프와
곤차로프 사이에 표절 시비(『전날 밤』에 자신의 미발표 소
설 『절벽』의 내용이 일부 표절되었다고 곤차로프가 주장)가
일어나 중재재판이 열림. 『독서문고』 3호에 『첫사랑』 발표.
9월, 『아버지와 아들Отцы и дети』 집필 시작. 11월, 러시
아어문학 분과 회의에서 만장일치로 아카데미 나우카(학술
원)의 준회원으로 선출됨.

1861년　2월, 농노제도의 폐지를 환영. 5월, 톨스토이와 결투까지 갈
정도로 심한 언쟁을 벌임. 7월, 『아버지와 아들』 탈고.

1862년　『러시아통보』 2호에 『아버지와 아들』 발표. 5월, 런던으로
가서 게르첸과 시베리아 유형지에서 탈출해 온 바쿠닌을
만남. 게르첸의 농촌사회주의 이론을 반대하고 러시아의
자유주의적 진로를 주장.

1865년　2월, 딸 폴리네트 결혼. 5월, 프랑스어로 번역한 레르몬토프
의 「므츠이리」가 출판됨. 11월, 『연기Дым』 집필 시작.

1867년　2월, 『연기』를 탈고하고 3월, 『러시아통보』 3호에 발표. 8월,
바덴바덴에서 도스토옙스키와 언쟁을 벌임. 『연기』가 메리
메의 감수로 프랑스어로 번역 출판됨.

1869년　『러시아통보』 1호에 「불행한 처녀Несчасная」 발표. 『유
럽통보』 4호에 「벨린스키에 대한 회상」이 게재됨.

1872년	『유럽통보』 1호에 「봄물 Вешние воды」이 게재됨. 1월, 에밀 졸라, 알퐁스 도데와 만남. 9월, 조르주 상드를 방문함. 연말, 유형지에서 탈출하여 파리로 망명해 온 라브로프와 만남.
1876년	『유럽통보』 1호에 「시계 Часы」 발표. 2월, 러시아 인민주의 운동을 그린 『처녀지 Новь』 집필 시작. 6월, 상드의 사망소식을 듣고 그녀에 대한 글을 씀. 7월, 『처녀지』 탈고.
1877년	『유럽통보』 1, 2호에 『처녀지』 발표. 프랑스어 번역판이 거의 동시에 출판됨.
1878년	5월, 톨스토이의 화해의 편지를 받고 '더할 나위 없이 기쁜 마음으로 이전의 우정을 회복할 준비가 되어 있습니다'라고 답장함. 6월, 파리에서 열린 '세계작가회의'에서 부의장으로 선출됨. 이 시기에 『산문시』의 대부분을 씀.
1879년	1월, 형 니콜라이 세르게예비치 사망. 6월, 옥스퍼드 대학교에서 명예 법학박사 학위를 받음.
1880년	1월, 젊은 인민주의 작가들을 만나다. 6월, '러시아 문학 애호가 협회'에서 '푸시킨에 관하여'라는 제목으로 연설함.
1881년	6월, 마지막으로 고향 스파스코예를 방문하여 여름을 보냄.
1882년	3월, 척추골수암의 증상으로 심한 통증을 느낌. 12월, 『유럽통보』 12호에 『산문시』 50편을 발표.
1883년	『유럽통보』 1호에 「클라라 밀리치 Клара Милич」 발표. 4월, 병세 악화로 파리에서 부기발로 옮김. 6월, 실화 「바다에서의 화재 Пожар на море」를 폴린 비아르도에게 프랑스어로 구술하여 받아쓰게 함. 문학활동을 재개하라는 간곡한 내용의 편지를 톨스토이에게 보냄. 8월 22일, 부기발의 별장에서 폴린 비아르도가 지켜보는 가운데 사망. 9월 19일, 벨린스키 곁에 묻히고 싶다는 유언에 따라 페테르부르크 볼코프 공동묘지에 안장됨.

세계문학은 국민문학 혹은 지역문학을 떠나 존재하는 문학이 아니지만 그것들의 총합도 아니다. 세계문학이라는 용어에는 그 나름의 언어와 전통을 갖고 있는 국민문학이나 지역문학의 존재를 인정하면서 그것을 넘어서는 문학의 보편적 질서에 대한 관념이 새겨져 있다. 그 용어를 처음 고안한 19세기 유럽인들은 유럽문학을 중심으로 그 질서를 구축했지만 풍부한 국민문학의 전통을 가지고 있는 현대의 문학 강국들은 나름의 방식으로 세계문학을 이해하면서 정전(正典)의 목록을 작성하고 또 수정한다.

한국에서도 세계문학 관념은 우리 사회와 문화의 변화 속에서 거듭 수정돼왔다. 어느 시기에는 제국 일본의 교양주의를 반영한 세계문학 관념이, 어느 시기에는 제3세계 민족주의에 동조한 세계문학 관념이 출현했고, 그러한 관념을 실천한 전집물이 출판됐다. 21세기 한국에 새로운 세계문학전집이 필요하다는 것은 명백하다. 우리의 지성과 감성의 기준에 부합하는 세계문학을 다시 구상할 때가 되었다.

문학동네 세계문학전집은 범세계적으로 통용되는 고전에 대한 상식을 존중하면서도 지난 반세기 동안 해외 주요 언어권에서 창작과 연구의 진전에 따라 일어난 정전의 변동을 고려하여 편성되었다. 그래서 불멸의 명작은 물론 동시대 세계의 중요한 정치·문화적 실천에 영감을 준 새로운 작품들을 두루 포함시켰다.

창립 이후 지금까지 한국문학 및 번역문학 출판에서 가장 전문적이고 생산적인 그룹을 대표해온 문학동네가 그간 축적한 문학 출판 경험을 바탕으로 새로운 세계문학전집을 펴낸다. 인류가 무지와 몽매의 어둠 속을 방황하면서도 끝내 길을 잃지 않은 것은 세계문학사의 하늘에 떠 있는 빛나는 별들이 길잡이가 되어주었기 때문이다. 우리가 자부심과 사명감 속에서 그리게 될 이 새로운 별자리가 독자들의 관심과 애정에 힘입어 우리 모두의 뿌듯한 자산이 되기를 소망한다.

문학동네 세계문학전집 편집위원
민은경, 박유하, 변현태, 송병선, 이재룡, 홍길표, 남진우, 황종연

세계문학전집 065

아버지와 아들

1판 1쇄 2011년 2월 25일
1판11쇄 2023년 4월 28일

지은이 이반 투르게네프 | 옮긴이 이항재
책임편집 김수현 | 편집 오동규 | 독자모니터 박미진
디자인 이경란 한충현 김민하 최미영 | 저작권 박지영 형소진 최은진 오서영
마케팅 정민호 김도윤 한민아 이민경 안남영 김수현 왕지경 황승현 김혜원 김하연
브랜딩 함유지 함근아 박민재 김희숙 고보미 정승민 배진성
제작 강신은 김동욱 임현식 | 제작처 영신사

펴낸곳 (주)문학동네 | 펴낸이 김소영
출판등록 1993년 10월 22일 제2003-000045호
주소 10881 경기도 파주시 회동길 210
전자우편 editor@munhak.com | 대표전화 031)955-8888 | 팩스 031)955-8855
문의전화 031)955-1927(마케팅), 031)955-3560(편집)
문학동네카페 http://cafe.naver.com/mhdn
인스타그램 @munhakdongne | 트위터 @munhakdongne
북클럽문학동네 http://bookclubmunhak.com

ISBN 978-89-546-1393-4 04890
        978-89-546-0901-2 (세트)

www.munhak.com

● 문학동네 세계문학전집은 계속 출간됩니다